MIREILLE CALMEL

Née en 1964, Mireille Calmel écrit depuis l'âge de huit ans. Ses romans aux héroïnes entières, fières et courageuses connaissent un immense succès : rappelons *Le Lit d'Aliénor*, *Le Bal des Louves*, *Lady Pirate*, *Le Chant des sorcières* et *La Reine de lumière,* vendus à plus de deux millions d'exemplaires et traduits dans quinze pays. Tous ont paru chez XO et sont repris chez Pocket. Les deux volumes de sa dernière série, *Aliénor*, ont paru aux éditions XO en 2011 et 2012. Mireille Calmel vit en Aquitaine avec son mari et ses enfants.

**Retrouvez l'actualité de l'auteur sur**
**www.mireillecalmel.com**

# LADY PIRATE

*

*Les valets du roi*

DU MÊME AUTEUR
*CHEZ POCKET*

LE LIT D'ALIÉNOR (2 tomes)

**ALIÉNOR**
LE RÈGNE DES LIONS
L'ALLIANCE BRISÉE

**LE BAL DES LOUVES**
LA CHAMBRE MAUDITE
LA VENGEANCE D'ISABEAU

**LADY PIRATE**
LES VALETS DU ROI
LA PARADE DES OMBRES

LA RIVIÈRE DES ÂMES

LE CHANT DES SORCIÈRES (3 tomes)

**LA REINE DE LUMIÈRE**
ELORA
TERRA INCOGNITA

MIREILLE CALMEL

# LADY PIRATE

*

## *Les valets du roi*

XO EDITIONS

MIXTE
Papier issu de sources responsables
FSC® C003309

Pocket, une marque d'Univers Poche, est un éditeur qui s'engage pour la préservation de son environnement et qui utilise du papier fabriqué à partir de bois provenant de forêts gérées de manière responsable.


ISBN : 978-2-266-15833-6

# 1.

— Qui suis-je, mère ?

— Tu es un ange, répondit Cecily en laçant avec application les chaussures cirées de Mary.

Ce 8 avril 1686, du haut de ses sept ans, la fillette reçut cette affirmation d'un air dubitatif. Plantée devant un miroir en psyché, piqueté de rouille et d'usure, examinant sa mise sous tous les angles par un mouvement souple de ses hanches fines, elle ne parvenait à se plaire.

Le miroir lui révélait l'image d'un être au sexe indéfini. Les cheveux roux bouclés avaient été si mal coupés que certaines mèches retombaient sur la nuque, ou se dressaient en piques sur le crâne, tandis que d'autres venaient balayer des joues creuses, constellées de taches de rousseur, jusqu'au nez aquilin. La bouche avait encore la pulpe de l'enfance et le regard sombre en rehaussait la fragilité.

Dans ses robes élimées de jouvencelle que sa mère lui taillait dans ses propres vêtements trop usés, Mary était quelquefois parvenue à se trouver mignonnette. Dans cet accoutrement, que sa mère la forçait à porter depuis quelques mois, c'était bien moins évident.

— Mais suis-je une fille ou un garçon ? demanda-t-elle encore.

Cecily éclata d'un rire joyeux.

— Les anges n'ont pas de sexe, ma chérie ! Tu es une petite fille dans l'habit d'un garçon, Mary. Cependant, cela doit rester notre secret. Tu ne voudrais pas que ta pauvre maman soit une fois encore rejetée du grand monde où nous allons ?

— Non, mère, répondit l'enfant avec tendresse.

Cecily affichait cet air angélique qui culpabilisait quiconque s'opposait à sa fantaisie et le ralliait invariablement à sa cause. Jeune encore, elle avait été jolie. S'il n'y avait eu sur son visage cette mélancolie récurrente, creusant des rides précoces sur son teint de lait, elle eût pu faire illusion, malgré sa maigreur.

Elle s'agenouilla devant Mary, à même le parquet de la chambre qu'elles louaient au mois dans une petite auberge de Londres.

— Grâce à ce secret, toi et moi allons accomplir de grandes choses. Tu me crois, n'est-ce pas, Mary ?

Celle-ci hocha la tête. Il fallait toujours croire Cecily car Cecily croyait toujours ce qu'elle prétendait. Même au plus fort de ses erreurs.

Comme si elle avait pu percevoir dans ce silence le doute qui envahissait sa fille, Cecily l'attira à elle, l'invitant à s'asseoir à ses côtés sur le lit de fer qui, avec un coffre et une table branlante, constituait le seul mobilier de la pièce. Leur poids pourtant léger creusa le matelas de paille, froissant la courtepointe élimée.

— Tu n'es plus une enfant, Mary, lui dit-elle en lui pressant les mains. Jusqu'à présent, je n'ai pu t'offrir que ces chambres sordides, plus de pommes bouillies que de viande pour ton souper, et des toilettes rapiécées. Ce n'est pas ce dont je rêvais pour toi, mais qu'y puis-je? Je suis née maudite, ma chère enfant. Bonne à aimer, ça oui, mais de quelle manière?

Mary se blottit contre elle, réprimant un soupir de lassitude dans le plaisir qu'elle prenait à sa chaleur. Cecily allait s'épancher, une fois encore.

Elle connaissait l'histoire par cœur. Souvent, plus jeune, elle avait pleuré avec sa mère sur ses malheurs. Aujourd'hui, Cecily avait raison. Elle avait trop grandi, trop connu de chagrins pour s'apitoyer encore. Cecily oscillait en permanence entre euphorie et dépression. Aussi Mary avait-elle fait son quotidien d'un entre-deux. Désormais, l'excès l'agaçait.

Elle se tut pourtant, laissant ses pensées vagabonder au rythme du lent bercement des bras de sa mère, tandis que celle-ci lui racontait, de la même manière qu'à ses amants de passage, le récit de son désespoir.

John Read, fils cadet d'un riche armateur londonien, séduit par la beauté et la grâce de Cecily, l'avait épousée, s'opposant ainsi à la volonté de ses parents. Les Read avaient espéré pour leur fils une alliance qui eût servi leur commerce. Cecily n'avait pas trouvé grâce à leurs yeux. Orpheline, née de basse extraction, elle avait été recueillie à la mort de ses parents par son oncle déjà vieux, un marin pêcheur qui n'avait pas les moyens de lui offrir d'autre dot que son affection. Pour avoir osé braver l'interdiction paternelle, son époux fut renié des siens et déshérité.

Désargenté, John Read devint matelot, pour faire vivre sa jeune épousée et l'enfant qu'elle n'avait pas tardé à porter. Un fils naquit, Mary Oliver, chétif et roux, que, comme Cecily, la famille Read ne voulut pas connaître.

Une année durant, ils furent toutefois heureux, ne regrettant rien de leur folie. Puis le navire sur lequel John s'était engagé partit pour les Indes occidentales et s'abîma en mer. Cecily porta le deuil. Désespérée, elle se réfugia chez son vieil oncle, qui mourut à son tour quelques mois plus tard. Cecily tenta alors de forcer la porte et l'affection des Read. Elle ne reçut que mépris.

Deux saisons passèrent. Cecily avait trouvé un emploi de femme de chambre qui assurait son quotidien et celui de son fils. Puis elle rencontra un autre marin qui prétendit l'aimer. Au lieu du mariage promis, c'est un second enfant qu'il lui donna, une fille que Cecily baptisa Mary Jane. Il partit un matin et ne revint jamais. Nul, pas même le capitaine du navire sur lequel il s'était engagé, ne sut ce qui lui était arrivé.

Cecily, refusant de penser qu'il l'avait abandonnée, l'imagina mort, tué par des brigands. C'était monnaie courante dans ces ruelles de Londres où toute la misère de l'Angleterre se côtoyait, selon la loi du plus fort.

Pour oublier, Cecily suivit ses patrons dans la petite ville de Hull où elle cacha son déshonneur.

À la mort de Mary Oliver, vaincu par les fièvres d'un hiver pluvieux, Cecily avait sombré dans la dépression, incapable de supporter encore le poids de cette implacable fatalité. Malgré la compréhension et la patience de ses maîtres, elle s'était finalement fait renvoyer pour négligence. Elle avait regagné Londres avec sa fille, vivotant des petites économies qui lui restaient.

Apprenant par hasard la mort de sir Edward Read, son beau-père, une idée lui avait traversé l'esprit. Une idée qui pouvait peut-être les sauver toutes deux.

Elle avait donc décidé de l'expérimenter.

Habillant Mary des vêtements de son défunt frère, elle avait choisi de la faire passer pour lui auprès de ses amants. Tous semblèrent s'y laisser prendre.

Devant eux, depuis quelques mois, s'appliquant à son rôle, Mary créditait d'une révérence la douce folie d'une femme qui se plaisait à aimer, pour oublier qu'elle ne l'avait, elle, jamais été.

Mary laissa sa mère essuyer une larme qui n'avait plus à présent que le goût de l'habitude, et attendit poliment qu'elle enchaînât d'une voix frémissante :

— C'est donc réglé, n'est-ce pas, Mary ? Désormais, tu seras mon ange. Mon ange gardien.

— Jusqu'à ce que la mort nous sépare, mère, promit l'enfant, espérant de toute son âme se montrer digne de la confiance que celle-ci lui portait.

L'après-midi même, Cecily revêtait sa robe la plus neuve qui, par chance, était d'un prune fort seyant, l'assortissait d'un mantelet de camelot noir et conduisait Mary dans une demeure cossue du côté de l'abbaye de Westminster.

Lady Read, altière et digne, auprès de laquelle Cecily se fit annoncer, les reçut froidement.

Le simple fait pourtant qu'elle leur autorisât sa porte constitua pour Cecily une grande victoire, qu'elle cacha derrière une révérence soignée et humble.

— Madame, voici Mary Oliver, votre petit-fils. J'aimerais vous entretenir de lui en privé, si vous le permettez.

— Suivez-moi, lui répondit sèchement lady Read, laissant l'enfant aux soins de Jenny, sa domestique.

Cecily lui emboîta le pas et se retrouva dans un

petit salon cossu qui instantanément la renvoya à sa misère. Elle ravala sa fierté et fit face à cette dame, endeuillée encore jusqu'au regard pâle, les cheveux blanchis, impeccablement rassemblés dans un chignon strict.

Elle était telle qu'en son souvenir, revêche, sur la défensive.

— Je m'en viens mendier encore une fois, poursuivit Cecily, comprenant qu'on ne lui offrirait pas davantage un siège qu'un chocolat. Croyez bien que ce n'est pas pour moi, mais pour votre petit-fils, que j'élève de mon mieux.

Un silence glacial lui répondit. Cecily prit un air désespéré et insista :

— J'avais pensé que cet enfant, souvenance de vos propres chair et sang, pourrait vous convaincre de notre misère. Il mérite ce que vous m'avez refusé. J'ai à peine de quoi le nourrir malgré un emploi de femme de chambre et rêve de lui donner une éducation à laquelle il serait en droit de prétendre de par ce nom que votre défunt fils lui donna. Si je ne le peux, madame, vous le pouvez. Rejetez-moi autant qu'il vous plaira, puisque, à vos yeux, je ne suis pas digne d'exister, mais sauvez-le, je vous en implore.

Lady Read poussa un soupir agacé. Elle avait du mal à pardonner à cette diablesse d'avoir perverti son cadet au point qu'il ait renoncé à ses privilèges, préférant s'abîmer et se perdre en mer. Et cependant sa ferveur chrétienne ne pouvait repousser cette requête, comme autrefois son époux et son aîné l'avaient fait. L'enfant n'était pas responsable. Il avait piteuse mise et l'abandonner ainsi pèserait sur sa conscience.

— Très bien, dit-elle. Confiez-le-moi, je veillerai à son instruction. Bien évidemment, il vous faudra y renoncer.

Cecily sursauta, retrouvant d'un coup sa dignité.

— Renoncer à mon fils, madame ? Pour qui me prenez-vous ? Je préférerais mourir que le perdre. Il est tout ce que j'ai.

Elle était sincère. Lady Read s'y laissa prendre, embarrassée plus sûrement de cette personne que de ce qu'elle demandait.

— Soit, céda-t-elle. Il demeurera chez vous pour le coucher et passera ici ses journées auprès d'un précepteur et d'un maître d'armes. Il devra se montrer correct et discipliné, bon élève, attentif et respectueux. À la moindre incartade, je le renverrai, suis-je claire ?

— Vous l'êtes, madame. On peut avoir le nez dans la boue et être capable de s'en laver, déclara Cecily orgueilleusement. Mary Oliver sait se tenir et saura vous remercier pour vos bontés. Il reste toutefois à régler la question de son souper. Il a bien grandi et mon salaire ne suffit plus pour satisfaire son insatiable appétit. Je peux me priver, je l'ai toujours fait, mais je crains fort que ce ne soit pas suffisant encore.

— Je vous défraierai par une petite pension, décréta lady Read en se dirigeant déjà vers la porte.

Cecily comprit que l'entretien était terminé. Avant de l'ouvrir, sa belle-mère la toisa des pieds à la tête et ajouta :

— Votre présence m'insupporte. Ne revenez jamais.

— Je ne vous donnerai pas l'occasion de me haïr davantage, l'assura Cecily avec fierté.

Elles s'affrontèrent du regard et Cecily baissa le sien la première. Elle ne pouvait se permettre de remettre en question ce qu'elle venait d'obtenir.

— Bien qu'il m'en coûte, dit-elle, la gorge nouée, soyez remerciée pour ce que vous ferez.

Lady Read ouvrit la porte et appela Jenny pour les raccompagner, elle et l'enfant.

Mary s'avança vers celle qui, désormais, devenait officiellement sa grand-mère et lui offrit un sourire enjôleur assorti d'un salut obséquieux. Dans la cuisine, Jenny, attendrie par sa maigreur, l'avait gavée de goûter. Mary avait bien l'intention de continuer à se rassasier de même. Elle était prête pour cela à toutes les bassesses.

Lady Read froissa sa chevelure garçonne et demanda simplement, comme si elle se doutait de quelque subterfuge :

— Qui es-tu, mon enfant ?

— Je suis un ange, assura Mary Oliver, le regard empli de reconnaissance autant que de malice.

— Tâche de le rester, lui conseilla lady Read.

Mary Oliver hocha la tête. Elle en avait bien l'intention. Tout le temps du moins qu'il le faudrait. Cecily enleva la main de Mary dans la sienne et prit congé.

Une fois tourné l'angle de la rue, pourtant, elle lâcha avec une colère non feinte :

— Cette vieille bique voulait rien moins que me séparer de toi ! Mon sort ne l'intéresse toujours pas ! Elle consentait à te prendre à sa charge à l'unique condition que je te laisse vivre chez elle et ne te revoie plus ! Grand Dieu, il m'a fallu protester, grimacer et larmoyer ! Quelle mère serais-je donc pour t'abandonner ainsi ? Faut-il qu'elle me déteste pour seulement l'imaginer !

— A-t-elle cédé ? s'amusa Mary, certaine déjà de la réponse.

Nul ne pouvait résister à la force de persuasion de Cecily.

— Pour sûr, se radoucit celle-ci. J'ai obtenu tout ce que je désirais. Dès demain et jusqu'à la mort de cette mégère, tu te devras d'être un ange, Mary, mais aussi et surtout le plus serviable des garçonnets.

— N'ayez crainte, mère. Je serai tout cela et plus encore. Pour l'amour de vous.

Indifférente aux regards des passants, des cavaliers et des marchands ambulants qui sillonnaient les étroites rues de Londres, Cecily s'accroupit sur le bas-côté et releva le col du manteau de sa fille, l'œil tendre et ému.

— Pour l'amour de moi, Mary. Et pour le tien. Car tu es dans ce monde ma seule fierté, mon seul courage et sans aucun doute ma seule raison de vivre.

C'était pour sûr l'unique vérité que Cecily n'exagérait pas.

## 2.

Mary ne réussit pas à aimer lady Read.

Malgré ses élans de tendresse et l'attention responsable dont la vieille dame la couvrait, elle demeura une étrangère. Une ennemie. Parce que Mary était l'unique univers de Cecily, Cecily demeurait son unique univers. Rien n'importait plus à Mary que de voir sa mère sourire, danser, rosir d'un fard et chantonner en l'entraînant à son bras comme un galant.

« Ma fille, tu es l'homme de ma vie ! » proclamait Cecily dans ce joyeux désespoir qui faisait d'elle cette personne merveilleuse que Mary, seule, pouvait comprendre.

Cet après-midi-là, lady Read reçut une de ses relations mondaines, veuve comme elle depuis peu. Mary, réfugiée comme à l'accoutumée en cuisine, attendait l'arrivée de son précepteur, se régalant d'un cake aux senteurs de vanille.

— J'adore tes gâteaux, Jenny, lui fit-elle compliment en enfournant une deuxième portion.

En quelques mois, Mary avait retrouvé un teint rosé sur ses joues de nouveau rondes. De même, grâce à la pension que lady Read versait, Cecily avait meilleure mine. Elles avaient aussi déménagé et, si elles vivaient encore dans une auberge, les meublés demeurant trop chers, celle-ci sentait le propre et les repas y étaient correctement préparés.

Lady Read n'aimait pas que Mary Oliver se montre lorsqu'elle était en compagnie de ses amies. L'enfant avait appris par cœur tous les règlements de la maisonnée. Ils étaient nombreux, parfois ridicules, à son sentiment. Elle s'appliquait à les respecter, sachant que la moindre de ses erreurs serait prétexte à la faire renvoyer. Il fallait par exemple qu'elle gardât les yeux baissés et les mains jointes dans le dos lorsqu'on lui adressait la parole. Et elle devait refermer consciencieusement et en silence toutes les portes des pièces dans lesquelles elle se rendait ou d'où elle sortait.

Certaines, d'ailleurs, lui étaient interdites. Du peu qu'elle en voyait, concentré entre la cuisine, le grand et le petit salon, le vestibule, le cabinet de feu sir Edward Read, où on lui donnait ses leçons, la salle d'armes et la salle à manger, Mary avait pu juger que la belle-famille de Cecily jouissait d'une jolie fortune. Les consoles, les coffres, les armoires et les tables étaient de bois précieux, somptueusement sculptés, tournés ou marquetés. Les vases de porcelaine s'ornaient de motifs charmants, subtilement rehaussés à la feuille d'or. Les bougeoirs étaient faits de cuivre ou d'argent et les tapis semblaient si moelleux que Mary n'avait aucun mal à accepter de se déchausser pour s'y promener.

Elle aurait volontiers exploré l'étage de cette demeure sans jardin, située en plein centre-ville, sachant que plusieurs chambres s'y trouvaient, mais elle n'y était pas autorisée.

Le petit salon où recevait lady Read était séparé de la cuisine par un étroit corridor qui permettait à

Jenny de s'y rendre en quelques pas dès que sa maîtresse actionnait sa clochette. Faisant fi du règlement, Jenny laissait la porte ouverte, pour ne pas que les fous rires qu'elle prenait parfois avec ce garnement de Mary Oliver lui fassent rater ces appels.

Elle aimait beaucoup cet enfant et estimait injuste la manière dont ses maîtres l'avaient négligé jusque-là. Et Mary, pour mieux l'attendrir et la gagner à sa cause, forçait le trait sur le désespoir de sa mère autant que sur ses innombrables qualités.

Lady Read, ce jour-là, oublia de refermer la porte du petit salon, distraite et agacée par le courrier qu'elle avait reçu de son aîné le matin même. Elle lui avait écrit pour l'informer des dispositions qu'elle avait prises envers Mary Oliver.

Tobias Read avait poursuivi les affaires de son père, à la mort de celui-ci. Il les avait fait fructifier et rêvait avec ambition de s'octroyer le marché de la marine royale anglaise.

Il se montrait surpris, contrit et exaspéré par la décision de sa mère, écrivait-il, estimant qu'elle avait perdu sa lucidité et que sa trop grande générosité s'en verrait certainement plus déçue que remerciée. Il ajoutait qu'à la première occasion il viendrait en discuter avec elle.

Jenny, retournée à ses préparations culinaires, s'y absorbait tant qu'elle ne prêta pas davantage l'oreille à la conversation provenant du petit salon qu'à Mary, ravie de pouvoir quant à elle en surprendre la teneur. D'autant plus que lady Read, justement, se lamentait sur le comportement de son aîné.

— Tobias est impétueux, obstiné et coléreux, tout l'inverse de son défunt frère, confiait-elle à sa visiteuse. J'aurais voulu qu'il me donne un petit-fils, mais, depuis son veuvage, il refuse l'idée de se remarier, prétextant qu'il a tout son temps et aime sa liberté. Comme si cela était normal ! Je ne comprends pas son attitude désinvolte à l'égard des femmes. Il est discret, bien sûr, mais je devine aisément qu'il ne se conduit pas en moine, et se fait amant quand la bienséance le voudrait mari. Il se méfie d'elles, je crois, depuis la triste aventure de son frère. Je pense qu'il ne lui a pas pardonné de nous avoir préféré cette gourgandine. Je ne peux lui donner tort. Et cependant que pouvais-je faire face à ce dilemme ?

— Ce que vous avez charitablement fait, la conforta son amie.

— Ce pauvre enfant n'a pas de chance, soupira lady Read, il est né d'une traînée doublée d'une fainéante. J'ai à cœur de le tirer des griffes intéressées de cette mégère, mais pour combien de temps !

Mary se crispa. Cecily ne méritait pas d'être injuriée de la sorte !

— Tu as terminé ? demanda Jenny avec bienveillance, n'ayant quant à elle rien écouté, toute à ses propres pensées.

Mary dissimula sa rancœur et sa colère derrière ce sourire qu'elle avait appris à façonner sur commande et réclama une tasse de lait supplémentaire.

Quelques minutes plus tard, son précepteur s'annonça pour la leçon de géographie, et Mary le suivit en salle d'étude. Dans le corridor, ils croisèrent lady Read qui raccompagnait son amie. Les deux femmes saluèrent l'homme, puis leur souhaitèrent un bon travail, couvrant Mary d'un regard condescendant qui laissa au cœur de celle-ci davantage de haine que de gratitude.

— En ta qualité de garçon, lady Read te donne ce qu'une fille ne peut avoir en ce monde ! Tu reçois les leçons des meilleurs maîtres, tu apprends à te battre aussi. Si j'avais su tout cela, Mary, si les femmes de ce temps avaient accès à cette connaissance, je serais libre. Nous serions toutes libres. Ne laisse pas passer cette chance, lui assura Cecily le soir même, comme Mary lui racontait l'objet de son courroux. Prends ce que l'on t'offre. Et nul, jamais, ne deviendra ton maître.

Mary avait hoché la tête et était retournée chez lady Read.

« Prends ce que l'on t'offre... »

À partir de cet instant, elle décida que ce ne serait plus suffisant.

Elle devint une élève exemplaire, dévorant la grammaire, l'arithmétique, le latin, le français, la géographie, l'astronomie, avec autant de boulimie que les buns délicieux laissés à volonté à sa portée.

Le pasteur Reeves l'instruisit des Évangiles, et de la rigueur d'une foi protestante. Il était agréable et patient avec elle, mais Mary ne pouvait s'empêcher de penser que c'était davantage pour plaire à sa grand-mère, généreuse donatrice de la paroisse, que pour ses qualités propres.

Lorsqu'il lui faisait réciter les dix commandements, l'enfant croisait ses doigts dans son dos pour annuler celui qu'elle piétinait sans scrupules : « Tu ne voleras point. »

Mary n'avait pas choisi de naître pauvre. Si Cecily l'était restée, c'était à cause de ces principes imbéciles propres aux riches et de leur dégoût des mésalliances. Il était temps qu'elle rende à sa mère cette vie qu'on leur avait volée. Elle se mit donc à chaparder : du sucre, du chocolat, tout ce qui lui tombait sous la main et pouvait disparaître dans ses poches, tout ce qu'à l'office l'ingénuité de Jenny laissait à portée de sa solitude, comme si elle l'avait fait exprès.

À quelque temps de là, Tobias Read s'annonça dans la demeure. Jenny lui offrit une révérence gracieuse.

— Sir Tobias, dit-elle, votre visite nous honore.

Mary se trouvait dans le vestibule, à peine déchaussée. Elle venait de prendre sa première leçon d'équitation et souffrait d'une cheville, conséquence d'une mauvaise chute. Elle était occupée à la masser, assise sur une chaise, lorsque son oncle fit son entrée.

Mary se leva aussitôt, les pieds nus, et s'inclina en lui souhaitant la bienvenue. Tobias Read détourna la tête, marquant ostensiblement son mépris. Mary ne s'en vexa pas. Elle s'y était préparée depuis longtemps. Tandis que Jenny le débarrassait de son manteau, de sa canne d'apparat et de son chapeau, Mary se plaça en retrait pour l'examiner à sa guise.

Il devait avoir trente-cinq ans tout au plus, portait un costume bien coupé qui lui affinait la taille et dessinait la belle carrure des épaules. L'homme était bien fait et d'agréable figure. L'œil était noir et vif, les cheveux de même, longs et bouclés à la façon des perruques portées à la cour. Malgré sa joliesse, pourtant, Mary ne perçut en lui que suffisance et orgueil.

Jenny s'empressa de l'introduire dans le petit salon où lady Read lisait.

— Mère, ma très chère mère, s'inclina-t-il pour seule effusion de tendresse.

— Tobias, comme je suis heureuse de te voir, assura celle-ci en lui tendant sa main à baiser.

Les laissant seuls, Jenny referma la porte du petit salon derrière elle et Mary se retrouva frustrée de ne pouvoir en entendre davantage.

— Ne reste pas là, Mary Oliver, conseilla-t-elle à voix basse à l'enfant. Tu sais combien ta grand-mère déteste te voir rôder près d'elle lorsqu'elle reçoit. Quant à son fils, crois-moi, il est encore plus désagréable qu'il le paraît.

Mary hocha la tête mais resta plantée dans le corridor tandis que Jenny s'éloignait. Celle-ci était de corvée de cuivre et ne devait pas traîner pour terminer avant de préparer le souper. Dès qu'elle fut seule, prenant le risque d'être découverte, Mary colla son oreille à la porte pour mieux entendre la conversation que l'épaisseur du bois étouffait. Elle brûlait de curiosité.

— Je ne comprends pas comment vous avez pu accepter d'accueillir ce garçon ! s'indignait Tobias Read. Il est évident qu'il n'a rien de commun avec notre famille, pas davantage que sa mère !

— Cet enfant possède un bon fond, Tobias, je l'ai pu vérifier. De plus, nous nous devons d'être miséricordieux en ce bas monde. N'en déplaise à votre orgueil, mon fils, je persiste à penser qu'un peu de clémence de notre part devant les inclinations de votre frère l'aurait empêché de s'obstiner à se déclarer marin pour subvenir aux besoinx des siens. Il suffisait bien que votre père le déshérite.

— Nous devions préserver le nom des Read, objecta Tobias. Oubliez-vous qui je suis, mère ? Le prestige de mes navires m'ouvre les portes de toutes les cours d'Europe, et vous prétendriez que je me laisse salir par le comportement indigne d'un morveux entiché d'une misérable gourgandine ? Je ne regrette rien. Sinon votre penchant religieux à vouloir toujours protéger la veuve et l'orphelin. Il vous honore, mère, mais vous rend incapable de mesurer les effets néfastes qu'il peut avoir sur votre entourage. Soyez certaine qu'à la moindre incartade de ce neveu que vous m'imposez je le ferai chasser sans remords. Ne serait-ce que pour préserver votre réputation.

— Oliver mérite ma confiance, s'emporta lady Read, essoufflée, et qui que vous soyez, Tobias, vous n'en demeurez pas moins mon fils et me devez le respect.

— Je vous prie de m'excuser, mère, s'adoucit Tobias. Laissons cela. Vous voilà en nage, et ce n'est pas bon pour votre cœur.

Le heurtoir de la porte d'entrée se fit entendre, et Mary s'éclipsa, à regret. Jenny n'allait pas tarder à se précipiter pour ouvrir.

Quelques minutes plus tard, le pasteur Reeves, venu pour la leçon de catéchisme de Mary, trouva celle-ci à sa table d'étude, le nez dans le passage de la Bible qu'il lui avait donné à étudier. Il l'en félicita, sans savoir qu'entre les lignes Mary cherchait davantage le moyen de se venger de Tobias Read que de pardonner.

Elle ne raconta pas à Cecily cette rencontre désagréable, pour ne pas abîmer sa gaieté désormais retrouvée. Mais l'idée que le malheur de sa mère ait été dû à ces êtres attachés à la valeur de leur rang lui laissa la nausée. Longtemps.

*

Sept années durant, Mary souffrit du mépris de l'oncle Tobias.

Ayant compris à quel point Mary Oliver indisposait son fils, lady Read s'arrangeait toujours pour que l'enfant soit occupé à ses leçons quand Tobias venait. De fait, Mary s'appliquait à son instruction avec une belle ténacité. Si elle l'avait fait au début pour plaire à sa mère et à lady Read, son esprit curieux s'en était vite régalé. Elle dévorait livres et leçons sans se faire prier. Elle avait grandi en vigueur et en connaissance, pas en vertu. Elle chapardait toujours avec le même plaisir gourmand.

Malgré ses quatorze ans, elle gardait un buste si plat qu'elle n'avait aucune peine à jouer les garçons. Quant à son entrejambe, qui eût pu en faire douter, Cecily lui avait enseigné à rouler un morceau de tissu dans ses culottes pour le grossir et faire illusion. Elle s'était aussi entraînée à descendre le timbre de sa voix dans les graves, de sorte qu'on eût pu penser que celle-ci avait mué, et s'y était tant habituée qu'elle le faisait désormais naturellement.

Elle avait renoncé à ses cours d'équitation pour plaire à Cecily qui, inquiétée par sa première chute, lui avait fait jurer de ne pas recommencer, prenant pour argument que la noblesse se déplaçait en carrosse et les pauvres à pied, et que les cavaliers n'étaient bons qu'à se faire remarquer.

Pour ne pas se voir également privée de cette discipline qu'elle adorait, Mary lui avait soigneusement caché les jeux de lutte et d'épée auxquels elle s'adonnait avec son maître de combat.

— Fendez-vous davantage, mon garçon ! insista celui-ci en taquinant la lame de Mary du plat de la sienne.

Depuis plus d'une demi-heure, Mary s'escrimait contre lui sans parvenir à le faire plier. Elle était en nage.

— C'est assez, déclara-t-il en baissant sa garde.

Mary lui en sut gré. Elle avait la gorge sèche et se précipita vers une console pour avaler un verre d'eau.

— Sir Tobias ! entendit-elle le maître d'armes s'exclamer.

— Maître Dumley, le salua Tobias, qui, passant dans le corridor, n'avait pu résister à sa curiosité en entendant le cliquetis des lames. Vous voici toujours vert et efficace, à ce que je vois. Dommage que vous ayez affaire à pareil empoté, ajouta-t-il, méchant et méprisant.

Mary serra les doigts sur l'étain de son gobelet. Elle s'attendait à ce que son instructeur la défende. Non seulement il n'en fit rien mais déclara tout net :

— Vous fûtes un élève incomparable, Tobias. La gloire de ma carrière. Comment pourrait-on comparer ?

— Je n'y tiens pas, lâcha Tobias sèchement. Le talent ne vient qu'aux gens bien nés, vous le savez parfaitement. Je vous laisse poursuivre.

— Dieu vous garde, Tobias, le salua le maître d'armes.

Mary n'avait pas bougé. Elle était blanche de colère. Elle ne laisserait pas à son oncle l'occasion de l'humilier encore. Elle se retourna, la mâchoire serrée, et se mit en garde.

— Je suis remis, monsieur, siffla-t-elle, le regard empli d'une envie de tuer.

Maître Dumley s'en étonna un instant puis, comprenant l'objet de sa motivation soudaine, jugea en connaisseur que l'instinct de Mary s'en était fortifié. Sa posture était correcte, son poignet bien mieux placé qu'auparavant.

Il décida de vérifier cette intuition qui lui venait. Il se mit en garde à son tour, affichant un sourire méprisant, et lâcha :

— J'aimerais le croire, Oliver, mais je crains que Tobias Read n'ait raison. Vous êtes bien pitoyable à côté de ce qu'il fut capable de me donner.

Le sang de Mary l'emporta en avant et elle trouva cette lame qui la narguait avec toute l'énergie de sa haine.

Il n'était plus question de jouer. L'homme le comprit aussitôt. Oubliant l'envie de lui plaire, Mary brettait à présent sans réfléchir, découvrant des réflexes, des sensations qu'elle avait à peine ébauchés.

— C'est tout ? la nargua maître Dumley, tout en pensant le contraire.

La furie de Mary s'en décupla et l'homme, acculé par cette épée qui ne lâchait plus la sienne, cherchant les ouvertures qu'il laissait avec une maîtrise impressionnante, découvrit l'élève le plus doué qu'il ait jamais rencontré.

Il décida pourtant d'y mettre un terme. Jouant d'une botte secrète qu'il avait mise au point peu de temps auparavant, il enroula sa pointe autour de celle de Mary et fit s'envoler son sabre pour le récupérer par la garde dans sa main gauche avant qu'il touche terre.

En moins de temps qu'il n'en fallut à Mary pour réaliser qu'elle était désarmée, les deux épées se trouvaient pointées contre sa poitrine.

Stupéfaite, sa colère retomba soudainement.

— Comment diable avez-vous fait ? s'exclama-t-elle.

Maître Dumley lui sourit et répondit, avec une admiration non feinte :

— Je vais vous enseigner, Mary Oliver. Mais auparavant il me faut m'excuser pour avoir sciemment égratigné votre orgueil. Vous venez de me révéler ce que j'avais pressenti sans pourtant le vérifier jusque-là. Vous êtes extraordinairement doué.

— Autant que mon oncle ? demanda Mary, sentant naître en elle un souffle de victoire.

— Bien davantage, avoua maître Dumley en baissant la voix.

Il se détourna d'elle et s'en fut refermer la porte que Tobias avait laissée ouverte en les quittant. Il n'avait aucune envie que celui-ci surprenne ce qu'il voulait ajouter.

— Vous le haïssez, n'est-ce pas ? demanda-t-il à Mary dans un souffle.

Elle hocha la tête. Mentir aurait été ridicule après ce qui venait de se produire.

— Bien. Vos raisons m'importent peu. Ce qui est essentiel est de savoir ce qui vous fait réagir et agir. Servez-vous de votre haine désormais, et je ferai de vous en peu de temps une des meilleures lames de l'Angleterre.

— Tobias connaît-il cette botte ?

Maître Dumley eut un petit sourire orgueilleux.

— À part vous, Oliver, personne ne la connaît. Elle est ma signature. Vous en êtes plus digne qu'aucun autre de mes élèves et, puisque vous serez le dernier, ce sera vous qui l'apprendrez.

Mary l'en remercia, se rengorgeant de cet honneur qu'il lui faisait, s'appliquant chaque jour davantage à le mériter et nourrissant sa haine envers Tobias de tous les commérages que Jenny colportait à son sujet.

Elle apprit ainsi que Tobias avait finalement obtenu la clientèle du roi d'Angleterre, Guillaume d'Orange. En quelques années, il était devenu un des plus riches et convoités sujets de Sa Majesté. Comme ses clients, il recrutait ses maîtresses dans les plus hauts rangs de l'aristocratie.

Il faisait commerce avec l'Europe mais aussi avec les Indes occidentales, se servant de sa respectable activité pour se livrer à de nombreux et fructueux trafics de marchandises diverses. L'individu avait gagné en prestance et suffisance, mais, pour Mary, il devint le symbole même de ce qu'elle devait tuer pour exister.

Cecily, en revanche, était rayonnante. Elle avait perdu son emploi de femme de chambre et s'en moquait, prétextant qu'elle avait bien assez travaillé pour se laisser maintenant entretenir, d'autant que Mary grandissant et satisfaisant sa grand-mère, la pension versée par celle-ci avait été confortablement réévaluée.

Mary lui avait appris à lire et lui portait régulièrement des livres qu'elle empruntait discrètement dans la bibliothèque de lady Read. Jenny, quant à elle, récupérait des pelotes de laine délaissées pour qu'elle puisse s'adonner au plaisir de tricoter. Chaque soir, dans leur chambre, leurs retrouvailles prenaient la saveur d'une fête.

La seule tristesse de Cecily lui venait de la peur de vieillir. Elle tombait régulièrement amoureuse et se désespérait de ses amants qui l'abandonnaient dès qu'elle espérait davantage de considération. Elle avait beau rêver d'un homme qui l'installerait, aucun ne pouvait se satisfaire longtemps de son caractère excessif qui, s'il les comblait, eût pu faire scandale pour une peccadille dès lors que Cecily aurait eu davantage de privilèges. Elle s'en consolait en se disant qu'elle vivait ses plus belles années et que sa fille, dressée comme un homme, saurait bien, son instruction achevée, subvenir à leurs besoins.

Car Cecily n'épargnait aucun penny.

Elle prenait pour prétexte que Mary, élevée dans le luxe de la demeure de lady Read, pouvait fort bien se lasser de leur médiocrité. Tout l'argent était donc consacré à sa mise, à leurs repas et à une chambre digne de son état de protégée.

Mary la rassurait d'un baiser. Elle avait beau grandir et s'éduquer, jamais elle n'aurait pu s'écarter de cette mère dont l'amour valait mieux que toutes les prisons dorées.

# 3.

Tobias Read descendit de sa voiture pour s'avancer, fier de son importance, sur la travée du port de Londres. Nombre de navires se trouvaient à quai. Et en cette heure pourtant fort matinale, on s'y bousculait déjà. Il croisa autant de personnages richement vêtus que de marins ou de badauds de tout âge, miséreux et dépenaillés.

De la futaille était rangée de-ci de-là, au milieu des caisses de bois contenant basse-cour, cochons ou poisson séché. Des parfums d'épices voisinaient avec l'odeur des litières fraîchement refaites, et des embruns. Partout on avitaillait ou déchargeait des cargaisons sous l'œil attentif des capitaines. Ceux-ci se tenaient, semblables, la jambe nonchalante, la main appuyée sur le pommeau d'une canne ouvragée, le nez poudré et le chapeau emplumé sur une avalanche de fausses boucles blondes.

L'allure de monarque de Tobias Read les obligeait à le saluer avec déférence à mesure qu'il progressait, s'écartant d'une altercation qui parfois éclatait, ou d'un voleur qui, découvert, s'enfuyait en zigzaguant entre marins, badauds et passagers, au risque de les heurter.

Tobias Read était de ces hommes qui pensent pouvoir tenir le monde à la merci de leur caprice, indifférents à la notion de bien ou de mal, de justice ou d'injustice. Comme beaucoup de personnages de son rang, il pensait que si Dieu détestait véritablement les péchés, il n'aurait pas créé les hommes d'Église pour les condamner. Il en était de même pour de nombreuses autres notions moralisatrices qu'il bafouait avec aisance, les accommodant à sa foi chrétienne pour mieux servir son ego démesuré et plus encore son insatiable soif de pouvoir et de puissance.

Pour l'heure, il s'apprêtait à réceptionner un navire. Il l'avait affrété quelques mois auparavant pour un client espagnol dont il n'avait rien pu tirer avant son départ, hormis sa destination : la péninsule du Yucatán, dans les Indes occidentales.

L'Espagnol était parti les cales vides, mais avait exigé une solide escorte de frégates solidement armées pour assurer son retour.

— Bigre, que comptez-vous donc ramener? Un trésor? s'était moqué Tobias Read devant l'énormité des exigences de son client, acceptant pourtant la somme qu'il déboursait.

Pour toute réponse, l'homme s'était mis à transpirer en se levant aussitôt pour prendre congé. Tobias Read n'avait pas insisté, mais son instinct avait été mis en alerte. Il avait été soudain persuadé d'avoir touché juste. Il s'était aussitôt entendu avec le commandant de ce convoi exceptionnel pour surveiller son client et tirer profit de sa découverte. Tobias Read ne laissait échapper aucune occasion qui eût pu l'élever ou l'enrichir.

Il parvint enfin devant le navire amiral affrété par l'Espagnol à quai depuis deux bonnes heures.

Il franchit la passerelle au milieu des matelots qui s'activaient encore à aller et venir, du pont au quai, déchargeant des caisses de bois qui parurent légères à Tobias. C'étaient les mêmes que celles embarquées par son client à son départ, cinq mois plus tôt.

— Holà, capitaine ! héla-t-il en l'apercevant qui donnait un ordre à son lieutenant.

L'homme se retourna, le reconnut aussitôt et s'avança vers lui sans hésiter. C'était un personnage affable, roublard et paillard.

— Bienvenue à bord, messire, dit-il en lui tendant une main que, comme à son habitude, Tobias Read s'ennuya de serrer.

Il n'avait aucune amitié ou considération pour cet homme mais savait devoir feinter pour s'assurer sa fidélité et sa confiance.

— Où se tient votre passager ? demanda-t-il en tentant de masquer son impatience.

— Il a débarqué à peine le navire à quai.

— Sans ses caisses ?

— Elles sont aussi vides qu'à l'aller, ricana le vieux loup de mer.

— Qu'est-ce à dire ?

— C'est-à-dire, monsieur, que notre homme n'a pas trouvé ce qu'il était allé chercher. Mais venez, il vaut mieux ne pas rester là, on pourrait nous entendre.

Tobias Read hocha la tête et lui emboîta le pas jusqu'à sa cabine. L'homme en referma soigneusement la porte et, invitant Tobias à s'asseoir dans un des fauteuils qui s'y trouvaient, s'empressa de déboucher une bouteille de marc ambré, qu'il versa au ras dans deux verres.

— Tenez donc, ça vous consolera. Je suis sûr que votre client est fin soûl à l'heure qu'il est, tant il semblait déçu. Il a passé tout le retour dans sa cabine avec les huit gaillards qu'il avait emmenés pour assurer sa sécurité à bord. Ils n'en sortaient que pour manger et pisser. À croire qu'il craignait qu'ils ne parlent. Je ne sais de quoi, à voir leurs mines ! s'amusa-t-il.

— Racontez-moi, insista Tobias.

— Si vous y tenez. Mais je vous certifie qu'il n'y a pas lieu de les plaindre. À mon avis, cet homme se sera fait refiler une fausse carte au trésor et aura englouti sa fortune pour tenter de découvrir quelque chose qui n'existe pas. Enfin, continua-t-il en vidant cul sec le marc de son verre, c'est vous le patron. Je vous en sers un autre ?

— Non, déclina Tobias.

L'alcool était frelaté et il avait du mal à terminer le sien. Le capitaine devait y être habitué. Ces longs voyages en mer endurcissaient bien mieux que tous les autres métiers.

Le capitaine revint s'installer face à lui, ayant délaissé son gobelet pour la bouteille dont il prit une rasade directement dans la bouche, le visage renversé en arrière. Il avait les manières d'un rustre, mais Tobias y était acccoutumé et l'en excusait. Il était le meilleur marin et capitaine d'Angleterre et, à l'inverse de beaucoup d'autres, avait su jusqu'alors éviter de se faire prendre par les pirates ou les corsaires. Que ce fût dû à la chance ou à son expérience, peu importait à Tobias Read. L'homme contribuait à la réputation de fiabilité de ses navires.

— Nous avons débarqué là où il nous l'a indiqué, sur la côte du Yucatán, expliqua le capitaine. Il nous a demandé de garnir les canots de vivres et d'eau potable pour huit jours et d'accrocher les caisses sur les vingt-cinq mulets qu'il avait fait embarquer avec elles. Nous menâmes le tout à terre. Là, il nous pria de ne plus l'attendre si, passé ce délai, il ne revenait pas. Il a ajouté qu'il valait mieux ne pas les suivre dans la jungle. Je ne m'y suis pas risqué. Il était bien plus facile de s'inquiéter de la cargaison à son retour.

— Vous avez bien fait.

— Ils sont revenus la mine basse deux jours avant le délai fixé, continua le capitaine. Nous étions encore à terre, faisant provision d'eau douce et de fruits que nous avions mis à sécher sur la plage. Il rapportait ses caisses et ses mulets, exigeant qu'on les redescende en cale. Il ordonna qu'on lève l'ancre sitôt le navire avitaillé et s'enferma comme je vous l'ai raconté. En mer, j'ai fait ouvrir chacune des caisses à la nuit tombée. Elles ne contenaient rien. À l'exception d'une saleté de scorpion qui s'y était niché ! À notre arrivée hier soir, il m'a chargé de les lui vendre.

— Et les mulets ?

— Nous les avons mangés.

Tobias aurait dû en rire et s'en satisfaire. Il n'y parvenait pas. Son instinct l'assurait qu'il y avait autre chose, qui avait certainement échappé au capitaine. Il décida de s'en assurer.

— Savez-vous où je peux le trouver ?

— À la Lanterne rouge ! C'est une auberge à deux minutes d'ici, c'est moi qui la lui ai indiquée. Je crois que notre homme est sans le sou. Il m'a supplié de lui porter le produit de la vente de ses caisses, pour lui permettre de payer sa chambre et ses repas. Le navire qui doit le ramener en Europe appareille dans quelques jours. Il a de la chance de me faire pitié, ajouta le capitaine, sans quoi c'est dans mes poches que son pécule serait tombé.

Tobias se leva. Il connaissait l'endroit, fréquenté uniquement par des marins, des putains et des tire-bourses. Il valait mieux pour lui se faire accompagner.

Il prit congé du capitaine après lui avoir ordonné de remettre en état le navire. Celui-ci le regarda s'en aller avec admiration. Il respectait toujours les hommes qui avaient de la suite dans les idées.

Tobias regagna sa voiture et donna une adresse au cocher qui tordit le nez. Celui-ci n'aimait pas s'enfoncer dans les bas quartiers de Londres. Tobias Read se fit arrêter devant une petite taverne sombre et y pénétra sans tarder. À cette heure, il savait que son mercenaire s'y trouverait. Il le vit au comptoir occupé à discuter avec le propriétaire des lieux et le rejoignit aussitôt.

L'homme qui le reçut ne portait pas de nom. Il l'avait perdu, rendu amnésique par un mauvais coup qui lui avait emporté un morceau de cuir chevelu et laissé une belle cicatrice à la tempe. Il eût dû mourir, il en avait réchappé sans identité. Pour tous, y compris lui-même, il était devenu l'Homme en noir.

Massif et teigneux, tout autant que vif et intelligent malgré ce handicap, il était entré par hasard au service de Tobias Read deux mois plus tôt. Read cherchait un assassin pour éliminer le mari d'une de ses maîtresses devenu gênant pour leurs affaires respectives.

Il s'était fait agresser lui-même et avait dû se défendre à l'épée. L'Homme en noir était intervenu en sa faveur comme il commençait à plier, faisant fuir ses attaquants sans les blesser. Aussitôt après, il l'avait rançonné pour lui avoir sauvé la vie. Read n'avait pas été dupe. Comprenant que tout cela était habilement organisé, il l'avait engagé à son service, lui promettant bien davantage qu'il n'aurait pu espérer.

Sortant de la taverne, l'Homme en noir gagna la voiture sur les talons de son maître. Avant d'atteindre l'auberge de la Lanterne rouge, leur équipage s'était grossi de quatre malfrats pour le cas où l'Espagnol serait encore entouré de ses hommes et voudrait se défendre.

Read les laissa entrer les premiers et s'installer comme des clients ordinaires. Il ne tenait pas à éveiller l'attention, d'autant qu'avec un peu de chance, l'alcool aidant, l'Espagnol lui livrerait la vérité sans trop se faire prier.

L'Homme en noir pénétra dans le bouge, enfumé et bruyant, à ses côtés. Le lieu puait la crasse, le vin, le graillon et le parfum des filles de mauvaise vie. Tout ce que Tobias Read exécrait. Il se fraya pourtant un passage parmi les tables, sous l'œil intrigué des habitués, que la présence de l'Homme en noir, connu de tous les brigands à Londres, forçait au respect.

Read avisa son homme, avachi à une table sur les restes d'un repas qu'il n'aurait pas lui-même accordé à un chien. Il tira une chaise branlante à la table voisine et s'installa face à lui. L'homme redressa la tête, fouilla dans ses souvenirs en plissant ses yeux rougis par la fumée et l'alcool, puis tendit vers lui un doigt mal assuré. Il était solidement éméché.

— Je vous reconnais, balbutia-t-il en espagnol.

Il parlait fort. Tobias comprit qu'il ne pourrait lui arracher de confidences ici, sans que la salle tout entière en soit informée. Il se leva donc et déclara :

— Il ne faut pas rester là, mon ami. L'endroit est risqué. Accompagnez-moi dehors, j'ai la somme que vous demandiez pour vos caisses.

L'Espagnol plissa le front, puis, hochant la tête, laissa l'Homme en noir glisser un bras derrière ses omoplates pour l'aider à se redresser.

Il ricana bêtement tout le long du trajet. Read avisa un cul-de-sac qui servait de pissotière à gauche de l'édifice. Il fit signe à l'Homme en noir d'y déposer l'Espagnol, demandant à ses complices, qui s'étaient empressés de les rejoindre à l'extérieur, de faire le guet. C'était le meilleur endroit pour causer sans être inquiété.

Il s'approcha de l'Espagnol qui continuait de ricaner, conscient de son erreur tout autant que de son implacable fatalité.

— Tu sais ce que je veux, n'est-ce pas ? Parle, ajouta-t-il froidement dans sa langue, et je te laisserai la vie sauve.

L'Espagnol ricana encore. Tobias le secoua, puis le gifla.

— Tue-moi, décida l'Espagnol, tu n'y pourras rien changer. Sans les autres clés, le trésor de mon aïeul est inaccessible. Inaccessible, tu entends, répéta-t-il en détachant les syllabes, l'haleine si puante que Tobias détourna le nez.

Tobias attendit, accroupi devant sa piteuse victime. L'Espagnol en avait trop dit pour ne pas continuer.

— Comme mon père avant moi, j'ai passé ma vie à les chercher. Elles ont disparu. Disparu ! beugla-t-il enfin en voulant se redresser.

D'une poigne ferme, l'Homme en noir le maintint au sol. Il se résigna :

— C'était pourtant un beau trésor et moi seul sais où il est caché. Tu entends, l'Anglais ? Moi seul.

— Et tes compagnons, demanda Tobias, ceux qui t'ont escorté ?

— Morts, avoua l'Espagnol. Tous empoisonnés. On doit les croire endormis dans la taverne où je les ai laissés, le nez dans leur chopine.

Il ricana encore.

— Raconte-moi tout, susurra Tobias, et je t'aiderai à retrouver ces clés dont tu parles. Il n'y a rien d'impossible aux puissants, et je le suis plus que tu ne peux l'imaginer.

— Si c'est vrai, accorda l'Espagnol, alors tu es la providence.

— Aie confiance en moi.

L'Espagnol haussa les épaules.

— Je suis ivre, l'Anglais. Pas stupide. Malgré la carte, sans moi tu ne l'atteindras pas, insista-t-il.

— Tu as ma parole. Dès cet instant nous sommes associés.

L'Espagnol hésita encore quelques secondes, puis délivra sa conscience de son lourd secret.

Lorsqu'il eut achevé sa confidence, Tobias Read fit un signe à l'Homme en noir. Celui-ci dégaina un poignard de sa ceinture. L'Espagnol gémit.

— Que fais-tu de ta parole, l'Anglais ?

— Les promesses n'engagent que ceux qui les croient, répondit Tobias, comme l'Homme en noir lui perforait le cœur.

Puis celui-ci détacha du cou de l'Espagnol agonisant une chaînette sur laquelle un étrange pendentif oscillait, et la tendit à Tobias. Ce dernier la fourra dans la poche de son manteau, tout à côté de la carte pliée en quatre que lui avait confiée l'Espagnol, laquelle marquait l'emplacement du trésor.

Abandonnant sa victime sans remords, Tobias Read sortit de l'impasse, excité comme il ne l'avait jamais été par ce qu'il venait d'apprendre. Sur ses talons, l'Homme en noir était tout aussi troublé. Il le raccompagna à sa voiture avec ses hommes, puis ils s'éparpillèrent dans les ruelles malfamées.

Tobias Read se fit reconduire chez lui, dans les beaux quartiers de Londres, non loin du palais royal, excité par sa découverte fabuleuse.

— Ah ! Monsieur, se précipita son secrétaire, à peine en eut-il franchi le seuil, je désespérais de vous retrouver. Une terrible nouvelle vient de nous faucher. C'est votre mère...

Tobias Read blêmit, remit son chapeau qu'une domestique venait de prendre. Il n'avait pas besoin d'en entendre plus : la pudeur anglaise savait dire les choses les plus terribles sous les mots les plus anodins. Il se remit en route pour se rendre au chevet de sa mère, distrait brutalement de ce fabuleux trésor et de ses secrets.

*

— Vous ne pouvez entrer, annonça Jenny, en larmes, à Mary, votre grand-mère est morte cette nuit. Le pasteur Reeves est auprès d'elle.

Mary éclata en sanglots, et Jenny lui ouvrit la porte.

— Pauvre, pauvre garçon ! s'apitoya-t-elle en la pressant contre son sein.

Le chagrin de Mary n'était pas feint. Ce n'était pourtant pas lady Read qu'elle pleurait, mais ce qu'elle perdait à sa disparition.

Jenny lui accorda finalement de grimper à l'étage, et de se rendre dans la chambre de sa grand-mère. Le pasteur Reeves s'y trouvait déjà, occupé à brûler de l'encens.

La visite de Mary l'ennuya, sachant qu'elle indisposerait Tobias Read qu'il avait fait prévenir. Il n'eut cependant pas le cœur de la chasser.

— Accordez-moi quelques instants, mon révérend, demanda Mary en larmes, elle fut si bonne pour moi.

— Dépêchez-vous, mon enfant, lui concéda-t-il en lui pressant l'épaule avec compassion. Votre oncle ne va pas tarder.

Mary hocha la tête et, s'agenouillant devant la dépouille de lady Read, fit semblant de se mettre à prier.

À peine fut-elle seule qu'elle ramassa un des chandeliers qui veillaient la défunte, pour assurer l'avenir de Cecily et le sien. Avec rapidité et efficacité, elle entreprit d'ouvrir chaque tiroir et de fouiller chaque meuble, prenant soin de pleurnicher bruyamment pour enlever toute envie au pasteur Reeves de la déranger.

Elle fourra dans ses poches quelques pièces trouvées dans un pot, un collier de perles, et un pendentif représentant une salamandre enroulée autour d'une émeraude. Mary aurait voulu rafler l'ensemble des bijoux. La prudence l'en empêcha. Peu passeraient inaperçus, éloignant d'elle le risque de se voir pourchassée par la maréchaussée.

Elle sortit ensuite de la chambre en se mouchant ostensiblement. Il était temps. Elle entendit Tobias Read qui s'entretenait avec le pasteur dans le vestibule. Elle descendit en redoublant de larmes, se pinçant au coude pour mieux les provoquer.

Tobias la considéra d'un œil dépourvu de pitié. Mary comprit aussitôt qu'elle ne s'était pas trompée. Son jugement serait sans appel ! À peine le pasteur se fut-il écarté, selon les ordres qu'il venait de recevoir, que Tobias se planta devant elle.

— Cessez de pleurnicher ! Et comportez-vous en homme, puisque ma chère mère imaginait pouvoir vous en donner l'allure et l'éducation, déclara-t-il sèchement. Pour ma part, je considère que les Read vous ont assez nanti avec ce nom que vous portez. Quittez cette maison, mon neveu. Et n'y revenez jamais !

Mary se contint pour ne pas lui écraser son poing sur le nez. Elle se contenta de se draper dans sa dignité en songeant qu'il était bien trop puissant pour ne pas la condamner. Cecily avait besoin d'elle et de ce qu'elle avait volé. Elle ravala sa fierté. D'autant qu'indifférent à elle de nouveau, Tobias Read, digne, gravissait les degrés pour se rendre auprès de la défunte.

Mary gagna le vestibule. Elle n'eut pas le cœur d'attendre Jenny qui s'était absentée sur un ordre du pasteur Reeves.

À l'instant de franchir le seuil de la maison, elle avisa le manteau de Tobias, suspendu à une patère. Elle jeta un œil alentour, s'assura qu'elle était seule et entreprit de le fouiller, ravie de ce mauvais tour joué à son oncle. Elle délaissa les documents, empocha un peu d'argent et un pendentif de jade, au cœur de diamant.

Puis elle claqua la porte dans un bel effet et se mit à courir vers l'auberge où l'attendait sa mère, pour la presser de déménager.

Il suffit à Tobias de glisser la main dans la poche de son manteau qu'il venait d'enfiler pour constater la disparition d'une des clés du trésor, volée à l'Espagnol. Il étouffa un juron et, au lieu de quitter la demeure de lady Read, comme il s'apprêtait à le faire, revint sur ses pas pour trouver Jenny.

Dans le silence qui plombait la demeure où toutes les pendules avaient été arrêtées, celle-ci s'occupait à présent de tirer les tentures du petit salon. Les proches de lady Read ne tarderaient plus à arriver pour lui rendre un dernier hommage et le pasteur Reeves avait demandé à Jenny de les y mener.

Tobias Read la brusqua d'une voix où se perdait un relent de colère.

— Savez-vous où loge mon neveu ?

Jenny manqua choir de l'escabeau sur lequel elle était juchée. Elle en descendit avant de répondre, comme si la dureté du timbre pouvait à elle seule la faire vaciller :

— Dans une auberge près du port, avec sa mère.

Elle faillit en demander la raison mais s'abstint. Elle n'appréciait pas Tobias Read. Non qu'il lui eût causé le moindre tourment, mais, à l'inverse de sa défunte mère, il n'éprouvait que mépris pour les domestiques, voire pour le reste de l'humanité.

— C'est tout ? s'impatienta Tobias. N'avez-vous pas un nom, une adresse ?

— Non Monsieur, mentit-elle. Votre mère, paix à son âme, ne m'en a pas dit davantage et vous savez ma discrétion.

Tobias n'insista pas et quitta la pièce, décidé à trouver dans le cabinet de sa mère quelque document pouvant l'aider dans sa quête.

Jenny retourna à sa tâche, satisfaite, malgré sa peine, d'avoir détourné pour quelques heures cet odieux personnage du jeune Mary Oliver qu'elle aimait tant. Quel que soit l'objet du courroux de Tobias Read, son neveu ne méritait pas la manière dont il avait été chassé.

Fouillant les affaires de sa mère, Tobias manqua s'étrangler de colère. Elle avait rédigé un testament deux jours auparavant, en présence de son notaire, dont la signature attestait l'authenticité. Lady Read léguait une partie de ses biens à Mary Oliver, laissant aux bons soins de Tobias la gestion de ce patrimoine jusqu'à la majorité de son neveu, et ce, disait-elle, dans le but d'empêcher sa mère d'en jouir.

L'adresse de Mary Oliver permettait au notaire de lui signifier son héritage le cas échéant.

Tobias Read roula le document et le glissa dans la poche intérieure de son gilet.

— Jamais ! décida-t-il, faisant fi des dernières volontés de sa mère.

Il regagna le vestibule, coiffa son chapeau, emporta sa canne au pommeau orné d'un rubis et sortit à vive allure.

Il donna l'adresse au cocher et se fit conduire avec la ferme intention d'en terminer une fois pour toutes avec cette racaille.

Il força la porte de la chambre de Cecily sans s'annoncer et de fort mauvaise humeur. D'un simple coup d'œil, il put constater que Mary Oliver et sa mère avaient déjà filé. Ulcéré, il redescendit l'escalier pour avertir le logeur, lui demandant si ses locataires n'avaient pas laissé une nouvelle adresse. Celui-ci s'emporta de la méchante farce qu'on lui avait jouée et réclama à Tobias les nuitées non réglées.

— Fais-moi un procès, railla celui-ci en disparaissant, abandonnant l'homme à sa colère.

Remontant en voiture, il fila vers le point de ralliement de l'Homme en noir, qui venait d'y arriver. En deux mots, Read lui exposa la situation.

— Retrouve-les, ordonna-t-il, rapporte-moi l'œil de jade et débarrasse-moi d'eux. Je ne veux plus jamais en entendre parler !

# 4.

La première besogne de Mary, sitôt qu'avec Cecily elles eurent déposé leur unique malle dans une nouvelle chambre, bien plus modeste, et située à plusieurs rues de l'ancienne, fut de visiter un joaillier dans l'espoir de vendre ce diamant qu'elle avait volé.

L'homme examina le bijou, un cercle de jade légèrement ovoïde, et le lui rendit sans avoir pris la peine de glisser à son œil la lunette grossissante qui, retenue par un lien de cuir, lui enserrait le crâne. Son constat sonna comme un glas aux espoirs de fortune de Mary.

— Aucune valeur, décréta-t-il. L'éclat de cristal enserré au cœur est de belle facture, le jade aussi, mais je ne trouverai pas d'acquéreur pour le tout. Séparément non plus d'ailleurs. Quant à le gager, je ne pourrai vous en donner que deux ou trois pence, et encore, par pure charité.

Mary récupéra le bijou, le soupesa, puis décida :

— Pour si peu, je préfère le garder. Et de celui-ci ? demanda-t-elle en posant le collier de perles sur le comptoir.

Elle ajouta aussitôt :

— Un présent de ma grand-mère dont il me faut, hélas, me séparer.

Si l'homme ne fut pas dupe, il n'en laissa rien paraître. Il étudia le bijou, puis avança une somme rondelette que Mary ne tenta pas de marchander. C'était plus qu'elle n'espérait.

Elle aurait voulu vendre de même le pendentif d'émeraude, mais sa mère s'en était entichée sitôt qu'elle l'avait vu et l'avait mis à son cou d'autorité, prétextant qu'il serait toujours temps plus tard. Mary avait aussitôt compris ce que cela signifiait. Plus tard, chez Cecily, c'était souvent jamais !

Mary soupira de lassitude en caressant l'œil de jade qu'elle avait rattaché à son cou, sous sa chemise. Elle n'aimait pas que les rêves de sa mère soient contrariés. Et la mort de lady Read avait fait brutalement resurgir dans les yeux de Cecily ses angoisses d'autrefois.

— Nous ne sommes rien, Mary ! Rien qu'un grain de poussière, et les riches n'aiment pas que leurs bibelots attirent la poussière. J'aurais aimé être une bonne mère, se lamenta-t-elle en serrant Mary contre elle sitôt celle-ci revenue.

La déception de Cecily devant le peu de valeur du diamant était devenue, théâtralement, de la fatalité.

— Tu es la mère que toute fille voudrait avoir. Ne regrette rien, la réconforta Mary, se laissant prendre à son emphase.

Confortée dans son jeu, Cecily enchaîna, s'abandonnant à cette langueur morbide revenue la hanter soudainement :

— J'aurais voulu te donner un père. J'aurais voulu épouser un de ces hommes riches comme une putain sait le faire. Il nous aurait couvertes de bijoux. Je n'ai jamais pu, Mary. Aucun n'avait assez de passion pour apprivoiser ma peine. Je n'ai su enchaîner que les hommes qui m'aimaient et, pour mon malheur, ceux-là ne possédaient rien.

— Cela ne fait rien. Nous nous suffisons bien, maman, dit-elle pour la rassurer.

Mary, pourtant, n'était plus sûre de rien désormais.

*

Plusieurs mois durant, elles déménagèrent sans cesse, dès que leurs bailleurs s'avisaient de leur réclamer le loyer. Cecily, ne parvenant pas à retrouver du travail, se montrait lasse et triste, et Mary la voyait blanchir de cheveux et de figure. Sa mère ne riait plus que rarement et se plaignait sans cesse du manque d'argent, du manque d'entrain, du manque de tout.

Mary économisait le plus qu'elle pouvait, faisant perdurer l'argent du collier pour assurer leur subsistance, cherchant elle aussi quelque emploi qui eût pu les sauver.

Chaque jour, cependant, marquait plus avant leur déchéance.

Peu de temps après l'enterrement de sa mère, Tobias Read avait été convoqué par le notaire à propos du testament. Il avait feint l'ignorance, puis enragé de voir l'homme de loi en sortir une copie de son coffre.

— Votre neveu demeure introuvable, mais nous le recherchons activement, lui avait déclaré celui-ci après lui avoir fait l'inventaire de son propre legs. Je ne doute pas, avait-il poursuivi, que vous accepterez toutes les clauses de ce document.

Tobias Read s'était contenté de hocher la tête, tandis que le notaire ajoutait en toute bonne conscience :

— Bien évidemment, si votre neveu décédait avant sa majorité, étant entendu que vous demeurez son tuteur de biens, c'est à vous que reviendrait son héritage, et non à sa mère. Lady Read y tenait tout particulièrement.

— Évidemment, avait répété Tobias, soulageant sa tension d'un bloc, plus déterminé que jamais à éliminer ce gêneur.

La difficulté rencontrée par son mercenaire pour lui mettre la main au collet en était d'autant plus exaspérante. En effet, malgré tous ses efforts et ses indicateurs, l'Homme en noir ne parvenait pas à les localiser à temps. Chaque fois qu'il surgissait, Cecily et Mary venaient de filer.

Tobias Read avait décidé de se rendre en Espagne dans la famille de sa victime afin d'en apprendre davantage sur ce fabuleux trésor caché. Son histoire s'était transmise de génération en génération et Tobias ne pouvait s'empêcher de l'imaginer grossi à souhait. Il entrerait dans la place pour annoncer l'assassinat tragique dont son client avait été victime. Il se dépeindrait comme le héros attentif à lui porter secours, mettant en fuite les agresseurs qui l'avaient dépouillé. Sur son dernier souffle en confession, il aurait appris la vérité et juré d'en avertir les siens.

Il ne doutait pas, dès lors, d'être remercié par des confidences. Il verrait bien ainsi s'il valait ou non la peine qu'il s'embarrassât de retrouver ces fameuses et surprenantes clés. Il s'embarqua pour Cadix aux premiers jours de février.

*

L'hiver londonien froid, brumeux et insidieusement humide semblait ôter chaque jour davantage à Cecily l'envie de se lever, de se parer, de faire illusion. Mary se désespérait de se voir rejeter à chacune de ses tentatives pour trouver un emploi. Cette instruction qui lui promettait une liberté chère au cœur de sa mère ne lui servait à rien et elle se refusait à vendre ses charmes masculinisés par ses cheveux courts.

L'argent du collier dépensé, il ne leur resta plus rien pour subsister. Mary se mit à mendier, chaparder, fouillant les immondices des auberges comme d'autres miséreux dont la mauvaise naissance compromettait la subsistance.

En quelques mois, Cecily devint squelettique. Elle ne se levait plus que pour changer de logement, laissant désormais les tenanciers se payer sur ses pauvres restes. Cela rendit Mary hargneuse lorsqu'elle le comprit.

En rentrant dans leur chambre après avoir erré sans but ni raison, à se demander si, comme Cecily, elle avait une place en ce monde, elle découvrit leur tenancier achevant de ranger son sexe dans un pantalon souillé de taches immondes. Il n'eut pas un mot pour s'en excuser, passa à ses côtés et sortit.

Cecily ramena la couverture sur sa poitrine et sourit à sa fille, diaphane.

— Te voilà déjà, ma chérie ! Comment est Londres ce matin ? demanda-t-elle comme si ce qui venait de se produire n'avait aucune réalité, aucun sens.

Mary refoula ses larmes dans sa déchéance et, de manière aussi anodine que possible, entreprit de lui raconter ce printemps qui s'annonçait.

Le lendemain, poussée par une idée et sans avoir prémédité ce qu'elle pourrait en retirer, Mary se leva aux aurores. Laissant Cecily endormie encore, elle traversa Londres pour se rendre au temple où le pasteur Reeves officiait. Elle ne l'avait plus revu depuis la mort de lady Read.

Elle dut attendre qu'il ait achevé son office avant de pouvoir lui parler. Une fois le temple vidé, elle s'approcha de l'autel, un air misérable peint sur ses traits. Le pasteur Reeves fronça le sourcil, la reconnaissant sans peine malgré sa maigreur et sa mauvaise mine.

— Eh bien, mon garçon, vous voici bien pitoyable ! remarqua-t-il avec compassion.

— Hélas, mon révérend. Par la bonté et l'amour de ma grand-mère, j'avais acquis les bases d'un avenir meilleur, mais rien de ce qu'elle espérait ne fut. De sorte que je m'en viens mendier votre pitié : n'auriez-vous point un emploi à me confier ?

Le pasteur réfléchit un moment, puis lâcha en toute innocence :

— Le notaire de lady Read vous fait rechercher, de même que Tobias. Sans doute pour les mêmes raisons. Je suis certain que lady Read, dans sa grande bonté, vous a doté avant de disparaître. N'avez-vous pas songé à les contacter plutôt que de fuir ? À moins que vous n'ayez eu une bonne raison de le faire, réalisa-t-il, soudain suspicieux.

— Aucune, monsieur. J'y vais de ce pas ! répliqua Mary, le sourire fendu jusqu'aux oreilles.

Chère, chère lady Read ! songea-t-elle en dévalant les ruelles, l'esprit si léger qu'elle eut peur de s'envoler aux ailes de ce vent qui glaçait son visage.

L'Homme en noir entra sans difficulté dans la chambre de Cecily. La porte n'était pas bouclée. Cela faisait deux jours qu'il surveillait les alentours. Cette fois, son maître serait satisfait.

Il fit jouer le verrou sans bruit, puis s'approcha du lit pour surprendre la mère et le fils. Il s'immobilisa devant le baldaquin dont les rideaux étaient encore baissés. Un souffle régulier lui parvenait. Malgré le jour qui pénétrait à flots dans la pièce, ses occupants dormaient.

Il sortit son poignard et écarta la toile, étouffant aussitôt un juron. Mary Oliver avait filé ! Il se demanda comment, puis se souvint d'avoir été distrait à l'aube par un clochard qui, devant l'auberge, l'avait agacé, détournant sa vigilance.

« Tant pis, se dit-il. La mère parlera. »

Il s'assit sur le lit, s'étonna de la douceur de son visage et de ce trouble qui le gagna de la voir ainsi abandonnée. Il le chassa en éveillant Cecily d'une caresse bourrue sur la joue.

Elle ouvrit les yeux en souriant, s'étirant comme une jeune chatte. Elle examina cet homme penché au-dessus d'elle, mais, au lieu de s'en effrayer comme elle l'aurait dû, elle poussa un gémissement de plaisir et enlaça son cou musculeux de ses bras tendus. Malgré sa cicatrice et la blessure des années, elle l'avait reconnu sans hésiter.

— Bonjour, mon amour, dit-elle, à mi-chemin entre cette réalité venue la faucher et ce rêve si lointain qui avait fouillé ses souvenirs pour la tromper.

L'Homme en noir l'imagina folle et décida d'en jouer.

Il se laissa attirer vers cette bouche qui espérait un baiser, en découvrit le goût avec l'étrange sentiment de l'avoir déjà connu puis s'écarta d'elle, mal à l'aise.

— Je savais bien que tu me reviendrais, chuchota Cecily. Il y a si longtemps que je t'attends, Tom.

— Où est Mary Oliver ? demanda l'homme, refusant de se laisser aller à cette étrange sensation qui oppressait son ventre, comme si une part de lui voulait s'y abandonner, comme si ces mots trouvaient un écho dans sa mémoire défunte.

— Mary ? s'étonna Cecily en tendant une main vers le second oreiller. Je ne sais. Partie chercher mon déjeuner sans doute. Comme toi avant. Tu te souviens, Tom ?

Il hocha la tête, menteur. Non, il ne se souvenait pas. Il ne se souvenait de rien. Il était né avec cette douleur dans la tête un matin froid de février et une envie profonde, puissante de tuer, chaque fois qu'il avait essayé d'en forcer le mystère.

— Où est le médaillon de jade ? demanda-t-il durement pour chasser les effets pervers de cette douceur qui le déstabilisait.

— Pourquoi ? Il ne vaut rien, tu sais, Tom.

Cecily n'avait qu'une envie, ne pas laisser son rêve s'achever.

— Tu te trompes, joua l'homme. Ce médaillon est la clé d'un trésor, d'un trésor fabuleux. Je dois mettre la main dessus. Dis-moi où il se cache, et vos ennuis seront terminés.

Les yeux de Cecily se mirent à briller.

— Mary ne s'en sépare jamais. Oh ! Tom, nous allons l'attendre ensemble, toi et moi, comme autrefois. Tu te souviens, n'est-ce pas ? Viens, gémit-elle en l'attirant de nouveau.

L'Homme en noir empoigna cette poitrine qui s'offrait, puis remonta ses mains jusqu'au cou pour le caresser. Cecily s'abandonna. Elle était heureuse soudain.

Peu lui importait que ce fût un rêve ou la réalité. Elle venait de retrouver Tom, le père de Mary et cet homme qu'elle avait tant aimé. Lorsque le souffle lui manqua, elle ne réalisa pas que l'Homme en noir était en train de la tuer.

De la Tamise, proche de l'auberge, montaient des relents âcres, prenant à la gorge. Un clochard était affalé contre un réverbère, la gueule ouverte, révélant des dents noires éparses. Il grogna et repoussa un chien qui tentait de lui voler sa pitance. Mary s'écarta de lui.

« Plus jamais ça », songea-t-elle en bénissant lady Read. Elle ignorait de quels bienfaits celle-ci avait pu la couvrir, mais c'était suffisant pour redonner à Cecily les couleurs de l'espoir.

Elle grimpa les escaliers quatre à quatre, évitant le logeur qui se disputait avec sa femme dans l'arrière-boutique.

— Cecily ! appela-t-elle joyeusement en ouvrant la porte à la volée.

Celle-ci ne répondit pas. Elle sommeillait paisiblement.

Mary tourna machinalement la clé dans la serrure, puis entreprit de la réveiller en taquinant sa joue de petits baisers sonores. Cecily ne bougea pas davantage. Le cœur de Mary se mit à battre si fort qu'il lui sembla vouloir s'arracher de sa poitrine.

— Maman ! insista-t-elle encore, tout en sachant que c'était inutile.

La douleur se fit si intense en elle qu'elle eut le sentiment d'être écartelée.

Mary aurait voulu pleurer, mais les larmes ne vinrent pas, étouffées dans son ventre noué. Cecily affichait un air de béatitude qu'elle ne se souvenait pas de lui avoir jamais vu. « Peut-on être malheureux du bonheur de ceux que l'on aime ? » disait-elle souvent.

Mary se gorgea de cette réflexion pour s'apaiser, refouler sa souffrance, accepter l'inacceptable. La mort allait si bien à Cecily ! Non, elle ne devait pas en être bouleversée. Et cependant, tout en elle lui faisait mal à hurler.

Elle décida de combattre cet anéantissement qui la gagnait. Elle se redressa, rassembla la dizaine de bougies que renfermaient leurs réserves et les alluma pour réchauffer sa défunte mère de leur lumière. Puis elle s'allongea près d'elle sur le lit pour la veiller, joignant les mains de Cecily sur sa poitrine comme le pasteur Reeves l'avait fait à lady Read.

Ensuite de quoi, elle entreprit de lui ôter ce pendentif d'émeraude qu'elle n'avait jamais voulu vendre, même au plus noir de leur misère, prétextant qu'il représentait un trophée pour elle, sa victoire sur sa belle-famille.

En se penchant au-dessus du cou de Cecily pour le détacher, Mary constata que des marques sombres s'y étaient imprimées. Étonnée, elle les examina de plus près. Lorsqu'elle réalisa qu'il s'agissait de contusions laissées par des empreintes de doigts, elle se redressa vivement, glacée à son tour.

Cela lui parut irréel, inconcevable. Qui aurait pu vouloir l'étrangler ? Pour quelle raison ? Cecily était la bonté même. Elle récupéra une bougie dans sa main et approcha la flamme de ces traces suspectes, au risque d'embraser les fins cheveux argentés. Elle dut se rendre à l'évidence : Cecily avait bel et bien été assassinée !

Défaite et brisée, Mary s'adossa aux coussins défraîchis, caressant ce front tant aimé comme Cecily le lui faisait souvent, égarant son regard sur la pièce froide et lugubre, aux meubles branlants et usés.

Elle ne comprenait pas. Non. Elle ne comprenait pas !

Cela n'avait pas de sens. D'autant moins qu'on n'avait rien dérobé puisque le pendentif était encore au cou de Cecily. L'assassin l'avait forcément vu, penché sur son crime. Alors, où se trouvait la vérité ?

Ces questions lui devinrent insupportables. Elle eut envie de hurler. Il lui fallait réagir, ne pas se laisser abattre, ne pas sombrer comme trop de fois sa mère l'avait fait. Mary sauta à bas du lit, et en extirpa une petite malle qui, sous le sommier creusé, se disputait l'espace avec les blattes et les araignées. Elle l'ouvrit, la posa sur une petite table et y fourra leurs maigres affaires, comme chaque fois qu'avec Cecily elles avaient dû fuir.

Elle la refermait lorsque la poignée de la porte tourna, la plaquant d'instinct contre un mur, paniquée. La voix du logeur gronda de l'autre côté :

— Ça fait deux fois, madame Read ! Je m'en reviens dans une heure et faudra voir à me payer, sinon...

Il n'acheva pas sa phrase et Mary entendit son pas lourd marteler l'escalier.

Rester plus longtemps auprès de Cecily aurait été folie. Elle n'avait pas seulement les moyens d'offrir une sépulture à sa mère.

« Les cimetières ne servent à rien, Mary, sinon à enterrer l'âme plus vite dans l'oubli des cœurs. Désigne plutôt une étoile dans le ciel pour accompagner mon éternité ; ainsi, où que tu sois, je veillerai toujours sur toi », lui avait recommandé Cecily.

Elle n'avait pas imaginé alors que c'est ainsi qu'elle l'abandonnerait ! Mary secoua une fois encore sa détresse, embrassa la joue froide de sa mère, murmura un adieu tremblant dans ses boucles soyeuses encore, puis enjamba l'appui de la fenêtre sans se retourner. Elle jeta son bagage en contrebas et sauta du premier étage dans l'impasse, réveillant quelques chiens et chats qui s'enfuirent en couinant.

Elle erra longuement dans les rues, en bordure de la Tamise où bateleurs et pêcheurs se hélaient bonnement.

Elle n'était que souffrance, terreur et désespoir.

C'était injuste, pensait-elle, injuste que cela arrivât aujourd'hui, alors qu'elle portait une si bonne nouvelle. Elle s'en voulut de ne pas avoir contacté plus tôt le pasteur Reeves, de ne pas avoir eu confiance en l'affection de lady Read. Peut-être alors tout cela ne serait-il pas arrivé. Nantie, Cecily rirait à ses côtés, et elle lui tiendrait la main pour accompagner sa vieillesse. Elle ne parvenait à chasser de son esprit l'image de son visage apaisé, comme si Cecily s'était laissé faire, comme si elle s'était faite complice de son agresseur, trouvant dans la mort l'ultime échappatoire à son malheur. Cette possibilité lui fit mal.

Elle cogna de la pointe de son soulier dans un caillou, le ventre gargouillant de faim. Dès le lendemain, elle irait réclamer son héritage. Cecily n'aurait pas voulu qu'elle le perde. Elle s'était trop humiliée pour lui. Mary enserra le pendentif d'émeraude enchaîné à son cou de même que l'œil de jade, comme un trésor. L'âme de Cecily s'y était inscrite à jamais.

Pour l'heure, n'ayant envie de rien d'autre que de solitude, elle se glissa sous un pont, resserra son manteau autour d'elle et, frissonnant un peu, se laissa prendre par le mouvement des navires. De là, elle apercevait le port de Londres.

Elle reporta son sentiment de culpabilité sur Tobias Read, retrouvant cette haine qui l'habitait chaque fois qu'elle pensait à lui. Beaucoup de ces bâtiments lui appartenaient. Celui-ci aurait aisément pu les sauver, poursuivre l'œuvre de sa mère au jour de sa mort, mais non, il avait préféré la chasser alors. Comment aurait-elle pu savoir qu'il changerait d'idée, au point de la faire rechercher pour partager avec elle son héritage ?

Soudain, une évidence s'imposa, si douloureuse que Mary étouffa un cri derrière son poing levé. Et si ce n'était pas pour la nantir que Tobias Read était à ses trousses, si c'était au contraire pour se débarrasser d'elle ?

— Oh ! mon Dieu, non ! gémit-elle.

Tobias Read !

Ce ne pouvait être que lui et lui seul l'assassin de sa mère !

Mary décida de quitter Londres au plus vite, se sentant en danger désormais. Où aller ? Que faire ?

Le manège des navires l'inspira. Elle trouverait bien un emploi de mousse. Elle avait réussi à tromper son monde des années durant et ne s'imaginait pas porter autre chose que des pantalons. Elle ne pouvait prendre le risque de s'exposer sur un des bâtiments de son oncle. Douvres était la ville portuaire qui lui sembla la plus rapide d'accès. Renonçant à cet héritage qui avait fait son malheur, elle se mit en route dès le lendemain pour l'oublier.

# 5.

Mary parvint à Douvres huit jours plus tard, épuisée d'avoir traîné sa peine sur des chemins boueux. La pluie qui s'était abattue sans discontinuer trois jours durant avait coulé sur ses joues comme autant de larmes qu'elle s'interdisait de verser.

Sur le port, elle grappilla de-ci de-là quelques quignons de pain puis s'appliqua à surveiller le manège d'autres gringalets qui traquaient les éventuels passagers pour leur rendre de menus services. Cela lui parut facile et elle décida sans plus tarder de tenter sa chance, pour subsister le temps de trouver un embarquement.

Midi sonnait pourtant aux cloches des églises qu'elle n'avait pas même acquis de quoi apaiser les gargouillis de son ventre. Il lui fallut bien reconnaître son inexpérience. Ce qui lui avait semblé à la portée de tous n'était point à la sienne. Les habitués étaient plus prompts, plus vifs, plus efficaces qu'elle.

Elle était prête à renoncer, tant sa déception était grande, lorsqu'elle vit s'avancer une nouvelle voiture. « La dernière, se dit-elle. Si j'échoue, je m'en irai mendier mon repas. »

Déployant toute son énergie, elle courut à perdre haleine pour devancer les autres. Avant même les chevaux stoppés sur le bas-côté, elle avait enjambé les cordages et les bittes d'amarrage, bousculé du coude un grand échalas blond qui avait eu son obole plus que de raison, et approché sa première occasion.

Le cocher ouvrait la portière lorsque Mary arriva devant l'homme qui en descendait, mais nullement comme elle l'avait espéré. D'un croc-en-jambe vengeur, son rival l'envoya s'étaler dans une flaque de boue. Les mains tendues en avant pour amortir sa chute, elle aspergea dans son élan les alentours immédiats, dont le costume impeccable du gentilhomme, qui en rugit de colère.

— Triple sot ! s'exclama-t-il en français, décochant un coup d'un pied richement chaussé dans les côtes de Mary.

S'asseyant dans la fange, elle bredouilla de plates excuses dans la même langue, la face tout entière barbouillée de terre dégoulinante. Le grand échalas offrit aussitôt ses services, maîtrisant son rire mieux que ses camarades, et Mary vit l'élégant monsieur, courroucé de sa maladresse, s'éloigner à ses côtés.

Elle allait s'éclipser piteusement lorsque son attention fut attirée par une lettre gisant dans la boue. Elle s'en empara, et, par un réflexe, interpella sa victime du nom qu'elle y trouva inscrit, pour la lui rendre.

— Monsieur ! Monsieur de La Partelière, attendez !

À sa place, ce fut l'échalas qui se retourna pour lui tirer une langue moqueuse.

— Donnez-la-moi, jeune homme ! exigea une voix féminine.

Le derrière toujours collé à la flaque, Mary dut pivoter et lever la tête pour découvrir, sur le marchepied de la voiture, une élégante dame, l'air aussi amusé qu'attendri par sa pitoyable posture.

— Je suis désolée, madame, déplora Mary, je l'ai salie autant que les effets de votre époux.

— Vous parlez le français ? s'étonna celle-ci en pouffant derrière sa fine main gantée.

— Et je le lis aussi, avoua Mary, espérant justifier ainsi son insistance.

— Filez décrotter vos habits, décida la femme en refusant de saisir la lettre maculée de boue, et portez cette missive chez moi lorsqu'elle sera sèche. Comment vous nomme-t-on ? Quel âge avez-vous ?

— Mary Oliver, madame, et j'ai dix-huit ans, mentit-elle.

— Eh bien, Mary Oliver, nous nous verrons plus tard, lui assura sa bienfaitrice en lui donnant son adresse et son nom. Quant à ce monsieur, cessez de vous en inquiéter. Ce n'est pas mon époux mais mon secrétaire particulier. S'il est si bougon, c'est que je viens de le congédier !

Mary n'attendit pas le retour de l'échalas pour déguerpir. D'autres voitures s'étaient rangées, détournant d'elle l'attention de tous, et si sa saleté reçut autant de regards méprisants qu'amusés, tandis qu'elle gagnait une grève plus tranquille, Mary n'y prêta aucune attention.

La douceur de cette Mme de Mortefontaine l'avait lavée de son chagrin plus sûrement que la pluie de ces derniers jours. Elle se décrassa dans les eaux sombres de la Manche en claquant des dents sous le vent mordant.

« Une bourgeoise en crèverait ! » pensa-t-elle, se glorifiant soudain de sa constitution solide. Au pis, elle s'enrhumerait. Tout valait mieux que de laisser passer sa chance auprès de Mme de Mortefontaine. Dès que l'âpre vent du nord eut achevé d'égoutter ses vêtements trempés, collés à même sa peau frissonnante, elle courut pour se réchauffer, se faisant indiquer son itinéraire à chaque coin de rue. Elle parvint enfin à la riche demeure de sa protectrice, avec pour tout bagage son prénom usurpé.

Une domestique au visage charmant lui ouvrit, l'examina, puis s'effaça pour la laisser entrer.

— Madame vous attend, assura-t-elle en l'introduisant dans un petit salon.

— Vous êtes bien plus joli qu'en négrillon ! lança Emma de Mortefontaine en lui tendant sa main.

Mary y déposa un baiser courtois comme elle avait appris à le faire avec le professeur de bonnes manières de lady Read. Emma en eut l'air charmée.

Tout aussitôt, cependant, elle s'exclama :

— Mon Dieu, mais vous êtes glacé !

Avisant les vêtements humides et l'air confus de Mary, Emma de Mortefontaine tira un cordon et la domestique parut.

— Amanda, conduisez ce jeune homme à l'office et prêtez-lui une tenue de valet. Qu'il se change tandis que vous nous préparerez du chocolat. Allez, Mary Oliver, ordonna-t-elle, une nuance de reproche dans la voix. Avec une fluxion de poitrine, vous ne me serez d'aucune utilité.

Mary obtempéra. De fait, elle ne se sentait guère vaillante.

— Comment diable avez-vous pu vous mouiller de la sorte ? s'étonna Amanda en la guidant à travers les couloirs. Il ne pleut pourtant pas aujourd'hui.

— Un maladroit m'a bousculée comme je me tenais sur la jetée, mentit Mary. Un conseil, Amanda, attendez l'été pour vous baigner, ajouta-t-elle avec une pointe d'humour qui la fit aussitôt apprécier de la jeune femme.

— Je vous laisse, reprit Amanda en lui tendant les effets promis. Ils seront peut-être un peu grands, mais ce sera plus confortable. Venez quand vous serez prêt. Outre le chocolat, je vous servirai un verre d'alcool de malt qui achèvera de vous revigorer.

Un quart d'heure plus tard, grâce aux bons soins d'Amanda qui avait sorti des pâtés du four, Mary, rassérénée, rejoignit enfin Emma de Mortefontaine. Celle-ci l'invita à s'asseoir et à se servir un morceau de gâteau accompagnant le chocolat.

— À présent, expliquez-moi ce qu'un garçon aussi bien élevé peut avoir à faire sur les quais ? demanda Emma avec bienveillance.

Mary lui raconta alors son enfance de garçonnet rejeté, la triste condition de sa mère, sa mort soudaine et ses propres embarras et chagrin, n'omettant que sa promptitude au chapardage et à l'intérêt, tout autant que le nom des Read auquel elle ne voulait plus être associée pour ne pas risquer d'être retrouvée.

Emma termina sa tasse de chocolat et demanda posément :

— Voulez-vous travailler pour moi ? Vous serez parfait pour remplacer mon secrétaire particulier.

Avant que Mary eût pu répondre, Emma l'enveloppa d'un regard enjôleur et ajouta :

— Deux couronnes. Plus le logement et les repas. Acceptez-vous ?

C'était plus que Mary n'aurait pu seulement imaginer.

— Vous me sauvez, madame répondit-elle avec reconnaissance. Je m'appliquerai, croyez-le, à vous rendre la confiance dont vous m'honorez.

— Je n'en doute pas, Mary Oliver. Vous en avez, j'en suis certaine, toutes les qualités.

Emma de Mortefontaine se coula plus encore dans le confortable écrin de son fauteuil tendu de velours émeraude. Mary attarda sans malice son regard sur la perfection de ses traits. Assurément, cette femme était la plus agréable et la plus jolie qu'il lui eût été donné de rencontrer. Ses grands yeux verts en amande ourlés de cils dorés rehaussaient sa carnation parfaite. Une jolie bouche en cœur semblait posée comme un bouton de rose sous un nez fin, et l'ovale de son visage aurait ravi le pinceau d'un Léonard de Vinci. Quant à sa taille joliment tournée, elle était aussi fine qu'élancée.

— À mon tour de vous parler de moi, mon cher, décida celle-ci, nullement embarrassée de cet examen. Puisque vous devenez mon confident en affaires, il me faut vous éclairer sur mes activités.

— Je saurai être discret, madame, l'assura Mary, tandis qu'Emma l'invitait à terminer le cake d'un gracieux mouvement du poignet.

Une nouvelle vague de reconnaissance submergea Mary. Aucune condescendance ni charité ne brillait dans le regard d'Emma de Mortefontaine. Mais plutôt un intérêt réel et une curiosité insatiable qui s'accommodaient mal de l'idée que s'était forgée Mary des bourgeois. À croire qu'elle s'était trompée, pour son bonheur enfin. Il restait quelque chose de vrai dans cette humanité. Comme elle aurait aimé que Cecily fût encore là pour pouvoir en juger.

— Je suis veuve, déclara Emma en faisant rouler entre le majeur et l'index de sa main droite une alliance qui s'oubliait à son doigt. Mon époux était un des riches armateurs de ce pays.

Tobias Read était armateur lui aussi, connaissait-il Emma ? Mary décida de se tenir sur ses gardes quoi qu'il advienne. Indifférente à son trouble, Emma poursuivait :

— J'ai repris les affaires de mon époux, pas de façon directe pourtant, car, je l'avoue, j'ai fort peu de goût pour les navires. Un administrateur efficace se charge de mes intérêts, d'autant que la concurrence en ce domaine est rude.

Mary se relâcha.

— Je préfère, quant à moi, les affaires de cour. Depuis que Jacques II Stuart, notre bien-aimé roi catholique, s'est vu destituer de son trône par ce félon de Guillaume d'Orange, son protestant de gendre, il ne se passe pas un jour où les alliés de l'un complotent contre les alliés de l'autre. J'aime l'intrigue. C'est sans doute un défaut, mais il me plaît de penser qu'une femme ne serait pas complète sans son goût pour les mystères. Ils lui permettent souvent de s'élever dans une société où, hélas, on ne lui prête qu'une place relative. En clair, mon cher, j'aime écouter, surprendre et vibrer de détenir certains secrets qui m'assurent une respectabilité et une impunité totales. Souvenez-vous-en, mon garçon. La liberté des êtres est à ce prix. Car on ne respecte en ce bas monde que ce que l'on craint.

— Je m'en souviendrai, assura Mary.

— Votre rôle consistera surtout à écrire des lettres que je vous dicterai. Certaines vous paraîtront farfelues, voire incompréhensibles. La cause en est un code qu'il me faut employer sur certains billets pour éviter toute indiscrétion. N'y attachez aucune importance et prenez note mot pour mot de mes curieuses exigences.

Mary hocha la tête, prête sans hésiter à servir cette dame providentielle qui terminait par cette confidence :

— Je reçois beaucoup aussi. Des amies très mondaines qui seront ravies de votre présence et auxquelles je vous demanderai de plaire en leur racontant votre histoire. N'y voyez rien de méprisant ou de malsain. Ces dames adorent s'apitoyer sur une misère qu'elles ne peuvent en rien imaginer, détournant la tête dès lors qu'elles la croisent dans la rue. Il me plaît de bousculer un peu leurs convenances en leur faisant goûter la véritable nature de notre société de faux-semblants. Je peux vous comprendre pour ma part et c'est pourquoi vous ne verrez aucune pitié de bon ton dans mon comportement à votre égard.

Emma se leva. Dans une tabatière posée sur une tablette de marbre, elle récupéra une poignée de tabac et en bourra une fine pipe de cornaline qu'elle alluma d'une pierre à feu, avant de poursuivre :

— Voyez-vous, mon cher, je n'ai pas toujours été la noble et respectable Emma de Mortefontaine. Née d'une servante et d'un pasteur, j'avais pour moi toutes raisons de disparaître. J'ai survécu dans l'opprobre, me nourrissant de la boue pour grandir. Jusqu'à ce que ce Français, M. de Mortefontaine, me désire assez pour m'épouser en m'inventant une famille irlandaise.

Emma se réinstalla dans son fauteuil avant de continuer :

— Mon époux se donna la peine, pour créditer mon nom, d'acheter les titres et les biens d'une famille du comté de Cork, dont la lignée venait de s'éteindre. N'imaginez pas, Mary Oliver, que mon ascension soit le fruit d'une chance insolente. Sous cette apparente joliesse qui affole tant de mes amants se cache une implacable volonté. Rien aujourd'hui ne pourrait me faire déchoir, retourner d'où je viens. Et quiconque se mettrait en travers de ma route dans ce but se verrait persécuté par mon impitoyable vengeance.

— Je le conçois, madame, assura Mary avec une admiration non feinte.

Emma de Mortefontaine adoucit le timbre de sa voix.

— Vous me jugez certainement très bavarde alors que nous nous connaissons à peine et vous avez raison. Si j'ose dès ce premier entretien vous révéler ma nature, c'est pour que vous preniez la mesure du dévouement que j'attends de vous. Vous me plaisez, Mary Oliver, parce que mon instinct me dit que vous êtes à même non seulement de comprendre mes motivations, mais aussi de les servir. Me trompé-je ?

— Non, madame. Commandez et j'obéirai, ne serait-ce que pour me grandir de votre exemple et trouver en ce monde la place qui m'est destinée.

Emma se releva, signifiant que l'entretien était terminé.

— Amanda vous mènera à vos quartiers. Ils sont proches des siens. Vous déjeunerez et dînerez avec moi, sauf bien entendu lorsque je serai visitée par mes galants. Ne vous offusquez pas de leur présence. Vous apprendrez que l'amour fait partie de ces jeux mondains qui offrent, à qui en connaît les règles, de multiples sources de contentement. Je dois me rendre à la cour. Nous nous verrons plus tard.

Mary hocha la tête et s'éclipsa pour rejoindre Amanda.

La domestique, à peine plus âgée qu'elle, se fit un plaisir de la conduire sous la soupente pour lui montrer la chambre réservée aux secrétaires particuliers de Madame.

— Pour quelle raison le précédent a-t-il été congédié ? demanda Mary.

Amanda haussa les épaules, partant d'un petit rire cristallin.

— Il était bien trop rigide pour plaire à Madame. Il a eu le tort de lui reprocher la légèreté de sa conduite alors que son veuvage n'a pas encore atteint son premier anniversaire.

— Et vous, qu'en pensez-vous ?

Amanda minauda, velouta son regard, et se balança en nouant ses mains derrière son dos.

— J'en pense que Madame peut bien faire ce qu'elle veut du moment qu'elle a les moyens de moucher ses détracteurs. Pour ma part, je vous préfère comme voisin que ce triste sire, toujours soucieux de sa réputation et de son allure.

— Je vois, réalisa Mary.

Amanda la trouvait tout à son goût sous ses atours masculins. Mary devrait la ménager, tout en manifestant une ferme réserve. « Bah, songea-t-elle. Tout emploi a des inconvénients. Si celui-ci ne n'amène pas de surprise plus désagréable, je serai avant longtemps la plus comblée de ce monde et Cecily sera fière de moi. »

— Quel âge a Madame ? demanda encore Mary en raccompagnant Amanda à la porte de son petit appartement.

— Vingt ans tout juste, et moi dix-sept, de sorte que nous avons, vous et moi, sensiblement le même âge.

— Cela donnera une belle raison à notre amitié dans le service, assura Mary avant de refermer la porte sur le sourire gaillard de la jouvencelle.

Mary se laissa choir sur le matelas, l'éprouva par quelques cabrioles, comme elle avait toujours aimé le faire, puis, ravie de son aubaine, fit le tour de son nouvel univers.

La pièce était meublée joliment bien que sobrement et un petit cabinet de toilette s'ouvrait derrière un paravent tendu de cotonnade. De la fenêtre à hauteur de ferme, elle pouvait apercevoir le port de Douvres et, juste en bas, le parc qui encerclait la demeure d'Emma de Mortefontaine, le portail qui clôturait l'allée et, à droite, la petite maison de George, le gardien, qu'Amanda lui avait présenté.

Ils étaient désormais trois, Mary comprise, à servir le quotidien d'Emma de Mortefontaine.

Dès le lendemain, Mary fut envoyée chez le tailleur et commença auprès de sa patronne une éducation bien éloignée de celle de lady Read.

# 6.

Deux semaines plus tard, Mary était méconnaissable. Convenablement nourrie, soignée et habillée, elle avait belle allure. Son seul souci avait été de découvrir que son nouveau traitement avait mis en évidence sa féminité. Fort heureusement, elle affichait une poitrine plus que modeste qu'elle s'empressa de dissimuler sous un épais bandeau de toile, enlaçant de même l'œil de jade qu'elle portait toujours en pendentif, tel un trophée, à côté de la salamandre d'émeraude de sa mère.

Elle s'était promis de ne jamais s'en séparer, l'un pour se souvenir de ce qu'elle avait fui par haine et dégoût, l'autre en mémoire de sa mère.

Emma de Mortefontaine lui plaisait chaque jour davantage, même si certains aspects de sa personnalité la déroutaient. Un de ses galants avait fait les frais de son cynisme et Mary s'était sincèrement étonnée de déceler autant de cruauté et de froideur dans les propos qu'elle avait indiscrètement surpris. Emma de Mortefontaine était double. Mais pouvait-elle le lui reprocher ? Elle-même n'était pas un ange, contrairement à ce que Cecily avait prétendu autrefois.

Emma lui confiait des tâches multiples selon ses humeurs, ses envies ou son besoin. Mary s'en acquittait en toute discrétion et loyauté, se laissant prendre au fil des jours par le charme de sa maîtresse.

Elle lui plaisait et Mary devait admettre que c'était réciproque. Bien au-delà de la normalité. Ce qui était concevable pour Emma, découvrant Mary sous les traits d'un jeune homme, devenait inimaginable à l'inverse. Mary s'en défendait, dissimulant cette attirance qui la gênait par une affection amicale. Voire une reconnaissance exacerbée.

— Mes amants m'ennuient, lui confia Emma un après-midi, alors qu'un de ses galants venait de prendre congé. Ils sont précieux et prévenants, plient trop sûrement leur pantalon et leur chemise avant l'étreinte, et font l'amour sans plus d'imagination et de saveur qu'ils n'en ont pour leur cuisine. Voulez-vous que je vous dise, Mary Oliver, en fait, ce que je leur reproche le plus est tout simplement d'être... trop anglais.

— Pourquoi les aimez-vous, en ce cas? demanda Mary, curieuse.

— Parce que vous ne manifestez pas l'envie de m'aimer à leur place, répliqua Emma abruptement, laissant Mary stupéfaite.

— Je suis anglais aussi, se défendit-elle, espérant ainsi masquer ses propres sentiments.

Céder à Emma, c'était lui révéler sa féminité et son mensonge. La perdre peut-être. Mary n'en avait aucune envie. Elle trouvait son comptant à cette vie, au pécule que lui rapportait son emploi, au plaisir qu'elle avait de s'en acquitter, et à la complicité qui l'unissait à Emma de Mortefontaine, au grand désespoir d'Amanda qui espérait encore faire de Mary son fiancé.

— Vous êtes différent des autres, Mary Oliver. Et vous le savez autant que moi, déclara Emma. Il y a en vous une sorte de révolte continuelle. Pas dans votre attitude, non, mais dans votre façon de regarder au loin, comme si vous cherchiez en permanence la possibilité de vous évader de tout. Alors même que vous semblez n'être attaché à rien. En cela vous me ressemblez. Et en cela, oui, vous me plaisez bien davantage que ces fats poudrés et perruqués qui jouissent comme ils boivent le chocolat. Les femmes ont besoin qu'on les malmène un peu, Mary Oliver. Qu'on feigne de les ignorer pour stimuler leur intérêt, qu'on les bouscule dans leurs retranchements pour qu'elles puissent se perdre sans se culpabiliser. En somme, qu'on les prenne comme des catins sans oublier qu'elles sont des dames. Est-ce ainsi que vous culbutez vos conquêtes, Mary Oliver ? insista-t-elle en posant sa main soignée sur la cuisse de son secrétaire particulier.

Mary l'ôta pour la porter à ses lèvres, le cœur battant.

— Hélas, mentit-elle, je vous l'ai dit, je suis anglais. Il me faut du temps pour oser là où d'autres se servent.

— Je vous connais mieux que vous ne vous connaissez vous-même. Un jour viendra et ce jour sera tel que je l'ai imaginé, assura Emma, l'œil concupiscent et le sourire carnassier. J'obtiens toujours ce que je désire, mon cher, ce n'est qu'une question de temps.

— Alors, laissez-le-moi choisir, madame, supplia Mary, en s'effaçant vers la porte, j'ai pour l'heure un de vos courriers à envoyer.

— Allez donc, méchant garçon, s'en amusa Emma faussement boudeuse, certaine que tôt ou tard son secrétaire particulier se traînerait à ses pieds ; et n'oubliez pas que, ce tantôt, c'est à mes amies que vous vous devrez en entier.

Ce fut le cas en effet. Sitôt ces dames joliment installées en parterre fleuri de robes sur les sofas du petit salon, elles jouèrent d'un battement de cils et de paupières, la bouche arrondie et gourmande, pour mieux l'accaparer.

— Restez avec nous, Mary Oliver ! la pria lady Rutherfort en étirant sa gracieuse silhouette vers une tasse de chocolat.

— Oh oui, vous êtes si plaisant ! renchérit lady Beckam qui enfournait sans scrupules une troisième portion de cake au citron.

Toutes s'attendrissaient de ce parent pauvre qu'Emma leur avait présenté. Cette dernière ne se lassait pas d'observer le jeu et les manières de ces dames de noble naissance. Elle s'en était longuement inspirée pour mieux paraître, et estomper son manque d'instruction et d'éducation. Si son époux s'était activé à y remédier dès les premiers temps de leur hymen, elle n'en gardait pas moins des lacunes qu'un habile mimétisme lui permettait de dissimuler. Ces salons littéraires ou mondains n'étaient donc pour Emma de Mortefontaine qu'un prétexte pour renforcer son influence et Mary se sentait fière et flattée du rôle qu'elle y jouait.

— Racontez-nous votre histoire, supplia lady Beckam.

— Vous la savez par cœur déjà, mesdames.

— Pas moi, insista lady Bedford. Je viens d'arriver à Douvres.

— Elle vivait à Manchester, glissa Mme de Mortefontaine à l'oreille de Mary. Son mari vient de nous quitter. C'est lady Beckam, sa cousine, qui l'a accueillie ici après les funérailles.

— Que chuchotez-vous, très chère ? s'indigna faussement lady Rutherfort. N'est-ce point assez de l'avoir trouvé la première, que vous voulez encore le distraire de nous ?

— Je l'incitais au contraire, ma chère Carry, à croire en votre intérêt.

— Faites-moi une place entre vous, exigea Mary, on se livre bien mieux en se sentant consolé.

Leurs jupons s'écartèrent et, enserrée par leur gourmandise, Mary revisita une fois encore le triste épisode de son enfance, trouvant toujours dans son imagination abondante tel détail à ajouter pour faire frémir ou pleurer.

L'après-midi passa trop vite. Outre les confidences de Mary, elles parlèrent de la guerre qui déchirait l'Europe, de ce fameux Jean Bart de la marine française qui, bien qu'ennemi, les faisait rêver. Elles lurent et commentèrent aussi plusieurs poèmes de Shakespeare qu'Emma adorait et médirent sur quelques dames qui faisaient l'actualité à la cour du roi Guillaume.

Six heures sonnèrent à la pendule du salon.

Ces dames se levèrent et prirent congé tour à tour, pour s'en retourner auprès de leurs maris, l'esprit caressé toutefois de pensées adultères, dont Mary tout autant que le corsaire français étaient assurément l'objet secret.

Mme de Mortefontaine coula son bras sous celui de son secrétaire particulier et, l'attirant vers la flamme salutaire d'un foyer, s'extasia :

— Ah, Mary Oliver ! Si vous pouviez concevoir à mon égard le dixième des douceurs dont ces belles vous pensent capable, je serais une femme comblée !

— Ce serait me doter d'une imagination que je ne possède pas, rétorqua celle-ci, troublée par la langueur de ce regard qui lui enveloppait l'âme.

Emma éclata d'un rire cristallin qui dissipa le malaise de Mary.

— Allons donc ! Vous mentez avec autant d'aisance qu'un banquier, mon cher !

Mary aimait ce jeu badin dont Emma usait pour la séduire. Elle s'appliqua à s'en servir pour ne pas se trahir.

— Oh ! Vous avez remarqué ? minauda-t-elle en affichant cette affliction des enfants démasqués.

— Cessez donc ou, par Dieu, je jure de perdre mes bonnes manières et de vous culbuter moi-même sur ce divan ! menaça Emma, carnassière.

Mary la crut capable d'y parvenir sur-le-champ. Effrayée à cette idée, elle la salua :

— Le dîner sera servi dans quelques instants. Permettez que je vaque avant de vous y rejoindre.

— Encore une échappatoire, Mary Oliver. Eh bien, soit, ce soir encore, je boirai trop et vous pas assez...

— Ce soir encore, madame, il faudra vous contenter d'un ange.

— Je vous déteste, Mary Oliver.

— J'en suis flattée ! répliqua Mary.

Elle s'empressa de quitter la demeure pour aller flâner dans le quartier, inspirant à larges goulées le printemps qui s'annonçait. Mary se sentit joyeuse. Comme elle l'avait rarement été. Cette vie auprès d'Emma était bien plus douce et raffinée qu'elle n'aurait pu l'espérer.

Le dîner fut aussi anglais que possible, Mme de Mortefontaine ne s'autorisant à taquiner son secrétaire particulier qu'en toute intimité. Amanda les servait avec application, sans cacher véritablement à la fois sa préférence pour Mary Oliver et le ressentiment qu'elle éprouvait à le sentir si proche de sa maîtresse. Elle ne parvenait pas à en faire son deuil.

Emma de Mortefontaine ramena la conversation sur la guerre de la ligue d'Augsbourg qui appauvrissait l'Europe depuis mai 1689.

Égoïstement, Mary s'en désintéressait. Elle avait toujours été assez maligne pour échapper aux agents recruteurs qui parcouraient les rues, les villages et les villes d'Angleterre. Elle en savait l'essentiel pour en débattre avec Emma de Mortefontaine et ses relations; s'attachant surtout à partager son affection pour Jacques II, le roi déchu, réfugié en France chez son cousin, le roi Louis XIV, qui l'avait installé avec sa cour à Saint-Germain-en-Laye.

Emma de Mortefontaine insistait pourtant pour que Mary y prenne goût et intérêt :

— Les affaires politiques sont ce qui donne aux hommes des raisons de penser, d'agir et d'imaginer. C'est dans la corruption que se dessinent les visages du monde. On ne peut les ignorer, Mary Oliver. Je ne connais en ce siècle aucun être qui ne rêve de puissance, de gloire et de majesté. Le comprendre, l'accepter et se forger à cette école est le seul et unique moyen de survivre. Quelle que soit sa naissance.

— Il y a forcément des gens humanistes et désintéressés, objecta Mary.

Emma se mit à rire.

— Les sots et les fous, peut-être. Vous n'en trouverez aucun au sommet. Que croyez-vous que soit cette guerre? Un conflit d'intérêts, comme toutes les autres avant elle et les futures encore. La

France revendique des droits territoriaux? L'Empire, la Suède et plusieurs princes allemands se montent en coalition. Tandis que Guillaume d'Orange le félon tremble de l'alliance de la France et de son prédécesseur. L'Espagne se rallie à la coalition? La France lui déclare la guerre, offrant ainsi un prétexte à l'Angleterre pour régler ses comptes. Nous sommes dans ce conflit uniquement pour empêcher le retour de Jacques II, Mary Oliver. Non parce qu'il est catholique et son successeur protestant, mais parce qu'un royaume est en jeu. Avec ce qu'il représente de pouvoir, de privilèges et de biens.

— Alors pourquoi ne ralliez-vous pas la cause du roi Guillaume? s'étonna Mary.

— Pourquoi? Parce que mon intérêt ne s'y trouve pas, voilà tout. Je n'ai aucune aptitude à devenir reine d'Angleterre, alors je mets mon talent au service non pas du bien ou du juste, mais du profit.

— Comment? demanda Mary, de plus en plus intriguée par cette femme si jeune et cependant si prompte à décider de sa destinée.

Emma de Mortefontaine posa un doigt sur ses lèvres fines puis se leva.

— Secret, mon cher. Je vous le révélerai peut-être. Lorsque vous m'ouvrirez aux vôtres... Pour l'heure, il est temps de dormir, à défaut d'aimer.

Elle s'écarta de la table et, négligeant le bras qu'Amanda lui proposait, tituba légèrement jusqu'à l'escalier. Emma de Mortefontaine l'avait prédit tantôt : échauffée par l'alcool, elle avait l'âme embrumée. L'esprit, lui, demeurait clair et concis, assez pour se souvenir de son argument et guider Mary Oliver sur les chemins qu'elle lui avait tracés.

Une semaine plus tard, Emma de Mortefontaine fit à Mary la surprise d'un habit de cérémonie fort seyant qu'elle lui avait fait couper chez le meilleur tailleur de la ville.

— Ce soir, vous m'accompagnerez au théâtre, mon ami ! On y joue *Titus Andronicus*.

Mary sentit remonter en elle un reste de méfiance.

— J'en serais heureux, mais ne serait-ce pas déplacé que de m'afficher ainsi à vos côtés ?

— Et pourquoi donc ? s'en amusa Emma. Nul ne vous connaît. Je vous présenterai comme je l'ai toujours fait. Allez, c'est un ordre.

Mary ne put qu'obtempérer.

Elle récupéra l'habit d'une main leste et s'élança dans l'escalier pour se changer. En s'habillant, Mary songea que Cecily avait toujours aimé aller au théâtre. Elle retrouva sa légèreté. À travers elle, c'était un peu de sa mère qui s'émerveillerait. Si le service d'Emma était un bon dérivatif à son chagrin, elle ne pouvait s'empêcher de songer souvent à Cecily ; la peur de Tobias revenait alors, violente et irraisonnée. Sa haine en était désormais changée. Elle la chassait aussitôt, ne gardant que le rire et les caresses de sa mère en mémoire, pour pallier le manque d'elle. Elle aurait tant aimé lui faire partager cette vie que la chance enfin lui offrait.

La soirée fut délicieuse. Emma dialogua longuement avec un certain colonel Titus, auprès duquel elle déploya tout son charme. Mary se promit de lui en demander la raison, par simple curiosité, car elle doutait fort qu'Emma l'ajoute à la liste de ses galants. L'homme était d'une répugnante laideur.

La pièce fut un succès et l'émut plus qu'elle ne l'aurait cru, au point qu'elle fut une des premières à applaudir à tout rompre. Le buffet, servi sous des lampions, accueillit toute la noblesse, lui livrant dans sa splendeur indécente l'apparat d'une caste à laquelle Mary se sentait étrangère. Même si donner l'illusion lui apparut étonnamment facile.

Sur le chemin du retour, Emma lui apprit que le colonel Titus était un des espions du roi Jacques II en France. Elle avait des raisons de penser qu'il jouait double jeu et mourait d'envie de le vérifier.

— Pourquoi ? demanda Mary. N'est-ce pas dangereux ?

Emma se moqua une fois encore.

— Qu'y a-t-il, mon cher, de plus excitant en ce monde que l'interdit et le danger ?

Mary eut envie de répondre « l'amour » tel que Cecily le concevait, mais elle s'abstint de donner à Emma de Mortefontaine un argument pour la troubler.

George, le gardien qui faisait office de cocher comme de jardinier, les déposa devant les marches du perron pour aller garer la voiture et ramener les chevaux à l'écurie. Emma, qui commentait encore certains passages dramatiques de la pièce, poussa la porte, se retournant vers Mary pour asséner son jugement. À peine fut-elle entrée dans le vestibule que son pied buta sur une masse, manquant la faire chuter. Mary la retint par le bras tandis qu'Emma, se tournant vers l'obstacle, laissait échapper un petit cri de surprise.

Amanda gisait sur le plancher.

# 7.

Emma s'agenouilla auprès d'elle.

— Elle a été assommée. Va chercher George. Nous avons de la visite.

— Et vous ? s'inquiéta Mary.

Emma releva ses cottes et dévoila à sa jarretière un poignard ouvragé. Mary ne posa pas davantage de questions. Visiblement, sa maîtresse savait aussi se défendre. Elle détala et rattrapa George aux écuries. En deux mots, elle lui relata l'incident. Ils se hâtèrent aussitôt de concert vers la demeure.

George enleva Amanda dans ses bras et la conduisit dans le cabinet d'Emma, après s'être assuré qu'il était désert.

— Restez auprès d'elle tandis qu'elle reprend ses esprits, conseilla-t-il à sa maîtresse. M. Oliver et moi allons vérifier le reste de la maison.

Emma hocha la tête et referma derrière eux les portes de la pièce. George fit signe à Mary de le suivre. Il passa tout d'abord par l'office où il récupéra un pistolet qu'il chargea.

— On n'est jamais trop prudent.

Puis il gravit l'escalier, l'arme au poing, Mary sur ses talons.

La demeure était silencieuse. Ils progressèrent pièce par pièce, sans trouver le moindre désordre. Les bibelots étaient en place, autant que l'argenterie. À croire que l'agresseur d'Amanda n'avait pas eu le temps de se servir.

— Dérangé peut-être par notre retour ? suggéra Mary.

George se rallia à cette hypothèse.

Ils redoublèrent de prudence. Ils se trouvaient au deuxième étage lorsqu'il leur sembla entendre la porte d'entrée claquer.

George se précipita à une fenêtre qui donnait sur l'allée principale. La nuit était claire. Il ouvrit la fenêtre et hurla : « Halte-là ! », avant d'ajuster son pistolet et de tirer. Sans succès. La silhouette, qui s'échappait dans l'ombre, écarta le portail sans encombre et se fondit dans l'anonymat de la rue.

— Achevons notre visite et rassurons ces dames, décida George, après avoir lâché un juron de charretier.

Dans le cabinet d'Emma, Amanda reprenait ses esprits sur le sofa, un verre de liqueur à la main.

— Il s'est enfui, avoua George.

— Je le sais, répondit froidement Emma, qui avait suivi le déroulement des opérations depuis la verrière de son cabinet.

Les tentures en étaient encore écartées.

— Dès demain, fais surveiller les abords de la maison.

George hocha la tête. Emma le retint par le bras avant qu'il sorte.

— Retrouve-le. Il ne doit pas parler, chuchota-t-elle.

Mary ne put s'empêcher d'entendre et de se dire que George avait certainement d'autres attributions que celles qu'on lui avait présentées, et Emma plus de choses à cacher qu'il n'y paraissait. Poussée par la curiosité, elle se rapprocha d'Amanda et l'interrogea sans plus tarder.

— Malgré la recommandation de Madame de ne pas vous attendre, répondit celle-ci, j'avais résolu de terminer quelques menus travaux d'aiguille pour lesquels j'avais pris du retard. Mais je me suis assoupie dans mon fauteuil, le nez sur mon ouvrage. Ce sont des coups frappés à la porte qui m'ont éveillée en sursaut, honteuse de ma posture. « Ouvrez, ouvrez ! suppliait-on. Il est arrivé un malheur ! Un grand malheur ! » Je me suis précipitée sans méfiance, certaine de vous trouver blessée ou pire encore, ajouta-t-elle à l'intention d'Emma. Je ne me suis pas méfiée. Oh, comme je m'en veux, Madame ! La porte à peine écartée, un homme m'a bousculée. Le temps de me débattre et je ne sais plus...

— Tu ne l'avais jamais vu auparavant ? s'enquit Emma.

— Non, Madame, il était plutôt noiraud de cheveux, sentait fort et parlait avec un timbre grave, mais je ne saurais en dire davantage.

— Cela ne fait rien. Regagne ta chambre à présent. Demain il n'y paraîtra plus.

Comme Mary s'apprêtait à lui emboîter le pas, elle la retint d'une main ferme et d'un ordre :

— Restez, Mary Oliver.

Mary laissa Amanda quitter la pièce, puis rejoignit sa maîtresse en ayant soin de refermer derrière elle la porte de son cabinet.

— Je ne crois pas que quoi que ce soit ait disparu de cette demeure, annonça Emma sans préambule.

— Ah non ? fit Mary, faussement surprise.

— Non.

Emma pressa délicatement un doigt sur sa tempe, puis, s'agaçant de son impeccable chignon, en ôta les épingles, laissant une tresse châtain se dérouler en souplesse. Elle la ramena sur sa poitrine.

— Asseyez-vous, mon cher. Je vous avais promis de vous révéler mon secret. L'heure est venue. Anticipée par les événements, il est vrai. Ce colonel Titus dont nous parlions tantôt en voiture m'est bien plus familier qu'il n'y paraît. C'est lui qui me présenta à lord Melfort, Premier ministre du roi Jacques, au château vieux de Saint-Germain-en-Laye, en France.

— Voulez-vous dire, madame, que vous êtes vous aussi une espionne ? demanda Mary.

Le visage d'Emma s'éclaira de malice, tandis qu'elle hochait la tête.

— Vous connaissez notre voleur ?

— Pas directement. Mais j'ai depuis quelques jours le sentiment que l'on me surveille. Cette visite vient confirmer cette impression. Titus a trahi le roi Jacques et je risque d'être également soupçonnée.

— Vous êtes donc en danger, s'inquiéta Mary, autant pour elle que pour sa maîtresse.

Emma éclata d'un rire léger.

— Non, rassurez-vous. Pour accuser il faut des preuves et je suis certaine que notre voleur ne les a pas découvertes. Il ne vivra de toute façon pas assez pour faire son rapport. George saura le retrouver.

— Qui est George en réalité ?

— Mon homme de main, un ancien mercenaire. Discret le jour, actif la nuit aux sales besognes qu'implique, hélas, mon métier.

— N'éprouvez-vous pas de remords à tuer? s'étonna Mary, de plus en plus fascinée.

— Du remords? Grand Dieu non, s'amusa Emma. Je vous l'ai dit, Mary Oliver, dans ce monde il n'y a pas de place pour la pitié ou la condescendance. Je vais à mon but et seule l'idée de l'atteindre me fait vibrer.

— Qu'allez-vous faire à présent que vous voilà démasquée?

— Rien. Ou du moins continuer comme si de rien n'était. C'est le meilleur moyen de contrer les accusations dont je pourrais faire l'objet.

— Mais vous allez cesser vos activités?

Emma haussa les épaules.

— Sans doute, oui. Mais c'est sans importance, j'en trouverai d'autres tout aussi fascinantes et lucratives. Elles ne manquent pas. Il suffit de chercher.

Elle se leva et décrocha une nature morte qui se fondait tant au décor qu'on la voyait à peine. Elle ramassa un stylet dans une coupelle d'onyx, posée sur une console, et vérifia le double fond du tableau.

Plusieurs feuillets apparurent.

— Qu'est-ce?

— Les preuves dont nous parlions tantôt. Les prochains ordres de bataille maritime de ces lords ennuyeux, glousse-t-elle. M. de Pontchartrain, ministre du roi Louis le quatorzième, en sera fort aise pour diriger ses corsaires dans la Manche. Ce sera mon cadeau d'adieu. Dans quelques jours, vous posterez un nouveau billet, le dernier, à l'attention du sieur de Roan, chargé de le transmettre à la cour, achevant là ma carrière.

Emma raccrocha le tableau et revint vers Mary, souple et féline. Elle contourna le sofa et, d'un mouvement rapide, glissa la lame du stylet sous la gorge de Mary. Curieusement, celle-ci ne s'en effraya pas, troublée bien plus sûrement par le parfum suave, et le timbre rauque de la voix d'Emma :

— Et maintenant, Mary Oliver, chuchota-t-elle en laissant sa main s'aventurer dans l'échancrure du gilet de Mary, si toi aussi tu me laissais partager ton secret ?

Avant que Mary pût s'en défendre, le stylet avait tranché les lacets de sa chemise, révélant le bandage qui lui emprisonnait les seins.

— Enlève-le, murmura Emma.

Vaincue, Mary se déshabilla.

— Depuis quand savez-vous ? osa-t-elle après avoir tout osé déjà entre ses bras initiateurs.

— Depuis le premier jour, s'amusa Emma en lui caressant les cheveux.

Leur étreinte les avait poussées sur le tapis chatoyant qui couvrait le parquet ciré. La pendule sonna trois heures du matin. Emma enchaîna :

— L'eau boueuse avait collé à ton buste la toile de ta chemise. Tu n'y as pas prêté attention, empêtrée dans tes excuses, moi si. Tu étais travestie, tu parlais français. De quoi aiguiser ma curiosité et bien plus encore !

Elle gloussa. Mary s'alanguit.

— Et moi qui refusais de vous céder par crainte d'être renvoyée, avoua-t-elle.

— Tu as eu raison. Ton honnêteté m'aurait plus sûrement déçue que ton opportunisme. Si je n'avais été certaine que nous étions de la même race, je ne me serais pas dévoilée.

Emma s'étira et se releva, affichant une nudité parfaite. Elle glissa sa paume devant sa bouche pour bâiller, puis tendit à Mary une main pour l'aider à se redresser. L'intermède était terminé. Emma restait Mme de Mortefontaine. Mary se rhabilla en silence, tandis qu'impudiquement Emma détaillait les ombres mouvantes du jardin derrière la fenêtre, les tentures écartées à hauteur des yeux.

— Va dormir, Mary Oliver. Je vais attendre le retour de George. Il ne tardera plus. Nul ne découvrira jamais ta féminité, je t'en fais le serment. Parce que tu es en ce monde la seule personne que j'aimerai jamais. À présent, laisse-moi. Une chose encore, mon bel amour. Si tu me trahissais un jour, je te tuerais sans hésiter.

— Jamais, promit Mary en la quittant à regret.

Au matin, George avait retrouvé ses anodines activités et Emma confirma que tout était réglé. Cela rassura Mary, qui n'avait qu'une hâte, jouir encore des enseignements qu'Emma lui prodiguait. La semaine qui suivit en fut riche, surtout au lit de sa maîtresse qui s'empressait de rattraper ces moments de frustration perdus. Les jours s'écoulèrent ainsi, la laissant épuisée de la gourmandise d'Emma, mais épanouie d'un jeu amoureux et politique qu'elle n'avait seulement jamais osé imaginer...

Une semaine plus tard, alors qu'avril 1693 s'installait, Mary, attablée dans le cabinet de travail d'Emma, achevait la rédaction de la lettre contenant les dernières informations que sa maîtresse souhaitait livrer à la cour de France.

Emma lui avait longuement expliqué que nuire au roi Guillaume, en affaiblissant ses troupes, ses navires et par là même son commerce, renforçait outre-Manche les positions de Jacques II. Lorsque l'Angleterre serait suffisamment en déclin, il tenterait son retour avec l'aide de ses partisans. Emma pourrait dès lors compter sur sa reconnaissance, même si, démasquée aujourd'hui, elle cessait son service.

Ce billet, outre le résultat de son habile espionnage, en donnait les raisons.

— J'ai tiré de cette situation un double avantage, lui avait-elle confié la veille. Un bénéfice considérable sur le plan politique, mais aussi sur le plan financier. À l'inverse de mes concurrents armateurs, mes navires vont et viennent sans être inquiétés par la marine française. Mon pavillon lui est connu. Mes affaires s'en trouvent au mieux. Vous voyez, Mary Oliver, on a toujours profit à agir masqué.

Mary n'en mettait que plus d'application à sa tâche. Emma était pour elle, et dans tous les domaines, le meilleur précepteur.

Le rire d'Emma, auquel répondit un timbre grave, étouffé par l'épaisseur de la porte, vint distraire Mary désagréablement. Emma ne lui avait pas annoncé de visite. D'ailleurs, éperdument éprise de Mary, elle négligeait ses galants depuis que celle-ci s'offrait à son caprice.

Elle voulut ignorer ce petit pincement au ventre, plia la missive, la glissa dans l'enveloppe sur laquelle elle traça de sa plume agile l'adresse du sieur de Roan puis chauffa la cire qu'elle poinçonna du cachet de sa maîtresse. Un peu plus vite, sans doute, qu'à l'ordinaire.

Bien qu'elle ne soit pas amoureuse d'Emma autant que celle-ci l'aurait voulu, cette visite l'agaça, et il lui tarda de paraître dans le petit salon sous le prétexte futile de prévenir sa maîtresse de son absence, le temps de faire porter ce courrier. Le but véritable étant de lui rappeler d'un sourire leur tendre amitié.

Elle se moqua de sa jalousie naissante en fourrant le billet dans la poche interne de son gilet, mais n'en poussa pas moins avec résolution le battant de la porte, le cœur affolé et la gorge nouée. Le visiteur lui tournait le dos, avalé par le dossier d'un fauteuil, mais Emma semblait goûter sa compagnie, car son regard brillant ne laissait pas de doute sur le plaisir qu'elle éprouvait à sa conversation.

— Je sors, annonça Mary d'un ton moins aimable qu'elle ne l'aurait voulu.

— Oh, Mary Oliver ! s'exclama Emma en la découvrant, plantée sur le seuil. Rien ne presse. Venez donc que je vous présente.

Mary s'avança, curieuse de ce nouveau venu dans la vie d'Emma, puisqu'elle devait lui être présentée. L'homme se retourna. Leurs visages se figèrent en une même expression d'incrédulité.

Tobias Read réagit le premier en se levant d'un bond.

— Vous ? lâcha-t-il comme une sentence.

Emma n'eut pas le temps de s'interroger.

Glacée par l'expression de son oncle, Mary s'enfuit en courant. Elle parvenait au milieu de l'allée lorsqu'elle entendit Tobias hurler.

— Rattrape-la !

Mary jeta un coup d'œil par-dessus son épaule à plusieurs reprises. Un homme tout de noir vêtu la talonnait. Elle força l'allure et, sans réfléchir, bifurqua au coin de la rue pour gagner les quais, espérant s'y dissimuler plus aisément.

Le port de Douvres était encombré de marchandises, mais déserté de monde. La nuit qui tombait facilitait la fuite de Mary. L'ombre des navires obscurcissait le quai. Mary en profita pour s'y fondre et disparaître à la vue de son poursuivant. Lorsqu'elle pensa enfin l'avoir semé, elle s'arrêta un instant pour reprendre son souffle, épuisée, s'appuyant à pleines mains contre un monticule de caisses en attente d'embarquement.

Elle s'apaisait enfin quand une poigne de fer s'abattit sur son épaule. Mary sursauta. Elle n'avait pas entendu son agresseur s'approcher.

— Personne ne peut m'échapper ! lui asséna-t-il d'une voix cassée.

Le cœur de Mary sembla vouloir exploser dans sa poitrine. Elle se sentit perdue et referma ses paumes sur le bois dans un mouvement de colère. Un clou oublié lors du scellement des caisses se glissa sous ses doigts.

Mary ne réfléchit pas.

À l'instant où l'Homme en noir la retournait pour la ramener à son maître, elle lui déchira le visage du piquant de son arme improvisée. Surpris, l'homme lâcha sa proie en hurlant. Mary détala. Quelques centaines de mètres plus loin, elle avisa un navire marchand qui achevait de larguer ses amarres. Quatre matelots tiraient à quai la passerelle de bois qui y menait.

Sans plus attendre, Mary prit son élan, cavala le long de la planche et d'un bond qui eût pu la fracasser contre la coque atterrit sur le vaisseau, que la passerelle retirée avait rendu à la liberté.

Mary se releva lourdement, endolorie par sa chute. Les marins étaient aux manœuvres, nul ne s'était aperçu de son étonnant embarquement.

Épuisée, elle s'accroupit contre la coque, dans un recoin protégé du suroît, derrière un imposant cordage lové, le temps de récupérer et de prendre enfin conscience de l'absurdité de sa fuite.

Que pouvait-elle redouter de Tobias désormais, puisque sa maîtresse l'aimait ? Elle avait eu tort. Protégée par Emma, elle aurait pu affronter celui-ci sans crainte, ne serait-ce que pour lui annoncer qu'elle renonçait à son héritage. Elle venait de gâcher sottement la plus belle chance de sa vie.

Elle se précipita au bastingage et voulut plonger dans les eaux sombres de la Manche pour regagner la rive. Poussé gaillardement vers le large, le navire filait déjà, toutes voiles gonflées.

Le regard de Mary engloba les lumières tremblotantes qui s'éloignaient et les tourbillons que provoquaient les nombreux courants. Elle comprit en un instant qu'elle n'aurait jamais la force de nager pour revenir vers l'Angleterre. Il était trop tard. Furieuse contre elle-même, elle se traîna discrètement jusqu'à la cale et s'y laissa choir au milieu de la futaille que le navire marchand transportait.

« Bah, se dit-elle pour se réconforter. Il me suffira d'écrire à Emma pour tout lui raconter. Elle comprendra et plaidera ma cause auprès de Tobias, j'en suis persuadée. D'autant qu'il me sera facile en France de remettre en main propre au sieur de Roan la lettre qu'elle lui destinait, évitant ainsi qu'elle soit interceptée. »

Mary se rasséréna à cette perspective. Au fond il n'y avait pas lieu de se lamenter. Cependant, ballottée par un roulis qui augmentait au fil des minutes et gênée par les odeurs tenaces de marée, de bière et de moisissure, Mary ne fut pas longue à avoir la nausée. Elle n'avait jamais pris la mer et commença à douter de l'aimer jamais, tant sa situation lui sembla inconfortable.

Elle finit pourtant par s'endormir, recroquevillée en boule entre les tonneaux ficelés les uns aux autres pour les empêcher de verser.

# 8.

De retour d'Espagne où il n'avait, hélas, rien appris de plus sinon que cette histoire de trésor était bel et bien réelle, Tobias avait débarqué à Douvres, profitant d'un de ses navires qui, parti de Cadix, s'en revenait vers l'Angleterre. Il avait aussitôt décidé de rendre visite à Emma de Mortefontaine dont il était l'amant épisodique et l'associé.

Leur relation était née du temps de M. de Mortefontaine. Ce dernier avait pour seul mérite aux yeux d'Emma sa fortune et cette passion qui avait su lui donner un nom, un rang et une généalogie digne de ses ambitions. Pour le reste, il était si fat et ennuyeux qu'Emma n'y avait pas résisté longtemps. Tobias Read, la rencontrant au cours d'une soirée mondaine, l'avait séduite. Ces deux-là étaient de même nature. Lorsque M. de Mortefontaine avait appris conjointement les activités d'espionne de sa femme et son cocufiage, il s'était tant emporté, jurant de révéler toute la vérité sur ses origines, qu'Emma avait décidé de le supprimer. Tobias Read l'y avait aidée, contre la promesse d'Emma de le charger d'administrer son affaire et d'en partager les bénéfices. Leur accord jusque-là avait été parfait.

— J'aimerais comprendre, demanda Emma sèchement à Tobias après qu'il eut lancé l'Homme en noir sur les traces de Mary.

Son hôtesse l'avait rejoint dans le vestibule. Tobias Read s'en trouva fort embarrassé.

— Retournons au salon, voulez-vous, nous y serons plus tranquilles, imposa-t-il en lui prenant le bras, refusant de s'attarder à son œil furieux.

« Mary Oliver est mon neveu, reprit Tobias en leur servant un verre de porto.

Il tendit le sien à Emma, visiblement agacée par ce qui venait de se produire entre ces deux personnes si importantes dans sa vie.

— Votre neveu ? Vraiment ? Quelle coïncidence ! s'étonna-t-elle, retrouvant sur-le-champ son calme et sa lucidité.

Soit Tobias ignorait que Mary était une femme, soit il lui mentait. Dans les deux cas, son instinct lui conseillait d'en garder le secret.

— Et quelle est cette méchante affaire qui vous oppose au point de le faire ainsi paniquer ? Je vous connais assez, Tobias, pour savoir votre cruauté, ajouta-t-elle.

— Soit, ma chère, puisque nous sommes associés. Vous vous plaigniez tantôt de devoir renoncer à votre vie aventureuse. Je vous en offre une autre, bien plus excitante, si vous pouvez répondre à une seule de mes questions.

— Laquelle ? demanda aussitôt Emma, alléchée par cette entrée en matière.

— Je suis à la recherche d'un bijou monté en pendentif. Un cercle de jade incrusté d'un éclat de cristal. Mon neveu l'a volé et j'ignore où il l'a dissimulé.

— À son cou. Mais ce bijou n'a aucune valeur, je m'en suis assurée, avoua Emma, tout à fait capable d'expertiser une pierre précieuse d'un seul coup d'œil. Et vous n'êtes pas de ceux qui s'attardent sur des futilités. Alors ?

— Alors, répondit Tobias en se rapprochant d'elle, sans ce bijou anodin en apparence, je ne peux accéder au plus fabuleux trésor qui ait jamais été caché.

Emma recula dans son fauteuil et ne put réprimer un sourire carnassier. Son secrétaire particulier était bien tel qu'elle l'avait imaginé. Aussi menteur et rusé qu'elle. Elle ne l'en aima que davantage.

Au moment où Tobias s'apprêtait à poursuivre, ils furent interrompus par l'Homme en noir qui revenait bredouille de sa mission, un mouchoir plaqué sur son visage en sang. Sitôt qu'il eut donné son rapport, Emma sonna Amanda pour la charger de le soigner. Malgré la curiosité de la femme de chambre, l'Homme en noir demeura muet. Tout en pansant la plaie, Amanda se demanda pourquoi sa maîtresse s'embarrassait de ces gens, aussi impolis que désagréables de figure et d'aspect. Et estima que Mary Oliver mettait bien du temps à rentrer quand elle aurait voulu lui en parler.

Emma et Tobias furent à nouveau seuls. Emma avait profité de cet intermède pour prendre la mesure de cette nouvelle donne.

— Racontez-moi, demanda-t-elle à Tobias.

Avant qu'il eût achevé son récit, une manigance avait germé dans son esprit diabolique. Elle cherchait depuis plusieurs jours tout à la fois le moyen de renforcer son influence à la cour et de se protéger des accusations de trahison qui tôt ou tard viendraient la salir. Sans le savoir, Tobias Read venait de le lui fournir. Elle ignorait s'il lui avait tout appris à propos de ce trésor et de ses surprenantes clés, mais était certaine d'une chose. Si Tobias Read avait apparemment le pouvoir et les relations nécessaires pour les retrouver autant que pour la réhabiliter à la cour, c'était avec Mary qu'elle comptait en partager le fruit. Or jamais Tobias Read n'accepterait d'associer son neveu à ce projet, il l'avait bien laissé entendre. Elle allait donc devoir ruser.

Emma s'excita de cette perspective, tandis que, inconscient du machiavélique cheminement de pensée de sa maîtresse, Tobias Read poursuivait.

— J'espérais, je l'avoue, que les complices de l'Homme en noir avaient mis la main sur Mary Oliver et récupéré l'œil de jade durant mon absence. D'où ma surprise à le découvrir chez vous ce soir. Il me sera facile de connaître le nom et la destination du navire sur lequel il s'est embarqué. Ce morveux n'ira pas loin.

— Je n'en doute pas, mon cher, minauda Emma en lui coulant un œil brûlant.

Le sang de Tobias s'enflamma, mêlant à son impatience d'en terminer avec son neveu le désir qu'il avait toujours ressenti pour elle. Il se leva pour l'attirer à lui et l'embrasser passionnément.

*

Mary s'éveilla en sursaut, une lame contre sa poitrine.

— Tiens, tiens, tiens, le joli clandestin ! railla une voix dans un français si parfait qu'il lui fit répondre de même, instinctivement.

— Ne me tuez pas, messire ! Je paierai ma course !

Un rire éclata et gagna tout l'espace.

Dans la lueur des lanternes, des hommes allaient et venaient, roulant les barriques, les tonneaux, les pièces de quatre, les pipes et les tierçons vers la planche qu'on avait inclinée du pont jusqu'à fond de cale pour les hisser à l'air libre. Les marins déchargeaient leur cargaison.

— Bigre, s'amusa l'homme qui lui pointait le cœur, il beugle plus intelligiblement que ces chiens d'Anglais.

— D'où viens-tu, petit ? s'adoucit un autre qui s'avançait à son tour dans la cale, l'arme dégoulinante de sang.

Mary bredouilla d'instinct :

— Je suis français, monsieur, au service de Mme de Mortefontaine et de mon roi.

— Vraiment ? se moqua-t-il en écartant d'une main gantée de noir l'épée qui écorchait le gilet de Mary.

— Je le puis jurer.

— Sais-tu qui nous sommes ?

— Des corsaires de Sa Majesté, répondit Mary sans hésiter, se félicitant des leçons que lui avait données Emma.

— Eh bien, Levasseur, ce garçon me semble fort sensé.

— De fait, mon capitaine. Mais le temps presse...

Ils se détournèrent d'elle d'un bloc.

— En effet. Activez le transbordement et chargez Monier et Benoît de placer la poudre.

— Ne pouvons-nous le remorquer ? demanda Levasseur, visiblement ennuyé.

— Il a trop souffert. Le vent fraîchit. Ce vaisseau nous mettrait en péril si, comme je le crois, le gros temps nous gagne.

— Certes. Mais je répugne à perdre un navire, fût-il aussi endommagé que celui-ci.

— Ce n'est pas vous qui le perdez ! C'est l'ennemi, rétorqua l'autre en lui tapotant l'épaule.

— C'est exact, mon capitaine, obtempéra le dénommé Levasseur.

Mary s'était redressée en vacillant sous le roulis, bien décidée à mettre à profit cette rencontre pour gagner la terre ferme en toute sécurité.

— Capitaine, osa-t-elle comme ce dernier faisait mine d'emboîter le pas à Levasseur.

L'homme se retourna, un sourire à ses lèvres fines.

— Ramenez-moi en France. J'ai des informations de la plus haute importance à livrer à votre ministre, M. de Pontchartrain.

Surpris un instant, le corsaire se laissa bientôt gagner par un éclat de rire. Ce jeunot lui plaisait, avec son comique ballant et sa détermination farouche imprimée sur son teint verdâtre de novice.

— Rien que cela ! s'amusa-t-il, son hilarité calmée. Allons, viens ! Il me tarde d'entendre comment un espion aussi malhabile peut prétendre à tant d'honneur.

Mary ne répondit pas. Elle était pressée de gagner l'air libre. Elle demanda pourtant, dans l'espoir d'ajouter encore à son crédit :

— Pardonnez-moi, capitaine, mais seriez-vous Jean Bart ?

Le corsaire fronça les sourcils.

— Si j'avais été Jean Bart, mon garçon, tu serais décoré d'une étoile à l'heure qu'il est. D'une fine étoile juste là, ajouta-t-il en pointant son doigt sur le cœur de Mary, assortissant sa certitude d'un clin d'œil.

Mary se mordit la langue. C'était le seul nom de ces gens de course français qu'elle avait retenu.

Elle ignorait si Jean Bart était aussi aimable de figure que les amies d'Emma le prétendaient, mais à coup sûr, songea-t-elle, en voyant celui-ci, ces dames lui auraient pardonné de s'être trompée. L'homme, bien qu'étonnamment accoutré pour un corsaire, et déjà âgé, avait une allure et un œil à les faire se pâmer.

Sur le pont, des matelots fouillaient sans vergogne les cadavres anglais qui baignaient dans une mare sanglante. D'autres, après avoir récupéré la cargaison du navire, s'activaient à piller sa drome et les objets de valeur qu'ils trouvaient. Devant ce charnier, Mary ne put refouler un haut-le-cœur et, se pliant en deux, courut jusqu'au bastingage pour s'en dégager.

— Bienvenue dans la marine française, matelot, lança le corsaire en lui tapotant l'échine. Désormais, ton capitaine s'appelle Forbin, Claude de Forbin.

Quelques longues minutes plus tard, depuis la frégate de Forbin nommée *La Perle*, Mary assistait au lever des grappins qui rendait sa liberté au navire marchand devenu fantôme. Toutes voiles dehors, *La Perle* s'en éloigna, poussée par un vent mauvais qui roulait vers l'est d'imposants nuages.

La pluie se mit à cingler, mais aucun marin de *La Perle* ne parut en sentir la morsure. Des mâtures aux ponts, actifs malgré la forte houle, ils préparaient le navire à affronter le grain.

Soudain, Mary sursauta. Dans un fracas de tonnerre, le navire anglais s'embrasa tout entier, s'élevant sur la crête des vagues comme un soleil crépitant, puis sombra dans les eaux noires balayées par le tumulte des pièces en charpie qui retombaient.

— Rentre dans la batterie, petit ! hurla Forbin à l'oreille de Mary. Tu gênerais mes hommes.

Mary hocha la tête, le cœur lourd. Non pas à cause de ces matelots dont elle n'avait aperçu que les ombres. Elle songeait à Cecily. Et à cet autre marin qui l'avait engendrée. Cette nuit, d'autres Cecily venaient de plonger dans la misère, par la faute d'une guerre qu'Emma qualifiait d'utile à ses intérêts. Et elle se demanda comment on pouvait ainsi tuer sans éprouver de regrets.

Elle se mit à grelotter dans ses vêtements trempés.

Mary ne se souvint pas d'être descendue dans la batterie, guidée par les indications qu'on lui donna, pas davantage d'avoir prié pour l'âme de ces vaincus, juste d'une main qui l'avait rattrapée lorsqu'elle avait basculé en arrière et d'un sourire moqueur au-dessus d'elle comme ses yeux se révulsaient.

— Secoue-toi, morveux. Le capitaine t'attend ! grogna-t-on dans l'oreille de Mary.

Elle ne réagit pas sur l'instant, l'esprit encore embrumé d'un sommeil cauchemardesque où des corsaires lui emplissaient le gosier d'une eau-de-vie brûlante qu'ils la forçaient à avaler à l'aide d'un entonnoir. Elle déglutit avec peine, tardant à ouvrir les yeux. Sa bouche était acide et empâtée.

— Corne de bouc, je vais te faire lever, moi ! s'impatienta son tourmenteur en la bousculant.

Réveillée cette fois tout à fait, Mary n'eut pas le temps de se défendre qu'une voix grave et imposante sermonna :

— Laisse-le tranquille. Ce n'est qu'un gamin.

Surpris, le matelot osa un regard de biais vers le personnage placé en retrait, puis tourna les talons sans insister. Mary se mit debout, résista à un vertige que le ballant du navire imposait aux gens de terre et s'ébroua pour le dissiper.

La batterie était vaste, encombrée des canons rangés en attente d'une bataille, la gueule ouverte contre les sabords recouverts de leurs mantelets. Une odeur de poudre lui monta aux narines.

Mary fronça les sourcils et s'attarda sur la silhouette qui l'avait protégée. L'endroit manquait de lumière pour la distinguer vraiment. Elle s'approcha de l'inconnu et le remercia de son intervention.

— Appelle-moi Corneille, dit-il simplement.

— Oui, monsieur Corneille.

— Corneille tout court. Les messieurs sont en haut et si j'étais toi, je ne les ferais pas languir davantage. Si notre capitaine est un homme d'honneur et de justice, certains comme le « Cruchot » n'ont rien d'enfants de chœur.

— Qui est le Cruchot ?

— Son second. Mais garde pour toi ce surnom. Il te ferait châtier s'il l'entendait seulement murmurer.

— Serait-ce Levasseur ?

Il sembla à Mary que l'inconnu souriait.

— Bien vu, répondit-il.

— Comment suis-je arrivée ici ? demanda-t-elle encore en étirant son corps endolori.

— En trébuchant dans les degrés. Tu t'étais évanoui. C'est toujours comme ça la première fois. La mort a cet étrange pouvoir de nous attirer toujours autant qu'elle nous repousse. L'odeur du sang t'écœure puis t'enivre. Seule la morale y met un frein. Les guerres existent pour ça. Pour apaiser en l'homme le besoin de tuer.

Mary s'en troubla. C'était aussi ce qu'Emma lui avait enseigné.

Les images du charnier de la veille lui revinrent en mémoire et elle répliqua, le ventre de nouveau noué :

— Je ne crois pas que je m'y ferai.

— Bien sûr que si, tu t'y feras. Nous nous y faisons tous.

— Alors, mon jeune espion, s'amusa une voix en haut de l'escalier, faut-il que je vienne moi-même à ta rencontre ?

Forbin parut, balayant la batterie de la lueur oscillante de sa lanterne.

— Ne lui en voulez pas, capitaine, glissa Corneille que la lumière révélait enfin à Mary.

Le marin était assis en déséquilibre sur un canon. De grands yeux d'azur la fixaient, rieurs. Ses lèvres fines étaient ourlées d'une barbe brune avec laquelle il jouait de sa main droite. Son bras gauche, terminé par un moignon à hauteur du coude, s'abandonnait négligemment sur son genou replié. Le front haut était lisse et hâlé par le grand large.

Mary lui sourit sans hésiter, heureuse d'avoir déjà un allié sur ce navire. Rapidement, pourtant, elle se retourna vers son capitaine et risqua une révérence, ne sachant quel était l'usage chez ces gens de mer. Forbin tonitrua d'un éclat de rire et lui tapota la joue avec condescendance.

— Garde ça pour Sa Majesté. Suis-moi plutôt, nous avons à parler.

— À vos ordres, capitaine, déclara Mary, vexée et décidée à ne plus se laisser ridiculiser.

— Bien, voilà qui est sage. Comment t'appelle-t-on déjà ?

— Oliv... Olivier, monsieur, rectifia-t-elle aussitôt, se souvenant qu'elle s'était présentée comme un Français.

Forbin lui tendit la lanterne et Mary grimpa les marches, prenant soin de ne pas glisser sur celles, humides, de l'escalier. En connaisseurs, les yeux de Corneille et de Forbin s'attardèrent de même sur les mouvements des hanches de Mary, moulées dans ses culottes. Ils échangèrent tous deux un regard complice.

Tandis que Corneille étouffait un petit rire, Forbin rejoignait sa captive sur le pont avec la ferme intention de lui arracher la vérité.

# 9.

*La Perle* avait fière allure sous le soleil léger du matin. Les voiles claquaient dans un ciel qui s'était dégagé à l'aube. L'on s'activait de bas en haut du navire. Par moments une lame de fond propageait encore le souvenir houleux de l'orage, malmenant l'équilibre de Mary. Elle eut plaisir à constater que loin de l'écœurer comme la veille, l'air marin lui ouvrait un appétit d'autant plus grand que son dernier repas était loin, et que du four situé dans l'entrepont, à l'avant du grand mât, une odeur tiède de poularde lui chatouillait les narines.

— N'est-ce pas qu'elle est belle ? insista Forbin en englobant d'un geste large ce navire dont il parlait comme d'une femme.

Il tendit un doigt vers la proue.

— Vois, ajouta-t-il, comme chaque mouvement de cette frégate respire celui de l'océan. Je l'ai fait réaménager pour cela. Pour qu'elle glisse sur l'eau, s'y engouffre, s'y fonde, capture le vent, et apprivoise les éléments afin de mieux les dompter. C'est aujourd'hui, j'en suis convaincu, le plus fiable, le plus rapide et le plus étonnant des navires de course de la marine française. Qu'en penses-tu, Olivier ?

— Que je n'y connais rien, capitaine, mais que vous avez sûrement raison tant vous en parlez passionnément, déclara Mary sans mentir.

Forbin s'écarta et la dévisagea des pieds à la tête, l'air songeur. Puis, avisant Levasseur qui donnait ses ordres aux officiers mariniers, il lança :

— Qu'on ne me dérange pas.

L'instant d'après, ils avaient gagné la dunette sur le gaillard d'arrière entre le couronnement et le mât d'artimon. Forbin referma sur Mary la porte de sa cabine. Elle était aussi richement décorée que le cabinet d'Emma de Mortefontaine et ce qu'il versa dans le verre de Mary lui rappela ce vin qu'elle buvait après l'amour en riant trop fort.

— Je t'écoute, Olivier, dit Forbin en poussant devant elle une corbeille emplie de fruits et de biscuits.

Au risque de lui déplaire, Mary en engloutit plusieurs entre deux goulées de vin, avant d'oser le moindre mot, maniérant sa fringale de petits gestes précieux comme le lui avait enseigné lady Read.

Claude de Forbin s'attarda dans le silence, assis négligemment et patiemment dans un fauteuil derrière son bureau. Mary ne se formalisa pas de l'amusement qu'elle décela sur ses traits, se souvenant de cette phrase que répétait sans cesse Cecily : « Tant qu'à mourir, autant que ce soit le ventre plein. » De fait, jamais elle n'aurait pensé avoir un estomac aussi grand !

Lorsque, reconnaissante de la compréhension que manifestait le capitaine, elle se laissa finalement retomber contre le dosseret épais du fauteuil, elle était tout encline aux confidences. Celles du moins qu'il plairait à Forbin d'entendre.

— J'avais faim, je crois, s'excusa-t-elle tout de même, retrouvant sa bonne éducation.

— Je le crois aussi, s'en divertit Forbin. Repu ?

— Oui, capitaine. Merci.

— Ne me remercie pas encore. Attends que j'aie jugé de ton histoire.

Mary hocha la tête et se lança :

— Je fus engagée il y a deux mois par Mme de Mortefontaine, au titre de secrétaire particulier. Celle-ci me tient en grande estime, monsieur, et m'a avoué le rôle qu'elle joue pour mieux servir les intérêts de son pays et de son roi Jacques, injustement chassé d'Angleterre par ces maudits protestants.

— Inutile de refaire l'Histoire, la coupa Forbin. Je sais tout cela. Que Mme de Mortefontaine soit une espionne ne m'explique pas ta présence sur ce navire marchand, et c'est cela qui m'intéresse.

— J'y viens, capitaine. Madame s'est vu démasquée il y a huit jours, et ne pouvait plus prendre le risque d'envoyer les dernières informations qu'elle avait récupérées. Elle me chargea donc de les transmettre directement. Hélas, je fus moi-même agressé comme je m'en venais au port pour prendre mon embarquement. J'ai pu échapper à mon poursuivant en sautant dans le premier navire en partance, comme un voleur, que je ne suis pas, ajouta Mary.

— As-tu des preuves de cela ?

Mary fouilla dans la poche intérieure de son gilet pour en retirer la lettre qu'elle y avait fourrée avant sa désagréable rencontre avec Tobias Read. À son grand désarroi, elle eut beau palper, elle ne trouva rien. Machinalement sa main se porta à son cou. Ses chaînes avaient, elles aussi, disparu.

Forbin ouvrit un tiroir de son bureau et en sortit l'œil de jade, le pendentif d'émeraude et la missive décachetée qu'il avança vers elle sur le plateau marqueté.

— Est-ce ceci que tu cherches? demanda-t-il.

Mary hocha la tête.

— Sais-tu ce que je crois, Olivier?

Elle ne répondit pas, malgré l'idée qu'elle en avait et qui la terrifia soudain. Forbin se leva, contourna le bureau et s'y assit, négligemment, la toisant ainsi de son imposante stature.

— Je crois que tu mens.

Prestement, il dégaina son épée accrochée par son fourreau à sa ceinture, et la pointa sous le menton relevé de Mary. Leurs regards s'accrochèrent. Celui de Mary le défia.

Cette scène lui en rappelait une autre qui n'avait eu qu'une très agréable issue. Elle s'en grisa d'autant plus que Forbin la troublait bien davantage que sa maîtresse anglaise.

— Délace ta chemise.

Peu surprise, Mary obéit. Quel que soit celui qui avait palpé sa poitrine pour lui voler les bijoux, rapport avait été fait au capitaine. Forbin fit glisser son arme le long de sa trachée, et s'attarda sur les rondeurs étouffées par les bandages.

— Ce doit être inconfortable, je suppose?

— Moins que la pointe de votre lame, capitaine, crâna-t-elle, l'air moqueur et désinvolte.

Forbin l'ôta en souriant. Ils se dévisagèrent un moment en silence, se jaugeant mutuellement, emplissant l'espace d'une tension grandissante, d'un désir soudain à fleur de peau.

On toqua à la porte. Claude de Forbin ne réagit pas, incapable tout autant que sa captive de rompre cet envoûtement charnel qui les prenait.

— Le littoral est en vue, capitaine.

Le timbre agacé de Levasseur ramena Forbin à son commandement.

— Je vous rejoins, assura-t-il d'une voix forte.

Il remit son épée au fourreau, quitta son siège et s'approcha de Mary.

— Rajustez-vous, madame.

Les doigts tremblants de Mary rattachèrent ses lacets. Claude de Forbin se pencha au-dessus d'elle et lui glissa à l'oreille :

— Nul n'est au courant, à part Corneille et moi. Vous avez eu raison de fuir en vous voyant démasquée. Soyez sans crainte, madame de Mortefontaine, M. de Pontchartrain vous saura gré de votre pugnacité.

L'étonnement de Mary se perdit dans le baiser dont Forbin effleura ses lèvres avant de sortir, la laissant étourdie comme elle ne l'avait jamais été. Elle se ressaisit pourtant et envisagea la situation telle qu'elle se présentait, se demandant ce qu'Emma aurait fait en pareil cas. Elle sourit. Certainement accepter d'être ce que Claude de Forbin voulait qu'elle soit ! Elle avait tout à y gagner. Quant à Emma, Mary était certaine qu'elle le comprendrait.

Elle ramassa son bien sur le bureau et le remit à sa place. Ensuite, elle sortit de la cabine et, pour ne pas gêner les matelots, vint s'accouder au bastingage, les yeux rivés sur les nombreux moutons qui couraient sur les flots bercés par une jolie brise. Les côtes françaises approchaient lentement et Mary reporta son attention sur les manœuvres de la frégate, sans rien en retenir d'autre qu'une belle image de marins affairés dans la mâture et sur les différents ponts.

Sitôt le goulet fortifié passé, Brest apparut, cerné de murailles. La rade était encombrée de navires de tout tonnage. *La Perle* cingla jusqu'à l'arsenal où les vaisseaux de guerre de la marine française étaient fabriqués, armés, réparés et entretenus.

Outre *La Perle*, l'escadre de Forbin comprenait deux autres navires qui, à son exemple, vinrent s'y amarrer. Claude de Forbin revenait d'une campagne de deux mois en mer. Il s'accordait deux semaines au port pour ravitailler.

Tandis que des hommes à quai récupéraient les amarres lancées depuis le bord, Mary chercha la silhouette de Forbin au milieu des autres officiers debout sur la dunette, tricornes sur leurs perruques bouclées, engoncés dans leurs costumes bleu roi coupés à l'identique.

Forbin, quant à lui, ne respectait aucune mode depuis qu'il était revenu du royaume du Siam en sa qualité d'ambassadeur. Il en avait gardé un goût prononcé pour l'excentricité vestimentaire qui seyait bien à son caractère de Méridional, emporté et épicurien. Il arborait donc avec fierté un habit couvert de broderies aux couleurs agressives où dominaient le drap garance et l'amarante. Sa ceinture s'ornait d'un kriss malais d'un côté, d'une épée de l'autre. Son chapeau en pain de sucre débordait de plumes. Le cuir de ses cuissardes s'effaçait sous l'or et le cuivre de ses boucles. Il se moquait bien que ses détracteurs s'en amusent. Claude de Forbin était apprécié auprès de son ministre et de son roi pour son charisme, ses qualités maritimes tout autant que son franc-parler.

Mary s'attarda longuement sur son profil volontaire, s'étonnant de cette sérénité qui lui collait aux traits. Brusquement, son désir de regagner l'Angleterre lui sembla moins présent.

Qu'allait-elle y faire sinon vivre dans l'ombre d'Emma quand elle pouvait tout autant désormais, grâce à son exemple et à ses enseignements, gagner sa propre liberté ?

« Claude de Forbin, se dit-elle, je crois bien que tu me plais. »

— Viens, petit! ordonna la voix grave de Corneille l'interrompant dans ses nouvelles résolutions.

Mary lui emboîta le pas sans discuter. Ils franchirent la passerelle, abandonnant Forbin et ses officiers à leurs obligations de rapports et de contrôles.

Mary ne demanda rien, confiante en l'idée que Corneille obéissait aux ordres de son capitaine. Elle le suivit sans hésiter au long des ruelles qui, s'éloignant de l'arsenal, remontaient vers le cœur de Brest.

Corneille marchait vite, le pas sûr, lui racontant qu'il était né dans cette ville où le commerce maritime tenait la plus grande place.

— Seul Toulon peut se prévaloir d'un arsenal comme le nôtre, lui expliqua-t-il après lui avoir fait l'inventaire de toutes les modifications que M. de Vauban avait imaginées pour rendre la cité imprenable.

Les murs d'enceinte avaient été relevés ou édifiés sur le littoral et plusieurs rades successives emprisonnaient sans faillir les navires ennemis qui auraient voulu s'y risquer.

— La gloire de Jean Bart, basé à Dunkerque, a détourné Brest du cœur des Français. Et c'est bien dommage, jugea Corneille. Sans Claude de Forbin, Jean Bart ne serait pas ce qu'il est.

Mary aurait bien aimé approfondir ce point pour en apprendre davantage sur ces deux hommes, mais Corneille s'immobilisa devant la façade d'une échoppe à colombages et extirpa une clé de la poche de son gilet.

— Nous y sommes. Nous voici chez lui, madame.

Sur ce, il poussa la porte dont la serrure venait de céder et s'effaça pour la laisser entrer. Loin des oreilles indiscrètes, Corneille s'empressa d'ajouter, tandis qu'il ouvrait grands les volets intérieurs du logis pour y ramener la lumière :

— Pardonne-moi de t'avoir fouillée. Si j'avais pu deviner ton sexe, je m'en serais gardé.

Il hésita un instant, puis, souriant à pleine bouche, ajouta, l'air goguenard :

— Quoique...

Mary détourna la tête sur un fard et Corneille s'en amusa tout en lui désignant l'escalier.

— Dans la chambre de gauche se trouve une malle emplie de toilettes. Tu pourras t'y changer. Je vais aller toquer chez la domestique. Elle habite à deux rues d'ici et se charge d'entretenir la maison durant les campagnes du capitaine, tout autant qu'en sa présence, d'ailleurs. Avant longtemps, elle te portera de l'eau pour ton bain. Prends ton temps. Le capitaine a de nombreuses formalités à remplir avant de te rejoindre.

Mary eut envie de demander ironiquement si elle avait le choix, mais Corneille ne lui en laissa pas la possibilité. Il tourna les talons en sifflotant et la planta sur un clin d'œil amusé. « Ma foi, en conclut Mary, cet ordre-là n'a rien d'une corvée. Monsieur de Forbin, même si vous ne savez pas y mettre les formes, il est évident que vous connaissez le goût des dames. »

Elle se rendit donc à son souhait, d'autant qu'elle gardait encore un peu de roulis dans la tête et le pas. Un bain chaud la ragaillardirait.

Elle parvenait au seuil de la chambre lorsqu'une voix féminine l'interpella du bas de l'escalier.

— Holà, matelot ! Qui te permet ?

Mary s'immobilisa et regarda une femme alerte bien qu'imposante grimper quatre à quatre les degrés. Claude de Forbin était bien protégé, remarqua-t-elle, amusée. Elle attendit que son interlocutrice fût sur le palier, essoufflée, pour répliquer :

— M. de Forbin lui-même, qui m'y invita.

— Seriez-vous la jeune dame ? s'étonna la femme interloquée.

— Oui, et il me tarde de changer d'habit, ajouta Mary en s'avançant vers elle gaiement.

La domestique s'acquitta d'une petite révérence et se confondit en excuses.

— Ce n'est pas grave, la rassura Mary. J'avoue que ma tenue a de quoi surprendre.

— En effet, madame, consentit la domestique, n'osant pas lui dire plus avant combien elle trouvait cela choquant et déplacé, d'autant que l'invitée de M. de Forbin lui souriait avec une sincère gentillesse.

— Comment t'appelles-tu ?

— Perrine, madame, répondit la femme en écartant les volets intérieurs de la chambre.

Aussitôt un soleil déclinant baigna la pièce.

— Le cabinet de toilette est ici, lui indiqua Perrine, désignant un petit réduit attenant où un baquet attendait qu'on le remplisse pour le bain, tout à côté d'une coiffeuse garnie abondamment d'onguents, d'huiles rares, de poudres, de peignes et de brosses.

— Je vais aller vous chercher de l'eau. Corneille s'est occupé de la tirer du puits et de la faire chauffer.

— Merci, c'est très aimable à vous.

Perrine ne répondit pas et sortit. « Décidément, pensait-elle, c'est une bien étrange personne que M. de Forbin nous a ramenée cette fois-ci. » Aucune autre de ces dames ne s'était abaissée à la remercier.

Mary, restée seule, ouvrit la malle dont avait parlé Corneille, curieuse de faire l'inventaire de son contenu. Plusieurs robes y étaient rangées, savamment pliées et empesées, toutes plus flatteuses les unes que les autres, couvertes de passements et de broderies de fils d'or ou d'argent, parsemées de nœuds et de rubans, telles qu'Emma ou ses amies en portaient.

Mary les étala sur le lit pour mieux les juger.

— Elles ne vous plaisent pas ? s'inquiéta Perrine, qui revenait chargée de deux seaux d'eau fumante.

La moue ennuyée de Mary ne lui avait pas échappé. Comment lui dire qu'elle aurait été plus habile à revêtir un habit de gentilhomme ?

— Je crains qu'elles ne soient pas à ma taille, mentit Mary.

— Oh ! ne vous inquiétez pas. Je saurai les reprendre. J'ai l'habitude, lâcha Perrine en rougissant de sa maladresse.

Elle s'éclipsa aussitôt pour remplir le baquet.

L'orgueil de Mary fut piqué au vif. Pour qui Forbin la prenait-il ? Ces robes, récupérées probablement en butin d'abordage, avaient servi à d'autres. Pour le bon plaisir du capitaine. Elle n'avait aucune envie de leur ressembler.

Corneille s'avança à son tour dans la pièce, avisa les robes d'un œil goguenard, puis s'en fut vider son seau comme Perrine le croisait pour redescendre en corvée. Mary le rejoignit devant ce bain qu'on lui destinait.

— Rends-moi un service, Corneille. Voici de quoi acheter un habit plus propre que le mien. Rapporte-moi de quoi me changer. En homme, ajouta-t-elle.

— Forbin ne va pas apprécier.

— Je m'en moque, répliqua Mary en souriant. À chacun son excentricité.

Corneille comprit aussitôt qu'elle faisait référence au goût étonnant de son capitaine en ce domaine et n'insista pas. Il s'éclipsa tandis que Perrine remontait déjà.

Le bain de Mary fut prêt avec les derniers seaux qu'elle y versa. Mary la remercia et, tirant le rideau qui séparait le cabinet de toilette de la chambre, se déshabilla et s'y glissa avec volupté, refusant l'aide de Perrine pour la frotter. Elle était bien encore capable d'y arriver seule.

Forbin avait eu raison. Il aurait été dommage de ne pas se plier à ses ordres. Elle se promit de s'en souvenir lorsqu'il paraîtrait.

## 10.

Lorsque l'eau eut fraîchi, Mary s'en arracha sans regret. Son corps et son esprit étaient plus sereins et elle entreprit de se sécher vigoureusement, devant le miroir en psyché. Elle était tout à fait femme désormais, malgré la petitesse de ses seins, et plutôt jolie. Assez, lui avait dit Emma, pour mettre le monde à ses pieds. Elle était prête à commencer. Tirant les rideaux, elle gagna la chambre sans se presser.

Sur le lit, elle découvrit, étalées, deux tenues en place des robes qu'elle avait refusées. L'une d'homme, qui remplaçait à la française son costume crasseux, et une robe sobre de cotonnade qui s'apparentait davantage à celle de Perrine qu'à celles des maîtresses de Forbin.

Corneille avait parfaitement compris ce qui l'avait gênée.

Mary ne s'était plus habillée en fille depuis l'âge de sept ans. La curiosité la poussa à passer ce qui lui parut sur le moment un accoutrement des plus étranges. Les jupons arrondirent ses hanches, le corps de cotte baleiné rehaussa ses seins dans un joli décolleté en bateau. Elle retourna dans le cabinet de toilette et, utilisant ce qui se trouvait à sa disposition, brossa vigoureusement ses cheveux dorés qui cascadèrent en boucles sur ses épaules. D'ordinaire, un lien de cuir les tenait attachés.

Le miroir lui renvoya alors l'image d'une autre. Ce double qu'elle avait si longtemps nié.

— Vous êtes sublime, madame.

Il lui manquait un fard pour rosir ses joues. Forbin vint l'appliquer en se présentant, impromptu, dans l'encadrement de la porte. Elle ne l'avait pas entendu entrer.

— Je... bredouilla-t-elle, idiote d'être ainsi surprise, troublée de sa présence gourmande, du jabot de sa chemise blanche entrouverte jusqu'à la ceinture.

Et de cette lueur dans son regard qui la possédait déjà.

D'un pas, il fut devant elle. D'une main, il cueillit sa faiblesse. D'un baiser, il termina sa phrase. Et Mary eut l'impression d'être abordée par ce corsaire comme un navire en perdition. Elle se rendit sans bataille, le laissant dénuder ses épaules sous ses baisers, et délacer ce corset qui l'étouffait soudain bien davantage que ses bandelettes.

Retrouvant instinctivement le goût de ces joutes qu'Emma aimait prolonger, Mary fit partir ses doigts à l'aventure sur cette peau d'homme asséchée par l'air du large, creusant des cicatrices inconnues, cherchant sur son souffle à affiner une expérience qui devenait découverte.

La robe glissa à ses pieds. Les lèvres de Forbin suivirent et réinventèrent ce corps de femme qui se cambrait pour mieux s'offrir. Il se redressa comme le plaisir la submergeait, l'abandonnant frustrée d'une caresse inachevée.

Tournant les talons sans un mot, il la planta là, au bord des larmes. La porte se referma doucement et son pas se perdit dans l'escalier. Quelques minutes plus tard, rhabillée et désemparée, Mary se demanda si elle n'avait pas seulement rêvé.

Mary prit le temps de se détendre assez pour faire bonne figure, puis inspira une large goulée d'air. Lissant ses mains moites sur la cotonnade de sa robe, elle descendit l'escalier en souriant comme si de rien n'était.

Dans la salle à manger, le couvert avait été dressé sur une table nappée de blanc. Les chandelles répandaient une douce clarté. Les volets avaient été rabattus, et le parfum des mets en attente dans la cuisine lui donna à penser que Perrine s'était surpassée tandis qu'elle paressait. Forbin l'attendait, nonchalamment assis dans un fauteuil devant la cheminée crépitante, une pipe fumante aux lèvres.

— Avez-vous un prénom, madame de Mortefontaine ? demanda-t-il en souriant comme elle se plantait devant lui, puisant dans ses retranchements les plus intimes une feinte assurance.

— Emma.

— Vous me troublez, Emma. Infiniment, affirma-t-il entre deux bouffées.

— Vous aussi, capitaine, répondit Mary en se rapprochant des flammes pour y tendre ses mains glacées.

Éviter de le regarder l'aidait à garder le contrôle de ses sens exacerbés.

— Pourquoi avoir écrit cette lettre puisque vous aviez l'intention de gagner la France pour y donner votre rapport ? demanda Forbin abruptement.

— Par mesure de prudence. Si l'on m'avait interceptée, je me serais arrangée pour la faire envoyer.

— Interceptée, vous n'en auriez pas eu le temps.

— Je suis assez maligne pour ne pas me laisser prendre ! argua Mary en lui faisant face.

Cet interrogatoire l'agaçait. Elle n'avait pas envie de lui mentir, et tout à la fois accepter l'identité d'une autre la plaçait dans une estime que Mary Read n'était pas certaine d'obtenir.

— Je vous ai bien prise, moi ! s'amusa Forbin.

Mary s'enflamma :

— Pas encore, capitaine.

— Ne jouez pas sur les mots, Emma. Ce n'est qu'une question de temps et vous le savez. J'aime comprendre. Or quelque chose dans tout ceci m'échappe. Vous n'usez pas des habitudes des espions.

Mary lui sourit et le provoqua de nouveau, cynique :

— Vous targueriez-vous de tout connaître, monsieur de Forbin ? Ce serait bien prétentieux !

Il éclata de ce rire qui la désarmait. Mary se laissa choir avec élégance dans le fauteuil et plaça ses avant-bras sur les accoudoirs pour se retenir de le gifler ou de l'étreindre. En cet instant, elle ne savait plus. Forbin était déroutant, charmeur, piquant, sensuel et... À quoi bon chercher des excuses à sa faiblesse ? Elle sentait bien que cet homme serait d'importance dans sa vie, tout comme Emma. Il avait beaucoup à lui enseigner. Et Mary avait soif d'apprendre, comprenant qu'elle ne pourrait s'élever qu'à ce prix.

À moins, comme Emma, d'épouser un gentilhomme qui l'anoblirait.

Inconscient de son calcul, Forbin s'apaisa et s'excusa :

— Pardonnez-moi, Emma. Je suis un malappris. J'ai pour ma défense un sang noble que trop de mauvaise fortune a rendu impétueux et ironique. J'ai grandi déchu de mes droits, et ce que je suis devenu, c'est à la seule force de ma détermination et de mon instinct que je le dois. Si j'en juge par votre habileté à porter habits aussi différents, je ne suis pas loin de croire que vous êtes, chère amie, aussi mordante, vive et libertine que je le suis...

— Je ne vous permets... commença-t-elle pour la forme seulement, car il lui plaisait infiniment qu'il eût raison, et que cette amorce de confidence confortât sa détermination.

— Allons, Emma, insista Forbin en jouant d'une main avec le fourneau de sa pipe qui s'éteignait. Je ne suis pas sot. Les espions ou espionnes sont souvent des intrigants, des opportunistes placés par les grands là où leur talent s'utilise le mieux. Et vous en possédez, très chère, pour contrefaire par moments l'ingénue touchante que je peux voir en ma demeure.

Mary ne put s'empêcher de s'en sentir flattée. Elle n'était ni ce qu'il croyait ni ce qu'elle paraissait être. Elle se trouvait donc habile à berner, à s'incarner dans des personnages comme la meilleure des comédiennes. Cela lui rendit un franc sourire.

— À la bonne heure, approuva Forbin.

— Discutons d'égal à égale, voulez-vous ?

Pour toute réponse, il se leva, posa sa pipe sur un guéridon et lui tendit une main baguée de rubis.

— Dînons...

Mary n'eut pas plutôt glissé sa paume dans la sienne qu'elle se retrouva plaquée avec violence contre son torse, le bras retourné dans le dos pour empêcher toute résistance. Les lèvres de Forbin mordillèrent son cou, la faisant chavirer en un trouble qu'il lui fut impossible de contrôler.

— Vous ne serez jamais mon égale, madame, vous me désirez trop, s'enorgueillit Forbin.

Il était vraiment à gifler. Mary se contenta de le moucher.

— Auriez-vous oublié dans l'argument des espionnes celui du semblant ?

— Votre pouls vous trahit.

— Autant que le vôtre. Vous voyez, nous sommes à égalité, mon cher.

— Vous me rendrez grâce avant l'aube, assura-t-il en butinant sa gorge palpitante.

Elle s'esquiva à l'aide d'un de ces subterfuges que lui avait enseignés son maître d'armes chez lady Read. Forbin resta bouche bée de la découvrir ainsi délivrée de sa tenaille.

— Comment diable avez-vous... ? s'écria-t-il.

Mary redressa la tête, le buste et lui coula un regard brillant.

— Il semblerait, monsieur, que, contre toute attente, j'aie des choses à vous apprendre. Dînons ! Pour commencer, ajouta-t-elle en se dirigeant vers la table.

Forbin s'inclina et lui présenta la chaise pour qu'elle s'y installe. Tandis que, sur un appel de la clochette, Perrine s'avançait pour leur servir un potage de pois cassés au lard, il se mit en devoir d'offrir une trêve à leurs joutes verbales.

— Il n'est pas dans mes intentions de vous nuire, Emma, déclara-t-il tandis que Mary goûtait avec plaisir son plat. Je vous l'ai dit, j'ai le tempérament soupçonneux, et je parle souvent lorsqu'il faudrait me taire. Vous m'intriguez, très chère, et mes questions ne sont là que pour vous découvrir plus encore. J'aimerais que vous cessiez de vous en offusquer, assura-t-il.

— Soit, consentit Mary. Je suis veuve de M. de Mortefontaine, armateur de son état, et espionne, jusqu'à ce jour du moins.

Perrine débarrassa les couverts pour les remplacer et le silence les enveloppa. Mary pourtant eut le sentiment que Forbin se contenait. Son visage trahissait un agacement certain. Elle n'eut pas le temps de se demander pourquoi. À peine Perrine se fut-elle éclipsée après les avoir servis qu'il lâcha froidement :

— Je veux vous découvrir, madame, mais pas sous des traits usurpés.

Mary accusa le coup, mais ne s'en troubla pas.

— Qu'est-ce qui vous donne à croire qu'ils le sont, monsieur de Forbin ? demanda-t-elle en portant une cuisse de poularde à ses lèvres.

— Le fait qu'Emma de Mortefontaine, la vraie, soit une de mes connaissances.

— Je vois, lâcha Mary sans s'excuser.

Bien au contraire, elle attaqua :

— Ce nom, capitaine, c'est vous-même qui me l'avez donné, je vous le rappelle, refusant d'entendre la vérité que je vous servais. Que vouliez-vous que je fasse, que je vous laisse m'embrocher ? Puisque vous saviez, poursuivit-elle, pourquoi vous être joué de moi ?

— À cause de la nature même de ce billet en votre possession. En votre qualité de femme, vous ne pouviez être le secrétaire d'Emma ainsi que vous le prétendiez. Emma déclarait à M. de Pontchartrain, mon ministre, qu'elle se savait surveillée et démasquée, s'inquiétant pour sa vie. Vous pouviez tout aussi bien l'avoir assassinée pour le compte du roi Guillaume.

— Vous me croyez une espionne à sa solde ? s'étonna Mary.

— Je l'ai cru, en effet, avoua Forbin, d'où ce petit stratagème. Une véritable espionne ne serait pas tombée dans ce piège grossier. Ce qui me donne envie de comprendre qui se cache en vérité derrière ce masque et ces habits de valet. Car ce que je crois, madame, c'est que vous avez trompé Emma de Mortefontaine sur votre nature. Moi-même, sans la fouille de Corneille, me serais laissé berner.

— Dois-je prendre cela pour un compliment ?

— Si vous m'avouez enfin la vérité.

Mary hocha la tête et, choisissant de lui faire confiance puisqu'il connaissait Emma, lui raconta tout. De sa jeunesse chez lady Read, bercée par l'amour de Cecily, à ses retrouvailles avec Tobias et leurs conséquences. À la fin de sa confession, ils en étaient au dessert et Forbin se félicita de cet instinct qui ne l'avait pas trompé : Mary Read semblait bien différente des autres femmes qu'il avait rencontrées. Intrigué, il se promit de le vérifier.

Il se leva tandis que Perrine, ravie des compliments que Mary lui adressait pour sa cuisine, desservait sans hâte, et dégagea la chaise de Mary pour l'aider à se redresser ; le regard brûlant de ce désir qui le consumait, il l'entraîna vers l'escalier.

— Viens, lui dit-il simplement.

La porte de la chambre claqua sur leurs souffles courts et Forbin l'enlaça passionnément.

— Merci pour ta confiance, chuchota-t-il à son oreille en se troublant du parfum de sa peau.

— Il me reste un dernier aveu, capitaine, osa Mary.

— Lequel ? demanda-t-il en la taquinant de baisers jusqu'à la naissance du cou, relevant ses cheveux à pleines mains pour mieux s'en rassasier.

Mary étouffa un gémissement dans ce souffle :

— Cette nuit, vous serez le premier.

Forbin s'écarta d'elle, fouilla ses yeux sombres pour y deviner le mensonge, puis s'accorda à sa vérité une fois encore et la plia à son orgueil avec la plus évidente déloyauté.

Au petit jour, Mary avouait, vaincue, qu'elle n'aurait pu espérer meilleur précepteur que lui en ce domaine. Ce à quoi il répondit, de cet air supérieur qui l'agaçait tant :

— Je sais.

Puis il s'endormit comme un enfant gâté.

*

Durant les jours qui suivirent, Mary apprit de Forbin bien plus qu'elle n'aurait imaginé.

La journée, sous sa tenue de marin, elle l'accompagnait à l'arsenal avec Corneille pour s'activer avec les autres aux réparations de *La Perle*. Il y avait toujours des avaries grosses ou petites. Les courses malmenaient les navires et, si ce n'étaient les combats, les troncs d'arbres ou les déchets de toutes sortes flottant entre deux eaux abîmaient la coque, faussaient le gouvernail ; sans parler des algues qui, au terme de quelques semaines de mer, s'agglutinaient sur la carène.

À terre, sitôt désarmé, l'on s'employait à briquer, décrocher, poncer, recoudre les voilures, remâter le navire, sur les chantiers. La plupart des marins en profitaient pour rendre visite à leurs familles, abandonnant aux ouvriers spécialisés le territoire de tant de leurs journées.

Forbin avait libellé un laissez-passer pour Mary, ravi qu'elle s'intéressât autant à ce métier et à ces préoccupations d'homme.

Mary ne feignait pas. L'univers des marins la fascinait. Sans doute à cause de ceux que Cecily avait tant aimés. Peut-être aussi pour tenter de comprendre pourquoi ils lui avaient préféré cette maîtresse capricieuse, cette mer qu'il leur fallait sans cesse dompter.

Forbin ne la voyait pas dans la journée. Il lui avait inventé une activité de chroniqueur pour obtenir qu'elle puisse aller et venir à sa guise, interroge, s'instruise sur ce qu'elle voyait. Elle n'en finissait pas de s'étonner des innombrables rangées de canons de fer ou de fonte verte qu'on ramonait pour en décrocher les restes de poudre, telles des cheminées que trop de suie encrassait. Elle en retint les différents noms : le canon de France, la couleuvrine, la bâtarde, la moyenne, le faucon, ou encore le fauconneau. Elle fut surprise d'apprendre que la poudre à canon était un mélange de salpêtre, de soufre et de charbon de bois, qu'on la stockait dans des barils juste avant l'appareillage, ainsi que dans des gargousses contenant la quantité nécessaire à chaque tir.

D'impressionnants monticules de boulets sphériques ou de mitrailles complétaient en rangées les réserves de l'arsenal. On les fondait ou moulait dans un des bâtiments.

Elle emmagasinait dans sa mémoire les mots qu'elle entendait : l'évent qui désignait la différence de diamètre entre le calibre du canon et le boulet; la sainte-barbe, local situé à l'arrière de l'entrepont où le maître canonnier rangeait son nécessaire quotidien; le renard, où se trouvait dessinée une rose des vents qui servait d'aide-mémoire. Sans parler du nom des navires : la corvette, la galiote, la frégate.

Il n'était rien qui l'ennuyât. Elle ignorait pourquoi son intérêt allait croissant, et s'en moquait. D'autant que Forbin, de plus en plus étonné par son aptitude à mémoriser des termes techniques, se trouvait ravi de partager enfin avec une dame autre chose que des caresses et des baisers.

# 11.

Tobias avait sans peine trouvé le nom du navire sur lequel son neveu s'était embarqué. C'était un des siens qu'il avait vendu pour du commerce. En fouillant dans ses registres, il avait dégagé l'identité du propriétaire et lui avait rendu visite.

— Hélas ! mon cher, lui avait répondu celui-ci, désolé, j'en suis sans nouvelles, de même que mes clients en France. Les corsaires français font grand tort au commerce. Voici déjà deux mois qu'ils me coulent. Et pourtant j'engage des mercenaires fortement payés pour défendre ma cargaison, allant même jusqu'à la réduire pour mieux armer mes navires ; mes contacts en France me tiennent régulièrement informé des campagnes maritimes afin que j'organise mes convois. Rien n'y fait ! enchaîna-t-il en passant une main lasse dans ses cheveux gras.

Ventripotent et libidineux, il siégeait derrière son bureau avec l'allure d'un patricien romain au moment de la décadence. Cette comparaison s'imposa à Tobias Read, ajoutant l'écœurement à l'agacement qu'il avait éprouvé à cette nouvelle. L'homme avait poursuivi pourtant :

— La marine française est partout. Quelle que soit la route empruntée, il se trouve toujours quelqu'un pour y croiser. Avant longtemps, je le crains, je me verrai contraint de boucler mon enseigne. Mais je me plains, mon cher, quand j'ignore tout du motif de votre intérêt, s'était repris le commerçant.

— J'ai à cœur, avait menti Tobias, de vérifier si mes navires donnent satisfaction. Ma visite n'avait d'autre but que celui-ci et cela m'attriste fort pour vous. Bien que, je l'avoue, votre malheur me donne l'occasion de vous proposer une affaire. J'ai à céder quelques petites corvettes qui feraient merveille pour protéger un convoi. En vous associant à d'autres marchands, vous trouveriez un intérêt certain à les armer.

L'homme réfléchit un court instant et répliqua de sa voix nasillarde :

— Ma foi, cela pourrait bien m'intéresser.

— Pensez-y, mon cher. Je suis certain que vous y viendrez. Une chose encore. Simple curiosité. Savez-vous quel est ce corsaire qui s'acharne sur votre route ?

— Claude de Forbin, avait répondu l'homme sans hésiter. Celle-ci fait partie du territoire de course qui lui a été attribué.

Emma de Mortefontaine, confortablement installée dans son fauteuil préféré, écouta le récit de leur conversation, le cœur serré, oscillant entre la peur et l'espoir, refusant l'idée d'avoir perdu Mary qu'elle chérissait infiniment. Tobias Read, qu'elle avait invité à souper, était arrivé en avance pour lui rendre compte de sa détestable découverte. Tobias, s'il n'avait pas les mêmes raisons qu'Emma pour s'en désoler, n'en était pas moins attristé.

— Il nous faut envisager deux hypothèses, dit-il en croisant ses jambes d'un mouvement élégant, tirant une bouffée de sa pipe comme Emma venait de le faire. Soit mon neveu a été tué, soit il a été capturé avec d'autres marins par l'équipage de Forbin. Dans les deux cas, il est vraisemblable que l'œil de jade fait partie du butin.

— Vous oubliez, mon cher, que cette clé présente peu d'intérêt pour d'autres que nous. Elle n'a aucune valeur marchande. Il se peut fort bien qu'on l'ait abandonnée et jetée à la mer avec votre neveu.

— C'est exact, s'assombrit Tobias. L'ennui, c'est que nous n'avons pas la possibilité de le vérifier.

Emma de Mortefontaine lui offrit un sourire désarmant.

— Vous vous trompez encore une fois. J'ai suffisamment appris à connaître votre neveu pour croire en son étonnante capacité d'adaptation et de survie. Je suis persuadée, quant à moi, qu'il aura su convaincre le capitaine Forbin de le prendre à son bord.

— C'est possible, déclara Tobias en hochant la tête.

— Il se trouve en outre que Claude de Forbin était un ami d'enfance de mon époux. Le rencontrer me sera facile.

Un sourire éclaira le visage soudain détendu de Tobias.

— Vous êtes décidément pleine de ressources.

— Plus encore que vous ne l'imaginez, mon cher, déclara-t-elle, jugeant le moment opportun pour amener son projet. Il vous faudra cependant m'accorder une faveur en échange de ce service.

Tobias Read tiqua.

— Laquelle ? demanda-t-il.

— Vous savez le tort que me causent les accusations du colonel Titus. Je veux retrouver auprès du roi une confiance et une dignité qui me rendraient ma place à la cour.

— Je vois, je pourrai me porter garant de votre loyauté, Guillaume d'Orange m'estime assez pour me faire confiance.

Emma le savait. La marine anglaise était désormais le principal client de Tobias Read. Mais ce n'était pas à pareil soutien qu'elle songeait.

— Allons, mon cher, s'amusa-t-elle en battant des cils, vous savez bien que ce ne sera pas suffisant pour qu'on cesse de jaser.

— Que proposez-vous ?

— Jusqu'à présent, nous n'avons trouvé que des avantages à notre association. Poussons-la plus loin, voulez-vous ? Mettons en commun nos affaires, nos désirs et nos ambitions. Épousez-moi.

— Qu'aurai-je à y gagner ? demanda Tobias, que cette idée avait de fait déjà effleuré.

— L'assurance que je ne chercherai pas à vous doubler concernant ce fameux trésor. Je le pourrais, ajouta-t-elle. À moins que vous ne m'ayez pas tout raconté ?

Tobias éclata d'un rire léger. Emma de Mortefontaine n'était décidément pas de celles qu'on pouvait duper. Outre son éclatante beauté, elle possédait un esprit et une détermination proches des siens. Auprès d'elle, il n'aurait pas le sentiment d'aliéner sa liberté.

— Marions-nous donc, madame, et c'est ce qu'il vous reste à découvrir que je vous offrirai, affirma Tobias Read sans tricher.

*

À Brest, pour ne pas attirer les ragots, Forbin avait jugé plus prudent de confier Mary aux bons soins de Corneille. La mère de celui-ci l'avait accueillie avec chaleur et sincérité. Mary fut présentée comme un des matelots de *La Perle*, nouvellement recruté. On ne lui en demanda pas davantage, et Corneille s'acquitta auprès de sa mère du couvert et du gîte de Mary sur la petite bourse que Forbin lui avait remise à cet effet.

Comme Mary s'était étonnée de l'amitié qui visiblement régnait entre les deux hommes, quand l'un était simple matelot et l'autre officier, Corneille lui avait avoué qu'ils étaient liés par l'étrange coutume de l'amatelotage.

— Dans une bataille, j'ai, sans aucune gloire mais avec efficacité, sauvé Forbin d'un coup mortel qui lui était destiné. Mon avant-bras y est resté. J'aurais pu en finir avec la marine en touchant une pension pour mon membre coupé, mais l'idée de demeurer à terre jusqu'à la fin de mes jours m'abattit tant que Forbin, reconnaissant, me prit sous son aile, me demandant s'il se trouvait à bord une activité qui m'eût permis de rester. Je devins l'assistant du chirurgien. Dans un premier temps. Car je ne suis pas de ceux qui peuvent se satisfaire d'un succédané. Soigner mes camarades tombés au champ de gloire était noble, mais je ne vibrais plus à leurs côtés. J'ai donc malmené mon corps, jusqu'à lui faire oublier son handicap pour prouver à mon capitaine que mon unique main pouvait encore manier le sabre ou tirer au pistolet.

Corneille sourit et enchaîna :

— On paria même sur mes chances de me faire tuer. Pourtant, aujourd'hui, à l'instar de n'importe quel autre marin, je suis à même de monter aux mâtures et d'inspecter la voilure comme avant, lorsque mon métier de gabier me tenait.

— C'est pour cela que tous te traitent avec respect.

— Tous, oui. Forbin compris, qui sait bien que je donnerais ma vie pour le protéger et m'accorde ses plus sincères amitié et confiance.

— Il aurait pu te nommer officier, suggéra Mary.

— Certes, mais il eût fallu pour cela que j'aliène ma liberté et, s'il est une chose que je ne saurais jamais accepter en ce monde, c'est de dépendre des ordres d'un roi qui n'a jamais navigué.

— N'est-ce point Forbin qui dirige ses officiers ? s'étonna Mary.

— Sur le navire qu'il commande seulement. En tant que matelot, je peux suivre mon capitaine. Les officiers de marine, eux, ne sont pas affectés à un homme ou un bâtiment, mais à une mission qu'ils ne peuvent refuser.

— Je comprends... Je comprends qu'on puisse sincèrement aimer cette vie et tout autant Claude de Forbin.

Corneille hocha la tête, s'étonnant pourtant de la pointe de jalousie qui le piquait.

Lorsqu'en la demeure modeste de sa mère les chandelles étaient mouchées et celle-ci endormie, Corneille escortait Mary jusqu'au seuil de la porte de son capitaine pour revenir à l'aube la rechercher. En songeant sans le dire que, si Forbin finissait par se lasser d'elle comme de tant d'autres, lui s'en accommoderait sans hésiter.

Les nuits auprès du capitaine de *La Perle* étaient aussi aventureuses et tumultueuses que ces eaux dont Mary rêvait désormais. Forte de ses résolutions, elle avait remis à jamais son intention de contacter Emma pour s'excuser de sa conduite, et renouer avec son oncle abhorré, dans la perspective de son héritage. Malgré tout ce que Mary pouvait espérer et la tendresse qu'elle avait ressentie pour Emma, elle avait très vite dû admettre qu'Emma ne lui manquait pas. Comme si elle n'avait été qu'une étape dans son existence. Un marchepied pour s'élever de sa misère et par là combattre son chagrin. Elle en éprouvait de la reconnaissance, mais était assez objective pour voir Emma telle qu'elle était en réalité. Aussi capable de bonté envers qui l'intéressait que de cruauté pour servir ses ambitions et ses projets. Si elle pouvait y prendre le moindre intérêt, elle l'imaginait bien servir Tobias Read plutôt que l'en protéger.

Dès le lendemain de leur première étreinte, Forbin d'ailleurs avait conforté son sentiment à son égard, alors qu'ils étaient attablés devant un solide déjeuner.

— J'ai bien connu Jean de Mortefontaine, lui avait-il révélé. C'était un Marseillais tout comme moi. Enfant, j'allais traîner mes envies de large chez son père armateur. Nous sommes nés la même année, Jean et moi, et il fut le compagnon de nombre de jeux. À la mort de son père, il hérita de ses activités maritimes tandis que, moi, j'intégrai la marine. Nous nous perdîmes de vue. J'ignore comment il rencontra cette Anglaise, ni pourquoi il décida de l'épouser, avait-il ajouté en beurrant une large tranche de pain doré. Il me la présenta à Versailles où nous nous croisâmes fortuitement. Il avait vendu ses affaires dans le Midi pour s'installer à Londres, affirmant que les guerres répétées de la France avaient amoindri son commerce en Méditerranée et qu'il se trouvait plus argenté outre-Manche. Je compris surtout que l'influence de sa très chère épouse s'était fait sentir.

— Cela ne m'étonne pas vraiment, avait consenti Mary en achevant son lait caillé. Emma ne m'a jamais caché son côté ambitieux. Elle n'avait épousé M. de Mortefontaine que dans le but de se faire un nom et une fortune.

Forbin avait hoché la tête, satisfait de trouver un écho à son intuition. Il avait ajouté :

— J'avoue bien sincèrement avoir toujours été attiré par les jolies femmes et celle-ci l'était assurément bien plus que d'autres, mais sa façon d'être, d'agir, de paraître agaça mon instinct, comme à l'approche d'un danger. Les circonstances de la mort de Jean me restent inconnues, mais celle-ci ne me surprit pas. Pas davantage que le fait d'apprendre les activités d'espionnage d'Emma. Garde-toi d'elle. Cette femme a de multiples visages, et la trahison seule est le commun de ses traits.

— Et si j'étais comme elle ? avait avancé Mary, se souvenant combien elle avait apprécié la similitude de leur parcours et les enseignements qu'Emma lui avait prodigués, et inquiète soudain de lui ressembler par certains aspects quand elle se sentait tant attirée par son capitaine. Ne risquait-il pas de la rejeter pour ces mêmes raisons ?

— On peut naître du même malheur, Mary, chercher à s'en guérir avec la même volonté et pour cela user des mêmes armes. La différence survient au moment de vérité. Quand l'une bénira la main qui l'a relevée, l'autre la coupera pour ne pas partager. J'ai confiance en mon instinct. Il ne m'a jamais trompé.

Emma n'avait jamais raconté à Mary les circonstances du décès de son époux ni manifesté du chagrin à son souvenir et Mary avait dû admettre que l'hypothèse de Forbin pouvait fort bien s'avérer fondée. Il lui suffisait de se souvenir de l'ordre qu'Emma avait donné à George de se débarrasser de leur visiteur nocturne. Celle-ci n'était pas femme à s'embarrasser de gêneurs.

Quant aux promesses et aux élans passionnés d'Emma, Mary n'aurait pas parié un penny sur leur sincérité. Emma de Mortefontaine affectionnait bien trop les jeux amoureux et la liberté pour s'aliéner à aimer.

À l'inverse, la sincérité de Forbin la touchait. Il ne lui cacha pas son peu de fortune. Il était de noble naissance, mais en dehors d'une demeure à Saint-Marcel, près de Toulon, il ne possédait plus rien. Les siens avaient été déchus, dépossédés de leurs biens. Ce nom que la cour avait oublié, Forbin l'avait redoré par ses exploits maritimes, dès l'âge de douze ans où il s'embarqua sur une galère. Sous le commandement du vice-amiral d'Estrées, il avait fait campagne le long des côtes des Indes occidentales, puis devant Alger aux ordres de Duquesne.

Mais ce n'était pas suffisant pour sa gloire. Il s'était mis en avant, forçant l'étonnement du roi, qui l'avait envoyé au Siam. Louis le quatorzième y dépêchait une ambassade chargée d'approfondir les liens d'amitié qu'il entretenait avec son roi. Forbin, vif et imaginatif, plut tant à ce dernier qu'il se vit nommé grand amiral et rebaptisé Opra Sac Dison Gram.

— J'étais impétueux et orgueilleux, se souvint Forbin. À mon retour du Siam, j'avais pour ma propre personne une telle admiration que je décidai de me faire corsaire sitôt arrivé en France. Je voulais gagner sur les mers l'estime de tous, montrer mes exploits comme un jeune coq plutôt que de les faire raconter par quelque ambassade. Jean Bart venait d'être promu capitaine de frégate par M. de Seignelay et je lui fus assigné.

— Vous êtes-vous entendus? demanda Mary, ravie de découvrir avec quelle implacable lucidité Forbin parlait de lui-même.

— Au début, oui, malgré une évidente différence de tempérament. Bart était aussi réservé et prudent que j'étais aventuré, aussi discret que j'étais fort en gueule. Aussi breton que j'étais méditerranéen. Nos différences se complétaient pourtant. Jusqu'à ce fameux jour où nous eûmes à trancher sur l'attitude à adopter vis-à-vis d'un convoi marchand que nous devions protéger. Bart assurait qu'il fallait longer l'île de Wight, j'affirmai le contraire, certain que des corsaires y croisaient. Il avait de l'expérience et moi de l'instinct. Il me rit au nez et nous fûmes pris à peu de distance de l'endroit où je l'avais imaginé. Capturés, on nous jeta en prison.

— Vous auriez dû y croupir, s'étonna Mary. Pourquoi vous a-t-on libérés?

— Libérés? s'amusa Forbin. Il ne fallait pas l'envisager. Nous nous sommes évadés grâce à la complicité d'un parent de Jean Bart qui nous a fourni une lime pour scier nos barreaux.

— Charmante attention, nota Mary en se coulant comme une jeune chatte contre lui.

Elle adorait vraiment ces moments de connivence après l'amour. Forbin l'embrassa tendrement sur le front, puis enchaîna, ravi de l'intérêt qu'elle prenait à ses histoires :

— Ce ne fut pas si simple. Bart jugeait l'entreprise inconsidérée, partisan, quant à lui, d'attendre que la rançon demandée pour notre libération soit versée par le roi. Si j'avais toute confiance en Sa Majesté, j'en avais beaucoup moins en nos geôliers qui avaient plus d'intérêt à nous voir disparaître que l'inverse. Nous nous sommes disputés et je l'ai menacé de le laisser s'expliquer de ma disparition avec nos gardes. Il n'a plus eu le choix.

— J'imagine qu'il devait être furieux.

— Assez, oui, s'amusa Forbin. D'autant que, blessé à l'épaule, je ne pus l'aider et qu'il lui a fallu ramer depuis Plymouth jusqu'à Dunkerque dans une barque que nous avions récupérée.

Mary pouffa.

— Je comprends mieux le pourquoi de votre rivalité.

— Tu n'imagines pas à quel point, se durcit Forbin. Il était fâché contre moi, mais sut tirer parti de ma nature orgueilleuse. Il savait que l'honneur était pour moi au-dessus de toutes les autres vertus et que j'aurais préféré mourir plutôt que mendier. J'espérais, quant à moi, que devant le roi et son ministre Bart aurait l'honnêteté de reconnaître son erreur de tactique et louerait mon audace qui avait préservé le trésor royal. Il n'en fit rien, accusa la mauvaise chance et prit à son initiative l'évasion qui en avait résulté.

— Et tu n'as rien dit ? s'exclama Mary, indignée.

Forbin la serra plus fort contre lui. Allongé sur le dos dans le lit dont il avait fermé les rideaux, le corps chaud de Mary tendu contre son flanc, une de ses jambes entravant les siennes, il adora la sentir se tendre et vibrer à sa cause, comme il adorait son rire ou son regard mutin. Il se sentait de jour en jour plus proche et plus épris d'elle. Il acheva son histoire, pourtant, refoulant une nouvelle vague de désir.

— Le grade de Bart m'en empêcha. Mes principes aussi. Sa parole ne fut pas mise en doute et nos routes se séparèrent. Il se montra plus audacieux pour ne pas démériter et accréditer son mensonge, plus cruel aussi, et devint un héros dont le courage éclipsa le mien. Je ne lui en veux pas, ajouta-t-il. La cour est versatile et mon tempérament s'en accommode mal. Je suis trop entier et orgueilleux pour ne pas m'emporter et froisser ceux à qui je dois fidélité et obéissance. Bart est plus malin. Il sait s'effacer au profit de sa carrière. Les actes ne sont pas tout, hélas, en ce monde, et bien paraître assure davantage de reconnaissance que les seuls résultats d'un métier.

Cela aussi Mary le nota dans le petit carnet secret de sa mémoire, puis elle laissa l'élan sensuel de son capitaine la submerger.

Alors qu'ils se rhabillaient pourtant, sentant qu'il glissait vers un profond sentiment amoureux quand il leur faudrait bientôt se séparer, Forbin déclara d'une voix sombre :

— J'ai épousé l'océan, Mary. Et cet amour-là est trop exclusif, trop entier, pour être partagé. Ne t'attache pas à moi. Je suis comme le vent, instable, léger, grondant, tantôt caresse, tantôt tourmente. Mon goût de la liberté s'autorise des escales, pas davantage.

— Je l'avais bien compris, mon capitaine, le rassura Mary sans le croire.

Le regard seul de Forbin sur elle démentait ses dires. Elle s'en réconforta. Elle finirait bien par le convaincre un jour qu'il ne perdrait rien à l'aimer et, pourquoi pas, à l'épouser.

*

— *La Perle* appareille dans quelques heures, annonça Forbin à Mary une semaine plus tard.

Elle ne s'en étonna pas. Forbin l'avait aimée toute la nuit, refusant qu'elle parte à l'aube comme à l'accoutumée, prolongeant au lit le plaisir de sa présence, s'en rassasiant comme d'une dernière fois. Il se doutait bien que Mary ne se morfondrait pas à attendre son retour, et lui ne pouvait décemment l'installer. Il s'était résigné à leur séparation inévitable et, bien qu'il lui fût difficile de le reconnaître, celle-ci lui coûtait.

Réarmée depuis trois jours, la frégate avitaillait sans relâche pour sa prochaine campagne.

Mary avait bien compris ce que ce changement d'habitude signifiait. Le cœur battant, elle attendait depuis un long moment déjà qu'il lui donne son congé. C'était chose faite. Elle n'avait cependant pas l'intention d'en rester là. Elle acheva de se rhabiller, la gorge trop serrée pour défendre leur amour tout de suite. Elle se contenta donc de descendre l'escalier. Forbin lui avait offert de prendre un déjeuner avec lui avant l'arrivée de Perrine. Il la suivit en silence. Celui de Mary le gêna plus qu'il ne l'aurait imaginé.

Il avait l'habitude des larmes, parfois des cris ou des injures à chaque rupture. Mais, une fois encore, Mary marquait sa différence dans une feinte légèreté. Parvenue, digne, au bas des marches, elle se retourna pourtant et demanda simplement :

— Emmène-moi.

Forbin manqua s'en étrangler.

— Impossible, voyons, les femmes sont interdites sur un navire !

— Et alors ? Ne t'ai-je point berné, toi et tes hommes ! Je le pourrais encore, assura-t-elle en haussant les épaules.

— Ce n'est pas si simple, Mary. Il y a quelques années, j'ai défendu une jeune servante contre les mauvais traitements de sa maîtresse, au point de l'emmener chez moi à Aix-en-Provence, dans les vêtements d'un cadet de la marine. Je l'aimais, je crois, mais, pour notre bien à tous deux, je cachai sa véritable nature. Un jour que je m'absentai, elle trahit nos accords de toujours paraître en garçon. Elle se montra femme et le scandale autant que la honte nous rattrapa tous deux. Moi surtout. C'est pour cela que tu es logée chez Corneille. C'est pour cela aussi que je ne peux prendre le risque de t'emmener.

— Dois-tu mépriser toutes les femmes pour la sottise d'une seule ? demanda Mary.

— Tu ne comprends pas. La course n'est pas un jeu. Chacun de mes hommes doit savoir défendre sa vie autant que son pays. Tuer ou mourir.

— Tu me crois donc incapable de me défendre ?

— Oui.

À cet argument-là aussi Mary s'était préparée. Elle se colla à lui sensuellement, pour aussitôt s'en écarter, s'étant emparée de l'épée qu'il portait au côté. Avant qu'il ait pu réagir, la lame lui chatouillait la pomme d'Adam.

— Pose ça, tu pourrais te blesser, grogna Forbin, vexé.

C'est le moment que choisit Corneille pour pénétrer dans la salle à manger. La fâcheuse posture de son capitaine n'amena qu'un rictus amusé sur la face du matelot : il savait bien que Mary ne s'en laisserait pas conter !

Forbin tenta une esquive pour la désarmer, mais il ne parvint qu'à piquer davantage sa gorge, où perla une goutte de sang.

Corneille s'installa nonchalamment le derrière sur la table. Bien résolu à ne pas se mêler de l'affaire, il entreprit de bourrer sa pipe.

L'œil de Forbin s'illumina d'une rage muette qui enchanta Mary. Il avait horreur du ridicule. Plus encore de ce qu'il ne pouvait maîtriser.

— Passe-lui une épée, ordonna Mary à Corneille en s'écartant de Forbin, l'air provocateur.

Le matelot s'exécuta avec plaisir. Forbin hésita un instant.

— Auriez-vous peur d'une femme, capitaine ? se moqua-t-elle pour le décider enfin à l'affronter.

— Petite écervelée, grogna-t-il. À ce jeu-là, en trois passes je t'aurai troué le cœur.

Elle eut envie de répondre qu'il l'avait déjà fait mais s'abstint. Elle avait une guerre à gagner. Celle de l'amour contre la bienséance.

— Si je te prouve le contraire, tu m'embarques ?

— Jamais.

— Alors je vais te tuer, Claude de Forbin, et je prendrai ta place.

Forbin éclata de rire en baissant sa garde. Cela suffit à sa tactique. « Désorienter son adversaire pour mieux le désarmer », lui avait appris son maître d'armes. Elle n'avait rien oublié. Son bras partit en avant et, usant de cette botte secrète qu'on lui avait enseignée, enleva l'épée de Forbin d'un simple mouvement circulaire du poignet. La lame s'envola. Mary la récupéra par le pommeau et pointa les deux épées sur la poitrine de Forbin. Son rire s'étrangla.

— Étonnant ! lâcha-t-il, tandis qu'un sifflement admiratif s'échappait des lèvres de Corneille.

— Veux-tu une deuxième chance, capitaine ? demanda-t-elle, l'œil vindicatif et satisfait.

— Puisque c'est ce que tu souhaites. Voyons ce que tu as dans le ventre, Mary Read, décida Forbin, charmé.

Elle lui tendit son épée et esquiva sa première attaque sans dommage.

Perrine qui entra comme s'entrechoquaient les lames poussa un cri de terreur et en lâcha le pot de crème qui s'écrasa sur le carreau avec fracas. Corneille lui intima d'un geste de sortir du champ de ces ébats guerriers et les regarda jouter en tirant sur sa pipe. « Bon sang, pensa-t-il, que cette bougresse me plaît ! »

L'expérience du capitaine finit par avoir raison de la technique de Mary. Lorsqu'il pointa sa lame sur son sein, son regard ne reflétait plus que l'envie de la soumettre. Vaincue, elle lâcha son sabre sur le plancher et avança le buste pour laisser le piquant de l'arme perforer ses bandages et toucher son cœur. Ils s'affrontèrent un moment encore, cette fois en silence, ravagés l'un et l'autre par un même désir, une étonnante complicité.

— Saurais-tu tenir ta langue, Corneille ? demanda Forbin.

— Si elle sait tenir la sienne, répondit celui-ci sans hésiter.

Forbin laissa retomber son bras. Il crut bon d'ajouter :

— Si quelqu'un devait apprendre la vérité, je n'aurais pas le pouvoir de te protéger.

— Nul ne saura, je t'en fais le serment. Mais, s'il advenait que cela soit, sauve ton honneur, Forbin. Tue-moi, affirma Mary.

Pour seule réponse, Claude de Forbin la plaqua contre le mur et l'embrassa passionnément, tandis que Corneille, impuissant, sentait une nouvelle vague de jalousie le submerger.

## 12.

Quelques heures plus tard, sous les ordres de Corneille chargé de lui enseigner le métier de gabier, Mary embarqua sur *La Perle*, sachant bien, dès lors, qu'elle n'aurait plus aucune intimité avec Forbin.

Elle en avait accepté la perspective avec sérénité.

Elle ne voulait pas se satisfaire de cette théorie navale qu'elle avait ingurgitée avidement. Elle voulait sentir, goûter au vent, aux embruns. Non plus comme une passagère indésirable et gênante, mais comme une part de ce navire que Forbin aimait. Elle n'avait pas besoin de tricher. Elle s'était attachée autant au capitaine qu'à son métier. Espérant en secret prouver au premier que l'amour et la mer pouvaient fort bien s'accommoder. Au terme de cette croisière prévue pour un mois, elle était certaine que son capitaine, la voyant ainsi vibrer, lui demanderait de l'épouser.

Deux semaines plus tard, poussée par un bon frais de force six, *La Perle* filait douze nœuds, son étrave fendant les crêtes d'écume immaculée. Les embruns fouettaient le visage de Mary. Elle inspira une large goulée. Depuis quatre heures, ils suivaient la route d'un navire hollandais que Forbin devinait chargé d'épices.

Corneille savait d'instinct qu'il faudrait l'aborder. Qu'il ne se rendrait pas sans combattre. Forbin lui avait demandé de mettre Mary à l'abri le moment venu. Il ne l'estimait pas prête à affronter la violence d'un abordage. Leur petite escarmouche de salon n'avait duré que parce qu'il s'était appliqué à ne pas la blesser. Face à des bretteurs avertis, Mary n'avait aucune chance de survivre. Il ne voulait pas la perdre, bien qu'il se plût à l'ignorer sur le navire pour ne pas trahir les sentiments et le désir qu'elle lui inspirait.

Mary circulait dans la mâture comme si elle y était née ; Corneille lui avait aussi appris à faire toutes sortes de nœuds aux noms étranges et amusants : nœuds de vache, de bec d'oiseau, de jambe de chien, de chaise de calfat, de grappin, de pêcheur, d'écoute... Nul n'aurait pu reconnaître en elle le clandestin malhabile qu'ils avaient capturé sur le marchand anglais. Forbin avait beau s'en défendre, son attachement se doublait d'une admiration qui ne cessait de grandir. Jamais il n'aurait pensé qu'une telle personne puisse exister. Et Corneille se rangeait sans peine à son idée.

Ayant enfin rattrapé sa proie, *La Perle* lança ses sommations d'usage. Le navire hollandais ne voulut rien entendre et se mit à canonner. L'escadre de Forbin l'enserra en tenaille et *La Perle* riposta d'un feu nourri de boulets. Lorsque les mats de misaine et d'artimon tombèrent sur le hollandais, la frégate française prit le travers et lança ses grappins, malgré le tir nourri des mousquets. Le hollandais avait engagé des mercenaires pour le protéger.

Corneille entraîna Mary vers la dunette.

— Où allons-nous ? demanda-t-elle dans le fracas guerrier.

Autour d'eux, les marins s'activaient déjà pour le combat.

— Dans sa cabine, tu y resteras cachée.

Mary s'immobilisa et Corneille dut forcer son avant-bras pour l'entraîner. Elle était furieuse et tout à la fois soulagée de n'avoir pas à combattre. Corneille referma la porte sur eux.

— Tu n'es pas prête. Personne ne l'est jamais.

— Je sais, répondit-elle. Va. Ne t'inquiète pas pour moi.

Corneille sortit, boucla la porte, ainsi que Forbin le lui avait ordonné, et se lança à l'assaut du navire que la marine française malmenait.

Mary demeura là dans une angoisse grandissante. Le navire tanguait, subissant les contrecoups de la bataille qui animait le pont du hollandais. Elle imaginait le pire sans pouvoir seulement le vérifier. Et cela lui coûta davantage qu'elle ne l'aurait pensé. Elle avait espéré que Forbin lui-même viendrait la délivrer. Ce fut Corneille qui reparut. Elle trembla de le découvrir taché de sang, le visage rougi et les cheveux décoiffés.

— Nous en sommes maîtres, dit-il en souriant. Tout danger est écarté. Tu peux sortir. Discrètement.

— Et lui ? demanda Mary.

— Il négocie avec le capitaine hollandais. Il semble que celui-ci ait quelques informations à nous livrer sur d'autres bâtiments qui pourraient nous intéresser. Forbin trouve toujours le moyen de les faire chanter, ajouta-t-il dans un sourire.

Comme elle s'avançait, Corneille lui demanda de lever les bras au ciel. Intriguée, elle obéit. D'un geste vif, il essuya le plat de son épée sur le gilet trop propre de Mary.

— Pour donner le change. Les marins n'aiment pas les planqués. Tu pourrais être sévèrement puni si cela se savait.

Mary ne se sentit pas fière de cette lâcheté et, baissant le nez, retourna à son emploi dans la voilure. Elle regarda d'en haut le théâtre du carnage, aperçut Forbin qui, comme à son habitude, réglait tout avec sa gestuelle méridionale, capta même le son de sa voix et sentit une profonde tristesse l'envahir. De là, au milieu des vergues, encerclée par les cris des goélands, elle contempla cette mer qu'elle avait appris à aimer. Il lui faudrait tôt ou tard se battre ou mourir si elle voulait y gagner sa place.

À la prochaine occasion, se promit-elle.

Celle-ci se présenta peu de temps après. Mary continuait d'apprendre le gréement courant. Elle ne cessait de répéter dans sa tête les manœuvres pour orienter vergues et voiles, tel un mainate, afin de ne pas risquer de se tromper. Corneille lui avait assuré qu'elle s'en sortait admirablement bien. Mais entre les balancines, les bras, les drisses, les amures, les écoutes, les cargues et les palans, elle s'embrouillait encore souvent. De plus, elle s'appliquait non seulement à sa tâche qui permettait au navire de prendre, de contourner ou de perdre le vent, mais aussi à comprendre les tactiques militaires de Forbin et de son escadre.

Lorsqu'elle réalisa, ce matin-là, que le navire anglais qu'ils coursaient les mènerait à l'abordage, elle n'attendit pas que Corneille lui intime l'ordre de se cacher. Elle se félicita d'être relevée de son quart et rejoignit le pont central pour se mêler aux matelots qui s'activaient.

Une fois encore *La Perle*, n'obtenant pas de reddition, se vit contrainte d'attaquer. Couteau entre les dents, en équilibre sur les échelles de corde et les drisses, prompts à sauter, sabre au poing, attentifs aux manœuvres du bâtiment ennemi désorganisé par la peur, les matelots se tenaient prêts à l'inévitable. Les coques entrèrent en collision, ramenées l'une contre l'autre par le mouvement puissant des marins aux cordages. Mary perdit l'équilibre et se retrouva projetée avec violence contre le mât d'artimon, assise bêtement au milieu de la marée humaine qui déferlait en hurlant sur l'embarcation anglaise.

Elle resta là, à quelques pieds de la vision la plus hideuse qu'il lui ait été donné de voir, horrifiée et fascinée tout à la fois. Le ballet macabre prenait tout son champ de vision, dans un bruit assourdissant de cris, de râles et de fer entrechoqué. L'odeur du sang mêlée à celle des embruns lui provoqua une sorte de vertige, étonnamment loin pourtant de celui qui lui avait donné la nausée à sa première traversée.

Soudain, la voix perfide de Levasseur, le second de Forbin, fut dans son oreille, tandis qu'il lui tendait son sabre :

— Grisant, n'est-ce pas ? À moins que tu ne préfères te cacher ?

Mary tourna vers lui un regard effrayé. Ainsi donc, malgré sa prudence, le Cruchot l'avait repérée. Refuser, c'était la punition assurée. Et elle avait promis à Forbin de ne jamais l'embarrasser. Elle n'avait plus le choix. Le sort en était jeté.

Forte de cette évidence, elle s'empara du sabre d'abordage et s'élança en hurlant comme une damnée, imaginant, comme autrefois avec son maître d'armes, Tobias Read au cœur de la mêlée.

Mary n'aurait su dire ce qu'il advint, elle ne se souvint que de cette odeur suave qui pénétrait ses narines, de ces regards surpris de mourir trop tôt au moment où elle prenait une vie pour sauver la sienne. Lorsque son bras retomba, elle était ivre. Dégoulinante de sueur et de pourpre, mêlant ses hourras de victoire à ceux de ses compagnons.

C'est alors qu'elle croisa le regard de Forbin qui investissait d'un pas conquérant la passerelle tendue entre les deux navires. Et la douleur de toutes ces chairs qu'elle avait transpercées fut dans la sienne, tant l'admiration qu'elle put lire dans les yeux de son amant lui fit prendre conscience de l'horreur de son geste. L'envie la prit d'éclater en sanglots, et de demander pardon à toutes ces épouses, toutes ces mères, qu'elle venait de déchirer.

Elle se mit à trembler.

Forbin détourna la tête et s'empressa auprès du capitaine anglais que Levasseur avait capturé. Le second se désintéressa aussitôt de son prisonnier et s'avança vers Mary. Elle lui tendit son sabre pour le lui rendre, mais Levasseur refusa, un franc sourire aux lèvres.

— Garde-le. Il t'appartient désormais. Tu sauras t'en montrer digne, assura-t-il avec respect.

Il s'éloigna et Mary se laissa entraîner dans le flot des matelots en quête du butin.

Le navire était en bon état, les tonneaux chargés de vin et de blé. Un nombre suffisant de marins s'étaient rendus sans se battre pour épargner leur vie. Forbin décida de ramener le bâtiment à Brest sous le commandement de Levasseur et d'une poignée d'hommes. Mary regagna *La Perle*, les épaules chargées d'un rouleau d'étoffe qui l'éreinta.

Corneille se présenta devant elle, mais ne fit aucun geste pour l'aider. Elle déposa son fardeau près de l'endroit de stockage, en attente de comptabilité, et s'essuya le front d'un revers de main. Alors seulement il s'approcha et lui glissa en aparté :

— Forbin t'ordonne de l'attendre dans sa cabine.

Mary hocha la tête et se dirigea vers la dunette, sans savoir vraiment si elle était ou non heureuse de l'honneur que le capitaine lui faisait.

La cabine était vide, et Mary ne put s'empêcher de s'avancer jusqu'à un miroir en pied. Elle y demeura un long moment, se demandant si cette silhouette échevelée, c'était bien elle, Mary Read, née d'une femme qui portait l'amour en elle comme un enfant chéri. Contre toute attente et malgré ses regrets tardifs, elle était forcée de reconnaître le plaisir intense qu'elle avait eu à tuer. Cela la troubla tant qu'elle ressentit sur-le-champ le besoin de s'en laver.

Forbin entra comme elle venait d'enlever son gilet de cuir et délaçait sa chemise souillée de sueur et de sang caillé.

— Continue, ordonna-t-il simplement d'une voix rauque.

Dans son regard brûlait un brasier ardent qui enflamma les sens de Mary. Elle s'exécuta avec lenteur, laissant cette brûlure la revigorer tout entière avant de se tendre, nue enfin, vers son désir.

— Approche, ordonna-t-il encore.

Mary obéit, ne s'arrêtant qu'au contact du souffle de Forbin sur son visage. Il le balaya d'une gifle qui ranima en elle un éclat de haine. Avant qu'elle ait pu seulement y répondre, il l'avait attirée à lui. Ses mains dominatrices remontèrent le long de sa nuque. Il renversa sa tête en arrière et l'embrassa avec fougue.

Il la prit là, sur l'instant, debout, ravagé comme elle par ces visions troublantes où femme et homme n'étaient plus soudain qu'une seule et même chair; lui et elle liés dans le sang d'une étreinte sauvage, violente comme cette bataille qui imprégnait encore leur peau, leur souffle, inhumaine comme un carnage, et cependant si fulgurante que ce plaisir-là les emporta.

— Tu es décidément folle ou inconsciente, Mary. Je devrais te punir pour avoir désobéi, murmura Forbin, épuisé de plaisir.

— Tu l'as déjà fait, objecta-t-elle. D'autant que tu es seul responsable de ma furie au combat.

Il s'écarta d'elle, surpris.

— Que t'ai-je fait?

Elle revint se coller à lui, pour s'enivrer encore de sa chaleur sur sa peau moite.

— Tu ne m'as rien fait, Forbin. Trois semaines durant.

Il eut un petit rire moqueur :

— Je t'avais prévenue. Ici, c'est trop risqué. En outre, tu avais besoin d'une leçon. On ne défie pas Claude de Forbin en combat singulier, Mary Read.

— Cela semble pourtant te plaire, s'amusa-t-elle.

Ils s'affrontèrent un instant et ce fut lui, cette fois, qui rendit les armes, dans un sourire enjôleur.

— Oui, cela me plaît. Plus encore que tu n'imagines. Mais cela ne se reproduira pas à bord. Je ne peux en prendre le risque. Tout comme je refuse de te voir encore t'exposer.

— J'y ai pris du plaisir. Est-ce mal?

Forbin sourit.

— Je ne crois pas, non, il y a longtemps sinon que je serais damné. Si je n'avais pas tant peur de te perdre dans le feu de ces batailles, je t'en féliciterais. Car je dois avouer que j'ai rarement vu autant de hargne, alors même que tu n'avais jamais guerroyé. Si tu n'étais pas une femme, tu deviendrais vite un des meilleurs corsaires de ce navire.

— Il m'importe peu d'y vivre cachée, murmura Mary, si je peux rester à tes côtés.

— La bienséance me l'interdit.

— Alors épouse-moi et impose-moi.

— Regagne tes quartiers. Nous reprendrons cette conversation à terre.

Mary hocha la tête, comprenant bien le sens caché de cette échappatoire. Forbin n'était pas prêt.

En fin d'après-midi, la vigie signala une voile à bâbord. C'était un brigantin de commerce.

— Le voulez-vous ? hurla Forbin à ses hommes.

Leur cri de conquête effraya les goélands qui tournaient autour de la mâture.

— Paré à virer ! ordonna-t-il.

Corneille immobilisa la main de Mary sur son sabre.

— Pas toi. Te voir combattre a provoqué bien assez d'effets pour aujourd'hui.

Mary lui sourit en le repoussant résolument.

— Tu avais raison, Corneille. L'odeur du sang te dégoûte puis t'enivre. J'ai besoin de savoir. De savoir où est ma vérité.

— Il n'aimera pas, lui assura Corneille.

Lui-même n'appréciait pas de voir Mary ainsi exposée. Mary ne répondit pas. Lorsque le brigantin fut à portée, elle se joignit à la mêlée, bien décidée à affronter son âme en combat singulier.

Bien décidée à découvrir lequel, de l'ange ou du démon, Cecily avait véritablement enfanté.

La nuit qui tomba sur les flots sanglants marqua pour toujours sa destinée. Cette nuit-là encore, Forbin se plia au désir qui le ravageait, conscient qu'il ne pourrait plus rien empêcher.

# 13.

Emma de Mortefontaine s'avança avec dignité vers l'autel, où le pasteur et son futur époux l'attendaient. Pas de cérémonies coûteuses, d'invités prestigieux, pas de fioritures. Cela avait été l'unique condition exigée par Tobias Read à leur arrangement. Emma aurait préféré que la cour entière puisse se rendre compte de visu de sa nouvelle immunité, mais s'en accommoda sans sourciller. La rumeur irait vite. Elle se chargerait elle-même de la répandre.

Avant longtemps, quoi que le colonel Titus ait pu raconter à Sa Majesté, celui-ci se verrait contraint de l'oublier.

Pour le reste, tout était parfait, un contrat de mariage les préservait tous les deux au mieux de leurs intérêts et Emma se languissait de savoir enfin ce que Tobias Read lui avait caché à propos de ce trésor.

Tandis qu'elle répondait aux questions que le pasteur lui posait, affirmant avec sincérité qu'elle vouerait à son époux assistance et fidélité jusqu'à ce que la mort les sépare, elle songea que, tout aussi fourbe et malin qu'il soit, Tobias Read n'avait aucune idée véritable de son ambition démesurée.

— À présent que nous voilà unis, déclara-t-elle après la noce, leur étreinte délicieusement sensuelle consommée, j'attends que vous me donniez ce que vous m'avez promis, Tobias.

— Vous arrive-t-il de penser à autre chose qu'au profit ? s'amusa celui-ci en parcourant ce ventre humide de sueur de tout petits baisers.

Emma ne s'en laissa pas troubler.

— Jamais. Il y a mille façons de me faire jouir, Tobias. Vous en savez plusieurs, je vous l'accorde, mais celles-ci ne peuvent plus m'exciter.

— Pour l'instant.

Emma sourit et en convint, avant d'ajouter :

— Cessez de me faire languir, mon époux. Et parlez-moi de ces clés dont je suis certaine qu'elles sont le fondement de votre mystère.

Il émit un petit rire et, repliant son coude pour se soulever, cala sa tempe sur sa main.

— Vous êtes merveilleusement belle, lâcha-t-il. Belle et dangereusement futée. Car vous avez raison. Ces clés à elles seules constituent une énigme. Comme je vous l'ai dit, ce trésor représente le butin enlevé par les lieutenants d'Hernán Cortés sur le trésor prodigieux de l'oncle du dernier empereur aztèque, Moctezuma. La carte que je possède indique qu'il fut déposé à Lubaantun dans une cité maya, enfermé dans une salle secrète.

— Jusque-là, rien de nouveau, mon cher, objecta Emma.

— L'ouverture de cette salle était commandée par ces fameuses clés.

— Les yeux de jade. Je ne vois en cela rien d'extraordinaire.

Tobias sourit.

— Ils n'en sont pas les pièces maîtresses. Il en est une autre essentielle et surprenante. Voyez-vous, Emma, les lieutenants de Cortés n'ont pas créé cette cache, elle existait avant leur arrivée et fut en réalité découverte par l'un d'eux au moment de la conquête des cités mayas. Cet Espagnol en vit tomber de nombreuses, s'emparant de leurs richesses, essentiellement des bijoux de jade et d'obsidienne. Jusqu'à découvrir ce temple et cette stèle.

Le cœur d'Emma se mit à battre plus vite, tant le regard de Tobias s'était illuminé à cette seule pensée.

— Sur cette stèle se trouvait un objet comme il n'en avait jamais vu auparavant, un objet réalisé dans un bloc de cristal. Un crâne, lâcha enfin Tobias, la sentant tendue de curiosité. Un crâne si parfait qu'on l'eût dit humain, d'autant plus qu'il en avait la taille. Les yeux de jade étaient incrustés dans ses orbites creuses. C'est en retirant le crâne de la stèle que la paroi s'est refermée, révélant le mécanisme secret à l'Espagnol.

— En quoi est-ce étonnant ? demanda Emma qui jugeait cela seulement bien pensé.

— L'étonnant, ma chère, c'est que les Mayas de Lubaantun eux-mêmes ne purent dire d'où le crâne de cristal provenait. Les plus anciens prétendirent que ce temple était là bien avant leur arrivée et qu'ils avaient pris modèle sur lui pour construire leur cité. Or, d'après ce que j'en ai étudié et ce que l'on sait aujourd'hui, les Mayas furent les premiers habitants de la péninsule du Yucatán. Vous avouerez, ma chère, qu'il y a là matière à curiosité.

— En effet, consentit Emma. Mais je m'intéresse davantage au concret qu'au divin et, quoi que ce crâne ait pu cacher à l'origine, si la salle était ouverte lorsque l'Espagnol l'a trouvée, et vide de surcroît, ce mystère n'a plus aucun intérêt.

Tobias soupira. La vénalité d'Emma était apparemment sans limites. Il cherchait, quant à lui, davantage le pouvoir et les moyens de l'accroître que la seule richesse. « Qu'à cela ne tienne, pensa-t-il. Elle a raison sur ce fait. » Il le lui accorda avant de poursuivre.

— Les clés – les deux yeux et le crâne – ont été dispersées, chacune d'elles embarquée sur une des trois caravelles d'un convoi qui devait ramener le reste du trésor en Espagne. Un corsaire français s'en empara et les trois lieutenants furent tués. L'Espagnol était le descendant d'un marin qui aida à transporter le trésor dans sa cache et vola la carte et l'œil de jade avant d'être recruté sur le navire français. À partir de là, tout devient flou. Je suppose que la cargaison des trois caravelles est venue grossir les coffres de François Ier, roi de France à l'époque. Mais tout peut s'envisager.

— Je vois, déclara Emma de Mortefontaine. Dès demain, je gagnerai la France pour approcher Claude de Forbin. Nous serons ainsi fixés, au moins sur cette première clé qu'Oliver vous a volée. Pour le reste, je suppose que vous avez déjà votre petite idée.

Tobias Read hocha la tête mais, au lieu de lui répondre, glissa sa main entre ses cuisses qui s'offraient.

*

Trois semaines durant, Mary s'activa sur *La Perle*. Tout entière portée par un sentiment grandissant de puissance et de liberté. Non seulement dans le gréement, mais aussi à l'abordage. Comme si une part d'elle-même, révélant sa vraie nature, reconnaissait enfin son ascendance. Le sang de son père inconnu avait forgé le sien et elle dut admettre très vite que la mer prenait corps en elle bien davantage que la terre.

Mary se battait comme aucun autre sur ce navire. Elle n'était pas un bras armé d'un sabre, elle était Le sabre. Tout son corps et son esprit même semblaient absorbés dans cette quête de la survie et de la victoire. Son énergie et son instinct en étaient décuplés, et le spectacle qu'elle donnait de sa férocité emplissait ses compagnons de bord d'une vindicte nouvelle. Tout l'état-major de Forbin, à l'exception de Levasseur qui, ayant pris le commandement du navire hollandais, en avait rejoint le bord, tous avaient félicité Forbin pour cette nouvelle et étonnante recrue.

Forbin avait dû accepter cette souffrance en lui.

La peur de perdre Mary au combat se transformait en admiration et en besoin de possession dès que le fracas des armes s'était tu.

Mary ne s'attardait pourtant jamais dans sa cabine. Elle s'y rendait toujours de nuit, le plus discrètement possible pour ne pas risquer de lui porter tort, mais des rumeurs circulaient sur les goûts particuliers du commandant Forbin. Fort heureusement, celles-ci se cantonnaient aux matelots. Ni Forbin ni ses officiers n'en avaient eu l'écho. À peine lavés du sang de leurs victimes, Mary et Forbin faisaient l'amour comme si cette étreinte-là devait être la dernière, parlant peu et surtout pas du lendemain. Ensuite, Mary regagnait la batterie et étendait son hamac à côté de celui de Corneille. Elle sentait qu'il ne dormait pas. Qu'il l'attendait, empli du même désir pour elle que son capitaine. Elle s'en grisait un instant, puis sombrait invariablement dans un sommeil profond, épuisée de ces batailles successives dans lesquelles elle se perdait corps et âme.

Ce n'était pourtant pas l'ordinaire de *La Perle*. Le plus souvent, le navire croisait sans rencontrer autre chose que du mauvais temps ou des barcasses de pêche, dépourvues d'intérêt. Les matelots en attente de quart jouaient aux dés ou aux cartes, accordaient leurs instruments ou leurs voix pour entonner des chansons paillardes. Mary les reprenait à tue-tête d'une voix de fausset qui faisait rire Corneille aux éclats, quand elle n'était pas occupée comme ses compagnons à braver les éléments déchaînés.

Ne pouvant rester très longtemps avec Forbin, elle passait beaucoup de temps auprès de Corneille qui la trouvait élève exemplaire et s'appliquait à parfaire son éducation maritime. Il l'informa aussi sur la condition de corsaire, lui expliquant la différence qui existait entre Forbin, officier de la marine royale, et ceux-là qui, munis d'une lettre de marque du roi et d'un navire, écumaient l'Atlantique et la Manche pour y gagner fortune. Ces derniers reversaient au roi le cinquième de leurs prises, s'allouant ainsi des revenus bien plus importants que les gens de la marine royale. S'ils prenaient plus de risques parce que souvent moins bien armés, ils gardaient aussi une plus grande liberté.

— Ils sont plus friands de fortune que d'exploits, ou de gloire. À l'inverse de notre capitaine.

Mary n'aurait su dire ce qu'elle aurait préféré.

— Les deux sans doute, avait répondu Corneille sans hésiter, dans un rire léger.

Celui-là la connaissait mieux qu'elle ne se connaissait elle-même.

La campagne toucha à sa fin et Brest fut en vue une nouvelle fois. Mary était bien déterminée à reprendre auprès de Forbin cette conversation qu'ils avaient entamée sans la terminer. Elle était certaine que Forbin l'aimait. Elle avait eu envie de demander son avis à Corneille, mais n'avait pas osé. Ensemble, ils parlaient rarement du capitaine. Corneille évitait soigneusement ce sujet, fidèle aux ordres, mais obéissant plus encore à l'envie qu'il avait de voir Mary l'oublier à son profit. Il avait bien compris qu'elle rêvait d'épousailles pour se donner un nom et une dignité. Contre cela, il ne pouvait lutter, et comptait sur son tempérament bouillant pour ne pas se contenter d'une vie d'épouse rangée.

Leurs ballots sur l'épaule, ils remontèrent ensemble jusqu'au centre de la ville, sans mot dire.

Forbin, occupé à son rapport, n'avait laissé aucun ordre au sujet de Mary, et Corneille se doutait bien de ce que cela signifiait. Forbin devait se trouver fort embarrassé des sentiments et envies contraires qui l'animaient. La mère de Corneille leur ouvrit la porte en grand, hésitant un peu à serrer son gaillard de fils dans ses bras, le laissant en prendre l'initiative dès le battant refermé.

— Bonjour à vous, Olivier, salua-t-elle Mary en lui tendant une main franche. Je vois que le grand air vous a profité. Vous voici une mine de vieux loup de mer.

Passant un doigt réprobateur sur la joue barbue de son fils, elle ajouta :

— Tu devrais prendre exemple sur ton compère et plus souvent te raser !

Corneille et Mary échangèrent un regard complice et amusé tandis qu'elle poursuivait :

— Resterez-vous longtemps à quai ?

— Nous l'ignorons encore, mère, mais si tu pouvais nous loger tous deux...

— Comme si j'avais le choix ! le taquina-t-elle en haussant les épaules. Va donc tirer de l'eau au puit et vous, Olivier, posez votre sac dans la chambre et venez m'aider à trier les légumes pour la soupe. Avec deux appétits comme les vôtres, il va me falloir du ravitaillement.

— À vos ordres, capitaine, répliqua Corneille en se mettant au garde-à-vous.

Sa mère le cingla d'une petite tape sur l'épaule.

— Va donc, mauvaise graine ! Et cesse de te moquer ! lança-t-elle, ravie pourtant qu'il n'ait pas changé.

La soirée s'écoula, gaie et chaleureuse. Mary appréciait cette femme qui lui rappelait Cecily sous ses meilleurs aspects. Elle avait eu quatre enfants d'un marin qui, peu de temps après la naissance du dernier, s'était perdu en mer, comme tant d'autres. Elle les avait élevés seule, s'employant de-ci de-là, plaçant les trois aînés pour améliorer l'ordinaire de la famille. Elle possédait ce courage et ce désir de vivre qui avaient manqué à Cecily. Corneille était le dernier de la lignée, et n'avait que vingt-deux ans malgré son caractère d'acier trempé.

Mary s'attarda longuement à cette table. Lorsque les chandelles furent consumées, Madeleine se leva, saisit un bougeoir et, réprimant un bâillement, leur souhaita une bonne nuit.

Corneille et Mary partageaient la même chambre. Il n'y en avait que deux dans la maisonnée. Cela n'avait pas coûté à Corneille lors de leur précédente escale, ni sur *La Perle* où, dans la batterie, aucune intimité n'était possible.

Mais les choses avaient changé.

Mary perçut l'insistance de son regard et détourna la tête. Corneille était bel homme, mais elle ne voulait pas perdre de vue son objectif premier. D'autant qu'elle s'était attachée à Forbin.

— J'y vais, décida Mary.

— Où ?

— Chez lui, répliqua-t-elle comme si c'était une évidence.

— Pas ce soir, rétorqua Corneille en lui faisant face, l'œil brûlant.

— Et pourquoi pas ce soir ?

— Parce qu'il n'y tient pas, mentit-il, à moitié seulement.

Il était certain que Forbin lui saurait gré de ce répit pour mettre au clair ses idées. Mary sonda son regard, courroucée à la pensée qu'il pût dire vrai. Corneille ajouta, pour la convaincre :

— La situation n'est plus la même, Mary. Ne le brusque pas.

— Il a eu bien assez de temps pour y songer, décida-t-elle en enlevant son manteau de la patère où elle l'avait accroché.

Corneille la retint par le bras et Mary comprit que, si elle restait, ce serait dans les siens qu'elle se perdrait.

— Tu fais une erreur, Mary, tenta-t-il.

— Je l'assumerai.

Corneille relâcha la pression et la laissa aller. Mary Read n'était plus la captive fragile qu'il avait ramenée à Brest deux mois plus tôt. Elle n'avait plus besoin de personne pour la protéger.

Lanterne en main, et épée à la garde, enveloppée dans sa mante qui lui battait les mollets gainés par le cuir des bottes, Mary arriva sans encombre devant l'échoppe de Forbin. Elle toqua à la porte, la trouvant fermée. Les volets étaient barrés, mais on devinait de la lumière dans la chambre de Forbin au travers des lamelles de bois. Mary s'accroupit, gratta le sol pour y ramasser quelques cailloux et entreprit de les lancer contre la croisée. Il fallut plusieurs essais pour que les volets s'écartassent et que Mary vît apparaître Forbin. Elle se recula pour se montrer et demeura bouche bée devant la silhouette féminine qui l'avait rejoint et enlaçait ses épaules.

Mary sentit son ventre se nouer. Elle laissa tomber la lanterne, qui mourut sur le pavé, et se détourna de cette maison en courant.

# 14.

— Qu'était-ce ? susurra la voix enjôleuse de la visiteuse de Forbin.

— Rien, répondit-il, le cœur serré, en refermant le volet. Rien d'autre qu'un gamin qui mériterait une fessée.

Forbin se retourna pour constater que, profitant de cette diversion, Emma de Mortefontaine avait délacé son corset. Il ne fut pas dupe. Dès l'instant où elle s'était annoncée, il avait compris qu'Emma n'était à Brest que pour retrouver Mary. Se demandant quel intérêt elle pouvait véritablement y prendre, l'imaginant, en fait, peu capable d'aimer, il avait décidé de jouer les benêts pour le découvrir, se réjouissant faussement de sa visite après tant d'années.

Emma, il est vrai, était plus belle encore qu'en son souvenir, plus assurée aussi, et Forbin ressentit, comme du temps de leur première rencontre, cette tenace sensation de malaise et de danger. Elle l'excita. Comme chaque combat qu'il devait mener. Il s'avança vers Emma, qui murmura :

— Me jugerez-vous trop effrontée, capitaine ?

— Au contraire, répondit-il, le sang échauffé par son intense beauté. Vous m'offrez une occasion dont j'ai trop souvent rêvé sans pouvoir l'oser.

Il l'enlaça et guetta le sourire qu'elle lui tendit à baiser.

Lorsqu'il fut rassasié d'elle, Emma, lascive, en vint enfin aux confidences.

— Il y a longtemps que je cherchais une raison de vous approcher, Claude, tant notre rencontre à Versailles, il y a deux ans, m'a laissé un souvenir charmant. Peut-être à cause de votre amitié pour Jean.

Forbin eut, un instant, envie de la mordre à l'évocation de son défunt ami. Il n'appréciait pas qu'elle s'en serve de prétexte. Il se contint pourtant.

— Ne vous en offusquez pas, capitaine, ajouta Emma en découvrant la crispation de ses traits. Mon époux me manque souvent. Lorsque la solitude me pèse, c'est aux gens qu'il aimait que je pense.

— Cela vous honore, madame, lui assura Forbin, pressé d'en terminer avec ces faux-semblants. Vous vouliez une raison, reprit-il. L'avez-vous trouvée ?

— Vous l'ignorez sans doute, mais je travaille secrètement aux intérêts du roi Jacques II d'Angleterre. À Londres, j'avais chargé mon secrétaire particulier d'une lettre à poster contenant des renseignements de la plus haute importance. Je ne sais pas ce qui lui arriva tandis qu'il partait s'en acquitter. Cherchant sa trace, j'appris qu'il s'était embarqué sur un navire que vous avez abordé avec votre escadre. C'était un marchand anglais, un brigantin appelé *La Gourmande.*

— C'est possible, en effet, répondit Forbin, faisant semblant de se concentrer sur ses souvenirs.

Toutefois, si votre secrétaire particulier était à bord, je crains fort, madame, qu'il n'ait été tué en défendant sa vie. Je me rappelle à présent ce navire. Il préféra se saborder plutôt que de se rendre. Vous savez comment sont les corsaires, madame. Ils détestent qu'on les lèse d'un butin. Les survivants ont été massacrés.

— N'avez-vous rien pris sur ces hommes ?

— Rien, madame.

— Et le navire, insista-t-elle, cherchant dans l'espoir de retrouver encore l'œil de jade un motif pour ne pas s'abandonner au chagrin de la mort désormais évidente de Mary.

— Trop abîmé, il a sombré avec ses victimes. J'en suis désolé. J'aurais aimé vous être agréable.

— Vous l'avez été, capitaine, lui confia Emma, par cette tendresse amoureuse dont vous m'avez bercée.

Un long silence s'installa entre eux, puis Forbin demanda :

— Une lettre n'est pas une grande perte. Pourquoi teniez-vous tant à retrouver son porteur, quand un employé aussi fidèle soit-il se remplace aisément ?

— C'était plus qu'un employé, avoua Emma sans malice cette fois. Je l'aimais.

Forbin n'insista pas. Il valait mieux pour Mary qu'Emma de Mortefontaine la croie morte. Elle ne risquait pas ainsi de tomber sous son influence que Forbin savait malsaine.

Emma de Mortefontaine poussa un soupir à fendre l'âme en s'arrachant du lit où Forbin l'avait comblée.

— Déjà ? crut-il élégant de s'exclamer.

— Hélas ! monsieur. Je ne vous ai pas tout dit afin de ne pas subir l'affront d'être repoussée. Pour refaire ma vie, il me fallait enterrer ce valet que vous m'avez pris et apaiser la brûlure que votre souvenir avait imprimée en ma chair. L'un et l'autre appartiennent désormais au passé. Mon nouvel époux m'attend à Londres. Dès demain, j'embarquerai pour le rejoindre.

— Qui est cet homme chanceux pour lequel à mon tour il me faudra vous oublier ? demanda Forbin en adoucissant son ironie d'un regard attristé.

— Un armateur. Ami lui aussi de mon très cher Jean. C'est un mariage d'intérêt, comme vous vous en doutez, mais mes affaires souffraient de mon inexpérience. Il s'appelle Tobias Read, mais je doute que vous le connaissiez.

— Je n'ai pas ce plaisir, mentit Forbin, se félicitant du jeu qu'il avait mené.

L'alliance de ces deux-là ne pouvait qu'être nuisible à Mary.

Il se leva et se vêtit à son tour pour la raccompagner.

À peine la voiture d'Emma de Mortefontaine eut-elle tourné l'angle de la rue que Claude de Forbin bifurqua pour gagner celle de Corneille. Il se fit ouvrir en cognant à ses volets. Corneille fronça les sourcils en découvrant son capitaine à la lueur de la lanterne qu'il lui brandit sous le nez.

— Je dois parler à Mary, annonça Forbin sans préambule.

— Mary ? Mais elle n'est pas rentrée.

— Habille-toi. Il faut la retrouver.

Corneille n'attendit pas davantage. Le ton de son capitaine indiquait clairement qu'il y avait urgence et par là même danger.

*

Mary déambula longuement dans les ruelles, comme un malandrin en quête d'une bourse à cueillir. Sa mine renfrognée et son épée battant son flanc, prête à être dégainée, détournèrent d'elle les brigands qui la crurent des leurs. À deux ou trois reprises, elle s'enfonça dans l'ombre pour laisser passer les soldats du gué qui patrouillaient.

Corneille aussi l'avait trahie. Il avait cherché à l'empêcher de rejoindre Forbin, c'était donc qu'il savait. Que penser de ce qu'elle avait vu ? Forbin lui avait menti en prétendant connaître à peine Emma de Mortefontaine. Elle était sa maîtresse. Une parmi tant d'autres. Pour aussi désagréable que soit ce constat, ce n'était pas ce qui la bouleversait. Forbin n'avait jamais caché son goût des jolies femmes. Surtout si elles étaient mariées.

Leur rencontre était-elle fortuite ou complotée ?

Mary avait avoué à Forbin son désir de reprendre contact avec Emma. C'était lui qui l'en avait dissuadée, certain qu'elle lui ferait plus de mal que de bien. Était-il sincère alors ? Qu'avait-il craint en vérité ? De perdre Mary ou Emma ? Alors pourquoi aujourd'hui ? Pour échapper au piège dans lequel il se sentait attiré par Mary ? Pour s'en débarrasser habilement ?

Mary sentit une colère froide la gagner. Ces questions bousculaient son esprit. Tout était possible, logique, évident et cependant Mary ne parvenait à le croire. Forbin était entier, emporté, excentrique, il avait toutes les qualités de ses défauts mais Mary n'arrivait pas à l'imaginer calculateur, fourbe et menteur.

Un crachin glacé se mit à tomber et Mary s'abrita sous un porche, s'y abandonnant, assise à même le pavé. Ses paupières s'alourdirent. Elle resserra autour d'elle les pans de sa mante noire et, calant sa tête contre la pierre froide et moussue du soubassement de la demeure, s'endormit pour oublier.

Elle s'éveilla comme le ciel s'éclaircissait. L'aube ne tarderait plus. Elle s'étira, endolorie par d'inconfortables postures, et décida de régler cette affaire. Si Forbin refusait de l'épouser, elle le quitterait. Emma le lui avait prouvé hier encore, il ne manquait pas de galants en ce monde et il se trouverait bien un benêt pour l'aimer assez et la tirer de cette misère qui s'accrochait à elle. Il n'était pas question pour elle de revenir travailler pour Emma. Son séjour sur *La Perle* le lui avait confirmé, elle n'avait nul besoin d'aide pour affronter sa destinée, encore moins de l'ombre dans laquelle Mme de Mortefontaine la maintiendrait. Aucun soleil ne pouvait briller aux côtés de celle-ci.

Mary parvint devant la porte de Forbin comme le coq chantait. Elle en tourna la poignée et s'étonna de la trouver ouverte. « Fallait-il qu'il soit troublé pour oublier de la refermer », pensa-t-elle.

Tant pis pour lui. Elle dégaina son épée et sans bruit grimpa l'escalier pour les surprendre tous deux enlacés. Il faudrait bien qu'ils s'expliquent. Elle s'arrêta sur le seuil, surprise autant que déçue. Les draps froissés attestaient bien d'une bataille sensuelle, mais la pièce était vide.

Mary demeura les bras ballants un long moment, sans pouvoir décider si elle devait partir ou rester, puis descendit les marches, et se cala dans un fauteuil près du feu qui se mourait. Forbin reviendrait. Tôt ou tard. Elle s'abandonna à cette fatalité et s'assoupit.

Forbin se sépara de Corneille à l'aube, devant la porte de la maison maternelle de ce dernier. Ils avaient sillonné la ville, sans succès. Corneille avait suggéré de gagner l'arsenal, Mary ayant pu chercher refuge sur *La Perle.* Mais ils revinrent bredouilles.

Mary avait disparu.

Tous deux, épuisés, s'étaient entendus pour rentrer. Imaginant que peut-être, sa colère et son dépit passés, Mary s'en serait retournée auprès de l'un des deux. Corneille visita sa chambre et fit signe à Forbin qu'il pouvait aller de son côté. Il se coucha comme sa mère se levait et reçut son regard suspicieux en bâillant, promettant de tout lui expliquer. Plus tard.

Mary s'éveilla en entendant la porte se refermer.

— C'est pas trop tôt, capitaine ! grinça-t-elle, la bouche pâteuse mais sa colère intacte.

— Mary ! Dieu soit loué, tu es sauve, lâcha-t-il, soulagé. J'ai passé la nuit à te chercher.

— Pas seulement, ricana-t-elle, si j'en juge par ton désordre.

De la pointe de l'épée elle désigna l'escalier.

— J'ai mes faiblesses et tu les connais, avoua Forbin sans s'excuser.

— Oui, et j'aimerais comprendre.

— Je ne demande pas mieux que de t'expliquer. Forbin s'installa à son tour dans le fauteuil en vis-à-vis, apaisé de sa présence qu'il avait cru perdue à jamais.

Lorsqu'il eut achevé son récit, Mary se sentit idiote d'avoir douté de lui. Elle s'en excusa.

— Ta colère était légitime, Mary. J'ai eu tort de la sous-estimer mais je ne pouvais m'élancer sur tes traces sans y attirer Emma.

— Tu as bien fait de me prétendre morte. Puisqu'elle a épousé mon cher « oncle », elle est devenue mon ennemie. Je doute fort qu'elle me recherche pour m'offrir ma part d'héritage. Tobias Read n'est pas homme à s'en laisser délester. Bien plus sûrement à m'éliminer.

Forbin hocha la tête. Il avait passé sous silence l'aveu d'Emma concernant son affection pour Mary. Il l'avait perçue sincère. Mais il persistait à croire que Mary ne devait plus l'approcher.

Perrine entra sur ces entrefaites et s'étonna de les trouver. C'était inhabituel et elle en fut embarrassée. Forbin se leva et lui demanda de préparer un plantureux déjeuner. Puis il revint vers Mary.

— Tu as faim, je suppose.

Elle hocha la tête, puis ajouta :

— Cette conversation n'est pas terminée.

— Je le sais, dit-il, mais il te faudra patienter jusqu'à ce soir. Je suis convoqué par l'amiral à huit heures et je ne peux me soustraire à son ordre. Reste ici si tu le souhaites. Je passerai rassurer Corneille en me rendant à l'arsenal. Dès que cela me sera possible, je te rejoindrai.

Mary acquiesça. Sa colère était tombée. Ne demeuraient que l'envie de lui et une sincère reconnaissance pour sa protection.

Mis au fait, Corneille s'assura qu'Emma de Mortefontaine avait dit vrai et attendit que le navire l'emportant eût largué ses amarres pour rendre visite à Mary chez Forbin. Elle était en train de lire un traité d'astronomie qu'elle avait découvert sur une étagère de la bibliothèque. Richement illustré de dessins à la plume, il retraçait toutes les constellations, les nommant, donnant leur position aux mois de l'année. Elle n'avait pas vu le temps passer. Mary abandonna pourtant son livre sans regret.

— Ravi de te retrouver saine et sauve, dit-il pour la saluer, réfrénant une nouvelle envie de l'enlacer.

— J'ai été stupide, répondit Mary dans une moue enfantine. J'aurais dû revenir vers toi. Tu aurais apaisé mes craintes.

Corneille haussa les épaules sans rien répliquer, sachant, lui, de quel argument il l'aurait consolée. Un silence gêné s'installa entre eux, que Forbin rompit en pénétrant dans la pièce. Mary lui sut gré d'arriver au bon moment.

— L'air fraîchit, déclara Forbin, qui n'avait rien remarqué. L'orage sera violent cette nuit encore.

— En ce cas, décida Corneille, je vais vous laisser.

Mary allait répondre à son bonsoir, lorsque Forbin lança, l'air guilleret :

— Mes ordres viennent de tomber. Je regagne la Méditerranée pour prêter main-forte à Tourville. Dans trois semaines, en lieu de brume, c'est le soleil que nous irons saluer.

— C'est une bonne nouvelle, capitaine, répondit Corneille.

Mary sentit pourtant qu'il mentait. Corneille aimait autant Brest que Forbin sa Provence. Il prit congé.

Perrine, qui s'activait depuis longtemps aux cuisines, s'en vint annoncer que le repas était prêt et Mary jugea bon pour amorcer le sujet qui lui brûlait le cœur d'attendre la fin du souper. La nouvelle de sa mutation tenait tant Forbin qu'il paraissait en avoir oublié Emma de Mortefontaine, la disparition de Mary et toutes les promesses qu'il lui avait faites.

Il lui raconta Aix-en-Provence, cette ville blottie contre la Sainte-Victoire, qui s'enneigeait parfois comme un sommet des Alpes puis se remettait à chanter du crissement des cigales; le thym et le serpolet qui accrochaient leurs parfums aux semelles, ces pins parasols à l'ombre desquels il faisait bon paresser. Il lui parla de l'arsenal de Toulon qui, à son sens, était le mieux nanti de France. De la magie de cette lumière en mer et des côtes dont les ocre, les rouges et les bruns s'enfonçaient dans des eaux cristallines. De ces bleus profonds marine ou turquoise qui semblaient des gemmes merveilleuses.

— Tu verras, Mary. Tu verras ce qui coule en mon sang. Ces parfums qui ne ressemblent à aucun que tu connais passeront dans tes veines, les nourriront de vitalité et tu oublieras la tristesse de ces larmes de brume, tu oublieras l'Angleterre.

Mary le laissa parler, chanter sa Méditerranée en se disant qu'elle lui allait bien. Merveilleusement bien. Mais qu'il n'y aurait jamais de place pour elle à ses côtés. Elle se rapprocha de la cheminée. Forbin brûlait déjà sous le soleil de ses souvenirs, avide de les retrouver. Elle se sentait glacée. Elle n'avait pas attendu de savoir la nomination de Forbin pour prendre sa décision. Elle l'avait mûrie toute la journée.

Forbin la rejoignit, avec l'envie d'elle jusqu'au bout des doigts. Il l'attira contre lui, se moulant à son dos pour enlacer sa taille et remonter à sa poitrine. Mary sentit son bas-ventre s'enflammer. Les battements de son cœur s'affolèrent et cette boule d'angoisse et de désir mêlés lui gêna le gosier. Elle les sortit, pourtant, ces mots qui l'endeuillaient :

— Je pars, capitaine. Demain.

Forbin mit quelques secondes à comprendre. Ses mains cessèrent leur ballet. Il y eut un silence qu'elle s'empressa de combler.

— Je ne suis rien, Claude de Forbin. Rien de légitime aux yeux du monde. Épouse-moi et je le deviendrai. Épouse-moi, répéta-t-elle, et j'aurai une raison de rester.

— C'est impossible, répondit Forbin d'une voix blanche. Et cependant je t'aime, Mary, comme je n'ai jamais aimé.

— Alors quoi ? Tu ne serais pas le premier à épouser une roturière. Rien ne changerait. Mon bras accompagnerait le tien dans la course, nos yeux se perdraient dans les mêmes étoiles...

— Arrête, Mary. Crois-tu que je n'y aie pas songé ?

Il s'écarta d'elle et passa une main lasse dans ses épais cheveux bruns. Mary lui fit face.

— Je te l'ai dit, Mary. J'ai épousé la marine. Pas seulement par ambition, mais pour répondre au souhait de mon père qui rêvait de voir notre nom retrouver sa dignité et son honneur perdus. Je ne démissionnerai jamais, au profit de quoi d'ailleurs ?

Il ricana.

— Je n'ai pas assez de fortune pour croiser à mes frais et ne sais rien faire d'autre que ce métier. Que dis-je, ce sacerdoce presque, tant il me tient l'âme. Je pourrais épouser une femme que j'abandonnerais au port des mois durant et qui m'attendrait en élevant nos enfants et en vaquant aux tâches ménagères. Mais tu n'es pas faite pour cela, Mary. Je le sais. Tu le sais. Je l'ai vu sur *La Perle*. Je pourrais épouser une femme, Mary, pas un matelot qui se battrait à mes côtés. Jamais mon ministre ne le tolérerait.

— Pourquoi ? s'indigna Mary.

— Parce qu'il n'y a pas de femme sur un navire, parce que les marins sont superstitieux, qu'ils pensent que cela porte malheur et parce que, même sans superstition, c'est fondamentalement vrai. Nous passons des mois entiers en mer, dans des conditions difficiles ; le seul réconfort des matelots, tu l'as vu, ce sont les jeux, l'alcool et les femmes. Les leurs, mais aussi celles qu'ils trouvent au cours des escales. Que crois-tu qu'il se passerait, Mary, s'ils apprenaient ta vraie nature ?

— J'ai prouvé ma valeur. Ils me respecteraient. D'autant plus si je suis ton épouse, ajouta-t-elle.

— Tu ne seras pas mon épouse sur un navire de l'armée, s'emporta Forbin. Jamais. C'est contraire au règlement, c'est contraire aux lois, c'est contraire à la bonne marche du navire. C'est contraire au bon sens.

— Et ? demanda encore Mary, qui comprenait bien qu'au-delà de ces beaux discours se cachait une autre vérité.

— Et je ne pourrais accepter de te perdre au sanglant d'une bataille et de porter ton deuil devant l'équipage entier, lâcha-t-il enfin, le cœur écartelé.

— Alors tu vas me perdre vraiment parce que, ce nom que tu refuses de me donner et d'inscrire au pavillon de ton déshonneur, il va me falloir le gagner. Je ne me contenterai pas de médiocrité, je ne me contenterai pas d'être un matelot parmi tant d'autres. Je veux la fortune, Forbin. Ou un nom qui puisse me l'assurer lorsque je n'aurai plus rien, lorsque mes mensonges auront pris de l'âge et que les tiens se seront ridés. Je ne veux pas rester une maîtresse de l'ombre que ton vit engrosserait. Je ne veux pas d'un bâtard comme moi je l'ai été, acheva-t-elle dans un souffle en posant sa main sur son ventre.

Forbin s'y attarda et demanda, livide :

— Tu es enceinte ?

Mary ricana.

— Non. Mais tôt ou tard, Forbin, cela arriverait.

Forbin s'avança et l'enlaça à l'étouffer.

— Je te demande pardon, pardon de mon égoïsme et de ma lâcheté. Je suis un vieil imbécile. Tu mérites mieux que ce que je peux te donner. Beaucoup mieux. Mais quoi que tu fasses, Mary Read, sache qu'aucune autre jamais ne prendra ta place, ni n'obtiendra ce que je te refuse aujourd'hui. Je t'en fais le serment. De même, sache qu'il y aura toujours sur terre ou sur mer, moi vivant, quelqu'un sur qui tu pourras compter.

— Je le sais, mon capitaine.

Ils demeurèrent un long moment ainsi en silence. Parce que tout était dit. L'un et l'autre en savaient le prix.

— Où iras-tu ?

— À la cour du roi Jacques, répondit Mary sans hésiter. J'ai appris le métier de marin, j'y apprendrai celui d'espionne.

— Ne te perds pas en voulant trop gagner.

— Si j'étais de la race d'Emma, Forbin, tu ne m'aurais pas aimée.

Il sourit et la serra plus fort encore.

— Fais-moi l'amour, dit-elle. Pour la dernière fois, pour que j'emporte avec moi un peu de cette lumière qui brille dans tes yeux quand tu te prends à rêver.

Pour seule réponse, il la souleva dans ses bras et l'emporta dans l'escalier.

Au petit jour, refusant l'idée douloureuse d'un adieu, Mary quitta la demeure de Forbin sur la pointe des pieds. De même, elle négligea celle de Corneille et s'engagea, sa solde en poche et son sabre au flanc, sur la voie romaine qui remontait vers Paris, le cœur lourd, mais sans regret.

## 15.

La voie pavée s'étirait au milieu des champs misérablement saccagés par les pluies diluviennes qui avaient ravagé l'Europe. Mary s'apercevait en marchant sur le bas-côté que les dégâts étaient terribles. À Brest, elle les avait peu remarqués. Il était vrai qu'elle n'y était pas restée assez longtemps pour vraiment en juger ! Ici, des champs entiers de blé étaient perdus, pourris sur pied. Partout les paysans s'affairaient, la mine sombre. La disette ne tarderait pas à se faire sentir. Mary en frissonna. Les prix allaient flamber. C'était toujours ainsi.

Avec le peu d'argent qu'elle emportait, elle se trouverait vite démunie. Or, pour atteindre son but, il lui faudrait paraître. Elle soupira en se disant que son obstination risquait plus sûrement de la perdre que de l'élever. Elle ne pouvait plus pourtant revenir en arrière. Elle repoussa une vague de découragement et pour s'en guérir força le pas, l'accordant au roulement des charrettes que des bœufs tiraient.

Elle se mit à siffloter, tout en se gardant de ce flot de cavaliers, de chariots, de carrosses et de piétons qui circulaient dans les deux sens sans discontinuer. « Au moins, songea-t-elle, il me protège des malandrins qui à l'orée des bois voudraient me détrousser. »

Machinalement, à cette pensée, elle caressa ses deux pendentifs. Elle se souvint de la fois où Forbin, après l'amour, l'avait questionnée sur l'œil de jade. Il l'avait trouvé insipide et se demandait pourquoi elle y attachait tant d'importance. Il avait été ému lorsqu'elle le lui avait expliqué.

« Tant pis, avait-elle conclu, s'il n'est pas d'une parure élégante. Sous mes bandages je n'ai pas à le montrer. »

Quant à la salamandre, Forbin lui avait conseillé de la cacher pour ne pas se la faire voler.

Le soleil tentait une percée timide entre de lourds nuages lorsqu'un trot qui se rapprochait l'amena à longer le fossé. Elle n'en poursuivit pas moins sa route. À sa grande surprise, l'animal se plaça à son côté et une voix amie la força à relever la tête.

— Même pas un baiser d'adieu, matelot ?

Le visage de Mary s'éclaira tandis que Corneille sautait à bas de son cheval, pareillement à l'aise sur sa croupe que sur le pont du navire. Comme Mary s'étonnait de le retrouver, Corneille s'empressa d'avouer :

— Forbin m'a chargé de t'escorter.

Mary se sentit gonflée d'un orgueil infantile. Claude de Forbin ne se serait pas séparé de Corneille sans une bonne raison. Quoi qu'il en dise, il l'aimait assez pour ne pas la perdre tout à fait. Tout était donc encore possible. Il suffisait de laisser passer le temps.

Corneille lui tendit le licol de la deuxième monture qu'il avait entraînée à sa suite, mais, au lieu de l'enfourcher, Mary se contenta d'allonger son pas. Ils marchèrent côte à côte un long moment, absorbés par le simple plaisir de leur compagnie commune.

Corneille n'avait pas hésité un instant lorsque Forbin avait déboulé chez lui pour lui donner l'ordre de veiller sur Mary. Celui-ci lui avait rapporté leur conversation et la décision qu'elle avait prise. Corneille s'en doutait depuis longtemps. Il se targuait de bien mieux connaître Mary que Forbin qui la cajolait. Leur complicité et leurs discussions sur *La Perle* y avaient largement contribué. Forbin lui avait remis une somme coquette et Corneille l'avait assuré pouvoir compter sur une tante qui serait ravie de les héberger, le temps pour Mary d'atteindre son but. Si elle le pouvait.

« C'est mon cadeau d'adieu, avait confié Forbin à Corneille, l'œil triste mais déterminé. Prends soin d'elle. Et reviens lorsqu'elle sera hors de danger. »

Corneille avait une motivation supplémentaire pour la rejoindre. Puisque son capitaine n'en voulait plus, il n'y avait aucune raison que lui, Corneille, ne tente pas sa chance. Il n'avait pas les mêmes objections que Forbin pour l'aimer. Et bien assez d'ardeur pour la contenter. De plus, il n'était pas comme lui pressé de gagner la Méditerranée.

— Allons-nous loin ? demanda-t-il au bout d'un moment, feignant l'ignorance.

— À Saint-Germain-en-Laye, répondit Mary, se demandant toujours comment elle ferait pour s'y installer.

— Eh bien, on n'est pas arrivés !

— C'est que je ne suis jamais montée à cheval, s'excusa Mary, piteuse.

— Jamais ?

— Enfin, presque jamais, dit-elle. Ma mère s'est effrayée d'une chute que j'avais faite et me l'a interdit.

Corneille hocha la tête, imaginant mal Mary plier devant la difficulté ou l'autorité.

— Ce n'est pas plus difficile que de chevaucher l'océan. Il faut seulement garder l'équilibre. Allez, en selle, matelot, décida-t-il.

Il approcha sa paume ouverte des étriers et, à son invitation, Mary y posa un pied, une main sur le pommeau, l'autre au licol. Elle se retrouva juchée sur l'animal, qui partit d'un pas de travers pour seul reproche à son inexpérience.

— Et maintenant ?

— Maintenant, tu le guides doucement. Et tu gardes devant tes yeux la ligne d'horizon, en serrant fort les cuisses pour qu'il ne te perde pas. Tu vas voir, ça vient vite.

— Bien, capitaine.

Corneille s'en amusa en enfourchant sa propre monture. Il la rapprocha de celle de Mary qui s'énervait du trot de ses congénères poussés par les coursiers.

— Laisse-la aller. Les juments sont comme des femmes, osa-t-il. Plus on les bride, plus elles cherchent à filer.

Mary se relâcha sur sa selle. La jument s'accorda au pas du bai de Corneille.

Le soir vit son premier galop, et ils parvinrent à Morlaix comme la nuit tombait.

L'aubergiste leur concéda un coin d'écurie pour tout gîte. Son toit était complet.

— Qu'à cela ne tienne ! décida Corneille en entraînant Mary vers la bâtisse où les chevaux attachés devant leur mangeoire se régalaient de foin.

Il lui montra l'échelle de meunier qui menait à une plate-forme au-dessus de leurs têtes. La paille et le foin y étaient stockés. Corneille l'invita à passer la première, bien décidé à se régaler du spectacle. Mary y grimpa sans malice, le corps si douloureux qu'elle crut ne jamais pouvoir atteindre le plancher. Corneille s'en moqua en lui claquant les fesses.

— Ne refais jamais ça, rugit-elle en se laissant choir pour masser l'intérieur de ses cuisses, sitôt hissée.

Corneille ne put s'empêcher de rire avant de certifier :

— Dans deux jours, tu auras oublié.

— Que j'avais des jambes ? ironisa Mary.

— Que tu marchais avant de chevaucher. Une bonne nuit de sommeil et tu te sentiras prête à recommencer.

Mary se traîna vers un lit de paille improvisé par le hasard. Elle n'avait plus le courage de rien. Corneille s'allongea à ses côtés, face à elle.

— Mouche la lanterne, conseilla-t-elle en bâillant à s'en décrocher la mâchoire, ou nous risquerions de la renverser en dormant.

Corneille obéit en pensant que dormir n'était pas vraiment ce à quoi il aspirait. Il eut pourtant pitié de Mary, dont le souffle régulier lui parvenait déjà, et lui accorda un repos bien mérité.

L'orage déchira l'obscurité d'un éclair aveuglant, et Mary se dressa d'un bond, retrouvant l'instinct des matelots face à la tempête. Au-dehors, la pluie tombait drue et violente. Elle frissonna de l'air froid qui s'engouffrait par l'ouverture béante qui permettait de monter les ballots depuis la cour. Un coup de vent en avait ouvert les volets. Elle se leva à la lueur des éclairs pour les repousser, courbaturée plus qu'à son coucher. À son retour, elle se laissa choir en maudissant Corneille de l'avoir convaincue de monter à cheval quand elle pouvait tout aussi bien marcher, et lui tourna le dos, persuadée qu'il dormait. Elle frotta ses épaules pour se réchauffer. Elle était glacée.

— Viens, lui dit Corneille en étendant son bras vers elle à la toucher.

Mary ne répondit pas, son cœur s'était mis à battre plus fort à cette idée. Elle voulut chasser la pensée de ce corps chaud contre le sien, mais Corneille ne lui en laissa pas le temps. Il se colla d'autorité contre ses reins et l'enlaça pour lui communiquer sa chaleur.

— Faut-il que tu sois sotte par moments, s'amusa-t-il, tandis que son unique main se glissait entre les pans de son gilet.

Instinctivement, Mary cambra ses reins contre cette protubérance qu'elle ressentait à travers la toile de son pantalon.

— Tout de même ! renchérit Corneille en la retournant vers lui pour l'embrasser.

Mary ne s'en défendit pas. Son être tout entier le désirait.

Le mauvais temps et surtout le froid s'éternisèrent jusqu'à Paris. Ce que Mary avait craint se réalisait déjà. Elle n'en avait pas totalement mesuré la détresse alors. Peut-être parce qu'à Brest les pêcheurs trouvaient toujours à subsister. La ville de Paris, sitôt son enceinte franchie, lui sembla triste malgré la beauté de ses maisons à colombages, mêlées à de nouvelles constructions toutes de pierre. Mary ne se lassait pas de regarder partout, découvrant une agitation propre à toutes les villes. Elle comprit pourtant très vite que le ton n'était pas celui des marchands, et que les attroupements n'étaient pas dus à ces spectacles de marionnettes ou de théâtre que l'on pouvait voir. Juchés sur des estrades, des hommes haranguaient les badauds, les faisant se grouper et gronder leur colère.

Le peuple avait faim. À deux ou trois reprises, Mary et Corneille durent s'écarter des places qu'ils traversaient, inquiets pour leur sécurité. Excités par les fauteurs de troubles, des gens jetaient des pierres en direction des boulangeries, dont les volets étaient fermés. « Plus de blé, plus de pain ! » criait-on en réponse depuis les croisées closes. « Nous n'y pouvons rien ! Laissez-nous en paix », suppliaient d'autres.

Corneille et Mary échangèrent des regards ennuyés. Ils n'imaginaient pas que la situation fût ici aussi difficile.

En passant devant une église, Mary constata que des femmes, les bras chargés d'enfants, en faisaient le siège. Des vieillards trompaient leur attente, assis sur le parvis. Parfois couchés en travers des marches comme des bohémiens après une représentation. Des gémissements et des lamentations s'élevaient comme autant de prières.

— C'est la faute de ces huguenots, entendirent-ils comme ils croisaient deux hommes, qui discutaient, la mine sombre et l'œil mauvais.

— Depuis que notre bon roi a révoqué l'édit de Nantes, rien ne va plus ! continua le premier.

— Pour sûr ! renchérit l'autre. Ces mécréants nous ont jeté un sort ! Je suis sûr qu'ils ont pactisé avec le diable pour se venger de nous autres catholiques.

— Ne traînons pas par là, glissa Corneille à Mary en écartant son cheval de la colère qu'il sentait monter.

Les deux hommes l'augmentaient de leur gourde emplie de mauvaise vinasse. Meurtres, viols et rapines se multipliaient dans la ville, malgré les sentinelles armées de M. de La Reynie, lieutenant général de police, qui dispersaient les attroupements.

Une femme se mit à hurler devant eux, au milieu du flux qui encombrait la rue :

— Au voleur ! Attrapez-le !

Et Mary les vit surgir de nulle part dans leur costume rouge, pour s'élancer derrière un bougre qui emportait un panier, le dressant au-dessus de sa tête pour ne pas en perdre le contenu, bousculant bêtes et gens sur son passage.

Corneille dirigea Mary au long de ces rues grouillantes, évitant les travaux de pavage de la chaussée. Écartant du plat de son sabre les miséreux qui se collaient au flanc de leurs montures dans l'espoir de trancher les bourses pendues à leurs ceintures.

Il arrêta son cheval à l'intérieur d'une cour carrée, joliment agrémentée de jardinières et d'un puits. Le porche de la maison croulait sous le poids d'une clématite, et la femme qui s'avança en haut du perron sembla à Mary aussi avenante que la façade de cette maison de deux étages. Ils se dirigèrent vers l'écurie à gauche et confièrent leurs chevaux aux bons soins d'un palefrenier.

Marguerite Tursan s'essuya les mains à son tablier en fronçant les sourcils tandis que Corneille et Mary la rejoignaient. Le reconnaissant enfin, elle s'exclama :

— Philippe, Seigneur Dieu, est-ce bien toi ?

L'instant d'après, ils s'étreignaient avec chaleur et Mary se trouvait surprise de ce prénom que Corneille n'avait jamais porté. Elle s'avança vers eux alors que Corneille et sa tante s'écartaient l'un de l'autre.

— Tante Marguerite, voici Mary.

— Mary ? répéta Marguerite en plissant le front, détaillant les atours du matelot avec méfiance.

— C'est une longue histoire, enchaîna Corneille. Te reste-t-il un meublé que nous puissions te louer ?

— Hélas...

— Pas même une chambre ?

— Si seulement j'avais été avertie, plaida-t-elle. Elle parut réfléchir un moment, puis son visage s'éclaira.

— Il y a bien un petit appartement en travaux, mais il ne sera pas prêt avant dix jours, à moins que tu ne nous aides ? Jusque-là, vous devrez vous accommoder de l'ancienne chambre de Denis. Aujourd'hui, c'est devenu une réserve, mais par ces temps, elle est si peu garnie que deux paillasses y prendront place sans peine. J'aurais voulu vous offrir mieux, mes enfants, mais soyez néanmoins les bienvenus. Avez-vous soupé ? continua-t-elle en enroulant ses bras autour des épaules de Mary, l'œil au diapason avec son sourire, aussi mutin et rieur que celui de Corneille.

Comme elle l'invitait à la précéder, Mary l'entendit chuchoter à Corneille :

— Ta mère aurait pu m'écrire que tu t'étais marié. De quoi ai-je l'air, moi, devant ton épouse ?

À sa grande surprise, Corneille se contenta de rire et de la biser.

— Ne t'inquiète de rien, Mary ne prête aucune importance à ces détails.

Devant une soupe claire composée d'un peu de viande bouillie, de chou et de raves, Corneille expliqua à sa tante que Mary était anglaise, catholique et profondément attachée à son roi en exil, au point d'avoir offert ses services pour l'aider à reprendre un jour ce trône d'Angleterre usurpé par son beau-frère Guillaume d'Orange. Marguerite hocha la tête, l'œil brillant. La ferveur patriotique de Mary la toucha. Elle lui posa mille questions auxquelles Mary prit plaisir à répondre.

— Et vous avez croisé le fer contre les vôtres ? s'exclama Marguerite en portant de saisissement sa main sur son cœur, comme Corneille lui avouait la part que Mary avait prise aux abordages.

— Hélas ! madame, s'entendit répondre celle-ci avec sincérité, cette guerre est injuste. Ami ou ennemi, seule compte la survie au moment du combat.

Marguerite l'approuva en se signant avec toute l'élégance de ses belles mains blanches.

Ils devisèrent encore une bonne heure.

Elle leur confessa combien son époux lui manquait depuis qu'il s'était rompu le cou en tombant du toit pour y changer quelques tuiles. Fort heureusement, il s'était trouvé Thomas, ce jeune Anglais, qui l'aidait à entretenir cette demeure contre une chambre et le couvert. Reprenant l'idée de son époux qui avait vendu son commerce pour acquérir cette demeure, ils avaient fini d'aménager six meublés et trois chambres pour répondre à la demande des jacobites que Saint-Germain-en-Laye ne contenait plus. Elle vivait désormais correctement de leurs loyers, satisfaite de leur compagnie discrète.

Elle demanda des nouvelles de sa sœur, la mère de Corneille, qu'elle n'avait pas revue depuis dix longues années, et leur apprit que son fils, Denis, se battait dans les Flandres avec l'armée du roi

Louis le quatorzième. Ils s'activèrent ensuite à installer leur campement, ravis d'avance de rencontrer Thomas, qui devait revenir le lendemain d'un petit voyage à Calais. Mary et Corneille se retrouvèrent seuls et, comme ces autres nuits, Mary se laissa enlacer.

— Philippe... laissa-t-elle traîner dans un sourire tandis qu'il lutinait sa gorge.

Il se redressa sur son moignon.

— Inutile de te moquer de mon prénom, Madame aux mille visages.

— Je n'aime pas du tout, répliqua Mary sans aucune raison valable.

— Moi non plus. C'est bien pour cela que j'en ai changé, déclara-t-il en reprenant ses caresses.

Mary, ayant l'humeur taquine, décida de l'en distraire encore.

— Et pourquoi Corneille ?

Corneille soupira et la bâillonna d'un baiser. Lorsqu'elle reprit son souffle, ses yeux pétillaient.

— Dis-moi, supplia-t-elle.

— Après, jura-t-il. Si tu es sage.

— Ça, répliqua Mary en se moulant à lui, jamais !

# 16.

Plusieurs jours passèrent ainsi dans une belle et bonne humeur.

Corneille avait fini par lui parler de cet oiseau qui ne quittait jamais son épaule et qui lui avait valu son surnom. Alors qu'il était jeune corsaire, il l'avait trouvé oisillon et l'avait apprivoisé. Lors des combats, il tournoyait autour des ennemis, se posait sur leurs crânes et les piquetait de son bec.

Mary en avait ri aux éclats rien que de l'imaginer.

Un coup de mousquet l'avait fauché un jour, mais le surnom était resté. Mary trouva qu'il avait eu une fin digne d'un marin et ils trinquèrent à son souvenir comme ils l'auraient fait d'un compagnon.

Ils ne parlèrent pas de Forbin. C'était devenu inutile. Corneille n'était pas avide de confidences à son sujet, jugeant qu'il valait mieux pour aimer Mary reléguer son capitaine au passé.

Il ne lui confia rien non plus de ses propres sentiments. L'attirance physique qu'il éprouvait était suffisante pour justifier leurs étreintes et Mary semblait s'en contenter. De fait, elle ne voyait aucun intérêt à compliquer les choses. Corneille lui plaisait depuis longtemps, mais il n'était pas celui qu'elle pourrait épouser.

Durant leur trajet, ils avaient eu tout loisir de réfléchir ensemble au meilleur moyen d'approcher la cour des Stuarts à Saint-Germain-en-Laye. Le fait que la maison de Marguerite loge nombre de jacobites était pour Mary une remarquable occasion. S'il n'y avait eu Marguerite pour parler français et la faire douter, Mary aurait pu aisément se croire dans une rue de Londres.

Lorsque le roi Jacques Stuart avait fui l'Angleterre en 1688, chassé par son gendre protestant Guillaume d'Orange, il s'était réfugié à Saint-Germain-en-Laye. Ses sujets, loyaux et fidèles, l'avaient peu à peu rejoint, envahissant le château puis la ville de Saint-Germain, désertée par la cour de France qui, elle, était allée s'installer à Versailles, malgré l'immense chantier qui s'y trouvait encore.

Peu à peu pourtant, la place manquant aux jacobites, ils s'étaient établis à Paris, se groupant par quartiers entiers, semant le doute dans l'esprit des Parisiens. La France étant engagée contre l'Angleterre dans la guerre de la ligue d'Augsbourg, on comprenait mal dans le peuple comment on pouvait faire confiance à ceux-là plutôt qu'à d'autres. La police de M. de La Reynie avait beau avoir ses services de renseignements, elle ne pouvait empêcher les bagarres d'éclater entre Anglais et Français, parfois pour une broutille. Et en ces temps troublés, les Parisiens étaient nombreux à refuser de partager leur maigre pitance avec ceux qu'ils nommaient ces chiens d'Anglais.

Corneille escortait donc Mary partout, pour tenter de comprendre l'étiquette qu'elle serait obligée de respecter si elle voulait approcher Jacques II ou son Premier ministre, lord Melfort.

Pour satisfaire Marguerite, qui jugeait ses habits de garçon déplacés dans sa maison et auprès de ses locataires, Mary s'était habituée à se maquiller et à porter des robes qu'elle avait fait tailler à la dernière mode de la cour. Corneille, quant à lui, la préférait en marin, estimant que cela seyait mieux à son tempérament que ces fards dont elle se poudrait les joues et le nez. Il ne fit cependant aucun commentaire, s'employant de son mieux à servir ses ambitions tout comme Thomas ou Marguerite.

Celle-ci eut tôt fait de son côté de repérer ceux du quartier ou de ses pensionnaires qui avaient leurs entrées à la cour du roi Jacques, jaugeant lequel serait le mieux placé pour aider Mary. Elle en trouva un qui lui sembla parfait : sir Francis Mannock, dont la fille, Miss Bridget Strickland, était une des dames d'honneur de la reine Marie de Modène. Marguerite se fit un plaisir de lui présenter Mary.

Il fallut peu de temps à celle-ci pour convaincre le vieil homme qu'elle détenait des informations capitales au retour triomphant du roi déchu en Angleterre. Sir Mannock en fut tout tourneboulé et promit de parler de Mary à sa fille. Il n'y avait plus pour elle qu'à attendre.

Cela ne tarda pas. Miss Strickland accepta d'entendre le propos de Mary et lui donna rendez-vous pour la prochaine visite de son père. Huit jours plus tard, Mary franchissait les grilles du château vieux de Saint-Germain, vêtue et parée avec le plus grand soin par Marguerite qui s'était prise au jeu.

À peine fut-elle descendue du coche, escortée de sir Mannock, qu'elle fut saisie par la majesté du lieu. Un sentiment de panique la gagna. Saurait-elle tromper ces gens ? Elle refusa d'y penser et emboîta le pas au vieil homme.

Sa fille, qu'il visita de son affection, reçut Mary avec attention. Cette dernière se présenta comme lady Readgemond, veuve d'un banquier londonien. Lady Strickland se montra affable, si soucieuse de la sécurité et du bien de sa maîtresse qu'elle assura Mary de son soutien.

— J'intercéderai en votre faveur auprès de mon époux, Robert Strickland, qui est vice-chambellan du roi, ainsi qu'auprès de ma reine. C'est tout ce que je peux faire pour vous être agréable.

Mary s'en contenta et la remercia chaleureusement, insistant encore sur l'importance des informations qu'elle détenait.

Ce fut suffisant.

Deux jours plus tard, un messager posait pied sur les marches de la résidence de Marguerite. Lord Melfort acceptait d'entendre Mary en audience. La date et l'heure du rendez-vous suivaient.

Mary s'y rendit sans hésiter. Lord Melfort l'accueillit avec une prudente réserve et lui demanda froidement de lui exposer ce qu'elle savait de si précieux pour Sa Majesté, après l'avoir fait attendre deux heures durant, assise dans une antichambre somptueusement décorée de tapisseries des Gobelins.

Installé derrière le bureau de son cabinet, il ne l'invita pas à s'asseoir, laissant planer ainsi entre eux le spectre de sa supérieure autorité. Mary s'y était préparée, Forbin ne lui ayant rien caché de ces habitudes de cour.

Relevant le front, le regard droit et fier, elle se lança dans un mensonge avec témérité :

— J'ai été recrutée à Londres par les services d'espionnage de Son Altesse le prince Guillaume d'Orange, dans le but de faire tomber une de vos espionnes nommée Emma de Mortefontaine. Le colonel Titus, passé à l'ennemi, m'instruisit suffisamment sur elle pour me permettre de l'approcher.

Lord Melfort fronça les sourcils. L'entrée en matière de cette lady était peu commune. Il lui accorda donc tout son intérêt et, la coupant, l'invita enfin à prendre place sur la chaise à bras près de laquelle elle se tenait. Mary le remercia et, comprenant qu'elle avait fait mouche, poursuivit son histoire, qui, d'une certaine manière, rejoignait la vérité, pour le cas vraisemblable où il plairait à lord Melfort de vouloir en vérifier certains points.

— Je me suis fait engager chez Emma de Mortefontaine, déguisée en valet.

— En homme ? s'étonna-t-il.

— Oui, monsieur. J'ai une grande facilité au déguisement. C'est d'ailleurs sous un habit de garçon que le colonel Titus m'a recrutée. Puis-je poursuivre ?

— Je vous en prie, concéda le Premier ministre du roi Jacques, vous m'intriguez.

— J'avoue, monsieur, être de modeste naissance. Et, de ce fait, contrainte pour survivre d'avoir plus de maîtres que de valets. Je me désintéressais de la politique, seul pour moi comptait le moyen de faire fortune. Et en cela peut m'importait que mon roi fût catholique ou protestant. On peut avoir de l'honneur et de la vertu, sans le boire et le manger, on n'en connaît pas la portée. Or donc, Emma de Mortefontaine m'engagea. J'avais pour mission de découvrir chez elle quels étaient les documents qu'elle avait subtilisés. Pour ce faire, il me fallait gagner sa confiance. J'y suis parvenue, monsieur, trop bien, car elle m'instruisit de tout ce que j'ignorais de cette guerre, des raisons qui avaient poussé Jacques II à céder son trône, de celles qui la menèrent à le servir et de son sentiment que tôt ou tard elle serait démasquée. J'en savais suffisamment pour vendre sa culpabilité à mes maîtres car elle me montra aussi la cache où elle dissimulait ses documents secrets. Et me confia qu'il s'agissait des derniers ordres de mission maritime du ministre anglais de la Guerre. Sans que je le veuille, peu à peu, elle m'avait communiqué son attachement à cette cause et, à l'heure de la trahir, je lui ai tout avoué. Elle a eu pour moi l'indulgence que j'espérais. Et plus encore. Elle m'estima capable de la remplacer le temps qu'il lui faudrait pour laisser douter de sa culpabilité. Elle m'a remis ce billet qui explique ses inquiétudes et donne ces informations dont je viens de vous parler.

Mary sortit la lettre de son sein et la tendit à lord Melfort. Celui-ci la parcourut, puis la reposa sur le bureau. Il aurait tout le temps de la déchiffrer. Mary reprit la parole :

— Emma de Mortefontaine me laissa rendre compte auprès de mes maîtres de l'échec de ma mission. Je compris l'importance de celle-ci en empochant la coquette somme qu'on me remit à cette intention. Sur les ordres d'Emma, je devais donc m'embarquer ensuite pour vous délivrer l'assurance de sa fidélité et son retrait des intrigues. Au moment de quitter Douvres, pourtant, je m'avisai qu'elle avait oublié de m'établir un laissez-passer pour obtenir audience auprès de vous. Je suis revenue sur mes pas. Un coche était garé devant l'entrée. En reconnaissant sur celui-ci les armes du colonel Titus, j'ai eu le sentiment que quelque chose m'était caché. J'ai donc espionné leur conversation, en me glissant dans le jardin sous les fenêtres laissées ouvertes. « Notre plan a fonctionné, disait Titus à Emma. Avant longtemps, grâce à ce benêt, vous jouirez comme moi des bienfaits du roi Guillaume sans être accusée de trahison comme je l'ai été et notre complot visant à assassiner Jacques II pourra se réaliser. » Le benêt, monsieur, se trouva fort courroucé de sa sottise et de ces gens qui l'avaient utilisé. Je n'ai pas pris ce bateau qui partait, bien décidée à me venger de leurs manigances. J'ai surveillé Emma de Mortefontaine et j'ai appris qu'elle devait se marier avec un des comploteurs, armateur de son état, qui jouit aussi auprès de vous d'une grande confiance. Ainsi liée à lui, elle écartait d'elle toute suspicion et tout danger.

— Son nom ? demanda lord Melfort, qui à présent ne doutait plus de la sincérité de Mary et tout au contraire se louait de lui avoir prêté l'oreille.

— Tobias Read, monsieur. Forte de tout cela et de cet honneur qu'Emma de Mortefontaine a bafoué, j'ai décidé de m'acquitter de ma mission auprès de vous, mais pas comme un benêt.

Un long silence suivit son aveu.

Lord Melfort réfléchissait. Tobias Read était arrivé la veille à Saint-Germain et s'était installé dans son hôtel particulier avant de demander une audience à Sa Majesté. Celle-ci, souffrante, ne la lui avait pas encore accordée.

— Que voulez-vous en échange de ces informations, milady ?

Mary se leva.

— Rien, monsieur. J'ai obéi à ma conscience et non à mon intérêt. Je n'ai pas la grandeur de vos gens de cour, mais je suis fidèle à ce que je crois juste et vrai.

— Cela vous honore, répondit lord Melfort en se levant à son tour pour la raccompagner. Soyez certaine que le roi Jacques vous en saura gré.

Il n'avait aucun goût pour les petites gens, comme nombre de puissants, mais pouvait trouver un intérêt certain à utiliser leur attachement à sa cause. Inconnue de la noblesse à la cour, lady Readgemond pourrait mieux espionner et les servir. Mary se rompit d'une révérence et prit congé. Si, comme elle le pensait, son stratagème avait fonctionné, avant longtemps elle brillerait à la cour davantage qu'Emma l'avait fait.

Moins d'une semaine plus tard, en effet, au moment même où Corneille et Mary emménageaient dans le meublé rénové, un billet du roi Jacques la priait à paraître aussi souvent qu'il lui plairait. La missive était assortie d'une invitation à assister au prochain concert donné par le maître de chapelle Innocenzo Fede dans le pavillon sud-est.

— Je suppose que toute dame a besoin d'un valet, lança Corneille d'un air faussement agacé.

— Tout autant que d'un époux, lâcha-t-elle en songeant qu'elle n'aurait bientôt plus que l'embarras du choix dans cette noble assemblée, puisque tel était le but.

— Si c'est une demande en mariage... répliqua Corneille sur un ton badin.

— Cesse de te moquer, gronda gentiment Mary. Je sais bien que je suis impossible à aimer.

— Pas tant que ça, dit-il en l'enlaçant, la laissant glousser sous ses baisers.

Mais il comprit que son temps auprès d'elle, quoi qu'il fasse, serait compté.

# 17.

Se tenir droite, comme amidonnée, souriante, prompte à la révérence, parler peu mais écouter beaucoup, glousser à tel trait d'esprit, ne jamais élever la voix ni baisser les yeux, se contenir de tout pour que les regards glissent sur vous sans s'y arrêter, fut plus épuisant à Mary qu'une journée entière à manier l'épée.

Elle ne garda, au lendemain de cette première soirée, que le souvenir de ses pieds gonflés d'avoir piétiné des heures.

Au chuchotement de lord Melfort dans son oreille, le roi l'avait saluée, puis la reine à son tour, d'un imperceptible mouvement de tête qui avait tourné vers elle quelques visages.

Elle était demeurée de marbre, fidèle aux recommandations de Corneille : « Voir sans être vraiment vue. De sorte que dans l'instant tu fasses partie de l'ensemble, qu'on ne puisse se rappeler à quelle date tu as pénétré ce monde, laissant plus sûrement l'idée que tu y es depuis toujours. » En somme, se fondre dans la masse pour mieux la respirer, la soupeser et l'utiliser.

Corneille eut beau la féliciter chaleureusement cette nuit-là, tout en songeant combien le métier d'espionne était éreintant, ce fut le sourire de Cecily qui tournoya dans la salle de bal et lui donna ses premières lettres de noblesse. Cecily qu'elle ne voulait pas oublier. Cecily qui, elle en était certaine, devait applaudir à tout rompre et rire aux éclats de la voir ainsi parée.

Utilisant les voitures qui, régulièrement dans la journée, faisaient la liaison entre Paris et Saint-Germain, Mary et Corneille purent aller et venir sans difficulté, elle en lady, lui en valet furetant pour glaner des informations. Le château de Saint-Germain surplombait la vallée de la Seine, et se trouvait encerclé de forêts giboyeuses par-delà ses jardins et la ville qui le prolongeait. Du fait de sa rénovation et de son agrandissement, il montrait une allure étonnante bien que gracieuse, et ressemblait davantage à un labyrinthe qu'à un palais. Mary pourtant s'y plaisait, découvrant un faste qu'elle n'avait fait jusque-là qu'imaginer.

Huit journées durant elle se montra, se mêla à cette cour que le beau temps attirait dans les jardins. Elle y cherchait l'élégance d'un visage, s'instruisant sur les veufs et les célibataires, se rapprochant de ceux qui, sans lui plaire vraiment, ne la rebutaient pas. Ils avaient tous en commun le même défaut, ils étaient trop anglais. Les autres courtisans, proches de Marie de Modène et donc italiens, avaient une réputation de séducteurs dont il fallait se méfier. Prompts à aimer, ils promettaient beaucoup sans tenir jamais. Mary avait décidé de les écarter d'autorité. Ce qui ne les empêchait pas, attirés par sa beauté, de rechercher la compagnie qu'elle leur refusait.

Au soir de cette huitaine, un messager vêtu de noir s'annonça devant le porche de Marguerite et demanda à parler à lady Readgemond en privé. Mary se présenta à lui. Il lui remit un pli cacheté qui contenait une sommation, celle de le suivre sans poser de questions. Seule. La signature du roi Jacques décida du choix de Mary malgré l'heure tardive. Il l'attendait à Saint-Germain. Elle referma sur ses épaules la capeline noire, informa Corneille de sa destination et précéda le valet dans le carrosse qui les attendait.

La nuit était tombée lorsqu'ils franchirent le poste de garde. Mary pensait pénétrer dans le château de Saint-Germain, selon son habitude, par l'entrée principale. Mais l'homme gara la voiture, alluma une lanterne et l'entraîna côté sud. Il lui fit traverser la cour intérieure du bâtiment jusqu'à l'angle nord-est. Intriguée, elle le vit éclairer une galerie fermée par une grille au niveau du sol et l'inviter à l'y accompagner.

Quelques minutes plus tard, ils débouchaient au cœur d'une tour, suivaient un long corridor pour arriver au pied d'un escalier. Parvenu en haut de celui-ci, le valet lui fit signe d'attendre dans une minuscule alcôve. Mary s'installa sur la banquette recouverte de tissu damassé qui s'y trouvait, dissimulée du vestibule par l'ombre d'une tenture qui la masquait. Le valet se posta à côté, aussi muet que durant le trajet.

Une porte s'ouvrit enfin sur la droite et un personnage en sortit. Mary sentit un sang mauvais battre ses tempes.

Tobias Read.

Elle se plaqua davantage dans l'ombre. Il poursuivit son chemin sans la remarquer. Lorsqu'il eut disparu, empruntant le passage qui avait amené Mary, le valet lui désigna la porte. Instinctivement, Mary vérifia qu'à l'exemple d'Emma de Mortefontaine son poignard était toujours en place à sa jarretière et, réconfortée par la perspective qu'elle saurait se défendre si besoin était, en franchit le seuil.

Elle se retrouva dans un cabinet particulier. Le roi lui faisait face, souriant, dans ses vêtements de nuit.

— Entrez, milady, l'accueillit-il.

Comme elle s'attardait dans une révérence qui avait, avec la pratique, cessé d'être maladroitement ridicule, il ajouta, affable :

— Relevez-vous. Ici le protocole ne vaut plus. Cette entrevue est et restera secrète. Accepterez-vous un verre de vin ?

— Avec plaisir, Votre Majesté.

Il la servit et lui tendit un verre finement ciselé.

— Je vous observe depuis quelques jours, chère enfant, et je n'ai découvert en vous que grâce, gentillesse et dévouement. Vous vous prétendez modestement sans éducation ni naissance, mais savez avec intelligence les faire oublier en vous intéressant à tout et à tous. Plus encore que ces vertus dont je vous félicite, votre honnêteté et votre désintéressement font de vous une personne rare et fort aimable.

— Je vous en remercie, Sire, mais je n'ai fait que mon devoir, répondit-elle, touchée de ce respect auquel elle ne s'attendait pas.

— Hélas ! chère amie, cette évidence a cessé de prévaloir chez bon nombre de mes sujets. Ils me sont fidèles, certes, car l'acceptation de leur exil est une preuve évidente de leur attachement, or, avec le temps et l'idée même d'un aléatoire retour triomphal, ils ont trouvé plus judicieux de faire passer leurs intérêts avant celui de l'Angleterre et donc le mien.

Il la scrutait de son regard clair avec une telle sincérité et une telle gentillesse que Mary se sentit soudain honteuse de ses manigances.

— Que puis-je, Sire, pour vous prouver mon attachement ? demanda-t-elle simplement.

— Vous connaissez l'homme qui vous a précédée ici, bien sûr.

Mary hocha la tête. N'avait-elle pas prétendu Tobias mêlé au complot visant à assassiner le roi Jacques ?

— Je voudrais que vous le surveilliez de près, et me rapportiez le moindre de ses faits et gestes. Vous êtes futée, vive et intègre. C'est du moins ce que je crois, même si vous faites passer votre époux pour votre valet.

— Comment ?...

Elle se mordit la lèvre.

— Lord Melfort vous a fait surveiller, évidemment. Oh ! n'y voyez aucune attaque personnelle, simple précaution de ma police pour prévenir d'éventuels troubles. Je sais aussi que votre époux est un des marins de l'équipage du corsaire français Claude de Forbin, et que c'est sur son bord que vous avez rallié la France.

Jacques II marqua un moment de silence, scrutant le visage de Mary.

— Si vous aviez été de ce complot pour m'assassiner, ce soir, vous l'auriez pu, n'est-ce pas ?

— Je n'en suis pas, Sire, répondit-elle en souriant.

Jacques II ne décela aucune malice sur ce visage que Mary n'avait pas eu le temps de farder ni de poudrer. Il la trouva charmante avec son nez retroussé, ses taches de son, son regard sombre et sa bouche gourmande.

— Acceptez-vous votre mission ? demanda-t-il.

— J'accepte la confiance dont vous m'honorez et je m'efforcerai de m'en montrer digne.

Jacques II se leva, s'approcha d'un bureau et, lui tournant le dos, se pencha sur le biais de l'écritoire. Le crissement de la plume sur le papier dura quelques instants. Il revint vers elle et lui tendit le document sur lequel le cachet de cire finissait de sécher. Il lui glissa également une bourse de cuir rebondie.

— Voici une lettre qui vous autorise à circuler à Saint-Germain, et une autre qui vous accorde la jouissance d'un petit hôtel particulier dans la ville, afin que vous soyez au plus près de votre cible. S'y ajoute ce pécule qui couvrira vos frais. Bien évidemment, vous en aurez un autre dès que vous en aurez besoin.

La main de Mary trembla de plaisir en l'empochant.

— Merci, Sire, répondit-elle avec reconnaissance. Vous n'aurez pas à le regretter.

— Une chose encore. J'ai reçu Tobias Read pour lui donner le change, me protégeant par la présence d'un de mes gardes déguisé en valet. Collez à ses pas, mais soyez prudente.

— N'ayez crainte, Sire. Je saurais me défendre si besoin était.

— Je n'en doute pas, chère enfant. Non, répéta-t-il, je n'en doute pas. Alfred va vous reconduire. Il n'est pas très causant mais fort habile à manier l'épée. En cas d'attaque nocturne, il vous sera utile.

Mary laissa le roi Jacques à ses pensées qui rejoignaient les siennes. Quelle utilité pouvait donc avoir Tobias Read de cette liberté de circuler ?

À peine fut-elle rentrée au logis pour y raconter son aventure que Corneille éclata d'un rire joyeux.

— J'avais bien remarqué que nous étions surveillés, dit-il, c'est une des raisons pour lesquelles j'ai laissé croire à nos épousailles.

— Il y en a d'autres ? s'étonna Mary.

— D'autres quoi ?

— D'autres raisons...

Son regard se noya dans le sien, violent comme un ciel d'orage.

— Sans doute.

— Lesquelles ? insista-t-elle, ne pouvant vraiment croire ce qu'elle pressentait.

— Prouve-moi que tu es une véritable espionne, jolie Mary. Découvre-les, la nargua Corneille, refusant de s'abaisser une fois encore à espérer.

— Pas maintenant. Je tombe de sommeil.

— L'aube est proche. Repose-toi.

— Tu ne te recouches pas ?

— J'ai dormi mon content, assura-t-il en s'habillant.

Mary eut du mal à s'endormir, toute à l'excitation de cette fortune, inquiète pourtant d'avoir à tromper Tobias, même si elle savait qu'il ne pourrait la reconnaître ainsi transformée. D'autant que, Forbin aidant, Emma et lui la pensaient noyée.

Elle décida d'ôter de son cou ces pendentifs qui risquaient de la perdre, dérogeant ainsi depuis la mort de sa mère à la promesse qu'elle s'était faite de toujours les porter. Elle s'endormit enfin. Et ce fut Marguerite qui vint toquer à sa porte pour lui annoncer l'heure du déjeuner.

*

Cette fin août fut brûlante.

La famine était partout et la police n'en finissait plus d'endiguer des mouvements d'humeur. Dans les campagnes de France, ce n'étaient que lamentations, deuil ou colère. Les enfants en bas âge et les vieillards étaient les plus touchés. Il en mourait en grand nombre. Le niveau de la Seine avait baissé et elle charriait de maigrelets cadavres de rats dans ses eaux nauséabondes. Il se racontait même que ces bêtes échouées sur les abords du fleuve étaient monnayées à prix fort et qu'on les mangeait, au risque d'une nouvelle épidémie de peste.

Mary et Corneille s'étaient séparés douloureusement de Marguerite et de Thomas pour s'installer dans le petit hôtel particulier. Des ordres avaient été donnés pour satisfaire à leur confort, car un personnel dévoué se mit aussitôt en devoir de les servir comme s'ils étaient de la noblesse. Et Corneille décida, puisqu'il dormait au lit de sa maîtresse, de s'afficher en époux davantage qu'en valet.

— C'est impossible, lui fit remarquer Mary. Que tu te comportes comme tel aux regards des domestiques de cette maison me semble normal. Je ne peux pas m'afficher à la cour en étant mariée.

— Et pourquoi donc, puisque même le roi et lord Melfort le pensent ? grinça Corneille, se doutant bien pourtant de la vérité.

Il n'en pouvait plus cependant, refusant de se mentir davantage. Il aimait Mary comme jamais aucune autre avant elle et souffrait de la voir s'obstiner dans ses prétentions ridicules quand leur complicité à tous deux était évidente.

— Cela pourrait nuire à mes projets futurs de riches épousailles, lâcha-t-elle, se défendant de saisir ce que les arguments de Corneille sous-entendaient.

Cette fois, Corneille en eut assez. Assez de la regarder se parer et se poudrer, jouer un jeu mondain dans lequel elle n'était pas à sa place, prendre des poses devant le miroir pour trouver son profil ou tel penchement de tête qui la mettrait en valeur et la fasse désirer. Assez de faire semblant d'être indifférent à ses hommes qui lui faisaient leur cour, assez d'être méprisé pour respecter l'étiquette, tandis qu'elle riait des plaisanteries de ses galants. Assez d'en souffrir et de se taire.

— Puisque c'est ainsi, fulmina-t-il, tu n'as qu'à prendre un autre amant chez ces lords perruqués !

Mary n'eut pas le temps de répondre qu'il la planta devant sa coiffeuse, médusée, la brosse à cheveux à la main. Il sortit en claquant la porte derrière lui. Elle se sentit idiote soudain devant cette image que lui renvoya le miroir. Il n'y avait plus rien en elle de cette Mary Read que Forbin avait découverte sur le navire anglais.

Elle portait une jupe en point d'Angleterre sur un fond de couleur, rehaussée sur le bas d'une dentelle plissée. Sur sa poitrine menue, un « corps de jupe » mettait en valeur un décolleté profond, dévoilant ses épaules, fermé par des agrafes d'améthyste. Des gants de point d'Angleterre remontaient jusqu'aux coudes, rejoignant les manches terminées par des engageantes. Un manteau de gaze recouvrait le tout d'une teinte ventre de biche. Des souliers mignons de maroquin chaussaient ses pieds, lesquels étaient enveloppés de bas blanc jusqu'aux jarretières. À son cou, un sautoir de perles éclairait ses traits fardés et poudrés, bien mieux que l'œil de jade. Même Cecily n'aurait pu la reconnaître.

Mary acheva de poser sa coiffe de taffetas brodée sur sa tête. Elle était jolie. Le regard des hommes le lui disait. La jalousie de Corneille le lui prouvait. Elle se promit d'éclaircir cette situation à son retour de la cour. Elle avait beau se mentir, et s'admirer dans sa psyché, elle n'était jamais aussi bien et heureuse que débarrassée de ces allures, comme Corneille le lui glissait en se moquant.

Aimant davantage sa main caressante sur sa joue démaquillée que ses baisers du bout des lèvres pour ne pas effacer la mouche, cette galante, qu'elle y plaçait.

« Non, se dit-elle en se levant pour se rendre au château. Je n'ai aucune envie de voir Corneille s'éloigner. »

## 18.

Dans la cour de son hôtel particulier, elle héla le cocher mis à leur disposition et se fit conduire au château vieux à cinq minutes de là. Elle aurait tout aussi bien pu s'y rendre à pied, mais jugea bon de faire remarquer sa prestance.

Délaissant le bâtiment, elle s'enfonça avec légèreté dans les allées verdoyantes des jardins, saluant d'un signe de tête gracieux ceux qu'elle connaissait, s'arrêtant auprès d'autres pour lesquels elle manifestait de l'intérêt, s'emplissant les narines du parfum des fleurs que la chaleur rendait plus exubérant encore, se rassasiant les yeux de ces boutons de roses à peine éclos ou épanouis, cherchant surtout dans ce dédale à croiser son ennemi juré.

Elle l'avisa en grande conversation avec Francesco Riva, maître de la garde-robe de la reine, peintre à ses heures et ami des plus grands. Elle avait rencontré celui-ci à plusieurs reprises, car c'était chez lui, dans le pavillon sud-est du château, au rez-de-chaussée, qu'étaient organisés la plupart des concerts de son compatriote Innocenzo Fede.

Riva possédait cette volubilité propre à ceux de l'Italie, son pays, et sa bonhomie attirait la confidence. Il sembla pourtant à Mary que Tobias était plus occupé à subir sa présence qu'à se confesser.

Elle s'avança avec aisance, s'arrêtant çà et là pour saluer, s'éventer ou donner l'illusion de se distraire tout en se rapprochant du peintre dont elle avait pu admirer certaines des toiles dans l'appartement où il recevait. Il parlait justement de celui-ci, se rengorgeant du fait qu'autrefois Louis XIV l'utilisait pour son Conseil, lorsqu'il aperçut Mary.

— Lady Readgemond, lança-t-il en se tournant vers elle. Quel plaisir de vous revoir !

Mary en profita pour se joindre à leur conversation :

— Le plaisir est partagé, milord.

Il baisa sa main avec insistance.

— Je ne connais pas votre ami, ajouta-t-elle. Avons-nous été présentés ?

— Je ne le crois pas, milady, affirma Tobias en saisissant à son tour sa main pour la baiser. Je suis sir Tobias Read.

— Quelles nouvelles portez-vous d'Angleterre, milord ?

— Hélas ! ma chère, il se trouve que je m'intéresse fort peu aux ragots dont sont friands les époux Riva.

— J'espérais en effet qu'il pourrait nous apprendre quelque vilenie sur le félon Guillaume, une crise de goutte, une urticaire, une morsure infectée, de quoi nous réjouir à peu de frais, s'empressa Riva en gloussant, mais j'en suis pour ma peine.

Au même instant, une voix l'interpella. Il y répondit par de grands gestes, s'excusa d'abandonner ses interlocuteurs pour une de ses compatriotes et allongea son pas vers elle. La cour se pressait ce matin. Louis le quatorzième était annoncé en visite et cette perspective incitait invariablement les courtisans à se montrer.

— Fantasque personnage, jugea Tobias Read en suivant l'artiste peintre d'un regard amusé.

— Chaleureux comme son pays. Avenant comme sa reine, rectifia Mary. Quel genre de commerce pratiquez-vous, si je ne suis pas indiscrète ?

— Je suis armateur. Mais pardonnez-moi, milady, je vois s'en venir la personne que j'attendais. Et pour la bonne continuation de mes affaires, je ne saurai la faire attendre. Sans doute aurai-je le plaisir de vous revoir prochainement ?

— J'en serais enchantée, minauda Mary en le laissant aller.

Elle le garda dans son champ de vision, puis se mit à le suivre discrètement jusqu'au château. Il y pénétra et Mary en fut certaine : Tobias Read n'avait aucun rendez-vous à honorer. Il avait seulement besoin d'un prétexte pour vaquer.

« Puisque tu ne m'as pas reconnue, mon cher oncle, je ne vais plus te lâcher et je jure, par Dieu, que je découvrirai bien ce que tu complotes. »

Parvenu au pied de l'escalier qui menait aux appartements du roi Jacques, il en grimpa les marches sans hésiter, délaissant sur sa droite la compagnie du monarque et de son épouse Marie de Modène, occupés au milieu de leurs courtisans à guetter l'arrivée de Louis XIV.

Débarqué en France, Tobias s'était rendu en premier lieu à Versailles pour demander audience au ministre de la Marine, M. de Pontchartrain, sous le prétexte de lui remettre les originaux des ordres maritimes de son homologue anglais, assurant ainsi à la France de belles victoires sur ses ennemis. M. de Pontchartrain l'avait reçu en son cabinet, dans l'aile droite du château, où des ouvriers s'activaient. Il l'en avait remercié sincèrement, se désolant d'apprendre que, surveillée, Emma de Mortefontaine ne ferait plus partie désormais des effectifs de la police secrète de lord Melfort.

— Ces informations nous seront capitales. À quel prix souhaitez-vous les vendre? avait-il demandé, haussant le ton pour couvrir le bruit des marteaux en cadence.

— Il ne s'agit pas d'argent cette fois, mais de curiosité, avait avoué Tobias. L'histoire navale me fascine et j'aimerais que vous m'accordiez de consulter vos archives pour y découvrir les traits de ces corsaires qui ont fait sa renommée.

— Si tel est votre souhait, ce laissez-passer vous permettra de le satisfaire.

Tobias Read avait donc consacré plusieurs longues journées à la lecture fastidieuse des journaux de bord et des rapports d'amirautés avant de trouver enfin celui qu'il cherchait. Jean Fleury avait noté sa rencontre avec Alonzo de Avila et ses caravelles, la teneur de sa prise et ce qu'il en avait fait. Tobias vérifia ainsi que le crâne de cristal avait rejoint le trésor de l'empereur aztèque dans les coffres de François Ier, comme il le pensait.

Fleury, en revanche, ne faisait aucune mention des yeux de jade. Tout était donc possible et envisageable. Le second œil pouvait avoir été perdu ou encore récupéré par un marin comme le premier. Tobias n'avait aucun moyen cette fois de savoir la vérité.

À moins peut-être de répandre la légende du trésor, assurant qu'un œil de jade en était la clé.

Avec de la chance, peut-être quelqu'un se souviendrait-il ? Même si c'était peu probable, c'était la seule option qu'il lui restait. Le crâne de cristal l'intéressant par sa singularité bien davantage que le trésor, dans le pire des cas, il s'en contenterait.

En quelques semaines, les commérages avaient produit leur effet. À Versailles comme à Saint-Germain, on ne parlait plus que du trésor aztèque, tant l'Homme en noir, déguisé en valet, avait su le grossir pour mieux faire rêver.

Pendant ce temps, Tobias poursuivait son enquête concernant le crâne de cristal. Autrefois, François Ier avait logé sa cour et le trésor royal au château vieux de Saint-Germain. Les archives du royaume y étaient de même conservées. Lorsque Louis le quatorzième avait déplacé ses gens à Versailles, lesdites archives avaient pour la plus grande majorité été transférées à Paris, dans une annexe prévue à cet effet. Tobias s'y était rendu et les avait consultées. Aucune d'elles ne faisait référence au trésor de Moctezuma et à l'usage auquel on l'avait affecté.

L'archiviste avoua, ennuyé, que beaucoup de documents étaient demeurés au château vieux où on les avait oubliés, et peut-être brûlés au moment des travaux qui y avaient été faits.

Tobias avait alors contacté M. Hardouin-Mansart, l'architecte chargé d'agrandir et de transformer le château vieux à l'époque.

L'homme, affable, l'avait reçu sans difficulté malgré son emploi du temps chargé. De belle notoriété, il croulait sous les demandes en tout genre. Son cabinet, situé dans la récente ville de Versailles, où le roi l'avait fait installer, était empli de rouleaux gigantesques, liés séparément ou à plusieurs par des bandeaux de cuir. Ils se dressaient contre les murs, emplissaient de leurs plans les armoires jusqu'au plafond mouluré, encombraient bureaux et tables. Certains, piquetés par des stylets sur des planches, accueillaient à leurs côtés plumes et encriers, mines de charbon taillées, équerres et règles de noisetier.

Le lieu abritait un désordre faramineux dans lequel M. Hardouin-Mansart, autant que ses apprentis, semblait pourtant se retrouver.

— Je recherche ces archives pour le compte du roi, avait affirmé Tobias Read. Vous rappelez-vous les avoir découvertes et rangées ?

— Il faudrait interroger mes ouvriers, avait répondu l'architecte en lissant son menton d'un doigt ennuyé. Les travaux du château vieux ont duré cinq années. Certains d'entre eux ont commencé le chantier, d'autres l'ont fini. Il me serait impossible de tous les contacter.

— Mais vous souvenez-vous des modifications apportées ?

— Monsieur, s'était offusqué Hardouin-Mansart, sachez qu'il n'est pas une pierre posée par mes soins en ce royaume dont je ne me souvienne !

— Pardonnez-moi. Il est essentiel que je mette la main sur ces documents égarés pour ne pas souffrir le courroux de Sa Majesté. J'ignore pourquoi elle y tient tant mais les ordres du roi...

— ... font office de volonté divine, avait achevé l'architecte en s'adoucissant. Comment l'ignorer, monsieur, quand je me bats souvent contre l'absurdité architecturale de certains projets. Si je ne freinais pas quelques ardeurs, il en est qui s'écrouleraient avant d'être achevés. J'ai ici les plans des travaux. Ils pourront nous aider. Voyez-vous, continua-t-il en saisissant un escabeau pour parvenir à la hauteur d'un rayonnage où d'autres rouleaux servaient de nids à de multiples araignées, le château vieux ressemble à un pentagone irrégulier. À la construction médiévale, que François Ier avait déjà augmentée et transformée, j'ai ajouté cinq pavillons en saillie.

Il s'interrompit pour dérouler un plan, secouer la tête et le reposer. Il en fit de même pour deux ou trois autres avant de descendre de l'escabeau, de le déplacer et de recommencer plus loin.

— J'ai aussi régularisé les façades, comblant des espaces entiers qu'il était impossible d'aménager. Ah ! dit-il en saisissant un paquet volumineux d'une dizaine de plans, les voici. Pouvez-vous m'aider, je vous prie ?

Tobias Read se plaça à côté de l'escabeau et l'en débarrassa. Hardouin-Mansart le remercia et, tandis que Tobias, embarrassé par ces rouleaux, les déposait sur une table déjà envahie, il descendit pour le rejoindre.

— J'ai aussi réagencé les appartements. Voyez ! dit-il en déroulant un des plans.

L'architecte y fit glisser son doigt, lui indiquant au fur et à mesure les différentes parties du château. Le théâtre, la chapelle, les appartements du roi et de la reine au premier étage, ceux de leurs gens, puis, au rez-de-chaussée, les salons de réception où le roi recevait ses courtisans.

— Puis-je les emporter pour les étudier ? avait demandé Tobias.

Hardouin-Mansart avait paru ennuyé.

— Je vous promets d'en prendre grand soin et de vous les rapporter dès ma quête achevée.

Il avait fini par céder et Tobias Read avait regagné sa voiture, croulant sous ces dossiers. Il s'appliquait à retrouver les traces de la construction médiévale dans laquelle il espérait que les ouvriers de M. Hardouin-Mansart avaient entassé les livres de comptes et les rouleaux qui les gênaient.

Tobias arpenta les couloirs et les soubassements du château. Ceux, du moins, qui lui furent accessibles. Mary passa sa journée à le suivre, perplexe devant ses manières et les questions qu'il posait. Trop absorbé par sa tâche, Tobias ne la remarqua pas. Lorsque la bienséance les obligea l'un et l'autre à prendre congé, leurs constats étaient identiques.

Ils n'avaient rien trouvé.

Mary regagna son hôtel particulier à l'heure du souper. L'air distant de Corneille la renvoya à leur différend du matin. Pour tromper sa colère, celui-ci avait fureté toute la journée aux cuisines du château vieux. C'était là que les ragots circulaient le mieux. Il s'attendait à ce que Mary, ayant obtenu la charge qu'elle escomptait, le renvoie auprès de Forbin. Or, si la mer commençait à lui manquer douloureusement, comme un pays qui vous tient à la peau, il n'était pas pressé de quitter Mary Read. Il lui déplaisait profondément de la voir s'abîmer sous des fards ridicules, prendre des airs pincés et hautains comme ces gens de noblesse, quand il se souvenait de sa spontanéité, de sa vaillance et de sa témérité. Mary, quoi qu'elle en veuille prétendre, était plus faite pour l'action et la croisière. Là était la véritable raison de son ressentiment et de sa tristesse, et il aurait donné cher pour avancer un argument qui la ferait renoncer à son projet et la ramènerait à Brest. S'il devait choisir alors entre elle et Forbin, c'est à ses côtés à elle qu'il s'embarquerait. Il ne manquait pas de navires sur lesquels de bons marins pouvaient s'engager.

Lorsque, à la veillée, ils se retrouvèrent seuls dans le salon de musique où un clavecin s'ennuyait, Mary lui fit le récit de sa journée, comme si elle avait oublié leur querelle du matin. Lui ne pensait qu'à cela, d'autant que l'étrange attitude de Tobias le renvoyait à cette rumeur qui circulait.

— À deux reprises, j'ai saisi à la volée des bribes d'histoire parlant de trésor et de clé, déclara Corneille après un court moment de réflexion. Tobias Read a peut-être décidé, comme d'autres, de le chercher, lâcha-t-il.

— C'est ridicule, objecta Mary. Tobias et Emma sont bien assez riches pour ne pas s'inquiéter d'une rumeur qui pourrait les distraire de leurs affaires. Chacune d'elles perdue vaut plus que l'ombre d'un trésor. Il y a forcément autre chose.

— Cela ne t'ennuie pas si, de mon côté, je me renseigne ?

— Tu prêtes foi aux ragots de cour ? s'étonna Mary.

À peine entrée dans la pièce, elle avait ôté ses souliers pour délasser ses pieds dans l'épaisseur du tapis qui couvrait le plancher. En deux enjambées, Corneille la rejoignit. Rompant le vœu qu'il s'était fait de ne plus l'importuner à ce sujet, il l'enlaça tendrement. Elle ne chercha pas à s'échapper, ravie de leur réconciliation.

— Si je gagnais un nom et une fortune, aurais-tu encore besoin de ces maudits Anglais pour te les donner ? demanda-t-il pourtant le cœur serré.

Celui de Mary se mit à battre la chamade.

La bouche de Corneille caressa son cou de petits baisers, la faisant frémir jusqu'au creux des reins.

— Tu es un corsaire de Sa Majesté, objecta-t-elle cependant. Lié comme Forbin à ces règles absurdes.

— Tu te trompes, Mary. À l'inverse de lui, je n'ai pas épousé la marine. Il me coûterait bien moins d'en partir que de te perdre.

— Tu étais donc sérieux à propos de mariage ?

— Tu n'as pas répondu à ma question, relança Corneille.

L'une et l'autre se rejoignaient toutefois. Mary ne s'interrogea pas longtemps. Depuis qu'elle les côtoyait, elle avait de moins en moins de goût pour ces lords serviles. Tandis qu'une seule des caresses de Corneille, un seul de ses regards, la comblait.

— Renseigne-toi sur ce trésor, décida-t-elle le cœur soudain léger. S'il existe vraiment, nous partirons le chercher.

Corneille réprima un soupir de contentement et l'embrassa à l'étouffer.

Mary Read était bien celle qu'il croyait !

# 19.

La semaine durant, Tobias Read poursuivit son incessant ballet, se heurtant aux mêmes résultats. Emma avait annoncé son arrivée, agacée de se morfondre à Londres où elle avait emménagé chez son époux. Bien qu'elle ait pris plaisir à paraître à la cour du roi Guillaume sitôt le bruit de son mariage répandu, elle s'était vite lassée de voir que, si celui-ci la mettait à l'abri de ses détracteurs, il éloignait aussi ces galants qui l'amusaient.

Ses affaires réglées, elle s'embarqua pour la France.

*

Dans le château vieux, Mary opérait en toute discrétion. Elle s'enquérait des questions que posait Tobias, scrutait les recoins où il s'arrêtait, ne quittant sa filature qu'à la nuit, après s'être assurée qu'il était rentré chez lui. Corneille prenait alors le relais jusqu'à être certain que Tobias Read était couché.

Au matin, cela recommençait.

De son côté, Corneille avait glané d'autres informations, mais elles étaient décousues et contradictoires. Le trésor était tour à tour espagnol, aztèque, maya. On le situait partout et nulle part. Mais la rumeur était partie de Versailles, il en était sûr.

Mary rendit son premier rapport au roi Jacques au moment où Emma de Mortefontaine atteignait Saint-Germain-en-Laye. Tout ce qu'elle avait pu apprendre était que Tobias Read était à la recherche de documents secrets. Elle ajouta, pour crédibiliser la fable qui l'avait menée à sa cour, qu'il tentait aussi de nouer des alliances pour son sinistre projet d'assassinat. Le roi Jacques l'enjoignit de poursuivre sa filature et lui accorda une nouvelle bourse replète pour ses frais.

*

— Ma chère épouse ! s'exclama Tobias Read à peine Emma eut-elle posé le pied sur le perron de l'entrée de son hôtel particulier.

Située au-delà d'un petit portail clôturant une sobre cour carrée, la bâtisse avait le charme de ces habitations de pierre. À défaut de jardin, des parterres avaient été aménagés où buis et rosiers se mêlaient autour d'une fontaine entretenue par l'eau du puits. Tobias Read s'était fait acquéreur de ce petit domaine cinq années auparavant, dans le but d'élargir son influence en France et d'avoir ainsi à sa disposition une intendance prête à l'accueillir quel que soit le temps qu'il décide de passer à Saint-Germain.

— Avez-vous fait bon voyage ? poursuivit-il en la prenant par le coude pour la guider vers la salle à manger.

Le dîner venait d'y être servi. Ils pénétrèrent dans la pièce où une odeur de cire se mêlait à celle du potage de fèves que la domestique achevait de verser dans leurs assiettes. Sur l'ordre de Tobias Read, à l'annonce de la voiture d'Emma, elle avait en hâte dressé un second couvert. Malgré le billet prévenant son arrivée, on ne pouvait jamais en affirmer l'heure et le jour, liés aux conditions climatiques et à l'état des routes comme à celui des mers.

— Je déteste toujours autant le roulis des navires, avoua-t-elle, et ne m'y fais que contrainte. Le fumet de ce repas me semble pourtant de taille à me remettre de ma fatigue.

La domestique prit cela pour un compliment et la salua d'un sourire et d'une courbette en lui souhaitant bienvenue et bon appétit.

— Ne tardons pas alors, déclara Tobias en lui reculant sa chaise avec courtoisie pour qu'elle puisse s'asseoir.

Il s'installa de même à l'autre bout de la table, détestant cette longueur de plateau qui les privait d'une réelle intimité.

N'ayant aucun goût pour étaler ses confidences devant les domestiques, il se contenta de s'informer des activités d'Emma à Londres et des nouvelles de la cour du roi Guillaume, qu'elle avait fréquentée durant son absence. Emma se fendit de quelques anecdotes sur ses amies, qui n'en finissaient plus de la féliciter de son mariage, et sur ses ennemies, que ce même événement lui avait découvertes.

— Vos maîtresses de l'ombre sont furieuses, mon cher. Elles me haïssent de vous avoir marié quand elles s'imaginaient vos promises. Se voyant désormais les unes et les autres bafouées de même, elles ne cessent de fustiger votre légèreté. À les entendre, vous seriez le dernier des scélérats et des menteurs.

Tobias s'en amusa plus qu'il n'en fut fâché.

— Qu'elles caquettent donc, cela m'indiffère ! Du moment que cela ne vous indispose pas.

— Pas le moins du monde, assura Emma.

— Depuis mon veuvage, je n'ai eu d'autre vertu que de saisir les occasions que ces belles m'offraient. La plupart, mariées, y trouvaient un arrangement proche du mien. J'avoue que notre hymen m'a délivré d'un souci en la personne de deux jolies veuves, trop légères à mon goût au regard de mes intérêts. Vous seule, ma chère, présentiez pour mes sens, mon cœur et mon commerce un véritable attrait, avoua-t-il.

Emma prit sa sincérité pour un compliment. Une autre l'aurait accusé de cynisme. Elle en était bien assez pourvue elle-même pour ne pas s'en offusquer. De fait, elle se satisfaisait de toutes les distractions, quelles qu'elles fussent, verbales ou physiques, noyant ainsi dans un tourbillon cette douleur qui ne la quittait pas depuis sa visite à Forbin.

Mary lui manquait.

Tant qu'elle avait espéré son retour, cela n'avait été qu'une impatience. Aujourd'hui, et quoi qu'elle fasse, c'était une déchirure. Elle se savait éprise d'elle, sans imaginer que ce fût à ce point. Le destin lui avait donné un époux à la mesure de ses ambitions, et de ses désirs charnels, pas de son âme. Il lui fallait pourtant s'en contenter. Elle avait pris conscience dans le regard des autres conquêtes de Tobias à quel point c'était une chance pour elle d'être l'élue. Emma de Mortefontaine continuait de croire que la chance n'était rien sans l'implacable détermination de sa volonté.

Le repas achevé, ils se rendirent dans le salon de musique. Enveloppant ses cottes en point d'Angleterre, rehaussées de broderies d'argent, entre les bras d'un fauteuil, Emma abandonna sa lassitude à l'écoute d'un morceau de clavecin que lui offrit Tobias. Il en jouait divinement. Lorsqu'il eut achevé son récital destiné à la délasser, il se leva de son tabouret, leur servit un porto et lui tendit son verre.

— Vos attentions me touchent, Tobias, assura Emma comme il s'agenouillait à ses côtés pour lui caresser l'avant-bras, qu'elle avait dénudé de ses gants en dentelle.

— J'ai des défauts comme tout un chacun, Emma, pourtant, si ce que l'on me reproche ailleurs me rend plus désirable à vos yeux, il n'en demeure pas moins en moi l'envie de vous aimer et de vous choyer. Vous m'êtes chère, croyez-le, et je suis sincèrement heureux de nos épousailles. Vous m'avez manqué, ajouta-t-il en glissant un baiser sensuel dans le creux de son coude.

Emma en frissonna. Il lui tardait d'entendre des nouvelles de leur trésor, s'obligeant à l'idée de sa quête pour tromper son chagrin. Mais la caresse autant que le regard de son époux lui rappelèrent son besoin d'amour.

— Montons, voulez-vous ? demanda-t-elle, la gorge palpitante.

Tobias enleva avec délicatesse cette paume ouverte dans laquelle il venait de déposer un ultime baiser, l'enserrant dans la sienne.

— J'allais vous le suggérer, dit-il en l'attirant à lui sitôt qu'elle fut debout.

Emma s'abandonna à son baiser, puis se laissa emmener.

Il l'aima la nuit durant, étonné qu'elle ne réussisse pas à s'apaiser de leurs étreintes enflammées, réclamant encore et encore plus de caresses, plus de possession, arquée en gémissant, les yeux fermés sur ses fulgurances répétées, comme si aucune cependant ne parvenait à la satisfaire. Emma de Mortefontaine mordait ses lèvres au sang pour ne pas hurler, le corps possédé par un désir qu'aucun, jamais, ne pourrait plus assouvir. Aussi violent soit-il, son plaisir demeurait incomplet. Mary Read avait laissé en elle un vide que rien n'arrivait à combler.

Tobias Read, quant à lui, n'y voyait qu'un appétit insatiable grâce auquel son excitation et son ardeur se trouvaient décuplées.

— Plus le temps passe, madame, et plus vous me plaisez, avoua-t-il enfin, le souffle coupé, comme l'aube naissait. Je meurs d'amour, chuchota-t-il en butinant la pointe toujours durcie de ses seins, épuisé mais gourmand encore, c'est un champ d'honneur pourtant que vous m'offrez.

Emma détourna la tête sans répondre. Sous ses paupières closes, une larme brillait. De jouissance et de frustration étonnamment mêlées. Elle n'était que violence. Une violence qui peu à peu grandissait.

Ils dormirent peu, éveillés à neuf heures par la domestique qui toquait à leur porte. Tobias Read se leva, de fort mauvaise humeur, pour la sermonner de son insistance. Il avait exigé de ne pas être dérangé. Il enfila un peignoir et ouvrit méchamment la porte. À la vue de l'homme qui l'accompagnait, sa colère retomba aussitôt. Celui-ci n'eut qu'une phrase pour le convaincre d'écourter sa grasse matinée.

— Nous l'avons trouvé.

— Attends-moi en cuisine, ordonna Tobias, la bouche empâtée encore. Fais servir le déjeuner, ajouta-t-il à la domestique, rassurée de ne pas être punie de sa désobéissance, laquelle avait été contrainte et brusquée par l'Homme en noir.

Tobias referma la porte.

— Qu'est-ce ? demanda Emma, qui s'étirait, féline.

— De bonnes nouvelles, ma mie.

Il s'approcha du lit, la trouva aussi belle au réveil que parée, et l'embrassa légèrement avant d'ordonner :

— Habillez-vous et rejoignez-moi. L'Homme en noir nous attend et il me faut encore vous raconter.

Emma ne se fit pas prier.

Deux heures plus tard, ils quittaient leur logis, leur voiture escortée par la silhouette sombre du valet chevauchant son destrier. La rumeur du trésor avait atteint son objectif. Un des descendants de Jean Fleury, maréchal-ferrant à Versailles, avait laissé entendre qu'il avait déjà vu l'œil de jade dont on parlait. L'Homme en noir était resté à le surveiller, déléguant son complice pour les prévenir.

Corneille, qui ne cessait de guetter devant l'hôtel particulier des Read depuis sa discussion avec Mary à propos du trésor, réagit promptement en voyant leur équipage s'ébranler. Il s'en fut alors à leur propre logis, retrouver Mary qui somnolait encore, éreintée depuis deux jours par une migraine persistante. Il la réveilla tendrement, puis lui expliqua ce qui venait de se passer. L'arrivée d'Emma la veille, puis la visite de l'Homme en noir et leur départ précipité à tous trois.

— Ils ont pris la direction de Versailles, acheva-t-il.

Mary se leva d'un bond, décidée à ne pas les lâcher. Sa migraine s'était envolée. Elle défit son vêtement de nuit sous l'œil ravi de Corneille que le simple éclat de sa peau mettait en émoi, refusant de s'attarder à ce désir qu'il lui communiquait. Puis, ouvrant une malle, elle en sortit ses vêtements d'homme délaissés depuis trop longtemps. Elle s'habilla, se farda de blanc de manière à estomper ses traits, tandis que Corneille faisait seller leurs chevaux.

Moins d'une demi-heure après le départ des Read, Mary et Corneille talonnaient leurs montures pour les rattraper.

La route ralliant Saint-Germain à Versailles était une large voie poussiéreuse, cernée de forêts épaisses de chênes et de châtaigniers. Malgré l'heure matinale, elle était encombrée de carrosses. Quelques marchands s'y perdaient, mais c'était surtout la noblesse qui l'utilisait. Corneille et Mary croisaient les voitures sans ralentir leur allure, vérifiant les armoiries dessinées sur leurs portes.

— Là, désigna Corneille en tendant un doigt vers un carrosse qui roulait à vive allure.

— Allons ! décida Mary.

Comprenant que Corneille ne s'était pas trompé sur la destination des Read, ils rabaissèrent leur tricorne sur leur front et, rasant la voiture aux rideaux relevés, partirent au galop pour les y devancer.

À Versailles, à peine mis pied à terre, Corneille se chargea de négocier deux livrées de laquais qu'il loua à un bougre finissant son service. L'homme ne fut pas long à hésiter. Si on le questionnait ou le soupçonnait à propos d'un mauvais coup, il prétendrait qu'on l'avait volé. Il empocha la somme, et fut assuré en retour que ses habits lui seraient remis et lui nullement inquiété.

Mary et Corneille se postèrent dans le parc réservé aux cantonnements des carrosses et des chevaux, où ils avaient abandonné les leurs en arrivant. Les visiteurs n'avaient pas le droit d'amener leurs montures au-delà de la grille de fer forgé défendant l'accès au palais.

Simple pavillon de chasse jusqu'en 1661, le château, agrandi sur les ordres du roi Louis XIV, était désormais appelé par tous le « palais du soleil ». Les travaux pourtant s'y poursuivaient et l'on voyait partout courir maintes corporations d'ouvriers. Désireux d'atteindre au sublime, le roi avait fait de cet endroit fastueusement unique en son genre sa nouvelle résidence, imposant à ses courtisans une étiquette calquée sur ses hautaines prétentions. La cour s'y pressait et, pour mieux la garder à ses côtés, Louis XIV avait offert des terrains à qui voulait construire des hôtels particuliers aux alentours du palais. En quelques années, la ville s'était étendue et Versailles était devenu le lieu incontournable de la noblesse. Tout s'y décidait.

Mary avait été saisie par cette majesté qui se dégageait des lieux. Ceux qui avaient été reçus à Versailles ne cessaient d'en parler. Elle ferma les yeux, pouvant mieux soudain concevoir la délicatesse des jardins de M. Le Nôtre où bassins, fontaines, sculptures voisinaient avec mille fleurs et arbres, de ces appartements en nombre, de ces chambres, salons, galeries, vestibules décorés à la feuille d'or. Il suffisait de voir le flot de courtisans qui déjà en franchissait les grilles pour comprendre que le nombre avancé de plusieurs milliers de personnes s'y promenant par jour n'était pas surfait.

— Ils arrivent, déclara Corneille, sortant Mary de sa rêverie.

# 20.

Emma et Tobias en descendirent et, emboîtant le pas à leur guide, se dirigèrent vers les écuries royales par l'entrée principale du château où le maréchal-ferrant qu'ils venaient visiter se trouvait. Mary et Corneille, prenant l'air dégagé de deux nigauds en charge de quelque besogne, le suivirent avec discrétion, forçant facilement le poste de garde grâce à leur tenue. Les Read et l'Homme en noir étaient passés sans être inquiétés.

Parvenu à destination, au cœur de ces bâtisses et écuries où de magnifiques bêtes étaient bouchonnées, l'Homme en noir poussa la porte de l'office du maréchal-ferrant.

Tout près d'un brasier sur lequel s'activait un grand soufflet actionné par un apprenti, l'homme de l'art achevait de marteler un fer à cheval sur une enclume. Maintenu par une pince, le métal qu'il rougissait régulièrement à la flamme prenait forme peu à peu sous les coups répétés de son marteau.

Il s'interrompit devant ses visiteurs, refroidit son ouvrage terminé dans un seau d'eau fraîche et, reposant ses outils, frotta ses mains à son tablier.

— Que vous amène, mes seigneurs ? les apostropha-t-il.

Tobias Read s'avança vers lui, l'air aimable.

— Est-ce bien toi le descendant du corsaire Jean Fleury ?

— Ça se pourrait, répondit l'homme en fronçant le sourcil d'un air suspicieux.

— Nous aimerions te parler. Discrètement, ajouta Tobias en désignant du menton les apprentis qui s'affairaient sous ses ordres.

À la mise de ses visiteurs, l'homme jugea qu'il pourrait bien les écouter et leur fit signe de le suivre dans le fond de son atelier.

Mary et Corneille s'étaient faits discrets et avaient décidé de se séparer pour se donner toute chance de saisir les conversations et de comprendre les intentions des Read. Corneille se faufila dans l'atelier et, avisant qu'on se désintéressait de lui, se glissa vers le fond de la pièce. En pure perte. Les voix ne franchissaient pas l'épaisseur du volet, tant les marteaux de l'autre côté s'activaient. Il risquait de se faire prendre sans avoir rien pu glaner. Il n'attendit pas plus et ressortit comme il était entré.

Mary avait eu plus de chance. Contournant la bâtisse, elle était arrivée dans une arrière-cour, tout juste bonne à entasser les morceaux de ferraille donnés au ferrage. Une fenêtre y ouvrait, étroite. Elle servait d'aération davantage que de source de jour. Dans cette impasse étroite, la lumière ne descendait jamais. Mary reconnut aussitôt la voix de Tobias Read et se félicita de sa bonne fortune. Elle tendit l'oreille, accroupie sous le fenestron ouvert.

— Vous êtes à la recherche du trésor, n'est-ce pas ? demanda le maréchal-ferrant, à peine franchi le seuil de sa souillarde.

Une lanterne révéla aux Read un mobilier sommaire. L'essentiel s'y trouvait : un lit, une table et deux tabourets. Tobias comprit que le descendant de Fleury n'était guère argenté pour vivre ainsi dans son atelier. Il ne jugea pas utile de mentir, déterminé à retrouver ce qu'il cherchait.

— En effet.

L'homme haussa les épaules.

— Je ne sais rien de cette histoire. Elle m'est arrivée aux oreilles et ne m'a pas tracassé. On ne parle plus que de ça au palais ! Il a bien fallu que je l'entende. C'est la description de cette clé qui m'a fait souvenir d'en avoir vu une semblable quand j'étais gamin.

— Pouvez-vous nous la décrire ? demanda Emma, mielleuse.

— C'est un cercle de pierre avec un diamant au centre, répondit l'homme sans hésiter. Je ne sais pas si c'est du jade comme on le dit, mais c'est une pierre verte. Mon oncle y tenait beaucoup. Il disait que cet objet l'apaisait et me l'avait montré.

Mary écarquilla les yeux de surprise et machinalement porta la main à sa gorge. L'œil de jade. C'était de l'œil de jade que cet homme parlait.

Elle se fit plus attentive encore.

— Qui détient cet objet aujourd'hui ? demanda Emma.

— Probablement toujours mon oncle. Il vit à Paris. Mais va falloir m'en dire davantage, si vous voulez l'adresse.

— Très bien, décida Tobias, résolu à laisser l'Homme en noir se charger de cet encombrant personnage après leur départ.

Lorsqu'il eut achevé son récit, omettant sciemment l'existence du crâne de cristal, Mary était de plus en plus excitée. Elle enregistra l'adresse que le maréchal-ferrant donna à Tobias et, sans plus attendre, sortit de la ruelle pour retrouver Corneille. Non seulement le trésor dont lui avait parlé Corneille était bel et bien réel, mais en outre, elle venait de comprendre les raisons qui avaient poussé Tobias Read à la traquer, et sans doute à éliminer Cecily. Corneille l'attendait à l'angle du bâtiment.

— Filons vite, je t'expliquerai, lui dit-elle, les joues rouges et les yeux brillants.

Corneille en fut enchanté. Il avait de nouveau devant lui la Mary Read qui l'avait séduit sur *La Perle*.

Elle l'entraîna dans le dédale des rues de la ville et s'engouffra dans le premier cabaret qu'elle avisa.

— Sers-nous un coup, demanda-t-elle au cabaretier, qui hocha la tête.

Ils s'attablèrent face à face, à l'écart d'autres qui, comme eux, attendaient leur commande.

— Approche, dit-elle. Il vaut mieux qu'on ne nous entende pas.

Corneille obtempéra et, à son exemple, se pencha au-dessus du plateau de bois crasseux.

— Tu te souviens de ce bijou de jade dont je ne me sépare jamais ?

Il hocha la tête. Mary baissa la voix encore, si excitée pourtant qu'elle s'ennuyait de devoir en contrôler le timbre et l'intensité.

— Il en existe un second que les époux Read recherchent. Le trésor dont tu m'as parlé existe bel et bien et il se trouve que ces bijoux sont les clés de sa cachette.

Elle s'interrompit pour laisser le cabaretier approcher.

— Combien ? lui demanda-t-elle tandis qu'il posait un pichet et deux chopes sur la table.

— Un sou. Il est de première qualité, affirma-t-il.

Mary s'empressa de payer tandis que Corneille les servait. Sitôt que le cabaretier se fut éloigné, elle enchaîna :

— Il semble que le trésor se trouve au Mexique, près de Veracruz, et que la deuxième clé soit la possession de l'oncle du maréchal-ferrant.

— Et la tienne ?

— Je suppose qu'ils l'imaginent perdue avec moi, en mer. Tant mieux, cela nous donne un avantage certain sur eux.

La gorge brûlante soudain, elle imita Corneille qui vidait son verre, réprimant une grimace. Elle avait pris de mauvaises habitudes à la cour et, à l'inverse du matelot, s'aperçut vite que le vin était frelaté, coupé probablement de colle de poisson, de fiente de pigeon et de jus de mûres, comme c'était souvent le cas dans ces endroits. Elle reposa son gobelet, écœurée, l'esprit galopant bien loin déjà de ces petites truanderies.

Corneille s'en amusa, le cœur étonnamment léger de ce que les propos de Mary sous-entendaient. Il demanda pourtant :

— Et tes lords anglais ?

— Qu'ils aillent au diable ! Avec ce trésor, toi et moi aurons notre liberté.

Corneille était satisfait. Cela ne lui suffit pas pourtant. Il voulait aussi entendre ce qu'il espérait.

— Et Forbin ?

S'ils avaient jusque-là refusé de l'évoquer ensemble, il voulait être certain que Mary n'avait aucun regret. Elle fouilla son regard tendrement inquiet.

— Je l'ai aimé, mais tu as su me le faire oublier. De toute manière, Forbin ne déserterait pas davantage pour la fortune que pour moi. C'est bien dommage d'ailleurs, nous aurions pu l'associer, car le Mexique est loin si je me souviens de mes leçons de géographie. Il nous faudra un navire pour l'atteindre et pour ramener notre découverte en Europe.

— Cela peut s'arranger, dit Corneille. Je connais à Dunkerque quelques tavernes et cabarets où des corsaires peu scrupuleux se retrouvent. Clément Cork, un de mes camarades d'enfance, sera partant pour l'aventure, je suis prêt à le parier.

— Excellent, déclara Mary.

Son esprit n'en finissait pas de bouillonner.

— As-tu une idée de la manière de procéder ? s'enquit Corneille, voyant sa mine songeuse et satisfaite.

— Tobias Read a parlé d'une carte qu'il possédait et qui indiquait l'emplacement du trésor. Sans elle, nous serions démunis. Ma première idée en entrant ici était de les devancer chez l'oncle du maréchal-ferrant pour le voler, mais je crois qu'il vaut mieux demeurer dans l'ombre. Si toi ou moi nous faisions prendre, nous serions bien en peine de nous justifier.

— Que proposes-tu ? demanda Corneille, qui voyait avec un bonheur grandissant les talents de Mary se révéler sous leur meilleur aspect, et se renforcer leur complicité.

— Laissons aux Read la sale besogne. Ils sauront mieux que nous récupérer le second œil. Puisqu'il nous faut la carte qu'ils détiennent, c'est chez eux, à Saint-Germain, que nous prendront le tout. Ou plutôt que je le prendrai, se reprit Mary. Je suis bien assez capable de régler seule mes comptes. Car j'ai la ferme intention de profiter de cette occasion pour les régler, crois-moi. Toi, devance-moi à Dunkerque pour négocier avec ce capitaine Cork. Sitôt mon affaire faite, je t'y rejoindrai.

Corneille approuva d'un signe de tête.

— Je te retrouve enfin, Mary Read, telle que je t'aime.

— Tu m'aimes ?

Le lieu n'était pas propice aux étreintes et Corneille le regretta. Il se pencha pourtant plus avant au-dessus de la table et chuchota :

— Plus et mieux que tu ne l'imagineras jamais.

Il s'écarta d'elle, un sourire aux lèvres. Enjôleur. Mary s'attarda à le dévisager. L'aimait-elle autant ? Elle n'aurait pu le dire. Elle y tenait, infiniment, mais qu'était l'amour ? Cecily parlait d'une lame de fond qui vous engloutissait, ne laissant que rives dévastées après son passage. Ce n'était pas ce qu'elle éprouvait et cependant elle se sentait plus proche et attachée à Corneille qu'elle ne l'avait été à Forbin ou à Emma. Elle aimait son caractère fougueux, vindicatif et pourtant tendre, loyal et sincère.

— Allons, dit-elle en se levant pour cesser d'y songer, avide des caresses que le regard de son amant promettait.

Peu importait le fond de ses sentiments, ils lui suffisaient pour envisager un bel avenir à ses côtés.

Lorsqu'ils revinrent à leurs chevaux, ce fut pour constater que le carrosse des Read s'en était allé.

— Ils n'ont pas traîné, commenta Corneille en enfilant son pied dans l'étrier.

— Qu'ils se hâtent ! lâcha Mary en souriant. C'est aussi bien pour nos intérêts !

Mary n'avait songé qu'à cela, toute à l'excitation de leur découverte, et de l'aveu de Corneille dans la taverne. Corneille était certain d'en savoir assez pour convaincre Cork d'avitailler son navire pour les Indes occidentales. Mary avait confiance en lui.

Chaque fois que leurs regards s'étaient accrochés, la même soif les avait pris. Au souper, ils avaient décidé du départ de Corneille pour le lendemain, à l'aube, et d'un lieu de rendez-vous à Dunkerque. Mary, quant à elle, surveillerait les mouvements des Read. Elle n'aurait plus qu'à intervenir dès qu'on leur aurait apporté l'œil de jade. Pour ce faire, elle se posterait près de la demeure des Read. Corneille n'était pas inquiet pour elle. Mary saurait agir sans prendre de risques.

En quelques mois, elle avait développé une assurance et une intelligence hors du commun. Sans parler de son extraordinaire dextérité à l'épée. Leur plan était parfait. Leur communion de pensée aussi.

Lorsque, enfin, la porte se referma sur leurs souffles courts, ils avaient l'un et l'autre la peau moite de leur désir contenu, de cette évidence charnelle. Ils se déshabillèrent en hâte, comme des voleurs pressés de changer d'habit pour en prendre d'autres et disparaître aux regards. Les leurs brûlaient davantage que les chandeliers posés sur le chevet de leur lit à baldaquin. Ils s'enlacèrent avec la violence de leur passion.

— Prends-moi, gémit Mary.

— Gourmande, s'en amusa Corneille d'une voix rauque. Madame rêve d'un abordage ?

Mary gémit de ses doigts qui la fouillaient. C'était vrai. L'idée de se glisser chez les Read et de les voler avait réveillé en elle l'excitation liée au danger qu'elle avait appris à aimer. Elle se cabra. Corneille, décidément, la connaissait bien. Si bien.

— Viens en moi, supplia-t-elle. Je t'aime.

— Pas assez, décréta Corneille en se rendant à son souhait. Mais cela viendra, Mary. Oh oui ! cela viendra, assura-t-il.

Il moula ses reins au balancement des siens qui frénétiquement s'offraient, la retenant captive du rythme et du jeu qu'il prenait plaisir à lui imposer. Fou de bonheur d'avoir obtenu enfin ce qu'il désirait. Mary Read lui appartenait !

Ils se séparèrent le lendemain matin, comme convenu, sur la promesse de retrouvailles plus charnelles encore. Sans plus attendre, Mary gagna l'hôtel particulier des Read à trois rues de la sienne, délaissant la cour du roi Jacques dont elle avait désormais perdu l'intérêt.

# 21.

L'Homme en noir ne s'embarrassa d'aucun scrupule sitôt qu'il eut reçu ses ordres. Tobias et Emma avaient longuement hésité sur la façon d'agir. Emma pensait pouvoir convaincre l'oncle du maréchal-ferrant de leur vendre l'œil de jade. Tobias pensait quant à lui que l'homme s'y refuserait. Ils finirent par s'entendre. L'Homme en noir fut chargé de le surveiller et de leur rapporter sa situation. Celle-ci leur donnerait des arguments pour se décider. Lorsqu'il apparut qu'ils auraient affaire à un vieillard veuf, tremblotant et vivant seul, ils n'eurent aucun scrupule à le confier aux mains de l'Homme en noir.

Celui-ci se rendit donc à sa tâche sans aucun remords. Il n'en éprouvait jamais.

Seule cette femme, cette Cecily Read, l'avait perturbé, longtemps. Une nuit, il avait même rêvé d'elle. Elle semblait plus jeune, plus gaie, l'appelait son amour, et virevoltait dans une robe rouge, un nourrisson dans les bras. Il s'était réveillé en sursaut, et s'était empressé de chasser cette image, les tempes si douloureuses qu'il avait eu envie de hurler. Il avait préféré l'oublier. Vite, très vite pour ne pas imaginer qu'elle ait véritablement pu être quelqu'un d'important dans son passé. Quelqu'un qui eût pu lui rendre son identité perdue. Mais, dans cette mémoire qu'il avait définitivement tuée avec Cecily, le prénom de Tom demeurait gravé comme une interrogation désespérée. Cela l'avait rendu plus inhumain encore.

Le sieur Colias, descendant de Jean Fleury et oncle du maréchal-ferrant, rendit l'âme en le maudissant de la cruauté avec laquelle il lui avait arraché l'emplacement de l'œil de jade et de ses autres valeurs. Le tout était conservé dans une boîte en fer, sous une des pierres du foyer. L'Homme en noir s'en empara. Ensuite de quoi il fila remettre à Tobias Read, son protecteur, ce qu'il avait réclamé.

Mary avait observé son manège à l'aide d'une lunette de marin que Corneille avait consenti à lui laisser. Il ne s'en était jamais séparé jusque-là. C'était un présent de Forbin qui datait de ce jour où Corneille avait perdu son avant-bras pour protéger son capitaine. Cette lunette avait permis à Corneille de forcer l'intimité de Tobias Read ces dernières semaines. Il lui avait suffi de se nicher dans un arbre qui surplombait la propriété, à la faveur de la nuit. Personne n'aurait songé à l'y débusquer.

Mary, ayant pris sa place, repéra vite l'endroit où l'œil de jade était enfermé. L'accès en était facile. Une fois le portail franchi, le cabinet de Tobias possédait une fenêtre en façade. Certains soirs, Emma la laissait ouverte. Mary attendit l'occasion. Et l'absence de l'Homme en noir.

Elle se faufila discrètement dans la place, après s'être assurée que les soldats du guet, venant de passer, ne risquaient pas de se retourner. La cour franchie, elle grimpa à la glycine qui recouvrait les deux tiers de la maison. Elle se hissa jusqu'aux balustres de fer forgé avec autant de facilité qu'elle atteignait le haut d'un mât de navire. Elle jeta un œil dans le cabinet. La lune était pleine et l'éclairait de sa clarté blafarde. Dans la chambre à côté, elle savait Emma et Tobias couchés.

Mary sauta, féline, sur le plancher, le faisant légèrement grincer. Elle s'immobilisa, aux aguets, puis s'avança sans hésiter vers le coffre dont la porte était dissimulée par une toile de maître. Juste à côté, sur l'étagère d'une bibliothèque, se trouvait une bonbonnière insipide. Mary l'ouvrit, certaine d'y trouver la clé.

« Trop facile ! » eut-elle le temps de regretter avant de s'approcher, victorieuse, du coffre pour l'y insérer. Au moment de l'ouvrir, la voix d'Emma cloua sur place ses prétentions.

— Oubliez cela et retournez-vous.

Lentement, Mary glissa sa main sur le pommeau de son épée, mais Emma anticipa son geste.

— Et gardez donc vos mains au-dessus de la tête. Je vous pointe du canon d'un pistolet. Allons.

Mary obtempéra et lui fit face.

Emma eut sur l'instant l'impression que son cœur allait éclater. Face à elle, Mary la narguait d'un sourire et d'un regard méprisants, comme si, loin d'être vaincue, elle avait espéré cette confrontation.

— Toi ! ne sut-elle que lâcher en baissant son arme. Je te croyais morte !

— Il ne faut pas se fier aux apparences, ma chère Emma, répliqua Mary. N'est-ce pas ce que tu m'as enseigné ?

Le visage exsangue d'Emma s'éclaira d'un pâle sourire. Mary Read était là, vivante, et elle se sentit idiote de ne pas courir pour l'enlacer. Elle risqua un pas qui fit dégainer son épée à Mary et l'immobilisa, troublée.

— Je ne suis pas ton ennemie, Mary, je ne l'ai jamais été.

— Autrefois sans doute, consentit Mary, mais permets-moi aujourd'hui d'en douter. Ce n'est pas moi que tu veux, c'est l'œil de jade.

— Tu l'as encore ?

Mary hocha la tête. Cette simple question lui donnait raison, malgré le trouble dans lequel son apparition avait plongé Emma, et qui malmenait ses traits. Elle savait que le risque de voir surgir Tobias était réel. Elle s'en grisa pourtant, certaine de pouvoir en terminer avec eux, certaine de pouvoir enfin l'affronter et lui faire payer la mort de Cecily.

— Je l'ai, assura-t-elle. Mais j'avoue que je ne comprends pas. Vous croulez, Tobias et toi, sous une fortune indécente et cependant vous êtes prêts à tuer pour ce trésor. Qu'a-t-il donc de si extraordinaire pour qu'il vous rende ainsi, telles des hyènes à l'affût ?

— Tout, Mary. Tout et rien, lâcha Emma, bouleversée par son cynisme. Je t'ai aimée et t'aime encore. Tu étais et demeure ma seule faiblesse. Il m'a fallu survivre à ta perte.

— Cela ne me convainc pas, jeta Mary, impitoyable. Je peux t'accorder le regret de notre complicité et même cet amour dont tu me couvris. Il m'en reste un souvenir heureux. Mais tu n'as toujours pas répondu...

— C'est vrai, avoua-t-elle. Tobias pense que ce trésor dissimule quelque chose de plus précieux, quelque chose qui doterait son possesseur du pouvoir absolu. Je ne l'ai épousé que dans le but de m'en emparer et aussi de te protéger de lui.

Mary ricana.

— En brandissant tes charmes ? Allons donc. Tu m'as offert suffisamment d'arguments autrefois pour m'aider à te connaître, Emma. N'espère pas me tromper aussi facilement.

— Et cependant je ne me débarrasserai pas de lui. Va, supplia-t-elle. Va avant qu'il ne nous surprenne. Rejoins-moi en Angleterre et je te donnerai tout. Y compris mon âme.

Mary la trouva pitoyable. Elle aurait pu s'y laisser prendre avant. Mais Corneille avait su lui offrir autre chose de bien plus sincère et vrai.

— Je suis navrée, dit-elle, je ne partirai pas d'ici sans avoir pris ce que je suis venue chercher.

— Avec moi ou jamais, répliqua Emma.

Furieuse soudain d'imaginer Mary disparaître de nouveau, elle avait relevé son pistolet dont le chien était toujours armé. D'un mouvement souple du poignet, Mary piqua sa lame entre les doigts d'Emma, et l'arme chuta sur le tapis épais. Emma porta la main à sa bouche, l'œil enflammé.

— Ne me force pas à te tuer, Emma, déclara froidement Mary en reculant jusqu'au coffre, l'épée en avant.

— Tu ne le pourrais pas, assura Emma. Je suis certaine que tu m'aimes toujours. C'est mon cœur sinon que tu aurais pointé.

Mary ne répondit pas. La fin de cette phrase se fondit dans le bruit d'un chandelier éteint qui chuta sur le plancher. Maladroitement, Mary venait de le bousculer. Comprenant que le temps lui était désormais compté, elle se précipita pour s'emparer du contenu du coffre.

— C'en est fait de toi, morveux, la nargua la voix de Tobias, à peine eut-elle fait jouer la clé.

Elle se retourna, la rage au ventre, comme autrefois face à son maître d'armes, prête à jouter. Mais elle était trop loin pour reproduire le geste qui venait de la sauver d'Emma. Le pistolet de Tobias était amorcé et son doigt sur la détente, prêt à tirer.

— Non ! hurla Emma, réalisant en même temps que Mary que son époux devait les espionner depuis longtemps, et qu'il était déterminé.

Mary ne réfléchit pas. Emma pas davantage. L'une s'élança vers la fenêtre encore ouverte, l'autre se jeta sur le bras tendu de Tobias. Mary plongea dans le vide alors que la détonation éclatait, se recevant en boule comme elle avait appris à le faire, dans la cour, quelques toises plus bas. Fou de rage, Tobias gifla Emma qui, sous la violence du coup, se retrouva projetée contre la bibliothèque. D'un bond, il rejoignit la fenêtre, furieux de s'être laissé ainsi berner par son épouse, et par son neveu qui franchissait déjà le portail en claudiquant.

— Maudit sois-tu, jura-t-il, sans réaliser qu'Emma de Mortefontaine s'était redressée, glacée par un sentiment de vengeance comme elle n'en avait encore jamais ressenti.

Jamais, fulminait-elle. Jamais il n'aurait dû la frapper. Jamais il n'aurait dû lui enlever Mary. Il en savait trop désormais. Trop pour exister.

Elle décrocha de sa jarretière le poignard qu'elle y gardait et, se ruant sur Tobias, le lui planta dans le cœur au moment où il se retournait, prêt à lui faire payer sa trahison. Tandis qu'il suffoquait, Emma s'écarta de lui, les tempes battantes, s'attardant sur son agonie, qui, seule, pouvait apaiser la douleur en son ventre. Tobias Read s'affaissa sur le plancher.

Alertés par le bruit de la détonation, les domestiques accoururent pour la trouver agenouillée et tremblante, non de ce corps qui gisait, mais de ce sang mauvais qui battait en ses veines, tandis que celui de Tobias se vidait.

— Madame, est-ce que tout va bien ? s'exclama un valet.

— Un voleur, expliqua-t-elle. Il vient de s'échapper. Là !

Pour preuve, elle désigna, accroché à la balustre, un morceau d'étoffe que Mary avait déchiré de son gilet.

— Venez, Madame, lui enjoignit le serviteur, tandis qu'un autre constatait le décès de son maître. Je vais faire quérir la maréchaussée.

Emma hocha la tête et se redressa avec dignité, tout en songeant que personne plus jamais ne se mettrait entre elle et Mary Read. Non, plus jamais.

Mary regagna sa demeure en s'assurant qu'on ne l'avait pas suivie, la cheville enflée et douloureuse, se disant qu'elle aurait tout aussi bien pu se casser la jambe ou le cou.

Elle avait eu de la chance dans son inconscience. Elle avait suivi son instinct et ne le regrettait pas.

Elle était pourtant bredouille. Et cependant plus instruite du trésor et d'Emma qu'elle ne l'avait été. Sans elle, elle aurait certainement été tuée. Elle lui accorda sa reconnaissance, se promettant d'en tenir compte le jour où, fatalement, elles se retrouveraient face à face de nouveau.

Elle hésita un moment sur la conduite à tenir. Rester et tenter une autre initiative ou gagner l'Angleterre avec le navire de l'ami de Corneille, le capitaine Cork.

Elle opta pour la deuxième solution.

Avertis de ses intentions, les époux Read allaient probablement renforcer la garde de leur hôtel et protéger plus solidement le portail qu'elle n'avait eu aucune peine à escalader pour pénétrer dans la cour. À présent qu'ils la savaient en vie, ils ne tarderaient pas non plus à la faire traquer par l'Homme en noir ; tandis que là-bas, à Douvres ou à Londres, où ils ne manqueraient pas de revenir pour traiter leurs affaires, il serait facile de leur tendre une embuscade.

Elle rassembla ses affaires et demanda qu'on lui selle un cheval.

Sans regret pour cette vie de cour surfaite où rien n'était jamais ce qu'il paraissait, elle enfourcha sa monture, prévint ses gens qu'elle partait pour quelques jours et leur confia un billet à l'attention de lord Melfort rédigé en ces termes : « Tobias Read a remis à un homme vêtu de noir un rouleau de parchemin qui me semble contenir des informations capitales, le chargeant de le rapporter à la cour d'Angleterre. Je ne saurai attendre que votre police intervienne pour l'intercepter. Avec mon époux, je me lance sur ses traces. Sans nouvelles de moi au-delà d'un mois, considérez que j'ai échoué et que, jusqu'au dernier de mes souffles, c'est avec honneur et fierté que j'aurai œuvré à votre cause. Votre dévouée, Mary Readgemond. »

Avec ce billet, elle s'assurait un possible retour en arrière. Ce n'était jamais à négliger. Ensuite de quoi, elle tourna bride dans le petit jour orageux qui se levait.

Elle vérifia plusieurs fois par-dessus son épaule qu'on ne la suivait pas, ni de près ni de loin, puis résolument força l'allure jusqu'à Dunkerque, sans aucune pitié pour la douleur qui gagnait au-delà du mollet.

## 22.

Les pluies avaient repris, incessantes, rendant les routes pavées glissantes sous le fer des chevaux. Il était impossible de tenir le galop. À certains moments, la visibilité était presque nulle tant cela tombait dru.

Mary ne s'en découragea pas. Elle ne fit pas davantage de halte qu'elle l'avait prévu. Sur *La Perle*, elle avait appris à affronter les éléments déchaînés. Ceux-ci ne l'effrayaient plus. Il suffisait pour arriver à bon port de ménager sa monture en écoutant, au souffle de ses naseaux ou au rythme de son pas, si elle se trouvait malmenée et craintive. Comme la coque ou la mâture d'un navire. De son attention dépendait la survie du marin autant que du cavalier dans ces circonstances extrêmes.

Un arc-en-ciel parfait accueillit son arrivée à Dunkerque, dix jours plus tard, dotant la ville de Jean Bart d'une auréole de fierté. Le noroît poussait les nuages vers les terres. Sur la mer, le ciel s'était dégagé.

Mary gagna la porte de la ville et égoutta son tricorne en penchant la tête de côté. Une rigole d'eau se déversa, éclaboussant un chien errant qui fila en couinant. Elle s'en amusa. Elle avait faim. Elle flatta l'encolure de son cheval.

— Tu aimerais bien te reposer aussi, mon beau. Allons, un petit effort encore et tu auras une bonne avoine pour t'en remercier, et moi une bonne potée.

L'animal secoua les naseaux et avança au pas. Une fillette qui jouait au cerceau lui indiqua d'un doigt tendu la direction du port. Les échoppes étaient de colombages et de pierres que Mary pensa être des galets. Les rues pavées s'encombraient de marchands de quatre-saisons qui avaient abrité sous des tentes leurs carrioles pauvrement garnies.

Les rayons chauds du soleil réchauffèrent Mary. Elle se prit à sourire en inspirant à grandes goulées ces parfums d'embruns et de marée. Elle s'en sentit renaître. Ils lui avaient manqué. Corneille avait raison : la cour de France, autant que toutes les autres, puait.

Ils s'étaient donné rendez-vous sur le port, dans une taverne appelée *À la Recouvrance*. Mary la trouva facilement. Elle faisait face à la rade où de nombreux navires mouillaient. Semblable à tant d'autres ports, une agitation ordonnée y régnait.

Mary tiqua pourtant.

Indépendamment des matelots qui s'activaient auprès des cargaisons à charger et décharger, nombre de gens de toutes conditions s'étaient massés sur un quai, scrutant l'horizon avec une inquiétude non dissimulée. Au loin, des canons grondaient. Intriguée, Mary s'approcha d'eux et en chercha l'explication : une escadre complète aux pavillons anglais tentait de forcer l'entrée des goulets. Les batteries de côte fortifiées canonnaient pour obliger les navires à battre en retraite. Plusieurs corsaires avaient ouvert le feu, barrant l'accès du chenal. Mary comprit d'instinct qu'ils étaient en difficulté. Plus lourde et mieux armée, la flotte avançait.

Autour d'elle, les commentaires fusaient :

— Y passeront pas ! assurait l'un.

— Jean Bart saura bien les arrêter ! constatait l'autre.

— Pas sûr ! Ces Anglais sont comme des anguilles, faut toujours qu'y passent par les mailles du filet ! certifiait le troisième.

Mary se rangea à son avis. Il valait mieux ne pas traîner sur le quai. Quelles que soient les intentions de la marine anglaise, le nombre de badauds grandissant, on ne manquerait pas de bientôt se bousculer, voire de s'étriper. La peur avait ce désavantage de transformer une menace potentielle en véritable danger.

Mary s'écarta, avisant, pour lui donner raison, un tire-bourse qui s'activait dans les poches d'un monsieur accompagné de son épouse et de son fils.

Elle pénétra dans la taverne. Le propriétaire s'approcha d'elle, délaissant d'autres clients qui commentaient les événements.

— Qu'est-ce que je vous sers ? demanda-t-il.

— Je cherche un matelot du nom de Corneille, déclara Mary. Il m'a donné rendez-vous ici.

— Je ne connais personne de ce nom-là par ici, affirma le tavernier en se grattant la barbe.

Mary fronça les sourcils. Corneille avait quatre jours d'avance sur elle. Avait-il été retardé ?

— N'a-t-on pas laissé un billet à l'attention de Mary Read ? demanda-t-elle encore.

— Non, mon gars, lui assura le tavernier. Mais je peux te servir à boire et à manger si tu veux patienter.

— Va pour ton menu, décida Mary.

Elle se détourna et s'en fut s'installer à une table, tout près de la croisée. Elle avait vu juste. Sur le quai, on en venait aux mains. Elle s'amusa du spectacle, l'esprit curieux, tout en se demandant pourquoi Corneille faisait le mort.

Elle reposa précipitamment la pinte qu'elle avait levée, saisie d'un frisson glacé. Corneille s'était nanti d'une somme importante. À en juger par l'activité des tire-bourses, n'en avait-il pas fait les frais ? « Non, se dit-elle pour se rassurer. Corneille est malin et excellent bretteur. Même à un contre dix, il prendrait le dessus. »

Elle se rasséréna et se concentra sur le bouilli de poisson et de légumes qu'on lui apportait. Largement épicé, le plat sentait bon. De quoi lui redonner du cœur au ventre ! Elle trancha une part dans le quart de miche de pain qu'on lui avait apporté et, répondant aux gargouillis de son ventre, s'empressa d'y goûter.

De temps en temps, elle jetait un œil à l'extérieur pour surveiller son cheval qu'elle avait attaché auprès d'autres devant la façade. L'agitation et la peur redoublaient. La canonnade aussi. Des gens commençaient à presser le pas, à regrouper les enfants pour s'écarter du quai. À l'intérieur, un parfum de peur commençait à percer. Mary refusa de s'y soumettre. Accepter la fatalité, c'est aussi entrevoir le pire. Elle n'en avait aucune envie.

Un fracas assourdissant retentit jusque dans les murs de la bâtisse. Mary l'identifia aussitôt, tandis que des marins se précipitèrent au-dehors. Elle ne broncha pas, certaine qu'un des bâtiments, ami ou ennemi, avait sauté. Elle avala une nouvelle rasade de vin. Elle n'était pas effrayée. Excitée tout au plus par ces odeurs de poudre qui lui parvenaient et la renvoyaient à son temps sur *La Perle*. Elle songea à Corneille et à ce plaisir qu'elle allait enfin retrouver à ses côtés. Il ne tarderait pas, c'était évident, et ils s'éloigneraient de cette fureur. Ce n'était pas leur guerre.

C'est alors que surgit un badaud, la figure sombre et rouge, dans la salle.

— Ils ont franchi le goulet ! beugla-t-il. Ces fils de garce vont percer nos navires à quai !

En moins de temps que Mary n'en eut pour réaliser, tables et bancs étaient désertés, certains renversés dans la précipitation. Mary vit les capitaines se ruer vers les quais pour appareiller en toute hâte et tenter de sauver leurs navires. Ce fut peine perdue. Les unités de guerre anglaises avançaient vers la ville, décidées à la prendre, tandis que Jean Bart tentait encore de les repousser.

— Merderie ! grinça Mary en se précipitant enfin à l'extérieur, sa dernière goulée avalée.

Cette fois, elle ne pouvait demeurer là sans bouger.

Les premières salves malmenaient les navires amarrés. Un à un les bateaux s'abîmaient dans la rade. Certains qui tentèrent de fuir en se voyant pris furent canonnés sans pitié par l'arrière-garde de l'escadre. Une réserve de poudre s'enflamma sur un bâtiment touché et une nouvelle explosion déchira l'air, vicié par l'odeur de soufre et de salpêtre. Partout les chevaux piaffaient à leurs attaches, ceux des voitures se cabraient, forçant leurs maîtres à rebrousser chemin.

Autour de Mary, on courait en tous sens, dans une fumée âcre qui, poussée par le noroît, gagnait l'intérieur des terres. À sa droite, un boulet fracassa les vitres d'une façade, suivi d'un autre qui effondra un toit.

La fureur des Anglais ne se contenterait pas de la rade, comprit-elle, sans parvenir pourtant à quitter l'endroit, fascinée par ces images de destruction et de violence qui l'avaient tant emplie auprès de Forbin. Une part d'elle, frustrée par les jeux de cour, la réclamait. Elle voyait les vaisseaux anglais s'avancer malgré le harcèlement de l'escadre de Jean Bart.

Les brûlots anglais, ces bâtiments remplis de matières incendiaires, laissés à la dérive, heurtèrent les navires à quai. Leurs mâts enflammés, fauchés par les boulets ramés qui fendaient l'air, s'effondrèrent en de sinistres craquements sur le port, communiquant les flammes qui les rongeaient aux marchandises en attente de chargement. L'incendie, attisé par le vent, s'étendit aux habitations proches, en chassant les habitants terrorisés. Hommes, femmes et enfants tentaient de s'en extraire, en sauvant ce qui leur était cher sous la pluie de décombres que les explosions des soutes à poudre, tour à tour canonnées, faisaient voltiger.

Épaissie, la fumée s'était chargée de la poussière soulevée par les effondrements des échoppes et piquait aux yeux et aux narines. Un sentiment de fin du monde s'était répandu dans la ville. Partout on courait, hurlait, suppliait. Des mères serrant leurs enfants dans leurs bras cherchaient un abri de fortune en remontant au long des ruelles. Des gamins pleuraient devant leurs logis dévastés, quêtant une main tendue et rassurante qu'ils ne parvenaient à trouver. Les marins eux-mêmes, désespérés devant leurs navires perdus, tiraient au pistolet en direction de la mer pour repousser l'assaillant, pour tromper leur haine.

L'horreur était partout, comme une immense marée destructrice qui n'en finissait plus de déferler.

Dunkerque était bombardé.

Lorsque Mary comprit qu'il n'y avait plus rien à espérer, et certainement pas retrouver Corneille dans ce chaos, elle réagit enfin. Demeurer là, immobile, finirait par la tuer.

Soit ! décida-t-elle. Puisque ces teignes d'Anglais voulaient l'empêcher de réaliser ses projets, elle allait se servir d'eux pour gagner l'Angleterre et se mettre en embuscade près de la maison d'Emma. Un courrier à Corneille l'inviterait à l'y rejoindre avec Cork. De là, la clé du trésor enfin récupérée, ils gagneraient les Indes occidentales.

Elle ôta précipitamment ses bottes, son épée et son pistolet, et les abandonna à quai. Elle enfonça ensuite sous ses bandages l'œil de jade et le pendentif d'émeraude et jura en se jetant au milieu du charnier flottant que rien, et surtout pas la fatalité, ne l'empêcherait d'atteindre son trésor !

À plusieurs reprises, elle dut se protéger, en plongeant profondément, des projectiles de toute nature – planches, mâture, grenaille, ferraille, cordages, voiles – qui, soulevés par les explosions répétées, retombaient avec fracas dans les flots déchaînés. S'écartant des étraves des barcasses que les amarres rompues avaient rendues à la dérive, elle finit par atteindre le vaisseau amiral. Agitant ses bras, elle se mit à hurler : « *Help ! Help ! Save me ! Save me, please !* », jusqu'à ce qu'un cordage lui fût lancé.

Mary nagea encore jusqu'à celui-ci, s'y agrippa sans parvenir à se hisser tant ses bras, son corps tout entier étaient endoloris et glacés. Elle était prête à sombrer, si près du but, lorsqu'elle se sentit soulevée, arrachée des éléments et amenée sur le pont.

Avant qu'elle ait pu dire un mot ou seulement reprendre son souffle, on la traînait à travers le pont jusqu'au gaillard d'arrière. Elle s'effondra, dégoulinante et harassée, devant le commandant.

— *What is it?* demanda celui-ci en fronçant les sourcils.

— *A french rescue.*

— *No, no, sir, I'm english.*

Et Mary s'inventa une nouvelle histoire. Capturée sur un navire marchand par le capitaine Forbin qui l'avait gardée comme esclave sur sa frégate, elle avait subi toutes les vexations possibles de la part de son équipage, avant de pouvoir s'échapper. Elle s'était réfugiée à Dunkerque et cherchait un navire en partance pour l'Angleterre, car rien ne lui tardait plus que de rentrer chez elle. Tandis que, en les voyant en découdre avec ces chiens de Français, elle n'avait pu résister à l'envie de les rejoindre. Elle termina en poussant un enthousiaste : « *God save the king Guillaume!* » qui statua de son sort.

— *Well, well*, conclut sir Clouderly Shovel.

De sa supérieure prestance, il se désintéressa d'elle et on la conduisit aux cuisines où elle fut aussitôt récupérée pour des tâches bien éloignées de ce qu'elle espérait.

La ville mise à sac, les navires anglais laissèrent les côtes derrière eux. Devant le port détruit de Dunkerque où il venait d'arriver, Corneille, juché sur son cheval nerveux, regardait d'un œil effaré le carnage et l'unique pan de mur qui rappelait encore la taverne où il avait donné rendez-vous à Mary.

Son enseigne s'y balançait en grinçant.

— Mary... se lamenta-t-il. Où es-tu ?

## 23.

Les formalités réglées, Emma de Mortefontaine embarqua le même jour de Calais pour ramener le corps de son défunt époux en Angleterre. Il lui avait suffi de quelques jours pour se reprendre et considérer les avantages de son nouveau veuvage, ravie de savoir que Mary était devenue en peu de temps bien plus redoutable et maligne qu'elle ne l'avait imaginé ! « Mary, ma chère Mary, songea-t-elle en voilant son visage de noir, où que tu sois, je te retrouverai. »

Pour ce faire, elle laissa l'Homme en noir à Paris, avec mission de la rechercher.

*

Corneille erra longuement dans les ruines de Dunkerque, regrettant de ne pas avoir attendu Mary avant de se rendre à Calais où Clément Cork mouillait dorénavant. Partout on avait suffisamment à faire pour ne pas s'occuper des questions qu'il posait. L'attaque injuste et surprenante était de toutes les conversations. Les corsaires qui avaient survécu se trouvaient pour la plupart sans navire et se préoccupaient davantage de leur métier que du reste. Les habitants et commerçants démunis pleuraient sur leur misère. Corneille ne put rien tirer de ces gens que le sort avait frappés.

Même si les causes du bombardement demeuraient pour tous inexpliquées, Corneille se doutait bien quant à lui de ce qui les avait engendrées. C'étaient les mêmes raisons qui l'avaient poussé à s'y rendre. Ces corsaires qui ne respectaient aucune des règles de la course étaient un fléau bien plus redoutable pour le commerce de l'Angleterre que la marine royale. Munis de lettres de marque, ils écumaient les mers, sans foi ni loi autre que le profit, bien plus proches en cela des pirates que des officiers de Sa Majesté. Il fallait bien qu'à un moment où à un autre Dunkerque payât le prix fort pour avoir accepté de les abriter.

Il enfourcha sa monture et tourna bride pour s'éloigner de la ville. Cela faisait deux semaines qu'il s'y tourmentait dans l'attente de Mary. Si elle n'avait pas paru, c'était sûrement que cela avait mal tourné pour elle à Saint-Germain ou à Dunkerque. À moins que, avertie en chemin de ce qui s'était passé ici, elle n'ait changé de destination et se soit rendue à Brest où elle savait tôt ou tard pouvoir le rejoindre.

Corneille prit la route de Calais. Dans tous les cas il lui fallait retrouver Clément Cork, le capitaine du *Bay Daniel* avec lequel il avait fait affaire. Son ami, de mère française et de père anglais, ne lui avait pas caché son envie de croiser en Méditerranée avant de se laisser appâter par l'idée du trésor. Corneille lui demanderait un mois de délai.

Si Mary n'avait pas reparu alors, il lui rendrait sa liberté. C'était pourtant une hypothèse qu'il n'avait pas le cœur d'envisager.

Mary avait imaginé sottement que, sa mission accomplie, la flottille de sir Clouderly Shovel s'en reviendrait à Londres pour son rapport. Elle avait oublié dans sa précipitation qu'une campagne maritime ne durait jamais quelques jours. Renseignements pris, elle comprit que la croisière serait plus longue qu'elle ne le pensait. Shovel devait croiser plusieurs mois et remonter la Manche jusqu'à la mer du Nord. Il était chargé d'escorter les convois marchands. Essentiellement ceux de blé. À cause de cette famine qui endeuillait l'Europe, ils étaient les plus convoités.

Mary s'en désola. Même si elle devait admettre que revoir la mer lui plaisait infiniment.

On l'avait tout d'abord commise aux cuisines, puis, dès lors qu'elle avait pu expliquer son expérience du métier de gabier, on l'avait envoyée avec d'autres vérifier l'état du mât de misaine et de sa voilure. En quelques semaines, malgré sa frustration de devoir surseoir à son projet, elle avait recouvré sa gaieté.

Nombre de tourments l'assaillaient pourtant.

Si Corneille n'avait pas lui-même disparu, il devait la penser perdue à jamais, et l'idée de sa peine lui froissait le cœur. Elle songeait aussi à Emma et à Tobias : munis de la carte et d'un seul œil de jade, ne pouvaient-ils se risquer vers le trésor avant qu'elle soit en mesure de les contrer ? À la première escale, il lui faudrait déserter. Peu importait la côte. Elle trouverait toujours moyen de voyager. Quant à Corneille, un simple billet envoyé à Brest chez sa mère, en courrier à faire suivre, le rassurerait et lui permettrait de la localiser.

Hélas ! cependant, aucune escale ne lui permettait de donner corps à ses projets. Les marins étaient toujours consignés à bord. Seuls les officiers gagnaient la terre, sitôt l'ancre jetée, laissant le navire trop loin des côtes pour qu'elle pût envisager de les gagner à la nage. Shovel était un homme de discipline, qui ne supportait aucune insubordination. Le moindre sourire déplacé suffisait pour être mis aux fers.

Il n'admettait la beuverie qu'en des circonstances particulières, et elle était réglementée. Il déléguait quelques-uns à la surveillance des marins qui, après avoir bu leur ration de rhum à en être soûls, se voyaient cantonnés dans leurs quartiers où ils pouvaient chanter, vomir, dormir ou se quereller sans qu'il y trouve rien à redire. Nul ne le savait. Il n'aurait pas toléré pareil laisser-aller de la part de son équipage à terre. Les garder à bord l'évitait à coup sûr.

Pour les mêmes raisons, chaque fois que c'était possible, il autorisait des putains sur le vaisseau. La solde des marins passait dans ces étreintes qui faisaient du navire un gigantesque bordel, sans aucune intimité, puisque là encore ceux qui souhaitaient se soulager s'entassaient dans la batterie des deux niveaux inférieurs.

Il tolérait ces orgies où les corps se mêlaient sans pudeur, sans distinction de sexe, où l'on goûtait à tous les interdits avec une indécente frénésie. Il les tolérait, dès lors que rien ne perçait de ces pratiques à terre. De sorte que sa réputation et celle de son équipage le précédaient en tous lieux : où qu'il mouillât avec sa flotte, on était assuré de l'ordre dans les villes. Il en tirait profit en obtenant les meilleures marchandises aux meilleurs prix.

Dans ces manèges lubriques, Mary avait une position peu enviable. Il n'était pas question pour elle de se mêler à ces jeux, sans être immédiatement découverte. Elle n'en n'avait pas non plus envie, malgré son goût pour l'amour et le souvenir des caresses de Corneille qui la hantait.

Souvent, depuis la hune, elle regardait les rivages, observait les courants glacials qui y menaient, en rêvant à son trésor devenu inaccessible, et à Corneille. Tous deux lui manquaient. Elle décida de prendre son mal en patience. Tôt ou tard, Shovel reviendrait en Angleterre. C'était inévitable. Il aurait été ridicule de prendre des risques inconsidérés.

*

Emma de Mortefontaine posa le talon sur le marchepied qu'un valet attentionné avait déposé devant la porte de sa voiture.

— Nous sommes heureux de vous accueillir, milady, récita celui-ci avec un fort accent irlandais.

Emma ne douta pas un seul instant que ce fût vrai. De fait, depuis que son premier époux lui avait acheté une parentèle, elle n'avait jamais eu l'occasion de se rendre dans ce domaine dont, avec le nom, elle avait hérité.

Celui-ci, situé à trois lieues de la ville, dans le comté de Cork, lui apparut plaisant sitôt qu'elle l'eut contemplé de son œil conquérant. C'était une de ces vastes demeures irlandaises flanquées de deux tours carrées. Dressée au milieu d'une immense plaine, elle avait fière allure malgré les rares arbres qui ornaient le parc. Emma jugea aussitôt qu'il aurait été dommage qu'elle n'y vînt jamais.

C'était une tempête qui avait décidé de sa visite. Une tempête qui lui valait un procès. Le valet se chargea de descendre ses bagages tandis qu'elle s'avançait le long de l'allée, comprenant d'un seul coup d'œil qu'en effet le manoir avait autant souffert qu'on le lui avait annoncé. L'affaire remontait à son séjour en France. À peine revenue à Londres, elle avait trouvé une lettre de William Cormac, attorney de Cork, qui l'informait des griefs dont on l'accusait.

Le plus proche voisin d'Emma, un vieil avare grincheux et procédurier, avait vu la maison de ses paysans abîmée par un arbre déraciné. Celui-ci, vermoulu et centenaire, aurait depuis longtemps dû être coupé, d'autant qu'il bordait les deux propriétés. Lord Weldigan, irascible, exigeait pour ses réparations et son préjudice une somme exorbitante qu'Emma n'avait pas acceptée, c'était désormais à William Cormac d'en juger.

L'intendante l'accueillit sur le pas de la porte laissée grande ouverte. La domestique, épouse du valet encombré de bagages qui l'escortait, avait un visage avenant et chaleureux. L'intérieur, élégant et sobre, sentait bon la cire qu'on venait de passer.

— Avez-vous fait bon voyage, madame? demanda-t-elle en la débarrassant de ses gants et de son manteau.

— Exécrable, avoua Emma. La mer était démontée. Je ne m'y ferai jamais.

— Je vous ai préparé du chocolat et quelques gâteaux. Voulez-vous y goûter? s'empressa son intendante.

— Avec plaisir. Quel est votre nom?

L'intendante lui accorda une jolie révérence pour se présenter.

— On me nomme Kellian et mon époux que voici répond au nom d'Edward.

— Eh bien, Edward, faites-moi donc visiter. Ainsi vous me raconterez ces tracasseries dont je fais l'objet et le parti que vous en avez. Rejoignez-nous, Kellian, avec le chocolat.

— Si vous le voulez bien, milady, nous commencerons par l'étage afin que je puisse y déposer vos bagages.

Emma hocha la tête et lui emboîta le pas d'un air décidé.

Deux heures plus tard, elle en savait assez sur son domaine, ses domestiques qui de génération en génération s'y étaient relayés, ces personnages aux visages encadrés sur les murs de pierre devenus ses ancêtres et ce voisin qu'elle avait bien l'intention de moucher. Elle renonça à lui rendre une visite courtoise pour tenter d'enrayer cette procédure ennuyeuse. Mieux valait pour ses intérêts rencontrer ce William Cormac qui l'avait convoquée. Le lendemain matin, elle se fit donc conduire à l'adresse qu'on lui indiqua, dans la ville de Kinsale, et s'annonça au cabinet de celui-ci dans une bâtisse de pierres grises joliment tournée.

À l'inverse de son plaignant, William Cormac avait la réputation d'être un homme affable, droit et scrupuleux. Emma de Mortefontaine le trouva aussi fort aimable de figure et tout enclin à se laisser toucher par sa beauté.

— J'entends bien vos arguments et les comprends... répondit-il après qu'elle lui eut exposé son sentiment.

Confortablement installés dans deux fauteuils en vis-à-vis, devant un verre de porto, ils avaient très vite ressenti l'un pour l'autre un vif intérêt. William Cormac en était pourtant ennuyé. Il s'était marié avec une personne dont la famille à elle seule possédait les trois quarts du comté. Jalouse et possessive, sa dame, qui avait accepté sa main par amour quand lui la demandait par intérêt, n'aurait certainement pas toléré une incartade. Et cependant le charme d'Emma le troublait au point de sérieusement l'envisager.

— Je n'aime pas l'idée de ce « mais » informulé, mon cher, avoua Emma de Mortefontaine en réponse à son constat.

— L'affaire est délicate et lord Weldigan entêté. Il y a eu négligence de votre part. Il le sait et les faits ne seront pas longs à être prouvés.

— Quel âge a ce lord Weldigan ?

— Je dirais soixante-dix ans. Pourquoi ?

— C'est un âge vénérable. Sa santé doit s'en ressentir et ces tracasseries ne vont rien arranger.

William Cormac fronça les sourcils, soupçonneux. Emma passa un doigt lascif sur l'échancrure de son décolleté carré, certaine que le regard du procureur s'y attarderait.

— Vous ne voulez tout de même pas dire... répliqua Cormac, fasciné par ce ballet qui ourlait deux ovales parfaits.

— Je veux dire, mon cher, que, si cette affaire traînait, les miennes s'en verraient soulagées.

— C'est difficile à justifier, grimaça Cormac.

Les doigts d'Emma s'amusèrent sur les lacets de son corsage, et elle enveloppa l'attorney de son regard brûlant. Avant longtemps, elle le savait, Cormac cesserait de lui résister.

— Peut-être vous faut-il des arguments, lâcha-t-elle dans un souffle en s'alanguissant dans son fauteuil.

— Peut-être, dit-il, vaincu par la sensualité animale qu'elle dégageait.

Emma tira lentement sur les lacets.

— Approchez, gémit-elle dans un souffle. J'ai ici de quoi servir votre plaidoyer.

Deux seins blancs émergèrent des brocarts relâchés, et Cormac tomba à genoux pour les embrasser.

Lorsqu'elle quitta son cabinet, Emma de Mortefontaine se dit qu'un petit séjour sur ces côtes lui ferait merveille pour se distraire de la disparition de Mary.

# 24.

Corneille demeura à Brest trois semaines. Devant sa mine triste et basse, sa mère l'avait questionné. Il n'était pas dans les habitudes de son fils de s'écarter de l'eau. Marin il était, marin il mourrait. Corneille lui raconta tout et Madeleine le consola. Si Mary écrivait ou s'en venait, elle pourrait très facilement le contacter par l'intermédiaire de Forbin. Quant à ce trésor, il valait mieux pour lui l'oublier et revenir dans cette marine dont il était sûr au moins qu'elle saurait le combler.

La sagesse de sa mère eut une fois de plus raison de son découragement, et il se redressa, un rien honteux de s'être ainsi laissé aller. Lui qui, ventrebleu, n'avait jamais frémi devant le danger !

Madeleine le regarda partir en se disant que cette Mary devait être bien exceptionnelle pour l'avoir si fortement marqué.

*

Mary se redressa dans son hamac.

Depuis quelques minutes, on avait relevé les mantelets et mis les canons au sabord. Tour à tour, ils tiraient dans un fracas assourdissant, répandant dans la batterie une fumée chargée d'odeur de poudre, qui lui piquait les yeux et le nez. C'était ainsi à chaque bataille. Son ventre se nouait et elle attendait avec impatience le moment où elle pourrait regagner le pont et saisir de plein fouet cette humeur guerrière qui agitait le navire.

La flotte de Shovel était rapide, bien organisée et efficace. Les sommations suffisaient à éviter les abordages et, s'il s'avérait que l'on résistât, Shovel donnait l'ordre de couler l'insubordonné. Les prises ne l'intéressaient pas. Seule comptait sa mission : dégager les eaux de ces maudits corsaires français, tout juste bons à pendre ou à noyer comme les pirates dont ils étaient le reflet.

— Armez... Feu ! hurla l'officier canonnier tandis que Mary se hâtait vers les degrés qui ramenaient à l'air libre.

Parvenue à l'étage supérieur, elle eut l'impression qu'on la hélait. Elle hésita un moment, puis se retourna.

— Moi ?

— Ramène-toi, ordonna un gradé. Tu sais te servir de ça ?

Mary hocha la tête, comprenant sur-le-champ qu'il lui fallait remplacer le garçon de poudre blessé par le recul du canon. Il s'était fracassé le crâne contre un boulet et gisait dans une flaque de sang à hauteur de la tête.

— On m'attend dans la mâture, objecta Mary. Je dois rejoindre mon quart.

— Tu viens d'en démissionner. C'est un ordre, insista l'homme.

Mary obtempéra. Elle souleva la gargousse et la vida dans l'orifice prévu à cet effet. En toute hâte, elle arma le canon de son boulet, le fit coulisser sur ses rails jusqu'à ce que la volée traverse le sabord, et alluma la mèche de sa pierre à feu. Elle se recula tandis qu'elle crépitait, la regardant finir avec une excitation non dissimulée. Lorsque le coup partit, elle eut l'impression que son ventre se déchirait. Et elle se précipita de nouveau pour jouir de la guerre et de sa violence, frustrée de ces dix-huit mois à bord sans jamais vraiment l'approcher.

Deux mois plus tard, ils mouillaient au large des Flandres. Le printemps s'annonçait sous la forme de giboulées violentes qui surprenaient le navire. Shovel avait autorisé des catins à bord et une barque se chargea de les amener. Comme chaque fois, la trentaine de filles se répandit dans la batterie.

Mary gagna le gaillard d'arrière pour goûter quelques instants de tranquillité. Elle laissa son esprit vagabonder. La cour, le roi Jacques, Forbin, Emma, Tobias, même Corneille et son trésor lui semblaient bien loin désormais. Sur le navire de Shovel, elle avait fini par se résigner. Trop de temps avait passé. Même si parfois, lancinant, le souvenir et l'envie lui en revenaient.

Elle s'accroupit contre une rangée de faucons et tira plusieurs bouffées, la tête vide et le corps brimé. Trois matelots, ivres et édentés, s'approchèrent en ricanant. Mary ne les appréciait pas. Ce n'était pas la première fois qu'ils la lorgnaient ou la suivaient. Elle se mit instinctivement sur la défensive. Discrètement, faisant mine de gratter son mollet, elle y récupéra le poignard qu'elle y portait toujours caché, maintenu à une jarretière. Elle glissa la lame dans sa manche de veston et referma son poing sur la crosse. Dans la position où elle était, elle pouvait aisément bondir pour frapper. Elle ferma à demi les paupières pour laisser comprendre qu'elle n'avait pas envie de causer.

— Alors, Read, on fait le prude ? Y a pas de cul à ton goût dans la carrée ? ricana le premier.

Mary ne releva pas. Son instinct ne l'avait pas trompée. Ces gars-là, au mieux, cherchaient querelle.

— Madame a ses vapeurs, se gaussa le second, la prenant pour un pédéraste. Faut pas l'effaroucher.

Mary ouvrit un œil et jeta :

— Oubliez-moi et courez plutôt les fourrer !

Un sifflement lui répondit, suivi d'un ricanement gras.

— Dis donc, c'est qu'il sait causer aux hommes, le mignon.

— Peut-être bien même qu'il voudrait participer !

— Essaie un peu pour voir, grogna Mary en se redressant, la lame toujours cachée dans sa manche, prête à la dégainer.

Avant qu'elle ait eu le temps de la sortir, ils se jetèrent sur elle, sur un simple coup d'œil de connivence, et Mary comprit que ce coup-là avait depuis longtemps été préparé. En peu de temps, vaincue par leur force et leur détermination, elle se retrouva entravée tandis qu'on la retournait sur le ventre et lui écartait les cuisses. Une paume épaisse se plaqua sur sa bouche pour l'empêcher d'appeler. Mary fut déculottée, malgré tous ses efforts pour se dégager. Son pantalon abaissé, ses agresseurs s'immobilisèrent pourtant.

— Nom de Dieu, beugla le premier. C'est une fille !

Ils la retournèrent sans ménagement pour le vérifier. D'étonnement, on cessa de la bâillonner et

Mary comprit qu'elle ne trouverait son salut que dans la ruse.

— Qu'aurais-je à faire de putains, lâcha-t-elle essoufflée, quand c'est à vos nœuds que je veux goûter.

— Ça ! approuva celui qui était entre ses jambes. Qui que tu sois, tu vas y passer.

Et sans plus attendre il détacha les agrafes de son pantalon. Mary avait beau être sevrée depuis presque deux années, elle n'avait aucun appétit pour ces faces hideuses et se fit gémissante.

— Desserre-moi les bras, matelot, que je puisse jouir à satiété, et vous chevaucher.

Celui-ci en commit l'erreur, tandis que son compagnon se couchait sur Mary. Retirant enfin sa lame, Mary releva son poignet et d'un mouvement net et rapide trancha la carotide de celui qui, toujours agenouillé, venait de la lâcher. Ensuite de quoi, vive et enragée, elle poignarda l'autre qui la pénétrait avant de s'en dégager d'un coup de reins. Le troisième, qui venait à peine de réaliser, voulut se venger et Mary le cueillit en lui balançant en plein nez ses deux pieds entravés par le pantalon. Souple et féline, elle s'arqua, se reculotta et se releva au moment même où un officier s'en venait, attiré par les râles des blessés. Mary vit à son expression qu'il avait eu le temps de deviner son sexe.

— Qu'est-ce que... ? s'étonna-t-il en dégainant son pistolet, découvrant le charnier et ce couteau sanguinolent à sa main.

Mary ne réfléchit pas.

Elle escalada un faucon en s'aidant des haubans, enjamba la coursive et, prenant son élan, plongea dans les flots houleux comme on la sommait de se rendre. Le coup de feu éclata. La ratant, il se perdit dans un ciel lourdement chargé tandis que sur le navire, déjà, on accourait. Mary comprit que si elle gagnait le port, elle se ferait prendre et punir si sévèrement qu'elle en mourrait. « Tant qu'à être perdue, autant éviter de souffrir ! »

En nageant obstinément, elle suivit les courants, s'éloignant du tir nourri des armes que les soldats de Sa Majesté le roi Guillaume avaient à leur tour dégainées. Hors de portée, elle se mit sur le dos pour faire la planche, laissant s'éloigner d'elle le navire. Glacée jusqu'aux os par cette froidure qui peu à peu lui ôtait toute envie de lutter, Mary se laissa emporter. Puis, avisant que le courant l'avait assez approchée des côtes, elle se retourna et, s'obligeant à réagir, avança un bras, puis l'autre, tentant une nage régulière.

Ses membres engourdis avaient peine à se mouvoir. Sa volonté fut la plus forte. La côte déserte, dont elle devinait les détails à présent, ramena un peu de chaleur dans ses muscles tétanisés.

Elle finit par se laisser choir sur la grève, à bout de forces, si épuisée qu'elle s'endormit. Au-dessus d'elle, les nuages éclatèrent et une pluie cinglante se mit à tomber.

Mary s'éveilla moulue et transie, la joue baignant dans une écume qui moussait sous son souffle régulier. L'orage n'en finissait pas de crever, et la mer de se déchaîner.

Elle se redressa en grelottant sur ses coudes et se força à avancer à genoux sur le sable. Si elle ne trouvait pas un abri, elle tomberait malade. Une série d'éternuements le lui confirma. Elle avisa une carcasse de barque et s'y pelotonna à l'abri du vent. Elle se mit à tousser et chercha à sa ceinture la gourde de peau emplie de rhum qu'on leur avait distribuée avant l'arrivée des catins. Elle la vida, puis, entourant ses jambes repliées de ses bras, elle s'appuya au flanc de l'embarcation, ferma les yeux, et s'abandonna.

Lorsqu'elle s'éveilla, des mouettes piquaient du bec dans les eaux sombres redevenues sages. Un franc soleil balayait l'azur dont les nuages s'étaient dispersés. Mary en était baignée. Elle cligna des yeux, s'étira puis se leva pour le laisser l'envelopper en entier. Le nordet était cinglant. Mary renifla. Non, jugea-t-elle, pas de nez bouché ni d'humeur bronchique. Cette fois encore, le rhum l'avait sauvée !

Elle fut prise aussitôt d'une joie puérile, réalisant enfin ce qui venait de se passer. Libre. Elle était libre de nouveau. Après deux années passées en mer. Elle allait enfin pouvoir reprendre sa vie là où les circonstances la lui avaient volée ! Affamée, elle allongea son pas le long de la grève. Il lui fallut couvrir plusieurs lieues.

Quelques heures plus tard, elle parvenait enfin en ville et s'appliqua à scruter la mer. Aucun pavillon anglais n'y mouillait. La flotte de Shovel avait assurément levé l'ancre. Elle en fut enchantée.

Avisant une taverne sur le port, elle décida d'en gagner l'arrière-cour pour tenter de chaparder quelque nourriture dans les cuisines. Sans le sou, elle ne pouvait espérer un repas à l'intérieur. Dans un premier temps, se dit-elle, cela suffirait. Elle songea déjà que, pour repartir en France, il lui faudrait de l'argent et par conséquent un emploi. Elle était décidée à vérifier si Corneille avait survécu à Dunkerque avant d'envisager quoi que ce soit d'autre.

Elle en était là de ses réflexions lorsqu'une main se posa sur son épaule, ferme et massive. Elle sursauta.

— Holà, petit ! Quel âge as-tu ?

Mary se retourna en toussant.

— Je vais sur mes dix-sept ans, messieurs, répondit-elle, si surprise par la question que l'idée ne lui vint pas seulement de feinter.

Ils étaient deux, habillés en soldats. Mary n'eut pas le temps de se demander plus avant ce qu'on lui voulait. Un des soldats plaqua une feuille sur une des nombreuses caisses vides qui s'entassaient de façon désordonnée et brinquebalante dans l'espace, et sortit de sa besace une plume taillée et un flacon d'encre. L'autre l'entraîna sans ménagement par le bras et la força à se pencher au-dessus de cette écritoire improvisée.

— Signe là, mon gars, exigea-t-il.

— Qu'est-ce que... ?

— Signe là ou nous t'embarquons pour vol.

— Mais je n'ai rien volé, se défendit Mary, agacée par cette inconfortable posture, d'autant qu'elle n'avait cette fois plus d'arme pour s'en défaire.

— Alors que fais-tu dans cet endroit ? dit l'autre, soupçonneux.

Mary comprit qu'ils avaient dû la voir contourner la bâtisse et que l'aubergiste les avait sommés de l'appréhender.

— Je cherchais à manger, expliqua-t-elle, servie par la sincérité du gargouillement de son ventre. Je suis sans le sou et j'ai faim, ajouta-t-elle en prenant un air pitoyable.

— Raison de plus pour signer, mon garçon, lui enjoignit l'homme en lui tendant sa plume.

Mary soupira et obtempéra, résignée. « Tant qu'à trouver un emploi, se dit-elle, pourquoi pas celui-ci ? » L'homme replia le document, le rangea dans sa besace avec la plume et l'encre, et lui tapota l'épaule.

— Te voilà engagé dans la glorieuse armée de Sa Majesté le stathouder de Hollande, lui dit-il avec fierté.

Mary ne s'en étonna pas outre mesure. Elle avait très vite reconnu dans ces pratiques celles des agents recruteurs. Quel que soit le pays, ils usaient toujours des mêmes.

— Tu es désormais cadet dans l'infanterie, ajouta l'autre, tu vas avoir un uniforme en place de tes guenilles, une solde de cinq sous et, pour commencer, un repas qui te remettra sur pied.

Mary décida qu'à tout prendre, c'était toujours aussi bien que ce qu'elle avait espéré.

Les agents recruteurs tenaient casernement dans une des bâtisses du port d'Ostende. Mary avait échoué dans les Flandres en plein cœur des opérations militaires de la ligue d'Augsbourg. On lui servit un ragoût de fèves allongé de belles et grandes tranches de pain, et d'un vin qui piquait le gosier mais laissait une note fleurie sur la langue. Elle reprit trois fois du bouilli, tandis que d'autres, tout aussi démunis qu'elle, arrivaient de la même manière.

Elle craignit un instant qu'on ne la fît voir à quelque infirmier, mais il n'en fut rien. On se contenta de lui remettre un paquetage et de lui annoncer qu'ils partaient le lendemain matin pour Breda où se tenait sa garnison, prête à reprendre les hostilités après ses quartiers d'hiver. En plus de l'habit gris échancré à la taille, tombant sur le genou, dont les manches étaient larges, on lui offrit un long gilet, une chemise blanche, d'amples culottes et des chausses. Pour compléter sa mise, elle eut des chaussures à boucle et un tricorne de feutre. Elle avait reçu également une giberne à cartouches, un mousquet, une baïonnette, une épée et un plastron avant et arrière en guise d'armure. Pour finir, on lui donna une petite ration de tabac qu'elle prisa avec volupté.

Dans la caserne, la journée durant, ce ne fut qu'un défilé incessant de garçons abusés, tandis que les sentinelles veillaient à ce qu'aucun ne puisse s'échapper.

À la nuit venue, Mary profita de l'extinction des feux dans le dortoir pour se changer.

Puis elle s'endormit d'un trait.

# 25.

Elle parvint à Château-Breda une semaine plus tard, après un voyage chaotique qui lui permit de faire connaissance avec ses compagnons d'infortune. Elle s'allia vite avec sept d'entre eux, affectés en qualité de cadets au même régiment qu'elle.

Il y avait là Tom qui pleurnichait à l'idée de ne jamais fêter ses treize ans, Joost qui crânait du haut de ses quatorze pour masquer sa peur, Gerrit, qui ronchonnait en flamand et refusait toute approche, Jacob et Karel qui s'imaginaient la guerre comme un vaste terrain de jeux, Joris qui ne cessait de rabâcher qu'il avait été enlevé à ses parents une nuit, dans son lit, et enfin Maarten, dix-sept ans, qui, comme elle, avait déjà eu son baptême du sang.

Ce fut aussitôt de lui que Mary se rapprocha le plus. Les agents recruteurs l'avaient arraché de prison où il croupissait depuis trois mois pour le meurtre d'un notable chez lequel il travaillait. On lui avait laissé le choix entre la corde ou la guerre. Il avait choisi la seconde option.

Lorsque Mary lui demanda pour quelle raison il avait occis cet homme, il répondit tout net :

— Je n'aimais pas qu'il me donne des ordres. Il ne valait pas mieux que moi. Faut pas me chercher ! ajouta-t-il l'œil noir, en direction de leurs compagnons, qui se tassèrent, terrifiés.

Seul Joost s'avança, supposant sans doute qu'il valait mieux se trouver auprès des attaquants que dans le camp des opprimés.

— Et toi, Read, d'où tu viens ?

— J'étais garçon de poudre sur le navire de sir Shovel, répondit Mary, et je sais manier le pistolet et l'épée.

— Tu as déserté ?

— Après avoir tué deux matelots qui tentaient de me violer, avoua-t-elle dans un souffle, en clignant d'un œil complice.

Dès cet instant, Maarten et elle devinrent inséparables. Ils quittèrent la ville de Breda, quelques jours après y être arrivés, sans avoir seulement vu à quoi elle ressemblait.

Mary n'avait pas eu besoin qu'on lui enseigne les tactiques militaires. Comme sur *La Perle* autrefois, son instinct et son goût de la bataille les avaient repérées d'emblée. Elle se délecta de cette première échauffourée avec une excitation grandissante au fur et à mesure que les soldats avançaient sur la plaine, couverte autant de leurs tuniques que de celles des rangs ennemis, en position eux aussi.

Mary réalisa que les mains du pauvre Tom tremblaient sur ses baguettes de tambour. Il avait les joues ruisselantes de larmes et elle comprit qu'il ne passerait pas la journée. Elle savait trop que, sans hargne, il n'était pas possible de survivre. Elle l'encouragea pourtant à avancer, l'assurant que les vainqueurs étaient toujours ceux qui agissaient. Pour toute réponse à ses conseils, il se mit à prier et Mary abandonna son plaidoyer.

Elle avait été placée à l'avant des trois premières lignes d'artilleurs, le cœur battant. La tactique de combat était enfantine. Face à l'ennemi, les trois rangs tombaient à genoux. Le premier se levait, épaulait et tirait avant de reculer et de s'accroupir. Le deuxième puis le troisième prenaient ainsi le relais, laissant à chacun le temps de recharger son mousquet.

En face, l'ennemi faisait de même.

Celui des deux camps qui avait ouvert le premier une brèche permettait à ses cavaliers de s'y engouffrer. Les canons les y aidaient, ainsi que les grenades que les soldats lançaient en dernier recours avant de défendre leur vie qui ne tenait plus alors qu'à un fil, celui de l'épée.

Mary faisait mouche chaque fois. Autour d'elle, les corps tombaient, les uns après les autres. Elle n'avait pas le temps de les compter, encore moins d'y reconnaître ses amis. Elle n'avait qu'une envie, une obsession grandissante, celle de se jeter, l'épée en avant, à l'assaut de ces Français qui tiraient de l'autre côté. L'odeur de la poudre et du sang la galvanisait.

Elle armait son mousquet avec frénésie, refusant d'attendre que la troisième ligne ait repris sa place pour tirer. Sans même s'en apercevoir, elle avait lâché son poste, rechargeait et pointait à tout-va, encore et encore, intégrant la ligne qui s'avançait, sans se soucier de ne pas être à sa place. Une main la ramena vers l'arrière.

— Baisse-toi, rugit-on, tu vas te faire tuer !

Mary tourna la tête vers l'inconnu.

Il s'effondra à ses pieds, sa mise en garde à peine prononcée. Tout alors en elle se noya dans un brouillard sanglant. Elle en oublia les ordres, les règlements, et s'élança dans la brèche, près de ces cavaliers qui s'y enfonçaient en faisant tournoyer leurs épées pour décimer les fantassins ennemis.

Elle hurla comme au plus violent de l'abordage, le ventre secoué d'un plaisir carnassier. Un poignard dans une main, son épée dans l'autre, plantant et replantant encore au hasard, la bouche écumante, le corps baignant dans ce sang furieux qui peu à peu l'inondait.

Elle ne s'arrêta que lorsqu'il n'y eut devant elle plus rien à percer.

Entendant enfin le clairon qui sonnait, elle réintégra ses lignes, épuisée par ses démons, mais prête encore à les vénérer. Ils avaient gagné cette bataille. L'armée française battait en retraite. On la félicita pour son acte de bravoure et elle fut mise trois jours au cachot, au pain sec et à l'eau, pour avoir désobéi aux ordres.

— L'armée est ainsi faite, mon garçon. Nous mourrons de nos contradictions ! avait déclaré le capitaine en lui tapotant l'épaule, au regret de la punir après l'avoir saluée.

Trois affrontements plus tard, Mary était toujours aussi obstinée et désobéissante ; si farouche, pourtant, qu'elle transmettait courage et ténacité autour d'elle. La punir encore aurait été une hérésie. Ses supérieurs décidèrent donc de lui confier une baïonnette et de la placer parmi les fantassins qui derrière la cavalerie achevaient les troupes désorganisées.

« Le fusil permet l'approche des rangs ennemis, la baïonnette sert le corps à corps », lui enseigna-t-on.

Mary hocha la tête, en souriant. Comme si cela n'avait pas été évident pour elle !

Elle s'engagea dans le combat, mais la maniabilité de cette arme, qui n'était en somme ni un mousquet ni une pique tout en se voulant des deux, lui valut d'être blessée à l'épaule d'un coup d'épée. Elle s'en trouva tellement vexée qu'elle laissa la colère l'emporter. Jouant de la baïonnette comme d'un sabre, elle embrocha le Français, récupéra la lame qui l'avait fauchée et, indifférente à la douleur, fendit et pourfendit jusqu'à ce que plus aucun corps ne se tienne debout à ses côtés.

C'est alors qu'il se passa quelque chose d'inhabituel. Le clairon sonna dans ses rangs le signal de la retraite et Mary demeura un instant interdite et déboussolée, l'épée ballante, incapable de se décider à rentrer. Il lui avait semblé que l'avantage leur était acquis, or les cavaliers revenaient vers elle et la débandade gagnait son camp. Elle jura et se mit à courir à son tour, frustrée.

Un cheval la frôla.

Affolé par le sifflement d'un boulet de canon, l'animal fit un brusque écart, s'entrava dans trois hommes que la mort avait entassés là et se coucha sur le flanc, l'entraînant dans sa chute. Elle s'en dégagea, consciente que ce temps perdu ramenait vers elle les Français au cri de « Tue ! Tue ! ».

Mary n'eut pas le temps de s'imaginer perdue qu'elle se sentit hissée par une force herculéenne et se retrouva en selle derrière un cavalier.

Ami ou ennemi ?

Elle n'aurait su le dire sur l'instant, mais il l'emporta loin de la tuerie. Lorsque le cavalier prit la direction de son campement, elle relâcha la pression sur le manche de son poignard. Ils gagnèrent les hauteurs qui protégeaient leurs campements respectifs. L'homme obliqua pour la ramener vers celui de la cavalerie. Il se laissa choir de sa monture, à peine l'eut-il arrêtée devant l'infirmerie, la jambe méchamment abîmée. Mary hurla à l'aide tout en s'agenouillant à ses côtés.

C'est alors qu'elle le découvrit et crut que son cœur se déchirait. L'inconnu était d'une beauté à éclipser tous les hommes qu'elle avait rencontrés. Réprimant une furieuse envie de l'embrasser, elle laissa les infirmiers le prendre sous les épaules pour l'aider à marcher jusque sous la tente.

— Pourriez-vous regarder mon épaule? demanda-t-elle en la montrant au dernier qui suivait.

— Entrez, lui dit celui-ci sans hésiter.

Mary se retrouva dans un théâtre si semblable au fond à celui des navires. La toile remplaçait le plafond et les cloisons de bois, mais les gémissements et les odeurs de chair brûlée par les fers rougis étaient les mêmes. Seul le parfum de l'alcool qu'on administrait aux blessés pour les aider à supporter la douleur différait.

Elle contempla cette place où par centaines les blessés se comptaient. Il continuait d'en arriver. Elle savait que seuls les moins touchés seraient ramenés au camp. Les autres, moribonds ou jugés intransportables, étaient amputés sur place ou s'éteindraient. Avec un peu de chance près d'un prêtre ou d'un pasteur qui sillonnaient la plaine ravagée.

Après la bataille, il n'y avait plus deux camps opposés, mais un seul et gigantesque charnier dont les charognards se régalaient.

Son sauveur était allongé à plat ventre à quelques pas d'elle, grimaçant sous la douleur, sans pourtant lâcher une seule plainte, alors qu'un infirmier s'employait à le soigner.

Mary, attendant son tour, se rapprocha de lui.

— C'est grave? demanda-t-elle au chirurgien.

— Je survivrai, répondit son sauveur.

Mary se planta devant lui, tandis qu'il se redressait sur ses coudes.

— Une de ces merderies de baïonnettes, expliqua-t-il.

— Cesse de bouger, Niklaus Olgersen, grinça le chirurgien. Je vais cautériser.

— Chierie de barbier! jura-t-il en saisissant le morceau de cuir que lui tendit l'infirmier.

Il le coinça entre ses dents et Mary retint son souffle, sans détourner les yeux pour autant. Le front de Niklaus se couvrit de sueur, des larmes lui piquèrent les yeux et ses joues rougirent tant sous la pression de sa morsure que Mary crut qu'il allait éclater. Le fer rougi s'écarta des chairs déchiquetées que le chirurgien avait découpées et nettoyées proprement. La plaie était profonde et, sans cette barbare application, la gangrène aurait pu s'y installer.

Tandis que Mary demeurait là à souffrir au côté de Niklaus, l'infirmier s'approcha pour s'occuper de son estafilade. Elle était sur le point de dégrafer sa chemise lorsqu'elle réalisa que ce simple geste la perdrait. Retrouvant sa lucidité d'un bloc, elle déchira sa manche d'un coup sec après avoir ôté son manteau troué.

— Je vois que, toi non plus, tu ne fais pas les choses à moitié, s'amusa Olgersen qui reprenait des couleurs. C'est quoi, ton nom?

— Mary Oliver Read. Merci de m'avoir sauvé.

— C'était rien, déclara-t-il, modeste. Je passais par là et j'ai vu ce qui est arrivé. À ma place, tu en aurais fait autant.

Mary se retint de démentir. À sa place, elle l'aurait piétiné sans s'arrêter. Olgersen était apparemment d'une autre trempe qu'elle. De celle de Corneille. Lui non plus n'aurait pas laissé un compagnon s'il pouvait le sauver.

Elle se sentit honteuse soudain de son égoïsme. Elle grimaça. Non de la douleur à son épaule, mais de celle de son âme.

— Je te revaudrai ça, dit-elle à Olgersen, tandis qu'on achevait de le bander.

— Essaie donc de ne pas te faire tuer. Même si tu es devenu une légende, se moqua celui-ci.

— Une légende ?

— J'ignorais en te sauvant qui tu étais, mais ton nom et tes exploits ont fait le tour du régiment entier.

Mary en resta suffoquée. Immobilisant son geste, l'infirmier demanda, étonné :

— C'est toi, le cinglé ?

— Tu vois, s'amusa Olgersen.

— Je vois, répliqua Mary.

— Il y a même des paris qui circulent sur ton compte. Si j'avais su... dit-il, une lueur mutine dans le regard.

— Bah, glissa l'infirmier. Ce n'est que partie remise. Toi comme lui finirez bien par vous faire tuer. Vous êtes aussi fous l'un que l'autre.

— C'est vrai ? demanda Mary.

Olgersen se redressa, ses soins terminés, et s'étira, révélant un corps musculeux et parfait qui troubla tant Mary qu'elle crut en chavirer.

— Ma foi, conclut Olgersen, inconscient de l'effet qu'il produisait. J'ai quelques aptitudes à te faire concurrence, mais elle est difficile. Et pourtant, à côté de moi, tu as l'air d'un gringalet.

Niklaus, debout, la dominait d'une tête sans difficulté.

— Tiens-toi tranquille quelque temps, Niklaus, si la blessure s'infecte, je serai obligé de t'amputer, gronda le chirurgien, prêt déjà à s'activer ailleurs.

— Ça va, Tire-grenaille. Je sais ce que je fais.

— Comme d'habitude, mais j'en ai assez de te raccommoder.

Mary devina que derrière l'attitude bourrue du chirurgien se cachait une belle fraternité. Niklaus Olgersen était apparemment aussi connu qu'apprécié.

— Faudrait voir à regagner ton unité, dit-il à Mary en refusant la béquille qu'on lui proposait.

Il se dressa et grimaça sous la douleur. L'épaule de Mary, quant à elle, commençait vraiment à la taquiner.

— Allons, viens, Read. Laissons ces charlatans à leur métier.

— Les charlatans t'emmerdent, Olgersen, grommela le chirurgien, l'air faussement vexé.

Ils étaient à peine sortis de la tente qu'Olgersen avouait à Mary :

— C'est mon cousin. Et, pour lui, je suis une vraie plaie !

Mary éclata d'un rire clair. Ce Niklaus Olgersen lui plaisait décidément de plus en plus.

— Y aurait pas une place pour un cadet dans ton unité ? demanda-t-elle.

Il s'immobilisa.

— Pourquoi ? Tu en as assez d'aller à pied ?

— J'en ai surtout assez de me battre avec autre chose qu'une bonne épée. Et puis, si j'en juge par tes capacités et les miennes, ajouta-t-elle, on formerait une bonne équipe. De quoi doubler les mises et ramasser un bon paquet.

— Tu es sérieux, Read ? s'étonna Olgersen en s'arrêtant net à ses côtés.

Mary ne l'avait jamais autant été. Si des paris circulaient, pourquoi ne pas en profiter ? Elle ne changerait rien à ses manières, c'était une évidence, alors pourquoi ne pourrait-elle en récupérer le fruit ? Cela lui permettrait d'augmenter son magot plus vite pour s'en retourner vers Corneille. Olgersen réfléchissait.

— Avec cette foutue jambe, ce serait risqué. Mais ta proposition mérite d'être étudiée.

— En attendant, prends soin de toi, le Flamand, conseilla-t-elle, décidée à regagner au plus tôt son unité pour obtenir un changement d'affectation.

— Toi aussi, l'Anglais !

Il la laissa partir, marcher plus avant lui coûtait. Niklaus était courageux et téméraire, pas stupide ni obstiné. Il regarda s'éloigner le soldat Read.

« Bon sang, se dit-il, ce compagnon-là a plus de couilles à lui seul qu'un régiment entier ! »

## 26.

Malgré les remarques de ces hommes qui, ayant eu vent de son exploit, cherchaient à en savoir davantage sur Mary Read, Niklaus ne tira aucune gloire du fait de l'avoir sauvée. Le hasard était ainsi fait. Il y voyait l'heureux présage d'une belle et saine amitié. Niklaus, à l'inverse de nombre de ses compagnons, n'était pas venu à la guerre désargenté et désœuvré. Son père, notaire de métier, lui avait fait donner la meilleure des éducations, tant sur le plan des études que dans le métier des armes, perpétuant ainsi une longue tradition familiale qui permettait ensuite de choisir en toute liberté. Niklaus savait que son père caressait l'espoir de le voir prendre sa succession à Breda. Il s'imaginait mal, quant à lui, croulant sous une somme d'épais dossiers, dans une salle fermée, répétant les mêmes mots, les mêmes phrases et les mêmes actes à longueur de journée et de vie. Il aimait trop le bruit, la gouaille et le cliquetis du fer, l'odeur de la bière et du vin, et ces échanges bourrus de frères d'armes. Plus tard peut-être, lorsque, l'âge aidant, il aurait renoncé à s'amuser, se rangerait-il à ce métier honorable et fructueux. En attendant, il passait plus de temps à la guerre ou dans la taverne de son oncle, « Gros Reinhart », dont le fils était le chirurgien de son unité, qu'en l'office notarial de son père.

Il en était ainsi des goûts et des affinités.

Comme disait sa mère : « On peut lire Érasme, parler anglais et français autant que flamand, sortir premier du collège et se comporter comme le dernier des ânes bâtés ! »

En temps de guerre, cela avait des qualités.

Niklaus gagna le cantonnement des officiers pour y donner son rapport.

Read n'avait pas semblé impressionné par son grade de maréchal des logis. Il avait agi avec lui comme si cela n'avait pas d'importance. C'est aussi pour cela qu'il l'avait apprécié. Pour cette franche et sincère amitié que d'emblée il lui avait voué. La valeur des êtres pour lui ne s'arrêtait pas aux études ni aux galons.

Son devoir acquitté, Niklaus demanda à recruter le soldat Read dans son unité, si d'aventure celui-ci se présentait pour se faire engager. On le lui accorda sans difficulté. Ensuite de quoi Niklaus Olgersen gagna sa tente pour s'y allonger, la jambe si meurtrie que, malgré sa grande résistance à la douleur, il en aurait pleuré. Il vida une bouteille de genièvre et s'endormit aussitôt.

Ce ne serait pas la première blessure qu'il guérirait de même !

Le lieutenant qui reçut la demande de changement de Mary le lendemain en fut à la fois content et ennuyé. Ennuyé parce qu'il perdait un soldat de valeur que ses compagnons regretteraient, content parce qu'il savait combien Mary serait à sa place dans la cavalerie. Il lui remit sa solde et la laissa aller.

Mary ne perdit pas de temps en chemin.

Le campement de l'unité de cavalerie était semblable et attenant au sien. On y voyait les mêmes tentes rectangulaires haubanées par des piquets profondément ancrés dans la terre. Les soldats s'y entassaient, couchés sur des lits de camp, et protégés de la fraîcheur nocturne par une couverture épaisse qu'ils tenaient roulée sur leur sac à dos lorsqu'ils se déplaçaient.

Des cuissots doraient au-dessus des braises, dégoulinants de jus, au rythme des tournebroches que des cuisiniers activaient. Autour d'eux, on préparait le repas de la troupe, tandis que les soldats vaquaient.

Mary se présenta au siège des recrutements et, déclinant son identité, tendit la recommandation que le lieutenant d'infanterie lui avait remise.

— C'est donc toi, Read! s'exclama l'homme, affable et admiratif.

Sa réputation l'avait précédée. Le maréchal des logis rectifia aussitôt :

— Olgersen t'attend. Tu sais où le trouver?

Mary hocha la tête, étonnée. Il ajouta :

— Vu tes états de service, je comprends qu'il t'ait recruté, mais ne t'imagine pas pour autant pouvoir guerroyer à ta guise. Olgersen aime la discipline dans ses rangs et n'accepte l'audace que si elle ne met pas les autres en danger.

— Je tâcherai de m'en souvenir, monsieur, assura Mary, contrariée.

Elle salua et se dirigea d'emblée vers le casernement que Niklaus lui avait indiqué à leur rencontre. Supérieur ou pas, celui-ci allait devoir s'expliquer.

Niklaus était occupé à se raser lorsqu'il la vit arriver et en fut aussitôt ravi.

— Par là, Read, la héla-t-il, ôtant précautionneusement du tranchant de son poignard la mousse à barbe.

Il n'avait jamais eu confiance en ces maudits barbiers qui risquaient de vous saigner au moindre hoquet. Et trouvait que Tire-grenaille, son cousin, avait bien mieux à faire que le raser.

Mary se dirigea vers lui, se troubla un instant de son dos nu jusqu'à la ceinture que les mouvements du bras animaient, puis demanda, peu amène :

— Pourquoi tu ne m'as pas dit que tu étais gradé ?

Olgersen racla sa joue sans sourciller.

— Je n'ai pas besoin de le dire, d'ordinaire ça se voit, Read !

Et Mary se sentit idiote face à cette évidence. L'uniforme même du maréchal des logis Olgersen aurait dû la renseigner. Fallait-il qu'elle soit émue pour l'avoir totalement éclipsé !

— Je me demandais ce qui faisait ton grand courage, à présent je sais. Tu es aussi bigleux qu'obstiné ! s'amusa le maréchal des logis, rompant le silence dans lequel Mary s'empêtrait.

— Moque-toi, dit-elle enfin, ton discours et ta façon d'être pouvaient fort bien m'induire en erreur.

Olgersen essuya son menton avec une serviette, achevant d'en ôter un reste de savon. Il se retourna et Mary découvrit sur son torse épais les stigmates de nombreuses blessures. Il haussa les épaules avant d'attraper sa chemise qui achevait de sécher.

— Je suis tel que je suis, dit-il simplement. Mes hommes me doivent le respect, c'est un fait. Mais je ne suis pas de ces pédants qui pensent qu'un galon suffit pour l'exiger. Le respect, Read, c'est comme la confiance, ça se mérite et ça doit se gagner. Appelle-moi maréchal des logis comme les autres, et considère qu'entre nous, sur ce plan-là, nous sommes à égalité.

Mary hocha la tête, de plus en plus troublée. Bien au-delà de la prestance que sa beauté augmentait, Niklaus Olgersen avait une intelligence rare. Sans même en avoir conscience, il acheva de la séduire en déclarant, avec un geste pour désigner sa tente :

— S'il te faut une preuve encore, soldat Read, sache que le dortoir de mes hommes étant plus que complet, c'est ici que tu dormiras.

— Sous ta tente ? bafouilla Mary.

Olgersen lui lança un clin d'œil complice et ajouta, en finissant de boutonner les agrafes de sa veste d'uniforme :

— Ne te fais pas d'idées, Read. Je n'ai aucun goût pour la pédérastie. Tu ronfles ?

— Je ne me réveille pas la nuit pour le vérifier, lâcha Mary, se ressaisissant à la perspective de ce que cette intimité pouvait supposer.

Olgersen s'en amusa et ajouta, pour clore l'entretien :

— Je vais aller prendre mes ordres. Rejoins les autres et, une fois présenté, cherche Vanderluck. Je lui ai touché un mot de cette histoire de paris. Il se chargera de les organiser. C'est sa spécialité.

Quelques heures plus tard, le régiment se hâtait de déménager, et Mary entreprit de faire connaissance avec ses compagnons, tout en s'activant à leurs côtés. À la mi-journée, ils avaient progressé de trois lieues plus au nord, pour tenter d'arrêter le front des fantassins français. À peine le campement remonté, et le barda des hommes déposé, Niklaus leur annonça que l'attaque était imminente. Il leur expliqua ses ordres et les positions qu'ils devraient tenir dans la bataille. Mary hocha la tête. Olgersen était visiblement habile à mener ses hommes. Sa façon de procéder et les raisons qu'il en donnait étaient cohérentes, tactiques et sensées.

Leur point fait, ils se rassemblèrent sous son commandement, enfourchèrent leurs montures et rejoignirent le reste de l'armée qui s'organisait dans la plaine.

Mary flatta l'encolure de son cheval. Devant elle, ses anciens compagnons d'infanterie traçaient une voie sanglante, nourrissant de leurs cris la hargne qui gagnait son cœur battant. Elle souffrait encore de son épaule blessée et risqua un œil vers la jambe de Niklaus, à ses côtés. À la manière dont il enserrait les flancs de son cheval, elle devait être moins douloureuse, mais certainement pas guérie. Voilà à peine trois jours qu'on l'avait abîmée.

Niklaus était d'une endurance exceptionnelle, jugea-t-elle. Il claudiquait à peine et à cheval paraissait aussi valide que ses compagnons. Elle se souvint de la façon dont il l'avait ramenée et s'en troubla de tout son être.

En un instant elle eut envie de ses caresses.

— Paré, Read ? demanda-t-il en levant son sabre.

— Paré, répondit-elle sans hésiter, tendue à se rompre.

Niklaus abaissa son bras, donnant ainsi le signal qu'elle attendait. Elle talonna son cheval en hurlant, sauvage et déterminée, l'épée levée, prête à frapper.

— À ta droite, Read ! beugla Niklaus tandis que le tranchant de la lame de Mary sectionnait le tendon du cheval ennemi pour faucher sa course. Elle se retourna d'un bloc et para le coup qu'on lui portait, dans le frémissement de l'acier entrechoqué. Malgré son épaule blessée, sa main gauche contrôlait les agacements de son cheval qui écumait des naseaux et roulait des yeux effrayés. Le Français était coriace. Un deuxième coup manqua la désarçonner par sa violence. Mary comprit aussitôt qu'il prendrait le dessus si elle ne rusait pas.

Autour d'elle, la bataille faisait rage. Les tambours s'étaient tus, signe qu'ils étaient tombés. L'on ne distinguait plus les drapeaux qui avaient chu dès les premiers affrontements et, dans l'anonymat du sang répandu, les couleurs des uniformes ne leur permettaient plus de discerner l'ami de l'ennemi. Mary n'avait jamais encore vécu d'assaut aussi barbare. C'était une boucherie. Ces Français ne respectaient rien et Niklaus avait donné l'ordre d'user de leurs habitudes et de sectionner le jarret des chevaux pour les fléchir, ce que tout cavalier réprouvait.

Elle évita la rapière du colosse en s'allongeant contre le flanc de son cheval, se dérobant à sa vue. Elle était plus souple qu'un félin et aussi rapide à griffer. Mary avait puisé dans ses souvenirs : dans la mâture de *La Perle,* accrochée d'une main aux haubans, se cambrant à droite, à gauche, elle glissait sous une échelle de corde pour s'esquiver et remonter de l'autre côté.

D'un mouvement réflexe, elle récupéra son poignard et déchira le poitrail du cheval ennemi. Son deuxième coup porta dans la jambe du Français, tandis que, surpris par la douleur, l'alezan se cabrait. Avant que le Français ait pu comprendre ce qui se passait, Mary s'était remise en selle, décidée à en terminer.

Alors que la bête mortellement touchée s'affaissait en entraînant son cavalier avec elle, Mary décapita ce dernier d'un mouvement sec de l'épée qu'elle avait reprise en main. Aussitôt après, il lui fallut s'éloigner de la tuerie, si exténuée qu'elle en serait tombée à son tour. Elle talonna sa monture et gagna un tertre voisin, qui abritait une batterie de canon. Elle pouvait ainsi laisser croire qu'elle y était envoyée. Elle s'immobilisa à son sommet, englobant la scène dantesque qui se déroulait à ses pieds, le sang battant à ses tempes à les faire éclater. Elle se sentit faiblir, épuisée de combattre ainsi depuis deux bonnes heures sous un soleil de plomb.

Avril 1697 n'avait aucune pitié. Les hommes non plus.

En cet instant, elle aurait volontiers donné sa solde contre quelques minutes de répit, à l'ombre d'un châtaignier, bercée par le chant réjoui des oiseaux. La violence des assauts les avait fait fuir. Ne restaient que les rapaces qui tournoyaient au-dessus de la plaine. Mary inspira à pleine goulée. Elle avait peu de temps avant que sa désertion soit remarquée. Niklaus ne pourrait la tolérer. Comment expliquer que, l'espace d'une seconde, elle ait eu besoin de ce fugace sentiment de liberté ? Elle remua ses épaules douloureusement tendues à cause du maniement et du poids de l'épée. Elle s'était tant endurcie et musclée qu'elle en avait perdu toute féminité, mais ce n'était pas encore suffisant sur la durée des combats.

La bouche sèche, elle récupéra sa gourde de peau et vida d'un trait la rasade de vin qu'elle contenait, avant de la rattacher à sa ceinture. Elle fit encore craquer une à une les articulations de ses doigts, puis les resserra sur le pommeau de son sabre. Dans un cri enfin, elle éperonna son cheval et galopa jusqu'à ce que son âme et son corps soient de nouveau noyés dans la mêlée.

Au soir venu, nombre de ses camarades étaient restés sur cette plaine sinistre.

À même le charnier, comme chaque fois, les chirurgiens s'activaient, repoussant les charognards qui s'acharnaient sur les cadavres. On emmenait les éclopés sur des brancards ou soutenus par les infirmiers. De loin en loin, des feux s'embrasaient pour rougir les fers destinés à ceux qu'il faudrait amputer sur place, prisonniers d'un chariot ou d'un canon renversé. Le vent lui-même puait, emportant à peine fumées et poussières, auxquelles l'odeur tenace des chairs brûlées viendrait s'ajouter. La plaine entière devenait un théâtre où gémissements et hurlements se mêlaient à l'éternel silence de ceux qui avaient enfin trouvé la paix.

Mary, épargnée une fois encore, avait regagné le campement avec les survivants. Niklaus et Vanderluck en étaient. Ces deux-là aussi partageaient une belle amitié. Malgré son contentement, Niklaus affichait des cernes marqués sur ses traits tirés et blafards. Sa blessure à la jambe avait saigné, rouverte par la fatigue et les chocs incessants.

Il s'activa pourtant auprès de ses hommes, faisant le compte des disparus et des blessés. Puis il héla Vanderluck et lui demanda d'approcher.

— Augmente les mises des paris, décida-t-il. Que ça me donne du cœur au ventre la prochaine fois. Ces chiens sont déchaînés.

Il se tourna vers Mary, occupée à soulager la tension de son épaule en l'étirant.

— Viens. Mon cousin sera ravi de nous rafistoler.

Mary ne l'aurait pas juré, à en juger par le nombre impressionnant de blessés. Comme elle s'y attendait, couvert de sang et éreinté, celui-ci grommela et pesta, avant de détacher un infirmier pour cautériser une nouvelle fois leurs plaies respectives. L'homme leur garantit de vilaines cicatrices s'ils refusaient de se reposer. Le cousin de Niklaus ajouta, sans plaisanter cette fois, qu'à leur prochaine prise de risque il les laisserait crever !

Niklaus se rendit ensuite à son rapport et Mary s'en fut comme d'autres se débarbouiller au cours d'eau qui bordait leurs positions. Jusqu'au soir, elle ne le revit pas et se joignit à une partie de cartes qui commençait.

Une sorte de fatalité morbide planait toujours sur les soldats au retour des combats. On ne parlait pas de la camarde, craignant par superstition de l'attirer, mais on la sentait, voletant, telle une ombre mauvaise, autour des chariots, des canons, des boulets et des hommes affairés à la renier. Mary se demanda un instant s'il restait encore en elle un peu d'humanité, un peu de cette femme qu'elle avait été autrefois. Elle se sentait froide et insensible à la souffrance, à la tristesse, à la peur même. Plus le temps passait, plus elle en doutait.

Elle récupéra sa gamelle dans son barda et se rendit près des cuisines où l'on venait de sonner l'heure du souper. Sa ration servie, elle s'installa sur un rocher pour la manger, surveillant d'un œil fatigué la tente où elle devrait passer la nuit auprès de son maréchal des logis. L'envie de ses bras se réveilla à peine le vit-elle s'avancer dans sa direction.

Vanderluck l'accompagnait. Visiblement, les deux hommes étaient satisfaits. Mary ne tarda pas à savoir pourquoi. Parvenu à sa hauteur, Vanderluck lui tendit dix florins, gagnés sur les paris.

— On fera mieux la prochaine fois, rigola-t-il. À présent que les Français ont reçu leurs renforts tout neuf tout frais, les enchères vont monter. Méfiez-vous. Avant longtemps, même les nôtres voudront vous voir tomber !

— Qu'ils essaient, lui répondit Niklaus. Quand il me faut défendre ma couenne, je fais comme les sangliers. Je fourrage sans m'inquiéter de qui est ou non à mon côté.

Vanderluck s'éloigna en riant.

Encore quelques batailles de cette trempe et le pécule de Mary serait suffisant pour ses projets. Non que cette guerre-ci lui déplaise, mais, tant qu'à se battre, elle préférait que ce fût pour conquérir enfin richesse et renommée.

— À quoi penses-tu, Read ? demanda Niklaus, alors qu'ils avaient regagné leur dortoir.

Mary, étendue, encore habillée, sur le dos, l'observait discrètement dans la lueur douce de la lanterne, tout en rêvant. La nuit était tombée et le couvre-feu n'allait pas tarder à être sonné.

— À mon trésor, répondit-elle en souriant.

— Maigre butin, se moqua Niklaus, croyant qu'elle faisait référence à leurs gains.

Mary secoua la tête.

— Pas celui-là, Niklaus. Un autre. Un autre trésor. Bien au-delà de ce que tu peux imaginer.

— Tu me raconteras ? demanda-t-il en bâillant.

— Peut-être. Tout dépendra...

Niklaus ôta son gilet et sa chemise pour se coucher. Le bas-ventre de Mary s'enflamma. Elle se retourna et, trouvant la mollette de cuivre, baissa le débit d'huile à brûler de la lampe jusqu'à être certaine qu'au-dehors leurs ombres ne pourraient plus être remarquées.

— Ça dépendra de quoi? insista Niklaus en s'allongeant à côté d'elle comme un vulgaire camarade de chambrée.

Mary s'agenouilla alors à ses côtés et lui fit face pour dégrafer sa tunique. Niklaus avait fermé les yeux, gagné une nouvelle fois par un bâillement. Lorsqu'il les rouvrit, n'obtenant pas de réponse à sa question, Mary achevait d'ôter de sa poitrine le bandage qui la compressait.

Entre ses deux seins blancs, l'œil de jade et le pendentif d'émeraude s'enlaçaient.

— Ça dépendra de toi.

Niklaus en resta bouche bée.

Cela ne dura pas, pourtant. Avides, leurs regards se happèrent, et Mary se laissa glisser contre son maréchal des logis. La main de Niklaus descendit jusqu'à son entrejambe culotté et y rencontra le leurre qu'elle y avait placé.

— Vérifie donc de plus près, maréchal des logis. Tu verras que le soldat Read n'a pas fini de t'étonner.

Niklaus la plaqua sur le dos et se pencha sur elle, ravi que son instinct ne l'ait pas trompé.

— Tu n'es pas possible, chuchota-t-il. Jamais une femme ne se comporterait comme tu le fais. Jamais une femme ne serait soldat dans l'armée.

— Je t'expliquerai tout. Demain. Cette nuit, aime-moi. Il y a trop longtemps que je ne l'ai pas été.

Niklaus ne se le fit pas répéter.

# 27.

Le son du clairon les éveilla, toujours enlacés. Mary ouvrit les yeux la première et, craignant une visite impromptue, s'empressa de se redresser. Niklaus la retint par le bras, la forçant à pivoter. Il sourit.

— Quoi ? demanda Mary.

— Je voulais juste m'assurer que je n'avais pas rêvé.

Mary, nue encore, se pencha vers lui pour l'embrasser. Elle se leva vite, bien plus qu'elle ne l'aurait souhaité, et s'habilla avec hâte. Niklaus fit de même, les idées trop bousculées pour pouvoir envisager d'en discuter. D'autant qu'il devait se rendre à son commandement pour y prendre ses ordres. Mary planta dans son regard le sien déterminé.

— Révèle cela à quiconque, Niklaus, et c'est moi qui te tuerai.

Niklaus crut un instant qu'elle plaisantait mais, réalisant combien elle était sérieuse, répliqua de même :

— Il faudrait que je sois stupide. L'armée y perdrait et moi plus encore. Tant que tu auras plus de couilles que de seins au moment du combat et l'inverse après, ton secret sera bien gardé. Et notre amitié intacte.

Il sortit de la tente pour se raser.

Mary s'attarda un instant à s'étirer en songeant qu'elle avait eu bien raison de se dévoiler.

La journée qui suivit fut rude. Il leur fallut une fois de plus déplacer leurs rangs selon les ordres reçus à l'aube. Pour nombre de blessés, cela signifiait une mort certaine. Les abandonner sans chirurgien revenait au même. Sous l'impulsion de Niklaus et des autres maréchaux des logis, le lieutenant parvint à négocier le déploiement de ses hommes en deux temps. La bataille de la veille avait bien suffisamment éclairci les rangs.

Le gros de la troupe avancerait en premier, dès le campement défait. Un deuxième convoi, transportant les blessés et de quoi assurer leur sécurité en route, rejoindrait le bivouac le lendemain. Cela laissait aux chirurgiens le temps de consolider ceux qu'ils pensaient capables de bouger.

Niklaus demanda des volontaires pour former l'arrière-garde. Mary s'y glissa sans hésiter, ravie de s'éloigner un peu des rangs. Elle aida ses comparses à charger les chariots du premier départ tandis que le camp peu à peu se mourait. En place des tentes, des postes et des ateliers, ne restèrent plus bientôt que l'infirmerie et quelques bivouacs, autour des feux qu'ils se trouveraient chargés d'entretenir. On leur laissa munitions et vivres, puis la caravane humaine s'étira. Mary et Niklaus la regardèrent s'éloigner, soulagés.

À la nuit tombée, Niklaus se rassasia de Mary avant d'accepter d'entendre son histoire. Elle l'étonna, le toucha et força son admiration. Ils en devinrent plus complices encore, et Niklaus se dit qu'il avait eu une sacrée belle intuition de la sauver !

Le lendemain, il leur fallut dix bonnes heures pour gagner le campement à quinze lieues de là. Le cousin de Niklaus avait tenu à ramener vifs tous ceux qu'il n'avait pas perdus dans la nuit.

« Au diable les ordres ! s'était-il écrié. Le cul me chauffe de me démener pour rien ! »

Niklaus fut d'accord avec lui. D'autant qu'un gaillard qui l'avait plusieurs fois couvert en première ligne se trouvait dans le lot des sacrifiés. Le voir amputé d'une jambe, luttant contre la fièvre, émut le maréchal des logis. L'homme ne pourrait plus monter à cheval. Comme d'autres, s'il s'en tirait, il serait rapatrié sur Breda dans quelques semaines. Le temps pour ceux qui resteraient de perdre d'autres camarades.

— Saligote de guerre ! grommela Olgersen en crachant sa chique au pas de son cheval.

Mary et lui avançaient côte à côte, les yeux cernés d'une même insomnie.

— Qu'est-ce que tu comptes faire après ? demanda Mary.

— Je n'en sais trop rien. Peut-être bien chercher un trésor, s'amusa-t-il.

— Et si je n'ai pas envie de le partager ?

— Bah, reprit-il en souriant. Je trouverai bien le moyen de te faire changer d'idée...

Mary n'eut pas le temps de répliquer. Le chariot de tête contenant les blessés s'était arrêté. Ils talonnèrent leur monture d'un même élan pour revenir à sa hauteur. Tous deux fermaient le groupe, les sens aux aguets. Dans le chariot, la mort avait fait son œuvre. Le compagnon de ligne de Niklaus avait rendu l'âme. Niklaus ordonna qu'on l'enterre selon ses dernières volontés, sous un châtaignier, à l'orée d'un champ.

En arrivant au campement, on leur apprit qu'un nouveau plan de bataille avait été établi. Niklaus enragea. Ils en avaient changé cent fois, et ils se ressemblaient tous au final. Il n'y avait ni vainqueur ni vaincu, seulement des morts et des blessés. Et cette amertume tenace de ne pas savoir à quoi cela servait.

Le bivouac installé, Niklaus, libéré de ses obligations, noya son agacement dans l'alcool. Mary demeura auprès de ses compagnons à jouer aux dés. Lorsqu'elle vint se coucher, Niklaus ronflait bruyamment. Elle cala sa respiration sur son souffle régulier et s'endormit avec la sensation que la terre tout entière l'aspirait en ses rets.

Deux mois plus tard, Mary eut confirmation de ce qu'elle craignait. Depuis quelques jours, elle se levait nauséeuse et embarrassée. Elle n'avait rien dit à Niklaus. Mais était certaine de se retrouver enceinte. Leur complicité s'était renforcée et ils éprouvaient l'un pour l'autre désormais bien davantage qu'une simple attirance. Ils ne cessaient pas de se surprendre mutuellement, et de s'apprécier.

Ce constat la rendit folle de rage. Il contrariait ses projets. Quant à avorter, il n'y fallait pas songer. Où dénicher une sorcière qui accepterait ? Les villages que l'armée traversait souffraient de cette guerre, des rapines et de la misère que leur causaient les Français. À l'approche des soldats, les portes et les volets se fermaient. D'autres fois, c'était avec les fourches que les paysans défendaient leurs réserves, refusant de lâcher plus que la réquisition ne l'exigeait. Alors, qu'auraient-ils fait d'un soldat réclamant l'aide d'une diablesse pour se débarrasser de son gros ventre ?

Mary n'avait d'autre solution que de guerroyer encore et encore en espérant que le cheval et la violence décrocheraient cet enfant non désiré.

L'ennui était que, depuis plusieurs semaines, rien ne bougeait dans leurs rangs. Les nouvelles consignes exigeaient de surveiller l'ennemi qui campait sur ses positions. Aucune bataille ne venait grossir le pécule de leurs paris et Mary n'avait aucune envie de perdre cette manne inespérée. Elle décida de se taire, jusqu'à ce que le sort en ait décidé. Son nouvel état et ses conséquences la rendirent pourtant désagréable et grincheuse à souhait.

— Mais enfin, Mary, qu'est-ce qui se passe ? finit par s'étonner Nicklaus devant sa mauvaise humeur, alors qu'elle baissait la lampe, prête à se coucher.

Un mois de plus s'était écoulé.

— C'est la bataille qui te manque ou quelque chose que j'aurais fait ?

La « chose » que Niklaus avait faite commençait à bouger dans le ventre de Mary. À ce rythme-là, avant longtemps, elle ne pourrait plus le cacher. Elle s'étonnait même que son Flamand si malin et avisé ne se soit pas aperçu de ce bourrelet à sa taille. Ce bourrelet qui enflait.

— Je vais quitter l'armée, lâcha Mary tout d'un trait.

Niklaus arrondit ses yeux de surprise.

— Pourquoi ? Tu en as assez de moi et de l'armée ?

— Ni de l'un ni de l'autre. Avant longtemps j'y serai contrainte. Je suis enceinte, Niklaus.

À sa grande stupéfaction, celui-ci afficha un sourire soulagé.

— J'avais remarqué, avoua-t-il.

Mary s'empourpra de stupeur autant que de colère.

— Comment ça, remarqué? Pourquoi n'as-tu rien dit?

Il la bâillonna d'une main, la pressant contre lui. Il n'était pas utile que tout le régiment en soit informé et Mary avait élevé la voix, rompant leurs habitudes de chuchotement.

— Je ne suis pas stupide, Mary. Voilà trois mois que nous faisons l'amour et que tu n'as pas tes menstrues. Nous vivons sous le même toit, fût-il de toile. À moins d'être aveugle ou distrait...

— Et c'est tout l'effet que cela te fait?

— J'attendais que tu m'en parles. Je ne voulais rien brusquer.

Mary était abasourdie.

— Je ne comprends pas. Tu devrais être furieux, dépité, ennuyé, que sais-je...

— Heureux? s'amusa-t-il encore, le regard empli de tendresse.

Mary s'immobilisa.

— Heureux?

— Heureux! Je crois bien que je suis fou de toi, Mary Read, lâcha Niklaus Olgersen en souriant. Et il n'est pas question pour moi de laisser cet enfant sans un père.

— Mais je ne veux pas t'épouser, objecta Mary.

Niklaus prévoyait cette réaction. Mary avait bien assez insisté sur cette liberté qui lui collait à l'épée, ce désir de ne dépendre de personne jamais, d'œuvrer à la réussite de son projet, de se faire un nom et une fortune, pour renier la misère de sa mère. Il eût pu empêcher cette grossesse s'il l'avait voulu. Il savait se retirer avant de jouir, s'interdisant jusque-là de laisser des bâtards au ventre des catins. S'il ne l'avait pas fait, c'était par amour pour elle. Pour la contraindre malgré elle à cette vie qu'elle refusait.

— Tu n'as pas le choix, déclara Niklaus. Pense à Cecily.

— Laisse ma mère en dehors de notre affaire, grinça Mary, regrettant soudain de lui avoir raconté les déboires de celle-ci. Je tiens à toi, Niklaus, mais cela ne veut pas dire pour autant qu'à cause de cet enfant je doive renoncer à mes projets.

— Qui te parle d'y renoncer, Mary? Tu n'as cessé, depuis que nous nous connaissons, de m'entretenir de ce trésor miraculeux qui te donnerait enfin fortune et pouvoir. Moi aussi il m'inspire. Mais trois années ont passé depuis que tu as quitté la France et il se peut très bien qu'il ait été retrouvé et dépensé. Même si tu possèdes cet œil de jade qui en est une des clés. Je suis prêt à te suivre jusqu'aux Indes occidentales pour le vérifier, voire à traquer tes ennemis pour le leur dérober si besoin était. J'aime assez l'aventure pour cela et ne pourrais sincèrement me résigner à ce métier de notaire auquel je suis destiné.

Il l'enlaça. Mary sentait peu à peu sa résistance fondre. Niklaus glissa ses lèvres dans ses cheveux, juste au-dessus de son oreille.

— Tu as attendu trois ans, Mary Read, et ce qui devait être a certainement été. Ne pourrais-tu encore attendre, jusqu'à ce que mon fils soit né et assez gaillard pour embarquer à nos côtés?

— Et de quoi vivrons-nous? objecta-t-elle.

— Je ne suis pas sans fortune, lui rappela Niklaus, et je pourrais très bien assurer ton avenir jusqu'à ce que l'on soit prêts. Je ne veux pas que tu sois montrée du doigt comme une putain qu'un soldat aurait engrossée. Tu sais que j'ai raison, Mary. Ton orgueil autant que le mien en souffriraient.

— Et si je perds l'enfant ? objecta encore Mary. Si je le perds après t'avoir épousé ?

— Ce n'est pas grave. Je t'en ferai un autre pour te garder.

Elle s'écarta de lui avec rudesse.

— N'y compte pas !

— Je plaisantais, affirma-t-il, moqueur. Épouse-moi, Mary Read. Tu n'auras pas à le regretter.

— Je n'ai aucune envie de quitter les rangs pour l'instant, avança-t-elle encore.

— Alors restes-y. Je n'ai pas non plus envie de me séparer de toi à peine épousée. Quand ta bedaine enflera trop, il sera toujours temps d'aviser. Mais sois consciente qu'au combat, avant longtemps, elle te semblera aussi lourde qu'un boulet.

— Si je suis découverte, qu'arrivera-t-il ?

— Tu seras arrêtée et jugée pour port illégal d'uniforme et usurpation de droit. Condamnée selon toute vraisemblance à la prison.

— Malgré mes faits d'armes ?

— Tu n'es qu'un simple soldat, Mary, pas un gradé. Devant un tribunal militaire, ce ne seront pas ta bravoure et ta détermination qui seront mises en avant, mais bien plutôt ton mensonge et ton habilité à en user. En cherchant un peu, on pourrait fort bien t'accuser aussi d'être un espion à la solde de l'ennemi.

— Qui se battrait avec autant de véhémence ? Cela n'aurait pas de sens.

— Notre régiment, notre armée même sont mis à mal depuis quelque temps. Nous pourrions parfaitement avoir un traître dans notre camp, chargé de renseigner les siens. Les subterfuges pour y parvenir sont nombreux. Tu dors sous la tente d'un gradé, ne l'oublie pas. Cela pourrait servir tes manigances.

— Mais tu les démentirais !

— Oui, affirma Niklaus, à condition qu'une balle de mousquet ne m'ait pas fauché. Crois-moi, Mary, pour toi comme pour l'enfant que tu portes, mieux vaut t'en remettre à mon jugement et à mon amour. S'il m'arrivait quelque chose, mes biens t'appartiendraient et ta réputation serait sauve, une fois épousée. Je n'ai pas un nom illustre à t'offrir, mais mon héritage te donnerait les moyens de ta liberté. C'est la moindre des choses que je puisse faire, outre le plaisir que j'en aurais, pour réparer le tort que je t'ai causé.

Mary s'inclina.

D'un côté se trouvaient la prison et le déshonneur, de l'autre la sécurité ainsi qu'une merveilleuse et complice liberté.

Cecily n'aurait certainement pas hésité.

Mary n'avait-elle pas assuré à Forbin autrefois qu'elle ne voulait pas d'un bâtard comme elle l'avait été ?

— Oui, répondit-elle enfin. J'accepte de t'épouser.

Niklaus prit ses lèvres dans un baiser passionné.

Il avait gagné.

## 28.

Emma de Mortefontaine déplaça avec délicatesse une mèche de cheveux qui, détachée de son chignon, s'attardait le long de sa joue. Elle y enroula son doigt pour l'assouplir et la boucler. Un corps de jupe de soie bleu azur ainsi qu'une rivière de saphirs et de diamants mettaient en valeur son décolleté. Légèrement maquillé, son visage attirait les regards, les concentrant sur ses yeux en amande rehaussés d'un fard parme et sur sa bouche ourlée de rouge. Le teint d'albâtre qu'une élégante ponctuait rendait grâce à sa beauté faussement candide.

Ainsi parée, Emma se savait irrésistible.

Tandis que sa voiture avançait au pas des chevaux, gênés par l'étroitesse des rues de Paris et l'impressionnant foisonnement de charrettes, de marchands, de passants, de voleurs et de mendiants qui les encombraient, elle se demanda avec gourmandise à quoi pouvait ressembler ce maître Dumas à qui elle allait rendre visite, imaginant sans peine le séduire pour mieux parvenir à ses fins.

Depuis la disparition de Mary, elle n'avait cessé de songer à elle et à ce trésor. Plus de deux années durant, cette obsession avait grandi, jusqu'à devenir une priorité. Emma possédait désormais tout ce qu'elle avait espéré en ce monde : beauté, fortune immense et, par là même, pouvoir. Il lui suffisait d'un claquement de doigts, d'un battement de cils pour mettre le monde, et les hommes surtout, à ses pieds.

Alanguie par le rythme cahotant de sa voiture, elle laissa ses pensées vagabonder sur les événements de ces derniers mois. Ceux-là mêmes qui étaient à l'origine de son voyage à Paris et de sa rencontre avec maître Dumas.

Peu de temps après s'être installée en Irlande pour régler cette affaire de procès, elle avait reçu un courrier de l'Homme en noir, lui affirmant que Mary était bel et bien morte, ensevelie comme tant d'autres sous les décombres de Dunkerque. Il en tenait pour preuve le retour endeuillé de Corneille auprès de Forbin qui continuait de croiser en Méditerranée.

Comme son matelot, ce dernier portait le deuil sur son visage, y affichant une lassitude et une tristesse inhabituelles. L'un comme l'autre les bravaient en se donnant corps et âme à la mer, avait-il certifié.

La réaction des deux hommes n'avait pas surpris Emma. Comme eux, elle s'était sentie démunie, étonnamment seule. Mary Read était de ces êtres qu'on ne peut côtoyer sans en être irrémédiablement marqué. Elle possédait en elle trop d'énergie, de vitalité et de force de vie pour ne pas en nourrir ses proches, trop libre pourtant pour s'aliéner à un seul. C'était cette indépendance qui l'avait rendue plus désirable et aimable que les autres. Parce que l'on rêve toujours de s'approprier la liberté d'autrui, comme si une part de celle-ci pouvait alors couler en nos veines et nous grandir.

Emma de Mortefontaine pouvait tout s'offrir, tout posséder, sauf cette âme sœur.

Et tous ses démons n'y avaient rien pu changer.

Mary Read morte, c'était une part d'absolu qui s'en était allée.

Elle ignorait ce qu'il était advenu du crâne de cristal après qu'il eut rejoint le trésor de François Ier, et n'avait en fait plus véritablement eu envie de le savoir.

Qu'avait-elle besoin de ce trésor, d'ailleurs ?

L'assassinat de Tobias Read, ajouté à celui de Jean de Mortefontaine, avait fait d'elle une des plus riches veuves d'Angleterre. Outre le commerce fructueux que sa flotte de navires lui offrait, elle avait hérité d'une plantation en Caroline-du-Sud, d'un comptoir de négoce à Cuba et de nombreux domaines. Tobias Read n'avait aucune descendance et pas d'autre parentèle qu'une vieille tante, bien assez fortunée et âgée pour ne pas lui causer d'ennuis avec de ridicules prétentions.

Quelques mois durant, elle s'était laissé porter par les événements, se distrayant de la colère de son voisin en Irlande. Refusant de s'abandonner à son instinct. Cet instinct qui lui avait fait croire une fois déjà en l'extraordinaire capacité pour Mary de demeurer en vie. Il avait pris la forme d'une rébellion en son ventre chaque fois qu'elle fermait les yeux, hantée par son souvenir. Une rébellion qui était devenue certitude et, par là même, servitude.

Elle avait fait l'amour avec William Cormac, l'avait perverti, lui si prude et si prudent, en imaginant sur elle les doigts de Mary, le souffle de Mary, la chaleur de Mary. Elle avait joui d'un corps d'homme en rêvant de celui d'une femme, incapable pourtant d'en désirer ou d'en aimer une autre. Elle n'avait pas de goût pour le saphisme. Elle n'avait de goût que pour Mary, si ambiguë, si mordante, si semblable à elle.

Emma de Mortefontaine ne pouvait et ne pourrait aimer que son double.

Lorsque, épuisée de ne désirer plus rien quand elle possédait tout, elle avait finalement accepté de se fier à son intuition, elle avait senti renaître en elle l'envie de vivre vraiment. Elle avait aussitôt chargé l'Homme en noir de s'enrôler sur le navire de Forbin et de la tenir informée de ce qu'il s'y passait. S'accrochant à l'espoir qu'un jour ou l'autre, si Mary refaisait surface, ce serait vers lui ou vers Corneille qu'elle se tournerait.

Puis, quittant l'Irlande et Cormac, elle s'était mise à l'attendre, à Douvres, dans sa maison, espérant qu'attirée par le trésor Mary viendrait à elle. Obsédée par mille questions sans réponses, Emma s'était torturée une année durant, s'activant à gérer ses affaires, languissante et maussade, acceptant les avances de ses galants pour les repousser avec violence l'instant d'après, s'épuisant d'un espoir qui tournait au désespoir. Elle avait renvoyé Amanda, sa domestique qui se désolait toujours de la disparition étrange de Mary Oliver, ne gardant que son mercenaire, George, à ses côtés. Lui seul avait trouvé sa patience. Parce qu'il savait, comme tous les gens de l'ombre, s'y tenir pour mieux s'y fondre, accepter pour mieux partager.

George, son homme à tout faire, était sans doute le seul à l'aimer assez pour tout pouvoir supporter.

Y compris sa souffrance de ne pas se résigner quand tout l'y invitait. Il avait fini peu à peu par gagner à ses côtés la place qu'il espérait. Pas au grand jour, non. George n'aurait pu se satisfaire d'une perruque poudrée et d'un costume de nobliau. Il se contentait d'une caresse lorsque, défaite et douloureuse, Emma l'attirait à lui, en toute confiance, pour s'épancher. Lui faisant l'amour seulement lorsqu'elle le réclamait. Avec abnégation. Jamais il ne l'aurait trahie ou blessée. Jamais il ne lui aurait fait le moindre mal. Il serait plutôt mort pour la protéger. Peu à peu, il lui avait insufflé l'envie de sa quête perdue.

C'était passé par une suggestion : pourquoi ne pas aller en Caroline-du-Sud visiter cette plantation qui rapportait un gros bénéfice ? Emma refusait de quitter Douvres, de peur de manquer Mary si elle y revenait. George avait su la convaincre. Pendant tous ces mois, Mary s'était tue. Il fallait accepter. Accepter l'inacceptable.

Emma s'était finalement embarquée avec lui. Elle avait découvert la petite ville de Charleston, aux maisons de bois et de colonnades, s'était étonnée de son climat, et de ces nègres souriants malgré le poids de l'esclavage. Elle avait soudainement senti s'alléger le sien. Elle y était demeurée, six mois durant, retrouvant progressivement le goût de vivre. Aussi, lorsque George lui avait naturellement proposé de partir pour le Yucatán après avoir visité Cuba, avait-elle cédé. Ensuite, elle regagnerait l'Europe.

Elle emportait toujours dans ses bagages un coffret d'ébène sculptée, qui renfermait l'œil de jade et la carte indiquant l'emplacement du trésor, comme une relique dont elle ne pouvait se séparer. « Et si c'était là, au Yucatán, que Mary Read s'était rendue ? » avait chuchoté une petite voix dans sa tête. Cela pouvait expliquer son silence. Emma, le cœur battant, l'espoir au ventre, avait monté une expédition pour Lubaantun, guidée par la carte de l'Espagnol. Elle avait trouvé la cité maya, le temple, forcé son portique, et tâtonné les parois. Elle avait caressé la stèle abandonnée, cherchant à deviner le mécanisme d'ouverture de la paroi.

Sans succès. Son mystère l'avait narguée.

Emma avait dû se rendre à l'évidence que Mary n'était pas arrivée jusque-là. Dépitée, et coléreuse, elle avait entrepris de forcer cette porte cachée, certaine d'y parvenir quand tant d'autres avaient échoué. Pour ce faire, elle avait retourné chaque grain de poussière et avait finalement repéré une fine aiguille de cristal entre deux cailloux grossiers, dans un angle de mur. Ensevelie sous la poussière. Oubliée. Par qui ? elle l'ignorait. À quoi servait-elle ? elle l'ignorait. Elle n'avait rien pu obtenir d'autre. La salle secrète lui était demeurée inaccessible.

Elle avait décidé d'abandonner.

Au moment pourtant où elle avait voulu ranger l'aiguille de cristal dans le coffret, celle-ci s'était mise à scintiller au contact de l'œil de jade. Emma s'en était tant intriguée qu'elle avait passé des jours entiers à examiner le phénomène. Rapprochant puis séparant les pièces l'une de l'autre, faisant se toucher les deux éclats de cristal. Ensemble, ils émettaient une lueur douce et apaisante, et leur eau devenait si limpide que le regard d'Emma aurait pu s'y refléter.

Revenue à Cuba, elle s'était procuré d'autres éclats de cristal, pensant qu'ils agiraient de même, et avait dû se rendre à l'évidence du contraire. Ils n'avaient aucun effet ni sur l'aiguille ni sur l'œil. Elle s'était renseignée auprès d'un joaillier, qui avait été incapable d'expliquer le phénomène et s'était même étonné de la structure du cristal. Il semblait taillé contre toute logique.

C'est alors que le désir de savoir, de comprendre, était revenu en elle, éclipsant soudain ces deux années d'attente et de leurre. Assorti d'une nouvelle certitude, qui avait tout à coup rejoint celle de Tobias autrefois. Bien au-delà du trésor dissimulé par les Espagnols, quelque part dans ce temple maya se trouvait un autre mystère, bien plus excitant et troublant.

Emma de Mortefontaine s'était enfermée dans sa cabine durant toute la traversée qui l'avait ramenée vers la France, ravie que la chance ait écarté de sa route les pirates qui sévissaient en nombre dans les Caraïbes.

Parvenue à Calais, son deuil était fait, et Mary Read enfin enterrée. Emma de Mortefontaine s'était trouvé une nouvelle obsession. Coûte que coûte, il lui fallait récupérer le crâne de cristal. Elle avait donc repris les recherches de Tobias Read là où il les avait arrêtées, avant sa mort.

Le temps ayant passé sur sa trahison, elle avait été accueillie courtoisement à la cour par lord Melfort. Elle avait fait la preuve, ces années durant, qu'elle avait cessé de se mêler de politique et on lui avait su gré de s'être tenue en exil jusque-là.

Dans l'ombre des Stuarts, rien n'avait changé.

Emma de Mortefontaine, bien plus maligne que Tobias Read, n'avait pas eu besoin de laissez-passer. Après quelques mois à se mêler aux conversations, elle avait réussi à découvrir l'emplacement des caisses d'archives. Elles avaient été stockées sous le théâtre, dans un renfoncement antérieur aux travaux d'aménagement. George, amené avec elle, avait récupéré le tout sans se faire remarquer, en plusieurs voyages, serrant les précieux documents subtilisés sous une livrée de valet. Emma de Mortefontaine n'avait plus eu qu'à les trier dans son hôtel particulier de Saint-Germain-en-Laye, rouvert pour la circonstance.

Trois jours plus tard, elle en était ressortie triomphante et avait raconté à George qu'elle tenait enfin une piste.

Celle-ci la menait rue de l'Hirondelle, à l'hôtel de la Salamandre, chez maître Dumas, ancien procureur au Châtelet.

# 29.

Parvenu à destination, George, reconverti en cocher, immobilisa la voiture devant l'hôtel de la Salamandre qu'il n'avait eu aucune difficulté à identifier deux jours auparavant. L'animal avait été sculpté dans la pierre de voûte, au fronton du porche. Il s'était renseigné sur le propriétaire de l'endroit. Son histoire était étonnante. En effet, peu de temps après s'être retiré de ses fonctions et installé dans cet hôtel particulier, maître Dumas avait manifesté les signes d'une indécente et fulgurante richesse. De sorte qu'on ne parlait de lui qu'à mots couverts, et en se signant, l'œil furtif, de peur d'attirer le diable qui, selon ses voisins, venait souvent le visiter. George en avait aussitôt fait son rapport à Emma, qui avait décidé de s'y rendre au plus tôt.

Le crâne de cristal avait été offert par François Ier à Anne de Pisseleu, sa maîtresse en titre, en même temps que cet hôtel particulier de la rue de l'Hirondelle, racheté aux évêques de Chartres. Quoi que maître Dumas ait pu découvrir dans cette demeure, longtemps inhabitée après la mort d'Anne de Pisseleu, ce ne pouvait qu'être en relation avec le fabuleux secret du crâne de cristal.

Emma avait envisagé l'hypothèse que ce maître Dumas soit lui-même entré en possession du trésor volé par les Espagnols, ce qui aurait pu expliquer sa soudaine fortune.
Elle brûlait de le vérifier.

Elle descendit de la voiture en relevant sa jupe et posa son escarpin sur le marchepied, révélant une fine cheville, blanchie par la soie du bas.

Comme chaque fois, George se troubla et le regard dont il la couva s'attarda avec plaisir sur le balancement gracieux de ses hanches tandis qu'elle s'avançait pour toquer à la porte du logis.

Au bout de quelques minutes, une femme au visage buriné par les ans, le dos légèrement voûté, l'allure pourtant fière, lui ouvrit et s'enquit du motif de sa visite.

— J'aimerais rencontrer maître Dumas, avança Emma, le visage avenant et le sourire charmeur.

La femme, bien mise, trop pour une domestique, jaugea Emma des pieds à la tête. Plus suspicieuse qu'étonnée, elle s'écarta pour la laisser entrer.

— Si vous voulez patienter dans le petit salon, dit-elle en la guidant. Mon époux est occupé, je vais aller le chercher.

Emma s'immobilisa sur le seuil de la pièce pour la regarder gravir sans peine les marches d'un escalier qui s'ouvrait dans le vestibule, lequel desservait une cuisine, une salle à manger et deux salons de réception. « Ainsi donc, remarqua Emma, maître Dumas est plus âgé que je ne l'imaginais ! Et marié ! Qu'à cela ne tienne ! Même mourant, un homme reste un homme, et celui qui me résistera n'est pas encore né. »

Elle s'installa dans le petit salon pour attendre, remarquant que le mobilier était cossu et que sur le fronton de la cheminée une salamandre était également sculptée.

Un coffre ouvragé occupait un mur entier. Là encore on y retrouvait les armoiries de François Ier. En face se trouvait une bibliothèque dont les rayonnages garnis de livres s'étageaient jusqu'au plafond mouluré, tandis que sous une fenêtre donnant sur la rue se tenait une écritoire délicatement ouvragée. Recouvrant le plancher, deux tapis de Perse aux motifs chatoyants indiquaient clairement l'opulence de la maisonnée. S'il n'avait flotté dans l'air, malgré la brassée de roses sur un guéridon, une légère odeur de moisissure et de renfermé, Emma aurait pu s'imaginer chez quelque noblesse au goût sûr. Certainement bien loin de l'ordinaire d'un ancien procureur au Châtelet.

— Vous souhaitiez me rencontrer, madame ?

Le timbre était clair et haut, le pas si léger qu'Emma ne l'avait pas entendu glisser, absorbée par la contemplation d'une horloge dont une fois encore une salamandre ornait le balancier.

Elle se retourna avec grâce et légèreté, et put difficilement cacher sa surprise devant l'homme qui, mains nouées dans le dos, la narguait d'un regard clair, vif et intelligent. Malgré la vieillesse qui marquait un visage carré et imposant de virilité, maître Dumas affichait un port et une allure que l'on pouvait difficilement oublier.

Emma se présenta, puis, répondant à l'invitation courtoise de son hôte, s'installa dans un des fauteuils qui complétaient le mobilier de la pièce.

Elle n'eut pas le cœur de refuser la liqueur de verveine que Mme Dumas lui proposait et s'empara du verre qu'elle lui tendait avec une sincère curiosité. Seuls les maîtres verriers de l'île de

Murano, à Venise, pouvaient souffler le verre avec autant de finesse et de précision.

— Je connais le but de votre visite, madame, attaqua maître Dumas d'emblée. Tout ce que vous pouvez voir ici corrobore parfaitement l'histoire qu'on a dû vous raconter à mon sujet. Comme d'autres avant vous, friands de mystère et de diablerie, vous repartirez en vous étonnant de mon âge avancé, mais bredouille. Je n'ai pas d'explication à donner.

— Je vous prie de m'excuser, maître Dumas, réagit aussitôt Emma. Il n'est pas dans mes habitudes de considérer les êtres auréolés d'étrange renommée comme des phénomènes de foire. Ma visite ne répond pas aux ragots, mais à une quête, bien au-delà de ce que vous pouvez imaginer.

— En ce cas, s'adoucit maître Dumas en souriant, je vous écoute, madame.

— Il se trouve que je suis une parente éloignée d'Anne de Pisseleu. Descendante d'une sœur de sa mère. Elle était propriétaire de cet hôtel particulier, si je ne me trompe.

Maître Dumas hocha la tête et Emma comprit qu'elle avait marqué un point dans son estime. Son œil s'était illuminé furtivement d'un éclair d'intérêt. Elle feignit de ne rien remarquer et poursuivit le mensonge qu'elle avait préparé.

— Je suis entrée en possession, il y a quelques mois de cela, d'une malle contenant divers objets ayant appartenu à Anne de Pisseleu. Parmi ceux-ci son journal intime. J'avoue avoir pris plaisir à le lire et me suis sentie proche de mon aïeule, au point d'avoir eu envie de retrouver certains lieux et objets qu'elle aimait.

— Est-ce dans ce journal que vous avez découvert cette adresse ?

— En effet, monsieur. Je mentirais en disant que j'y suis venue par hasard.

Mme Dumas blêmit et porta ses mains à ses lèvres fines.

— Alors vous savez... gémit-elle.

Son époux lui lança un regard dur, pour lui intimer l'ordre de se taire. Se fiant à son intuition, Emma profita de leur trouble.

— Rassurez-vous, continua-t-elle avec délicatesse. Loin de moi l'idée de revendiquer cette fortune dont vous jouissez. J'en possède bien assez moi-même. Dans la mesure où vous l'avez trouvée, elle vous appartient...

— Je vous en remercie, la coupa maître Dumas, l'œil plus perçant que jamais.

Il avait au long de sa carrière appris mieux qu'aucun autre à reconnaître la fourberie et, aussi éclatante et charmeuse que soit sa visiteuse, il demeurait persuadé qu'elle mentait.

S'il n'était pas dupe de sa parentèle, il devait reconnaître qu'elle ne ressemblait pas à ces curieux qui, sous des prétextes souvent futiles, venaient le visiter. Emma de Mortefontaine était d'une autre trempe, et il était curieux de découvrir laquelle.

Emma toussota légèrement dans son mouchoir de dentelle. Elle brûlait d'envie de connaître l'âge de cet homme, qui la scrutait sans s'en cacher le moins du monde, comme s'il était au-delà de toute convenance. C'était souvent l'apanage des anciens. Elle n'avait rencontré cela qu'une fois dans sa vie. En Irlande, chez ce voisin qui lui avait fait un procès. Peu de temps avant de mourir, celui-ci avait exigé qu'elle lui rende visite. Emma y avait consenti par curiosité et aussi par bravade. Elle avait obtenu ce qu'elle souhaitait. Grâce à

William Cormac, la plainte de l'acariâtre, comme elle se plaisait à l'appeler sans le connaître, disparaîtrait avec lui.

Il l'avait reçue alité, prêt à passer et cependant plus digne qu'elle ne l'aurait pensé. Elle s'était présentée à lui certaine de son triomphe, ravie d'avoir gagné cette guerre d'intérêt, mais en était repartie troublée, gênée et honteuse. L'acariâtre avait montré dans son discours plus de grandeur d'âme et d'honneur qu'elle n'en aurait jamais. Au point qu'Emma de Mortefontaine avait, avec respect, accompagné le pas du cheval menant le corbillard au cimetière. Pour une fois dans sa vie, Emma de Mortefontaine avait éprouvé du regret.

Maître Dumas faisait sur elle le même effet. Elle décida d'en terminer avant de se sentir désagréablement vulnérable.

— Anne de Pisseleu faisait souvent référence à un objet étrange qui la fascinait au plus haut point et qu'elle se fit offrir par François I$^{er}$ en même temps que cet hôtel. Un objet en cristal.

— Je suppose que vous voulez parler du crâne, répondit aussitôt maître Dumas.

Emma sentit les battements de son cœur s'accélérer. Elle hocha la tête et ajouta :

— Vous l'avez donc découvert...

Ce fut Mme Dumas qui répondit cette fois :

— Il se trouvait avec le reste du trésor d'Anne de Pisseleu.

Son mari poursuivit, agacé que sa femme en dévoile plus qu'il ne le souhaitait. Il n'avait pourtant plus le droit de se taire. Le mieux qu'il pouvait faire pour tester sa visiteuse était, au fond, de tout lui révéler. Il n'avait plus grand-chose à perdre de toute manière. Il était bien trop vieux désormais pour s'inquiéter de quoi que ce soit, même si sa curiosité était loin d'être satisfaite.

Celle-là seule le tenait en vie.

Celle-là et les préparations alchimiques.

— J'ai acheté l'hôtel de la Salamandre il y a presque vingt ans, reprit-il après avoir demandé à son épouse de leur resservir une rasade de liqueur de verveine. Je venais de prendre ma retraite et avais accumulé un joli pécule. Logé grâce à ma fonction de procureur, j'étais alors sans maison et celle-ci était à vendre. Mon épouse la jugea à son goût, d'autant qu'on nous apprit qu'elle avait abrité les amours du roi de France et de sa favorite. Jeanne, mon épouse, était passionnée d'histoire. Mon intérêt à moi était d'une autre nature. J'ai toujours cherché le grand œuvre...

— Le grand œuvre ? l'interrompit Emma.

— La pierre philosophale, l'élixir de longue vie, l'art de transformer le plomb en or pur. J'aime, bien au-delà de ces contingences purement matérielles, distiller les eaux-fortes et le vif-argent, utiliser l'antimoine et la racine de mandragore. J'aime jouer les apprentis sorciers et me mêler de science sur les traces des grands initiés. Je ne suis pourtant qu'un amateur et mes filtres ont tout juste servi à nettoyer quelques pierres précieuses des taches qui les souillaient. J'avoue sans honte que la passion n'est pas tout. L'intelligence moins encore. Il faut le don et la prescience. Je ne les ai jamais eus. J'avais à cette époque, en revanche, un disciple brillant, avisé, curieux et fort jeune. Une quinzaine d'années à peine. J'étais censé lui enseigner mon métier de procureur, mais il s'intéressa davantage à mes lubies et s'y montra si efficace que, ma retraite prise, je le reçus bien volontiers en visite ici, pour continuer ses recherches, chaque fois que ses loisirs le lui permettaient.

« Autant dire que ce fut de plus en plus souvent. Jusqu'au jour où je m'emportai de le voir gâcher son avenir en demeurant ainsi à mes côtés. Manquant de sérieux à l'Université, il s'était fait renvoyer et sa carrière de procureur s'était éteinte avant d'avoir commencé.

— Qui était-il ?

— Son origine est une énigme, avoua maître Dumas. Il s'est avancé un matin comme je descendais de voiture, a brandi une bourse rebondie, un regard droit et fier et m'a apostrophé en disant : « Je veux devenir procureur à votre exemple. Enseignez-moi car vous seul le pouvez. Je vous paierai plus et mieux qu'aucun autre. » C'était contre toute pratique. Je crois que c'est cela qui me plut chez lui. Je l'ai fait entrer et l'ai interrogé. En moins d'une heure, il m'a convaincu d'une éducation solide, d'une pertinence, d'une intelligence et d'une vivacité d'esprit hors normes dont beaucoup se seraient félicités. De son enfance, il m'avoua seulement être orphelin, de noble naissance, mais menacé d'être tant persécuté s'il en révélait le secret qu'il préférait la taire et l'oublier à jamais. Je dus me contenter d'hypothèses, mais aucune qui me satisfît. Chaque fois que j'avais le sentiment d'approcher sa vérité, il lançait, avec une fausse innocence, un argument pour la contredire et m'en éloigner. Je vous l'ai dit, madame, il était très doué.

Maître Dumas s'interrompit pour se moucher longuement, puis reprit :

— Quant au nom de ce garçon, il me demanda de lui en choisir un qui me plaise assez pour qu'il me soit agréable à prononcer. Il devint donc Mathieu. Je suis certainement le seul pourtant à le prénommer. Pour tous, aujourd'hui, il est devenu le marquis de Baletti, patricien au Grand Conseil de la république de Venise. De sorte que la surprise qu'il provoqua chez moi autrefois s'est transformée en admiration et respect.

— Comment en est-il arrivé là ? s'étonna Emma, de plus en plus intriguée.

— À cause, justement, de cette fameuse colère dont je vous parlais, chère madame. Je trouvais absurde qu'il gâche son temps et ses capacités auprès d'un vieillard qui reproduisait les secrets des anciens sans rien y apporter. Mon talent avait été dans mon métier, je vous l'ai dit, pas hélas dans ma passion. J'avais installé mes cornues dans une des chambres, au grand désespoir de mon épouse qui considérait comme irresponsable et criminel la construction d'un four alchimique dans cette bâtisse. Dans l'emportement que mit Mathieu à me prouver son attachement et sa certitude d'atteindre au grand œuvre, il renversa un acide qui attaqua aussitôt la cire du plancher. Pour rien au monde il n'aurait voulu mécontenter mon épouse.

— C'est bien vrai, nota Mme Dumas. Mathieu ne perdait aucune occasion de m'être agréable.

— La catastrophe coupa net ma colère et son élan. Il se précipita, revint armé de chiffons et m'assura qu'il allait tout remettre en état avant le retour de Jeanne, partie au marché. Il refusa mon aide, arguant que s'activer à quatre pattes était indigne du grand procureur que j'avais été. La vérité était que mes rhumatismes me faisaient souffrir atrocement à l'époque et qu'il ne voulait pas me vexer. Il a surgi ici même, quelques minutes plus tard, après avoir dévalé l'escalier, me sommant de l'accompagner, affirmant qu'il avait fait une miraculeuse découverte, qu'il fallait des bougies, des bougeoirs, une lanterne... Il était si excité que j'ai rassemblé le tout sans discuter, sans même en demander davantage. Il avait consciencieusement entrepris de décaper le plancher, tirant dans le corridor le peu de mobilier qui encombrait la pièce, y compris la table recevant les cornues. Dans un angle du mur de la chambre se trouvait le coffre que voici.

Il désigna celui frappé d'une salamandre qu'Emma avait aperçu en arrivant.

— Nous en avions pris possession en même temps que la maison. Ni ma femme ni moi n'avions envisagé de le déplacer. Mathieu s'y était employé, dégageant l'espace qu'il occupait. C'est en s'accroupissant au sol qu'il avait réalisé que ce qu'il avait pris à première vue pour un rajout de planches était en réalité une trappe.

— Où menait-elle ? demanda Emma, certaine déjà de la réponse.

— Dans une salle voûtée et circulaire, sans doute une ancienne cave, au terme d'un étroit escalier enclavé dans la muraille. Nous n'avions jamais remarqué que la pièce située au-dessous de la chambre était plus petite qu'à l'étage. Il eût fallu mesurer pour en juger. C'est plutôt inhabituel, vous en conviendrez. À quelles fins ? Cela demeure un mystère. Quoi qu'il en soit, ce passage avait été muré, peut-être sur l'ordre d'Anne de Pisseleu elle-même. N'en parle-t-elle pas dans son journal ?

Emma secoua négativement la tête. Et pour cause ! Elle était bien trop impatiente de la suite. Maître Dumas enchaîna, ravi au fond de cet auditoire plus attentionné qu'un enfant devant un conte merveilleux :

— Ce qui me fascina dans un premier temps furent les coffres que cette salle contenait. Ils étaient au nombre de sept. De même facture et tout aussi volumineux que celui déplacé dans la chambre par Mathieu. « En les ouvrant, nous demeurâmes stupéfaits. Bijoux, gemmes, or, étoffes somptueuses, tapis, vaisselle rare de porcelaine, de verrerie. Tout ce qui avait été précieux pour Anne de Pisseleu, tout ce que François Ier avait offert à sa maîtresse en gage de son amour était rassemblé là, dans ces coffres au couvercle orné des deux blasons mêlés du roi et de sa favorite.

— Comme Diane de Poitiers et Henri II, le fils même de François Ier, interrompit Mme Dumas.

— Le crâne de cristal en faisait partie, n'est-ce pas ? s'enquit Emma, pour couper court à ces digressions.

Elle se désintéressait des histoires d'amour d'Anne de Pisseleu, du roi, de son fils ou du reste du monde.

— C'est Mathieu qui le trouva, reprit maître Dumas. Alors que je n'en finissais pas de m'extasier à chaque découverte, lui restait là, fasciné par cette étrange chose, comme sans doute Anne de Pisseleu l'avait été. Lorsque, réalisant enfin la richesse miraculeuse qui nous tombait entre les mains, je lui offris de la partager, il la refusa en souriant, puis me montra le crâne et demanda seulement s'il pouvait le garder.

— Vous le lui avez donné, conclut Emma, déçue de ne pas le voir et le toucher dès à présent.

— Bien sûr. Lorsque mon épouse, revenue de ses courses et inquiète de notre silence, nous rejoignit dans cette cave après en avoir découvert l'accès, nous le suppliâmes de prendre tout ce qu'il souhaiterait. Nous en avions bien plus qu'il ne nous en fallait pour terminer aisément notre existence. Nous n'avions plus de descendance. Nos deux fils nous avaient quittés, l'un victime d'un accident, l'autre de la petite vérole. Il était pour nous bien plus cher que ces quelques objets. Il refusa pourtant, nous certifiant qu'il ne manquait de rien et qu'avant d'être assassinés ses parents avaient pris la précaution de le nantir. Ce fut la seule confidence qu'il nous consentit. Parler de ce passé lui était trop douloureux, nous le comprîmes à son visage bouleversé par ses souvenirs. Nous lui avons assuré qu'il trouverait toujours une famille auprès de nous et qu'à notre mort, que nous imaginions proche, tout ceci lui reviendrait.

— Savez-vous ce qu'il a fait, madame? demanda Mme Dumas, les yeux brillants d'émotion.

Emma secoua la tête, touchée plus qu'elle n'aurait voulu l'admettre.

— Il s'est mis à rire et nous a promis une vie sinon éternelle, du moins exceptionnelle de longévité, ajoutant qu'il nous aimait sincèrement et que c'était pour cette raison qu'il avait renoncé au métier de procureur, lui préférant le grand œuvre. Il tenait à nous garder longtemps à ses côtés.

— Le plus surprenant, madame de Mortefontaine, c'est qu'il l'a fait, compléta maître Dumas en prenant dans sa main celle, tremblante, de son épouse.

Ils échangèrent un long regard complice qui troubla Emma. Jamais encore elle n'avait été témoin de tant d'amour ainsi partagé. Le visage de Mary Read passa devant ses yeux et elle le chassa d'un geste agacé. Ne pas se laisser attendrir, avaler par le désespoir, par le manque.

Elle était là dans un but bien précis.

La remarque de maître Dumas l'intrigua assez pour l'y ramener.

— Que voulez-vous dire, maître ? Que Mathieu aurait accédé à ce que vous appelez le grand œuvre ?

— Oui, répondit-il sans hésiter. Il lui fallut deux années à nos côtés. Étonnamment, pourtant, ce n'était pas devant les cornues que son inspiration venait. Il s'enfermait dans cette cave, au milieu des trésors, et prenait le crâne entre ses mains, pour fixer ses orbites creuses. Chaque jour, plusieurs heures durant. Il affirmait que le crâne de cristal l'apaisait, l'aidait à réfléchir, à se concentrer, à rassembler ses idées. Il ne possédait cependant aucun talent magique, je puis l'assurer, car, à l'exemple de Mathieu, je m'y suis concentré de même, dans l'espoir que le génie me viendrait. Deux ans plus tard, Mathieu nous quittait en emportant le crâne de cristal avec lui à Venise où il souhaitait s'installer. Il avait l'ambition d'aider les hommes à calmer leurs tourments. Il rêvait d'unifier les peuples, de faire taire les guerres, de prévenir et guérir les épidémies, de générer un ordre où le bonheur serait équitablement réparti entre les hommes, du plus servile et simple au plus grand. Il rêvait d'un monde meilleur, madame, et voyez-vous, moi qui connais le cœur et les vices des hommes, moi qui peux me vanter de discerner le coupable de l'innocent sans me tromper, moi, madame, je me suis incliné en le serrant dans mes bras comme le fils qu'il était devenu. J'ignore si le crâne de cristal lui avait inspiré ces élans impensables, absurdes et irréalisables, pourtant, s'il était un être en ce monde capable de les imaginer et de les construire, c'était bien Mathieu. La tâche est lourde et longue, mais à ce jour il continue d'œuvrer. Auprès des vieillards, des malades et des miséreux, dans l'ombre, proche des grands et du pouvoir, et de la même manière auprès des mendiants et des orphelins. Il se fait appeler là-bas le marquis de Baletti, mais nous savons, nous, désormais, son véritable nom.

— Il nous l'a dévoilé un jour dans une lettre, ajouta Mme Dumas. « Quel que soit le nom que je prenne ou qu'on me donne, je serai désormais et pour toujours Mathieu Dumas, comte de Saint-Germain », nous a-t-il écrit.

— Pourquoi comte de Saint-Germain ? demanda encore Emma.

— À cause des lettres d'amour de François Ier à Anne de Pisseleu. Nous en avons retrouvé une liasse dans un des coffres. François Ier signait toujours : *moi François, comte de Saint-Germain*, par affection pour la ville de Saint-Germain-en-Laye où il s'était installé. Le château rénové par ses soins, selon les idées d'Anne de Pisseleu, fut souvent le refuge des amants, avant de devenir la résidence préférée du roi.

Emma se leva. Elle en savait désormais assez. Rencontrer le marquis de Baletti à Venise serait chose facile.

— Je vous remercie, dit-elle. J'étais en quête d'une réponse à ma curiosité, je vous quitte avec une belle histoire.

— Vous avez l'intention de vous rendre à Venise, n'est-ce pas ? demanda le vieil homme, perspicace.

— J'aimerais voir ce crâne, en effet. À quoi ressemble-t-il ?

— À un crâne humain. Il en a la taille. Il possède une mâchoire articulée, dont le mécanisme est aussi miraculeux que la structure même du cristal dont il est fait. Un simple rayon de lumière suffit à le faire étinceler. J'avoue que c'est la plus belle chose qu'il m'ait été donné de contempler.

— J'espère que votre fils adoptif me le permettra, susurra Emma.

Maître Dumas se leva pour la raccompagner. Sur le pas de la porte, Emma se retourna vers lui, taraudée soudain par une dernière question.

— Qu'est-ce qui vous donne à penser que Mathieu a trouvé véritablement le grand œuvre ?

Le regard de maître Dumas s'illumina de malice.

— J'avais soixante-treize ans lorsque tout cela est arrivé et mon épouse cinquante. Je vous laisse compter, madame. Compter et juger par vous-même du miracle qu'il a fait.

Emma en demeura interloquée.

Maître Dumas lui décocha un clin d'œil qui traduisait encore une belle et saine vigueur, tout en lui signifiant son congé, et Emma se retrouva dehors, frappée d'évidence.

— En voilà une tête, madame, s'étonna George, qui, la voyant ainsi alors qu'il l'attendait, vint à sa rencontre. N'avez-vous rien découvert ? Je commençais à m'inquiéter.

Tout ce qu'Emma put lui répondre fut un chiffre, impossible, inconcevable. Un chiffre qui bousculait tout ce qu'elle avait pu imaginer.

— Quatre-vingt-treize. Maître Dumas a quatre-vingt-treize ans.

George ne fit aucun commentaire, malgré son incrédulité. Il savait que sa maîtresse lui donnerait en son temps tous les éléments qui lui manquaient. Elle lui emboîta le pas pour regagner la voiture et ajouta discrètement, le regard illuminé :

— Bon sang, George, si tout ce que ce vieillard m'a dit est vrai, alors Tobias avait bel et bien raison. C'est infiniment plus qu'un trésor que nous partons chercher...

# 30.

Mary s'avança d'un pas lent le long de l'allée centrale, évitant les regards braqués sur elle avec curiosité, refusant d'entendre les chuchotements qui naissaient à son passage. Elle était, au jour de ses noces avec Niklaus Olgersen, plus tendue qu'à l'approche d'un combat.

Le père de celui-ci tenait son bras avec la force tranquille d'un homme rompu aux cérémonies. Il connaissait tous les secrets de famille de ces gens, parents, amis ou simples curieux, qui se pressaient dans la petite église de Breda. Cela lui donnait une sincère importance et, quoiqu'il ait eu du mal à accueillir Mary sous son toit à cause de son absence de dot et de parentèle, il devait reconnaître qu'elle était bien assez originale pour mériter l'honneur que lui faisait son fils. En effet, contrairement aux habitudes des habitants de Breda qui ne manquaient jamais une occasion de médire des notables, tout en usant de cette hypocrisie de bon ton propre aux bourgeois, ceux-ci admiraient Mary Read, droite et fière dans sa robe de mariée grenat.

Deux mois s'étaient écoulés depuis qu'elle avait donné sa démission de l'armée, en même temps que Niklaus et son cousin chirurgien-barbier, le surnommé Tire-grenaille. En effet, huit jours à peine après la demande en mariage de Niklaus à Mary, le tavernier Gros Reinhart était mort d'un coup de sang, laissant son auberge, les Trois Fers à cheval, en héritage à son fils. Connaissant les aspirations de Niklaus à ce métier, Tire-grenaille avait proposé à son cousin une association d'intérêts. Niklaus avait aussitôt accepté, malgré les réticences de Mary.

— Cela vaut mieux pour moi que de me faire tuer à la guerre. À moins que tu ne rêves davantage d'un veuvage que d'un mari, l'avait-il taquinée.

— Ne sois pas stupide, Niklaus, avait répondu Mary. Ce que je ne veux pas, c'est que cela m'empêche d'aller prendre mon trésor.

Niklaus avait éclaté de ce rire joyeux qu'elle aimait tant, puis avait répliqué :

— Comme si l'on pouvait empêcher Mary Read de faire ce qu'elle désire !

Mary avait cédé.

Comme dans leur unité on s'était étonné de leurs départs consécutifs, Niklaus, sachant que, redevenue civile, Mary ne pouvait plus être jugée, avait répondu avec fierté :

— Je vais me marier.

— Et Read ? avait demandé le gradé, ennuyé de la perte d'aussi bons éléments.

— Read aussi, avait déclaré Niklaus, amusé.

— Voilà donc une curieuse coïncidence.

— Ce n'est pas une coïncidence, mon lieutenant. C'est le soldat Read que je vais épouser.

— Vous vous foutez de ma gueule, Olgersen ? s'était fâché le gradé.

Pour toute réponse, Niklaus avait annoncé la date du mariage et ajouté, en déposant ses armes sur le comptoir prévu à cet effet :

— Venez donc à la noce, mon lieutenant, et vous aurez la réponse.

Pour moins que cela, quelques minutes auparavant, il aurait été mis aux fers. La rumeur se répandit dans les rangs à peine leurs chevaux eurent-ils tourné bride.

De retour à Breda avec Tire-grenaille, Niklaus avait présenté Mary à ses parents, leur racontant sa bravoure au combat et l'extraordinaire destin attaché à ses pas, et leur demandant de l'héberger jusqu'au mariage tandis qu'il logerait à l'auberge des Trois Fers à cheval avec son cousin. Leur accueil avait été bien plus froid que Niklaus ne l'avait espéré. Aussi ne s'était-il pas étonné lorsque, après le déjeuner, son père, visiblement contrarié, l'avait entraîné à l'écart pour lui parler. Niklaus savait la conversation de sa mère charmante et n'avait eu aucun remords à laisser Mary en sa compagnie.

— C'est tout ce que tu as trouvé à nous ramener ? Une aventurière doublée d'une catin ! s'était offusqué Lucas Olgersen, à peine la porte de son étude refermée sur eux.

— Sauf le respect que je vous dois, père, s'était emporté Niklaus, osez encore seulement insulter Mary et vous ne nous reverrez jamais ! Apprenez plutôt à la connaître, elle aurait de nombreuses leçons à donner, de ces leçons que vous fûtes bien heureux, autrefois, de m'enseigner !

Malgré sa position, Lucas Olgersen avait baissé le nez devant ce géant qui le dépassait d'une tête. Il était bien placé pour savoir que la valeur des êtres n'était pas dans la fortune qu'ils affichaient. Il s'en était voulu de l'avoir oublié et, de retour dans le salon, avait entrepris de se faire pardonner, par mille délicates attentions, les mauvaises pensées qui l'avaient habité.

En moins de trois semaines, il avait dû lui reconnaître toutes les qualités évoquées par Niklaus, plus une que le vieux notaire avait su apprécier. Mary, qui avec sa future belle-mère s'activait aux préparatifs de la noce, parlait avec modestie et franchise, et s'avérait bien plus cultivée qu'elle ne le prétendait.

En ce jour de septembre 1696, les paris sur l'identité réelle du soldat Read et son prétendu mariage avec le maréchal des logis Olgersen avaient atteint les civils comme les militaires en place à Breda, et une petite fortune avait été récoltée par Vanderluck, mis dans la confidence avant la démission de Niklaus.

— Ce sera votre cadeau de noces, avait-il décidé en riant, ravi de la bonne farce que le soldat Read lui avait jouée.

Dans l'assistance qui n'en finissait pas de s'étonner, il était le premier à se réjouir et à s'en amuser.

Tandis que Mary atteignait enfin l'autel, rejoignant ainsi Niklaus et le pasteur, le lieutenant, leurs anciens camarades de régiment et nombre des perdants devaient admettre que Mary Read les avait tous bel et bien bernés.

Hans Vanderluck, promu maréchal des logis depuis le départ de Niklaus, s'était présenté auprès de ses supérieurs peu avant la noce. Les frimas s'installant précocement cette année-là, rapprochant les troupes des quartiers d'hiver, il avait demandé l'autorisation pour ses hommes d'assister aux épousailles de leurs anciens compagnons et par là même de vérifier l'enjeu des paris. La permission avait été accordée d'autant, lui avait-on répondu, que des négociations de paix se précisaient et qu'un traité avait toutes les chances d'être signé.

La cérémonie fut brève, comme Mary l'avait voulu. Elle souffrait désormais des reins et, plutôt que de l'attribuer à son état de future mère, l'expliquait par le manque d'activité.

Il y avait une autre raison à ce choix, pourtant.

Au fil des jours, Mary n'avait cessé de douter, de craindre ces épousailles et leurs conséquences, même si elle prenait plaisir à sa nouvelle famille, même si elle se sentait choyée par Niklaus, même si elle se trouvait heureuse de sa chance. Tout cela lui semblait trop beau, trop parfait, trop facile pour être vrai.

Lorsque le pasteur lui demanda si elle désirait épouser Niklaus Olgersen, prononçant la formule consacrée avec solennité, elle retint une envie de fuir qui lui donna la nausée. L'enfant se mit à cogner dans son ventre pour lui rappeler sa présence et ses responsabilités. Mary refoula en elle son besoin impérieux d'indépendance et de liberté, se rassura au regard passionné de Niklaus, certaine de l'aimer assez pour aplanir les difficultés, et murmura un « oui » qu'elle eut l'impression de hurler.

Lorsque Niklaus la ceintura de ses bras pour relever son voile et l'embrasser, elle se sentit plus faible et vulnérable qu'au beau milieu d'un champ de bataille, cernée par les ennemis. Tandis que, dans la petite église pleine à craquer, on applaudissait leur étreinte, elle eut pour la première fois la désagréable sensation d'être vaincue, quand, avec eux, elle eût dû jubiler.

À peine la cérémonie religieuse achevée, Niklaus entraîna son épouse et ses amis vers l'auberge des Trois Fers à cheval où, assisté des cuisiniers et des filles de salle, Frida et Milia, Tire-grenaille avait dressé un gigantesque banquet destiné à satisfaire les invités trois jours durant.

L'auberge était située près de la grand-route qui menait à Château-Breda. C'était un beau corps de bâtiment en pierre qui, au rez-de-chaussée, comportait une cuisine et une vaste salle préparée pour plus de cent couverts. Proche du vestibule où diverses patères accueillaient les manteaux, se tenait une large planche de bois reposant sur des barriques sectionnées dans le sens de la hauteur, qu'on avait aménagées en étagères pour les chopes et les gobelets. Contre le mur du fond, face à lui, une estrade supportait plusieurs barriques qu'un robinet permettait de vider. La réserve se tenait au sous-sol, dans une cave à laquelle on accédait par un escalier caché sous une trappe. La cheminée occupait un large espace dans le mur opposé à l'entrée. Dans son angle droit, des musiciens jouaient. De l'autre côté, un escalier menait vers l'étage où quelques chambres recevaient les voyageurs comme les gens de la maisonnée. Dans la cour, au centre, un puits donnait une eau claire et fraîche, alimenté par une source qui ne se tarissait jamais. Dans un recoin, deux cabanes de bois servaient de latrines, dissimulant un trou qui, grâce à un agencement de tuiles, permettait d'évacuer les saletés vers la fosse à purin.

En face du corps de bâtiment, on voyait encore les écuries et un emplacement pour garer les voitures. Plus loin, une basse-cour et un enclos où les cochons grognaient près d'une mare emplie de canards. Outre les six chevaux qui servaient de relais, on comptait deux ânes.

Les Trois Fers à cheval était sans conteste la plus belle auberge de la région, ayant pu s'agrandir et prospérer grâce à son emplacement privilégié, et à la clientèle assidue de l'armée basée à Château-Breda. Niklaus en avait fait faire le tour à Mary avec fierté et elle avait dû reconnaître que l'endroit aurait autant ravi Cecily qu'elle l'était.

Vin, bière, mangeaille et musique coulèrent à flots jusqu'au petit jour, et Mary ne cessa de passer de l'un à l'autre en souriant, retrouvant sa gouaille de soldat auprès de ses compagnons, ses manières de cour auprès des notables, ou sa simplicité de bru auprès de sa belle-famille. Jouer à être elle-même tout en étant multiple fut plus éreintant qu'elle ne l'aurait cru. Au petit jour, jouissant du privilège des époux de se retirer de la noce avant les autres, elle s'endormit d'un coup entre les bras de Niklaus, sans avoir la force de consommer leur union.

Au matin, il fallut recommencer. Et de même le lendemain.

Les présents emplissaient l'une des chambres de l'établissement. Mary remerciait tout le monde, riait quand il fallait rire, étreignait quand il fallait étreindre, plaisantait quand il fallait plaisanter, se montrait parfaite, heureuse et enjouée, acceptant toutes les remarques, des plus grasses et soldatesques aux plus raffinées, avec l'impression de survoler tout sans s'y poser. Souvent, elle accrochait le visage lumineux de Niklaus, chantant à tue-tête avec ses compagnons, une chope de bière tiède en main, oscillant de côté au rythme d'un refrain, ou riant aux éclats. Lorsqu'il l'apercevait, attardée à le regarder, ses yeux s'illuminaient de gerbes d'étincelles et le cœur de Mary s'embrasait. Jamais aucun homme, pas même Corneille, ne l'avait aimée avec autant de passion. Elle le ressentait en chaque fibre de son être, et le lui renvoyait de même.

Elle se sentait bien.

Aspirée, hors du temps, hors des convenances, hors des vies successives qu'elle avait menées. À la fois légère, sereine et tourmentée. Elle se noya dans ce tourbillon festif avec l'étrange sensation que c'était une autre Mary Read que l'on fêtait. Une Mary Olgersen qu'elle n'était pas totalement certaine, quant à elle, de parvenir à aimer. Tenir une auberge n'avait rien d'excitant.

Mary s'y trouva cependant plus à l'aise que chez ses beaux-parents où Niklaus l'avait installée avant leurs épousailles. S'ils s'étaient finalement révélés charmants avec elle, elle préféra l'autonomie que lui procurait la gestion de l'établissement. Niklaus avait attendu la fin des festivités pour annoncer à son père qu'il s'était associé à son cousin. Cette fois, la dispute avait été si violente entre les deux hommes que Niklaus était parti en claquant la porte. Aussi fier et orgueilleux l'un que l'autre, ils campaient depuis sur leurs positions. Niklaus entendait faire valoir son point de vue, basé essentiellement sur ses goûts, Lucas Olgersen estimait quant à lui que le devoir d'un fils était de succéder à son père, et pour ce faire dans un premier temps d'apprendre le métier à ses côtés.

— Il te suffit bien d'avoir gâché tes épousailles en engrossant ta Mary, d'avoir jeté le déshonneur sur notre famille en autorisant des paris sur son sexe, il te faut en plus salir le nom que tu portes et celui que tu lui as donné en faisant de ta femme une tenancière de bordel !

— L'auberge de Gros Reinhart n'était pas un bordel ! avait objecté Niklaus.

— Ah non ? Parce que tu comptes renvoyer ces filles de salle, peut-être, et empêcher qu'elles se collent lascivement contre tes soudards de compagnons ?

— Mes compagnons ne sont pas des soudards, ce sont des soldats, et vous leur devez le respect pour défendre notre pays contre l'ennemi, s'était emporté Niklaus.

— Un jour ou l'autre, la paix sera signée et ce qui faisait le succès de l'auberge et de mon défunt frère disparaîtra dans l'exode des armées. Les Trois Fers à cheval perdra son auréole et redeviendra ce qu'il a été : un bordel pour gens de passage et fainéants du village. Persiste donc et tu regretteras de ne pas m'avoir écouté ! Il sera trop tard pourtant. Je ne donnerai pas ma succession à un tavernier !

Mary s'en était attristée. Elle avait su les aimer et comprenait sans peine leur sentiment. Niklaus était loin d'être sot et l'entendait de même, mais il y avait deux raisons à son entêtement.

La première était que son cousin était malade. À force de respirer sur des champs de bataille les odeurs nauséabondes de la putréfaction, de la gangrène et de la poudre avec laquelle il fallait parfois brûler les chairs, il souffrait d'une méchante toux qui, par moments, ramenait un filet de sang dans sa salive. Tire-grenaille prétendait en riant que ce n'était rien, mais Niklaus avait bien compris à sa façon de se comporter et même à sa manière de l'associer qu'il se savait condamné. Gros Reinhart et Lucas Olgersen, son frère, s'étaient toujours mal entendus, le commerce de l'un gênant le sérieux de l'autre. Souvent les deux cousins se voyaient en cachette pour ne pas que Lucas Olgersen soit dérangé dans ses activités de notaire par le qu'en-dira-t-on qui effrayait tant sa femme.

La seconde raison était que Niklaus pensait Mary beaucoup plus capable d'apprécier la vie d'une auberge que celle d'une étude notariale. À présent que les quartiers d'hiver s'annonçaient, il ne se passait pas une journée, une heure, une minute, qui ne soit festive, malgré le travail que la gestion hôtelière supposait.

Mary aurait davantage souffert du supplice des heures à broder, filer ou deviser auprès de sa belle-mère. Niklaus l'avait vue se languir d'ennui. Mary avait trop soif d'aventure pour enrouler des quenouilles en ayant l'air de s'amuser. Là, au moins, elle ne faisait pas semblant. Quant aux filles de salle, jamais Mary ne se serait abaissée à les traiter de putains. À l'auberge des Trois Fers à cheval, elles accomplissaient leur tâche avec l'honnêteté de leur condition. Gros Reinhart, veuf depuis de longues années, les avait toujours traitées avec bonté et indulgence, n'imposant à aucune sa couche et ne choyant pas davantage qu'une autre celle qui par pitié ou tendresse s'y invitait. Contrairement à ce que pensaient les bonnes gens de Breda, les habitués des filles des Trois Fers à cheval éprouvaient plus de respect pour elles que pour de nombreuses demoiselles de bonne famille qu'ils épousaient sans amour.

Niklaus n'avait pas à rougir de son choix. Il était persuadé que, peu à peu, bercée par cette ambiance et par sa maternité toute proche à présent, Mary finirait par oublier son trésor et trouver la paix. Non que l'idée d'aventures auprès d'elle lui déplaise, mais il n'avait aucune envie de la partager, et certainement pas avec ce Corneille dont elle lui avait tant parlé.

Qu'il soit ou non encore de ce monde n'y changeait rien. Les souvenirs sont parfois les rivaux les plus tenaces. Et Niklaus Olgersen était prêt à tout pour garder Mary Read à ses côtés. À tout, y compris à braver la terre entière. Y compris à l'aliéner.

# 31.

Ce soir du 20 septembre 1697, la paix de Ryswick venait d'être signée, mettant fin à la guerre de la ligue d'Augsbourg. La France n'en sortait pas victorieuse et dut faire de nombreuses concessions : elle restitua le duché de Lorraine, la rive gauche du Rhin, Brisach et Fribourg, ne conservant que Strasbourg. Elle rendit à l'Espagne ses villes flamandes, acquit la partie occidentale de Saint-Domingue et, malgré son attachement à Jacques II, fut contrainte de reconnaître Guillaume d'Orange comme roi d'Angleterre. En quelques heures, la grande salle du rez-de-chaussée des Trois Fers à cheval s'était noircie de soldats levant leur verre à la santé du grand stathouder de Hollande.

Les filles allaient et venaient, chargeant et déchargeant leurs plateaux selon que les chopes étaient vides ou pleines, acceptant en riant qu'on les enlace, qu'on leur embrasse le décolleté plongeant sous la dentelle de leurs bustiers lacés, ou qu'on leur claque les fesses. Certaines savaient d'une pirouette, leur plateau à bout de bras, s'échapper d'une étreinte en riant et en plaisantant.

Les musiciens jouaient sans discontinuer dans un halo de fumée. Les odeurs de tabac et de graisse brûlée en provenance des cuisines se mélangeaient, refoulées sur les tables par l'odeur des pommes de terre au lard qu'on y servait, nappées d'une onctueuse crème fraîche.

Mary, le ventre en avant, avait trinqué avec les soldats avant de se retirer, écœurée par ces odeurs de vinasse, de mangeaille et de tabac.

Elle monta l'escalier, abîmée par sa grossesse qui lui avait fait prendre vingt kilos, se demandant si cet enfer cesserait un jour. Elle n'en pouvait plus. Sur le palier, elle tourna la tête. Contrairement à ce qu'elle avait pensé, le regard inquiet de Niklaus l'avait accompagnée. Elle lui sourit et s'enferma dans leur chambre pour s'endormir aussitôt, incapable de se déshabiller.

Elle redescendit à l'aube, migraineuse, le ventre plus bas qu'à l'accoutumée, se jurant de ne pas tarder, après sa grossesse, à convaincre Niklaus de filer à ses côtés. Au bas des marches, elle trouva leur associé et cousin en train d'inhaler une décoction fumante d'herbes et de tourbe, la tête recouverte d'un torchon sale, le nez au-dessus de son bol malodorant. Il l'écarta à son approche. Mary le vit lever vers elle un visage blanc et émacié. Elle s'avança vers lui, une main sur ses reins, les jambes écartées, s'imaginant semblable à l'un de ces pachydermes dont son précepteur chez lady Read lui avait autrefois montré l'image.

Avant qu'elle ait pu lui demander comment il se sentait, il s'était redressé, manquant renverser le bol dans son élan. Il refoula une quinte de toux caverneuse et ordonna, entre deux sifflements :

— Remonte te coucher !

— Pourquoi ?

Elle lui trouva si mauvaise mine qu'elle crut d'abord qu'il cherchait à l'éloigner. C'est en sentant couler un liquide poisseux le long de ses cuisses qu'elle comprit ce que sa toux l'empêchait d'exprimer. Elle tourna les talons tandis qu'enfin il s'exclamait, s'appuyant à la table pour tricher avec sa faiblesse :

— Milia, Frida ! Faites bouillir de l'eau ! Mary va accoucher.

Mary immobilisa son pas sur l'escalier et se retourna en ayant le sentiment que les poumons de Tire-grenaille venaient de se déchirer.

Il vomit un sang clair sur la table tandis que les filles accouraient et qu'elle hurlait, ramenant Niklaus, déjà actif dans la cour, vers la maison. Il n'eut pas le temps d'intervenir. Personne ne l'aurait pu. Le regard de Tire-grenaille et celui de Mary se rejoignirent un instant. Celui de Mary s'emplit de larmes et de la douleur de sa première contraction. Celui du chirurgien-barbier de regret. Il s'écroula dans les bras de Niklaus, les narines pincées, cherchant un air que ses poumons ne voulaient plus trouver.

Vie et mort venaient de se croiser.

Quelques heures plus tard, dans l'auberge endeuillée naissait Niklaus Olgersen Junior, et Mary, pantelante et épuisée, se demandait quel destin ce sinistre présage lui réserverait.

— Il a laissé un testament en ma faveur, annonça Niklaus huit jours plus tard.

Tire-grenaille, comme Niklaus continuait d'appeler fraternellement son cousin, était enterré depuis trois jours. Trop faible encore, l'entrejambe déchiré par l'étonnante vigueur du nourrisson,

Mary n'avait pu assister aux obsèques. Sur les conseils de l'accoucheuse, qu'on avait envoyé quérir en même temps que le curé, elle devait demeurer couchée jusqu'à la cicatrisation de ses plaies, se contentant de se redresser pour allaiter son fils.

Mary se sentait empâtée, boursouflée, écartelée et souffreteuse.

— Et heureuse, jamais? s'était moqué Niklaus en l'embrassant sur le front.

— Je n'ai plus assez d'énergie pour ça, avait-elle répliqué, de méchante humeur.

— Tu en as assez pour te plaindre. Moi qui avais craint de te voir bêtifier devant ce chérubin, me voici rassuré.

Pour toute réponse, Mary, furieuse, s'était emparée du gobelet d'étain posé à son chevet et l'avait envoyé de rage se vider sur Niklaus. Il avait réussi à l'esquiver en riant, quittant la chambre tandis que l'objet s'écrasait contre le mur pour finir sa course sur le plancher. Puis, d'un pas gaillard, il s'était rendu chez son père qui l'avait fait demander.

— As-tu des excuses à me faire ? l'avait accueilli celui-ci sans préambule, la porte de son office refermée.

— Non, avait aussitôt répliqué Niklaus, mais j'ai un fils et pour lui j'aimerais que nous fassions la paix.

Les deux hommes s'étaient aperçus à l'enterrement de Tire-grenaille. Tandis que sa mère l'avait étreint en demandant des nouvelles de Mary, son père était demeuré distant et fier. Niklaus n'avait pas insisté.

— Ce n'est pas pour cela que je t'ai envoyé quérir, mais pour m'acquitter des dernières volontés de ton cousin. J'aurais grandement préféré, je l'avoue, qu'il s'adresse à un autre, mais comme tu le sais, outre le fait que je fus son parrain, je n'ai pas d'associé à Breda, avait déclaré le notaire sèchement.

Niklaus n'avait pas jugé bon de relever. Son père était l'homme le plus buté qu'il connaissait.

— Il t'a légué l'auberge ! s'exclama Mary en se dressant à demi sur le lit.

— Et tous ses biens. Il n'avait pas d'héritier. Il se savait condamné, c'est la raison pour laquelle Tire-grenaille avait tenu à m'associer à son affaire, pour faciliter les démarches administratives.

Près d'elle, Junior dormait en suçant son pouce. Mary, d'une main engourdie, était occupée à le bercer par un léger mouvement du poignet sur le montant du lit à bascule, lorsque Niklaus était entré tantôt. Sous le coup de la surprise, son geste s'était fait plus saccadé et l'enfançon avait grimacé. Mary avait ôté sa main. Il était grand temps pour elle d'avoir une conversation avec Niklaus.

— Que comptes-tu faire ? demanda-t-elle abruptement.

Niklaus comprit aussitôt le sens caché de sa question. Fin stratège, il savait qu'il ne servirait à rien de la brusquer. Il valait mieux ruser, comme il l'avait fait au moment de sa demande en mariage. Il était certain qu'avant longtemps Mary lui en saurait gré.

— La garder dans un premier temps selon le souhait de mon cousin. L'auberge nous assurera de quoi vivre confortablement jusqu'à ce que Junior ait grandi un peu et que tu aies retrouvé ta vitalité. Si je la vendais tout de suite, mon père s'empresserait de me récupérer à ses côtés et je n'aurais plus d'arguments pour refuser. Or ce n'est pas ce que nous désirons, toi et moi. Il me faut préserver mon indépendance si nous voulons partir à la recherche de ton trésor.

Mary baissa sa garde, désarçonnée par le sourire tendre et l'œil sincère de Niklaus.

— Je croyais que cela ne faisait plus partie de tes projets, avoua-t-elle.

— Je ne veux pas te perdre, Mary Olgersen. C'est cela mon seul et unique projet, assura-t-il en toute franchise. Accorde-nous vingt mois, Mary, ensuite, je te le promets, nous partirons en quête.

— Vingt mois.

Elle soupira.

— Tu l'aimes déjà, chuchota Niklaus en se penchant au-dessus d'elle, enlaçant les doigts de Mary qui, instinctivement, s'étaient crochetés sur le lit de Junior pour le bercer de nouveau.

— C'est vrai.

Leurs regards se fondirent en une même tendresse.

— Laisse-le grandir. Alors tu vivras avec lui la complicité que Cecily avait avec toi, mais sans douleur, sans heurt et surtout, Mary, sans misère. Je ne permettrai jamais que vous en souffriez.

— Vingt mois, accorda Mary.

— Le temps d'éloigner de lui les humeurs malignes des nourrissons. Le temps pour toi de cesser d'avoir peur de le perdre et de retrouver le goût de mes baisers. Le temps enfin pour Mary Read-Olgersen d'aller sereinement au-devant de sa destinée.

— Je t'aime, Niklaus, murmura-t-elle sur son souffle, retrouvant soudain l'envie de lui qu'elle avait perdue à force de détester son allure et ses maux de grossesse.

— Moi aussi, je t'aime. Je t'aime comme je n'ai jamais aimé.

Huit mois plus tard, les troupes s'étant éloignées pour reprendre les hostilités, le quotidien avait repris son cours à Breda. Comme chaque année à cette période, l'auberge souffrait d'un manque réel de clientèle. Lucas Olgersen s'en désolait secrètement, tout en affichant par orgueil le contraire. Niklaus et lui n'avaient toujours pas fait la paix.

Les musiciens ne jouaient plus que rarement, et la clientèle potentielle des habitants de Breda s'était tournée vers un autre établissement.

Niklaus possédait une fortune suffisante pour ne pas s'en inquiéter pendant encore de longues années. La perspective de la signature du traité de paix que l'on prédisait pour l'automne ne l'inquiétait pas. Il avait d'autres projets.

Sur l'auberge désespérément vide, le soleil se couchait, embrasant un azur dégagé de nuages. À l'intérieur pourtant, ils s'accumulaient à la vitesse des pas de Mary dévalant l'escalier. Elle beugla :

— Niklaus ! Montre-toi que je t'étripe !

Mary se retourna vers la soigneuse qui la suivait, embarrassée de cette étonnante réaction.

— Vous, s'égosilla Mary en se retournant vers elle, je vous conseille de filer !

Elle ne se fit pas prier. Mary poussa la porte de la cuisine.

— Où se trouve mon chien d'époux ? lança-t-elle à Frida occupée à trier les légumes pour le souper.

— Il est descendu à la cave, s'empressa de répondre celle-ci.

Elle se garda bien de demander ce qui pouvait déchaîner une telle fureur quand Mary avait jusque-là manifesté un caractère agréablement gai. Mary revint dans la salle commune où les tables avaient été dressées, par habitude. Elle se précipita et tomba sur Niklaus occupé à gravir les marches pour remonter du sous-sol. Un pichet dans chaque main, il chantonnait. Il leva les yeux vers sa femme en souriant et fredonna :

— Mary, Mary...

Parvenu à hauteur de son visage, il réalisa qu'elle savait. Il s'attendait à des cris, certainement pas à ce poing qui vint lui fracasser le nez, lui faire perdre l'équilibre, et l'obligea à se rattraper en lâchant les pichets pour se retrouver éclaboussé de vin. Milia et Frida se précipitèrent, autant par curiosité qu'attirées par le vacarme. Le nez sanguinolent de Niklaus n'apaisa pas pour autant la rage de Mary.

— Infâme brigand ! Vingt mois, n'est-ce pas ? Comment ai-je pu être assez stupide pour te croire ! Tu mériterais que je te tue, là, sur-le-champ, pour t'apprendre à me duper ! Crèverie ! s'emporta-t-elle, se jetant sur lui de nouveau pour le frapper.

Cette fois, Niklaus ne se laissa pas faire. Il avait sa fierté devant ses employées. Imposant et toujours svelte malgré le manque d'activité, il la faucha dans son élan et la retourna pour l'immobiliser.

— Vas-tu te calmer, gronda-t-il en lui croisant les bras sur sa poitrine encore gonflée de lait, et me dire ce qui me vaut un tel chapelet d'injures ?

— Me calmer ! vociféra Mary. Comment pourrais-je me calmer alors que je suis enceinte !

Les deux filles échangèrent un regard consterné. Comment une aussi bonne nouvelle pouvait-elle déclencher une telle colère ?

— Et vous deux, hurla Mary, retournez donc en cuisine ! Vous avez mieux à faire que de vous mêler de ça !

Niklaus confirma l'ordre d'un signe de tête tandis que Mary luttait pour se dégager. Elles filèrent en se retenant de pouffer.

Au plus fort de sa colère, Mary éprouva une soudaine et irrépressible envie de pleurer. Elle ne voulait aucun témoin ! Elle s'était bien assez donnée en spectacle. D'autant plus que Niklaus maintenait sa tenaille, presque à lui faire mal. Il s'employa à la calmer, reniflant le sang qui coulait de ses narines.

— Tu as une sacrée droite.

— Lâche-moi, grinça Mary. Je suis sûre que je peux faire mieux.

Il se retint de rire. Il percevait sa détresse derrière son air crâne.

— Je te rappelle, Mary Read-Olgersen, qu'il faut être deux pour faire un bébé et qu'à aucun moment tu ne t'es échappée.

— Je ne croyais pas retomber enceinte aussi tôt, grommela Mary.

— Moi de même. Quoi que tu en penses, je ne l'ai pas fait exprès. Qu'aurais-je à y gagner ? avança-t-il, rusé.

— Est-ce que je sais, moi ? grinça encore Mary, sentant sa colère retomber. Lâche-moi, tu me fais mal !

C'était faux. La douleur était en elle. Niklaus se contenta de desserrer son emprise et se mit à bercer Mary doucement, embrassant ses cheveux.

— Je comprends que tu sois déçue de ce contretemps, mais il ne change rien à nos projets, Mary. Il les repousse seulement. Est-ce donc si difficile pour toi de vivre à mes côtés ?

Mary sentit une détresse immense la gagner. Non, ce n'était pas difficile. Niklaus était l'être le plus merveilleux qu'elle connaissait et, contrairement à ce qu'elle avait voulu prétendre, elle prenait un réel plaisir à s'occuper de son fils, se rengorgeant de ses sourires, de ses balbutiements de nourrisson, comme d'un émerveillement quotidien. C'était la première fois qu'elle mesurait vraiment le lien qui l'avait unie à Cecily. Jusque-là, il avait été instinctif. À présent elle le découvrait charnel, viscéral, et comprenait l'importance qu'elle avait eue pour cette femme rejetée de tous.

La vérité était que Mary avait peur. Peur d'aimer. Peur de cette dépendance qui lui torturait le ventre dès qu'elle s'éloignait de son fils. Peur de le perdre, de ne pas savoir lui apporter l'essentiel, et bien plus encore. Peur de ne pas être capable, comme Cecily avant elle, de tout lui sacrifier. Sa vie, ses rêves et jusqu'à ses projets. Et tout à la fois, elle bénissait Niklaus de le lui avoir donné. Niklaus la lâcha, ressentant cette dualité qui la torturait. Il se doutait bien que tôt ou tard elle y serait confrontée. Il l'espérait. Il l'attendait. Lui savait depuis longtemps, elle devrait l'apprendre. Lentement, patiemment, dans la confiance et la tendresse. Plus le temps passerait, plus Mary le réaliserait. C'était son cadeau à lui, un cadeau aussi inestimable qu'inavouable. En remerciement de tout le bonheur qu'elle lui donnait.

Mary hoqueta et se retourna pour noyer ses larmes dans le tablier aux relents de vinasse qui couvrait la poitrine de Niklaus. Incapable seulement de se souvenir si elle avait pleuré un jour.

— Là, chuchota-t-il en caressant sa nuque. Tu verras, tout ira bien. Le temps viendra, Mary. Le temps viendra où tes rêves deviendront réalité.

— Ce n'est pas ça, finit-elle par avouer entre deux sanglots convulsifs. C'est juste que je ne croyais pas pouvoir autant vous aimer, toi et Junior.

Un sourire immense étira le visage tuméfié de Niklaus tandis qu'un ouragan déferlait sur les épaules de Mary. Un ouragan qui dévastait vingt années de rejet, de solitude et de désillusions, les balayant sans regret.

Oui, il avait gagné !

Mary Read avait enfin découvert que le trésor le plus précieux au monde ne valait pas un amour à partager.

# 32.

Emma de Mortefontaine, enjouée, déploya son éventail devant un rire léger, assise sur un divan au milieu d'un parterre d'admirateurs, tous désireux de la charmer. Elle se trouvait dans l'endroit le plus en vue de Venise, le salon de l'ambassadeur de France, M. Hennequin de Charmont. Celui-ci, aussi subjugué que ses convives par l'étonnante beauté d'Emma, lui envoyait invitation sur invitation.

Cela faisait huit mois à présent qu'elle participait à la vie trépidante de la République, alors qu'elle avait imaginé seulement y passer, rencontrer le sire de Baletti et en repartir, le crâne de cristal dans un panier. Renseignements pris, il apparut que le patricien était en affaires à l'étranger et qu'on ignorait la date de son retour. Cela pouvait être une semaine, un mois ou une année. Quant à ces affaires, nul n'en savait véritablement la teneur.

En république de Venise, M. de Baletti était armateur, ce qui avait aussitôt séduit Emma. Cela lui donnait au moins un prétexte pour le rencontrer. On laissa entendre aussi qu'à ses heures il devenait usurier, prêteur sur gages, musicien, artiste peintre, poète ou simple courtisan. Les facettes de cet homme paraissaient multiples, tout autant que ses zones d'ombre. Emma mourait d'envie de les découvrir toutes. Les informations livrées par maître Dumas l'avaient mise en bouche, et ce qui se disait du physique charmant de M. de Baletti n'avait fait qu'exacerber sa curiosité.

Tobias Read avait eu le bon goût, autrefois, de négocier jusqu'en Italie son commerce de navires, il en avait gardé un pied-à-terre dans la lagune, non loin de la place Saint-Marc. Il avait suffi à Emma, de passage à Londres à son retour de Paris, d'en chercher l'adresse pour annoncer sa visite aux intendants. Le temps passant, elle ne cessait de s'extasier sur les relations de son défunt deuxième époux. L'influence comme la fortune de celui-ci étaient bien plus importantes qu'elle ne l'aurait imaginé. Réaliser le moindre de ses désirs devenait d'une facilité déconcertante. S'il n'y avait eu cette quête, elle se serait très vite ennuyée !

Où qu'elle aille, Emma ne se déployait plus sur les mers sans une escorte solidement armée. Pour décourager les pirates bien plus que les ennemis de l'Angleterre. Sa flottille n'avait pas été autorisée à franchir la passe, et Emma avait donné l'ordre au commandant de celle-ci d'attendre à Trieste.

À peine son navire ancré en rade de Venise, elle était tombée véritablement amoureuse de cette ville, ne s'étonnant plus qu'on l'ait tant chantée. Une chaloupe l'avait débarquée au port au petit jour, alors que les premières lueurs de l'aube accrochaient les dorures à l'or fin des dentelles des palais vénitiens. La beauté des édifices ornés de sculptures et de fresques majestueuses n'en finissait plus de l'étourdir. George, fidèlement attaché à ses pas et à sa sécurité, s'en était trouvé tout autant touché.

Les domestiques, selon les ordres qu'elle avait envoyés, l'attendaient. Ils l'accueillirent avec toute la chaleur des gens du Sud, ayant rafraîchi vaisselle et lingerie, aéré les draps, dressé des bouquets odorants sur tables et consoles, et astiqué de fond en comble l'hôtel particulier situé en bordure d'un petit canal parallèle au grand, sur lequel des gondoles de toutes tailles glissaient.

Toute la vie marchande et sociale de Venise s'y concentrait le jour pour se retrouver la nuit dans les casinos, ou les salons de réception. En période de carnaval, cela ne faisait que croître jusqu'à un paroxysme libertin que le doge voyait d'un œil courroucé, sans pouvoir cependant l'empêcher.

Emma avait débarqué en plein carnaval. Commençant en octobre pour s'achever en mai, il ne tarderait plus bientôt à reprendre.

Hennequin de Charmont, l'œil lourd et la bouche tombante, empâté par les travers gourmands de sa fonction d'ambassadeur, ne lui inspirait que du dégoût. L'homme, malgré ses airs princiers, puait la traîtrise et la corruption jusqu'en ses paumes toujours moites.

Il était pourtant au courant de tout à Venise. La preuve en était qu'Emma ne s'était pas installée depuis vingt-quatre heures qu'il venait lui rendre visite et lui souhaiter la bienvenue, en déplorant la mort de son ami Tobias Read. Elle avait compris aussitôt que le meilleur moyen d'en apprendre davantage sur Baletti, en attendant son retour, était de fréquenter l'ambassadeur, bien qu'il lui en coûtât de devoir le charmer.

En quelques jours, elle était connue de tous.

Détestée des femmes, convoitée des hommes, elle affichait avec pruderie son état de veuve inconsolable. Pour rien au monde elle n'aurait risqué un scandale qui aurait pu, par ricochet, indisposer Baletti dont elle ignorait encore les amitiés et les alliances. Elle se contentait donc de George, qui, tout entier soumis à ses ordres et à sa cause, s'avérait un amant parfait.

Un murmure grandissant lui fit tourner la tête vers le vestibule du palais de l'ambassadeur de France. Comme chaque soir, elle se protégeait de l'haleine fétide de celui-ci à l'aide de son éventail de bois et de dentelle noire.

Comme chaque soir, elle subissait ses fadaises, son discours dépourvu d'intérêt, et sa cour pressante.

Comme chaque soir, une dizaine de Vénitiens, excités par son inaccessible beauté, l'entouraient, s'agaçant mutuellement de leur présence.

Comme chaque soir, elle faisait mine de se troubler.

Elle pressentit pourtant quelque chose d'inhabituel aux narines soudain pincées de l'ambassadeur. Dans le vestibule, des rires et des minauderies continuaient à fuser. On eût dit un essaim d'abeilles soudainement actif autour de sa reine.

— Qu'est-ce ? demanda innocemment Emma.

Mais déjà son ventre savait. Hennequin de Charmont s'ennuya de devoir lui répondre. Il était, comme tant d'autres, éperdument épris de la jeune veuve. Il continuait d'espérer qu'elle lui cède. Avec le retour de cet homme que toutes les femmes vénitiennes convoitaient, il n'y fallait plus songer. Il répliqua d'un ton plus las que désabusé :

— Le marquis de Baletti, à n'en pas douter.

Le cœur d'Emma de Mortefontaine s'accéléra. Entouré d'une cour volubile d'hommes tout autant que de dames, le marquis de Baletti venait d'apparaître dans l'encadrement de la porte et s'avançait avec élégance au-devant de M. de Charmont.

Vêtu d'un pourpoint garance surbrodé de fils d'or et serti de pierres précieuses, les cheveux noirs de jais, bouclés à la façon des perruques, mais que l'on devinait naturels et soyeux, la jambe prise dans des bas de soie à partir du genou, le pied léger dans des souliers à boucle d'or, Baletti jouait avec raffinement de sa canne d'ornement dont le pommeau n'était autre qu'un rubis de plusieurs carats aussi vermeil qu'un sang fraîchement versé.

Il était aussi bien mis que bien fait.

Quant à son visage, s'il affichait, selon les dires de maître Dumas, trente-cinq années, pas une ride ne le trahissait. Le regard était d'un noir intense, les pommettes saillantes, la mâchoire virile et la bouche si gourmande qu'Emma se délecta d'avance du plaisir qu'elle prendrait à l'embrasser.

— Monsieur l'ambassadeur, s'inclina le marquis avec un sourire désarmant, votre compagnie me manquait tant qu'à peine de retour je n'ai pu résister à l'envie de vous saluer.

Hennequin de Charmont ne fut aucunement dupe du discours, même s'il s'en montra ravi. Il lui suffit de suivre le regard de Baletti qui s'attardait déjà sur le front d'Emma pour comprendre que, les nouvelles allant vite à Venise, il avait surtout eu la curiosité de celle dont on ne cessait de parler. Il prit donc un malin plaisir à ne pas la lui présenter, faisant fi de l'usage. Puisque Baletti la voulait de toute évidence, il n'avait qu'à s'en débrouiller. Hennequin de Charmont se contenta de l'inviter à s'asseoir, ce que Baletti fit sans hésiter. Pour le détourner aussitôt d'Emma qui, déjà, minaudait en baissant son regard amande derrière son éventail, l'ambassadeur s'empressa de lancer au nouvel arrivant :

— Vous nous avez manqué aussi, mon cher. Où étiez-vous caché ?

Pas davantage Baletti ne se laissa prendre au timbre mielleux de son hôte. Il répondit sans hésiter :

— En Russie. Quelques affaires à régler. Rien de bien intéressant. Vous savez combien je m'ennuie de Venise dès que j'en suis éloigné.

— Quel genre d'affaires traitez-vous, marquis ? demanda impertinemment Emma, comprenant que la jalousie de Charmont tiendrait Baletti à l'écart d'elle toute la soirée si elle n'intervenait pas.

— Nous n'avons pas été présentés, je crois, en profita Baletti.

Hennequin de Charmont soupira et se tourna vers son voisin, un patricien véreux avec lequel il trafiquait, pour l'entretenir de quelque futilité. Il n'avait aucune envie d'être complice du rapprochement de ces deux-là !

— Emma Read de Mortefontaine, répondit-elle à Baletti en lui tendant sa main à baiser.

Baletti aurait pu lui dire qu'il le savait, alerté par un billet de maître Dumas qu'il avait trouvé à son courrier, le matin même, en revenant de voyage. Il se contenta d'un :

— J'en suis charmé, madame.

On ne leur laissa pas davantage de temps pour une conversation. Baletti avait visiblement autant manqué à Venise que l'inverse. On continuait de s'agglutiner autour de leur groupe et les sollicitations fusaient de toutes parts. Baletti finit par y répondre dans un grand éclat de rire. Il se redressa pour demander le silence.

— Assez, mes amis. Assez ou je crains fort le courroux de notre hôte.

— Allons donc, mon cher, répliqua Hennequin de Charmont avec un cynisme de bon ton, votre popularité est telle que je ne pourrais prendre le risque de vous bouder.

Emma comprit fort bien l'allusion. Le marquis était incontournable, si l'on ne voulait pas se voir écarter des mondanités. En écoutant ce dernier répondre à tous avec patience, gentillesse et attention, elle se dit que l'homme était d'autant plus déconcertant qu'il semblait parfait.

— Est-ce une femme qui vous a attiré à Moscou, mon cher ? demanda un patricien d'agréable figure, d'une vingtaine d'années.

— J'aurais aimé, monsieur Boldoni, mais je vous l'ai dit, les affaires de cour sont rarement celles des cœurs. Laissez-moi plutôt vous conter l'âme charmante de ces villes enneigées où les pas froissent les cristaux de glace comme autant de diamants scintillants, la délicatesse de ces Russes qui célèbrent la beauté en pleurant, pour offrir leurs larmes, ensuite, tel un nectar, aux dames de leurs pensées, et cette vodka dans laquelle ils se noient parfois, trahis ou rejetés, en dansant jusqu'à l'aube au rythme des violons endeuillés...

Deux heures durant, le marquis de Baletti poursuivit son envolée lyrique, décrivant la Russie et son histoire comme s'il en savait les moindres secrets, comme s'il avait vécu les siècles passés, complice des embrasements comme des givres.

Emma demeura, comme les autres, suspendue à ses mensonges qu'il proférait avec sincérité, prête à les croire, tant dans sa bouche tout devenait possible, palpable. Lorsque le marquis de Baletti, voulant conclure sa diatribe, enleva un violon des mains d'un musicien pour se mettre à en jouer, elle se dit qu'il fallait plus de talent et de génie que les époux Dumas lui en avaient prêté pour atteindre un tel degré de virtuosité. Il fallait un miracle. D'autant que, sous les bravos respectueux du musicien et de l'auditoire, émus à en pleurer, Baletti, avec une modestie désarmante ou un orgueil démesuré, s'excusa de n'avoir pas su rendre à leur juste valeur les sanglots désespérés des tziganes.

— Il me faudra du temps pour maîtriser ce merveilleux instrument. Je me suis qu'un novice. Vous venez d'assister à ma première leçon, et je me suis trouvé fort mauvais.

Derrière Emma de Mortefontaine, une voix féminine chuchota, elle aussi en français, la langue de toutes les cours d'Europe :

— Il est fabuleux ! Souvenez-vous de ce clavecin qu'il caressa d'un doigt un soir maladroitement, nous promettant dès le lendemain de savoir en jouer.

— Comment pourrais-je l'oublier ! Il m'a tant fait pleurer du morceau qu'il avait composé, répondit une autre dans un soupir. Ah, ma chère, que ne donnerais-je pour être violon ou clavecin entre doigts si habiles !

— Et moi donc !

Emma en avait assez entendu.

Comprenant que ce n'était pas au milieu de ces dames empressées qu'elle attirerait l'attention du marquis pour l'entretenir, elle se prétendit lasse, remercia M. Hennequin de Charmont de l'excellente soirée qu'elle avait passée en sa compagnie et, redressant buste et menton, se dirigea vers la sortie, consciente qu'à son passage l'on s'écartait pour mieux la regarder.

Consciente aussi que l'œil de Baletti ne l'avait pas quittée.

## 33.

Le lendemain, elle demandait à son gondolier de la guider par les canaux jusqu'au palais du marquis de Baletti, situé près du pont du Rialto. C'était un des plus beaux hôtels particuliers de Venise, à la façade ocre et aux fenêtres en ogive ornées de vitraux représentant des scènes courtoises. Plusieurs de ces ouvertures offraient une vue sur le canal. Au portail d'entrée, situé en haut des trois marches qui partaient du quai de débarquement, se trouvait un blason enchâssé dans la pierre, figurant une salamandre d'émeraude enroulée au front d'un visage stylisé, taillé dans un pur cristal. Le moindre rayon de soleil ou de lune s'y reflétait, irradiant de mille feux cette enseigne étonnante.

Emma en fut saisie d'étonnement. Il fallait que Baletti soit immensément riche, ou inconscient, pour oser une telle provocation aux voleurs, si nombreux à Venise !

Elle débarqua de sa gondole, acceptant la main stylée d'un valet chargé d'escorter les visiteurs jusqu'à son maître, et se laissa mener après avoir annoncé le motif de sa visite. On la confia à un majordome qui, la faisant patienter dans un petit boudoir richement meublé et décoré de toiles du

Titien et de Léonard de Vinci, s'en fut prévenir le marquis de sa présence. Il fallut peu de temps à Emma pour juger de la valeur de chaque bibelot de cristal ou de verre, d'or, d'ivoire, d'argent ou d'améthyste. Le moindre miroir était une œuvre d'art, poli de telle manière qu'on n'en percevait aucunement la façon, et encadré d'argent et de pierres précieuses. Cela conforta son sentiment.

Bien qu'elle continuât de douter des dires de maître Dumas quant à cette prétendue pierre philosophale, elle pouvait estimer sans peine, ne serait-ce qu'à cette pièce, l'immensité des richesses de son hôte. Elle devait coûte que coûte en avoir le cœur net. Récupérer le crâne et ses secrets. Forcer la tendresse de Baletti pour tout s'approprier.

Le majordome se présenta de nouveau sur le seuil et, avenant, lui demanda de le suivre. Elle lui emboîta le pas, consciente que sa démarche devrait paraître tout à la fois légère et bien éloignée de ses objectifs.

Le marquis de Baletti l'accueillit dans un petit salon tout aussi resplendissant de bon goût, aux murs tendus de tapisseries des Gobelins. Peu en possédaient, et c'était l'apanage des très grands. Quel qu'en soit le royaume. Emma ne laissa rien paraître d'étonnement ou de convoitise. Elle se contenta de tendre une main blanche à Baletti qui s'était avancé vers elle, un sourire enjôleur aux lèvres, visiblement ravi de sa présence. Il effleura les doigts bagués de diamants avec sensualité et, gardant cette main dans la sienne, conduisit Emma vers deux fauteuils garance, en face à face, rehaussés de broderies de fils d'or et d'argent. Entre eux, sur une table basse sculptée de salamandres enroulées autour des pieds tournés, on avait dressé couvert pour le chocolat. À Venise comme dans le reste de l'Europe, il se buvait chaud et légèrement sucré. Un cake fumait légèrement dans une coupelle, répandant des senteurs de vanille et d'orange confite.

— Asseyez-vous, ma chère. Je vous attendais, déclara Baletti.

— Vous m'attendiez, marquis ? s'amusa Emma, décidée à lancer sur-le-champ une joute oratoire pour le tester. Quelle prétention, ajouta-t-elle, un rien cynique.

— De la prescience, plutôt, déclara-t-il, tandis que le majordome remplissait leurs tasses.

— Sauriez-vous aussi deviner le motif de ma visite ? continua de jouer Emma, sans lâcher des yeux ceux du marquis, enveloppants.

— Je pourrais, par habitude, imaginer que je vous plais, comme nombre de ces épouses dont chaque jour je reçois les billets enflammés, mais...

— Mais ? sourit Emma.

— Mais vous êtes d'une autre trempe.

Il n'avait aucune envie de feindre. Son instinct lui disait qu'il valait mieux ne pas trop badiner avec cette ensorceleuse. Baletti savait trop quel crédit accorder à la beauté. Elle était plus souvent mensonge, trahison et tourment que sincérité. Il en avait déjà souffert.

— Vous cherchez à me séduire, madame, pour satisfaire votre curiosité et vous rapprocher d'un objet qui m'est cher. Me trompé-je ? lâcha-t-il abruptement.

Emma se troubla et immobilisa sa tasse fumante au bord de ses lèvres. Une fois encore, leurs regards s'accrochèrent. Emma dut baisser le sien, touchée par la puissance et le défi qui embrasaient à présent celui de Baletti. Elle avala une gorgée de chocolat pour se donner une contenance et s'étonna encore. Le breuvage était préparé exactement comme elle l'aimait.

— Je suppose que maître Dumas vous a prévenu de ma visite, réattaqua-t-elle, maligne, en reposant sa tasse.

Elle s'adossa avec sensualité contre le rembourrage épais du fauteuil, mains posées sur les accoudoirs garnis de même, dévoilant des poignets délicats encerclés de bracelets d'or, de diamant et d'émeraude. Baletti refusa de s'attacher à ces arguments. Emma avait beau savoir en jouer, il connaissait assez la nature féminine pour ne pas s'en troubler.

— C'est exact, avoua-t-il. J'espérais que ma petite visite chez l'ambassadeur de France produirait son effet. Mon père adoptif m'a brossé un tel portrait de vous que je n'ai pu résister à l'envie de vous rencontrer, apprenant que vous aviez déjà conquis Venise.

— En ce cas, j'espère ne pas avoir déçu votre attente, marquis.

Le regard de Baletti s'embrasa de nouveau.

— J'aurais mauvaise grâce à l'être, madame, comme tout homme à Venise devant votre beauté. J'en suis subjugué. Hélas, ajouta-t-il en souriant, cela ne me rend pourtant ni sot ni vulnérable à vos manigances.

Emma, au lieu de s'en offusquer, éclata d'un rire léger. Décidément, ce marquis lui plaisait !

— Me voilà donc prévenue, mon cher. Mais vous vous trompez. S'il est vrai que je m'intéresse à ce crâne de cristal que vous possédez, au point, je l'avoue, d'avoir envisagé de vous l'acheter, ce n'est pas la seule raison de ma visite.

— Ah non ?

— Non, reprit Emma, l'œil sincèrement brûlant et la gorge palpitante. Je suis deux fois veuve et peux, à ce titre et en toute discrétion, jouir d'autant d'amants qu'il me chante. Nul, à Venise moins encore qu'ailleurs, ne songera à s'en froisser. Et j'avoue, marquis, que vous aviez raison. Vous me plaisez. Infiniment.

Baletti la laissa se troubler. Il sentait au frémissement de sa peau que le désir et la sensualité de cette femme étaient sincères. Il fit taire les siens. Il se leva, s'avança jusqu'à elle et lui tendit une main élégante. Emma fut persuadée en abandonnant l'asile de son fauteuil qu'elle se retrouverait dans ses bras sitôt debout. Le regard enflammé de Baletti, en réponse à sa propre audace, en semblait la promesse. Au lieu de cela, Baletti se contenta de l'entraîner vers le vestibule duquel partait un escalier de marbre agrémenté d'une main courante somptueusement ouvragée.

— Ni le crâne de cristal ni moi ne sommes à vendre, madame, déclara-t-il froidement, parvenu au pied des marches.

Emma reçut l'insulte comme une gifle.

Elle se maîtrisa toutefois, en serrant les dents sur une envie de la lui rendre, et accepta de monter à ses côtés.

— La convoitise vous rend audacieusement sublime, pourtant, s'excusa Baletti, je vais donc l'attiser encore en vous montrant ce que vous êtes venue chercher. Peut-être alors m'avouerez-vous la vérité à son sujet ?

Emma ne répondit pas davantage. Le marquis exerçait sur ses sens un réel pouvoir. Il n'était pas étonnant, songea-t-elle, que les Vénitiennes y aient toutes succombé ! Cet homme possédait un charisme aussi puissant que le sien et, comme elle, savait en jouer. Elle n'en aurait que plus de plaisir, le moment venu, à en triompher.

Parvenu au terme d'un long corridor, meublé de chaque côté par des coffres et des consoles de bois précieux, où des miroirs immenses renvoyaient la lumière d'une verrière, Baletti s'immobilisa devant une porte. Il extirpa une clé de la poche intérieure de son gilet et l'introduisit dans la serrure.

— Attendez-vous, madame, à bien plus merveilleux que vous n'osez l'imaginer, dit-il en poussant le loquet.

Emma pénétra dans une pièce aux tentures tirées, si sombre qu'avancer d'un pouce l'aurait certainement fait chuter. Baletti referma la porte, l'enveloppant d'obscurité. Un tapis persan épais recouvrait le sol, atténuant le moindre bruit. Le souffle de Baletti se rapprocha de son oreille. Un doigt releva une mèche de ses cheveux et les reins d'Emma s'embrasèrent. Les battements de son cœur s'accélérèrent.

— Ne bougez pas, chuchota le marquis, s'attardant à la sentir frémir et n'éprouvant aucun scrupule à s'en repaître.

Il s'écarta d'elle enfin, la laissant ravie et furieuse à la fois de se sentir si vulnérable. Mary seule, autrefois, avait eu ce pouvoir sur elle. Jamais elle n'aurait pu imaginer en éprouver de nouveau les effets. Baletti se déplaça si silencieusement qu'Emma n'aurait su dire de quel côté il se trouvait. Et soudain elle fut si éblouie qu'elle dut plisser les yeux. Au centre de la pièce, posé sur une stèle de marbre noir, le crâne de cristal étincelait sous l'effet de la lumière qui avait jailli des vitres, dégagées de leurs rideaux. Un arc-en-ciel miraculeux, dont les prismes colorés se multipliaient à l'infini, dansait sur le blanc des murs.

Baletti tira un voilage devant la fenêtre, atténuant l'effet, et Emma put enfin contempler cette merveille. Elle s'en approcha et tendit la main pour le toucher. En un instant, Baletti fut près d'elle pour l'en empêcher. Son timbre si suave se fit autoritaire :

— On regarde seulement, madame de Mortefontaine.

— Que craignez-vous donc ? s'agaça-t-elle.

— Un geste malheureux. Il serait dommage qu'une telle splendeur soit brisée par une maladresse.

Elle n'insista pas, bien qu'elle eût du mal à l'imaginer possible, du simple fait de l'épaisseur des tapis. Emma se contenta donc de faire le tour de la stèle pour l'examiner au plus près. Le crâne était bien tel que l'avait décrit maître Dumas. Emma ne pouvait nier la sensation étonnante de sérénité qui, au fil des secondes, envahissait son âme. Quelque chose, c'était certain, émanait de cet objet. Quelque chose d'impalpable mais d'étonnamment présent.

— Que savez-vous de lui que j'ignore ? demanda Baletti, certain qu'Emma de Mortefontaine détenait la réponse aux interrogations qui l'assaillaient depuis tant d'années.

— Rien, mentit-elle. Ce que j'ai raconté à votre père à Paris est vrai. C'est le journal de mon aïeule, Anne de Pisseleu, qui m'a mise sur sa trace et a aiguisé ma curiosité. Vendez-le-moi, marquis. Votre prix sera le mien. Je brûle désormais, plus encore qu'hier, de le détenir et de l'étudier.

— Je le fais depuis vingt ans, madame, répliqua Baletti. La réponse à son mystère n'est pas en sa contemplation, je peux l'affirmer. Le seul secret qu'il renferme est celui de son origine. Pourtant, sa présence m'apaise et je ne saurais m'en séparer.

— Tout a un prix, objecta Emma de Mortefontaine, se détournant enfin du crâne de cristal pour se planter devant lui.

Elle répéta :

— Tout a un prix, marquis.

Il lui prit le bras en souriant, signifiant que la visite était terminée. Emma se laissa entraîner. Parvenu au bas des escaliers, il murmura en l'attirant à lui, alors même qu'elle ne s'y attendait plus :

— Vendriez-vous votre âme pour le posséder, Emma de Mortefontaine ?

Emma s'arqua sous la brûlure de ce regard qui, si proche du sien, la fouillait.

— Satan lui-même l'a déjà consumée, gémit-elle en fermant les yeux, les lèvres entrouvertes, gourmandes d'un baiser.

Le marquis de Baletti se contenta de les effleurer avant de s'écarter, la laissant frustrée et furieuse.

— En ce cas, madame, vous n'avez plus rien à m'offrir qui puisse m'intéresser. Adieu. Je vais vous faire raccompagner.

Il la salua d'une révérence et la confia à son majordome qui, sans qu'on le sonne, s'était déjà avancé.

En remontant dans la gondole pour regagner son palais, Emma était au paroxysme de la colère. Jamais, fût-il manant ou roi, jamais aucun homme ne l'avait traitée avec autant de mépris et de légèreté ! S'il s'imaginait qu'elle allait en rester là, il se trompait.

*

Clément Cork immobilisa son embarcation une fois encore devant le porche du marquis de Baletti.

On ne lui prêta pas davantage attention qu'aux autres. Beaucoup s'y arrêtaient, étonnés par le prisme lumineux que le blason du portail renvoyait. À croire que le propriétaire de cet hôtel particulier s'en moquait. La vérité était tout autre pourtant. Et depuis qu'il la connaissait, Clément Cork ne venait plus dans ce quartier avec les mêmes intentions.

Il avait quitté Calais peu de temps après le bombardement de Dunkerque et la défection de son vieil ami Corneille. Il n'avait jamais vraiment cru à son histoire de trésor, mais, par respect pour son ancien camarade de rue et de bagarres, il en avait accepté l'hypothèse. Clément Cork, la trentaine superbe, ne laissait jamais passer une occasion.

Corneille était arrivé au bon moment.

Muni d'une lettre de marque, le capitaine du *Bay Daniel* croisait en Atlantique depuis deux années pour le compte du roi de France. Il s'était vite rendu compte qu'il était plus rentable de se faire pirate que corsaire, malgré la réelle menace d'être pris, jugé et pendu. N'étant pas suicidaire, il s'était assuré les gains de l'un par le faux-semblant de l'autre. Les événements de Dunkerque avaient confirmé son intuition : trafiquer en Atlantique était devenu trop risqué. C'est la raison pour laquelle il avait rallié la Méditerranée après avoir quitté Corneille, qui semblait défait par la disparition de son amie Mary.

Clément Cork n'avait pas voulu ajouter à sa peine, mais il avait sincèrement pensé que ce pauvre Corneille s'était fait rouler par sa belle, partie sans lui chercher ce fameux trésor, si trésor il y avait. Quoi qu'il en soit, c'était en adversaire, sur le navire de Forbin en Méditerranée, qu'il avait retrouvé son ancien compagnon quelques mois plus tard. Forbin ne perdait aucune occasion de traquer les pirates égarés malencontreusement sur sa route. Corneille lui avait sauvé la vie alors que *La Perle* avait arraisonné le *Bay Daniel* au large de l'Espagne. Reconnaissant le sloop de Cork, Corneille avait intercédé auprès de Forbin, assurant celui-ci qu'il répondait des intentions de son ami en Méditerranée. Cork, pour accréditer la version de Corneille, avait brandi la lettre de marque qu'il avait achetée en Italie chez un faussaire renommé.

Forbin n'avait pas été dupe, Cork l'avait senti; cependant on l'avait laissé repartir. Par égard pour Corneille qui l'avait ainsi sauvé, et à cause de sa réelle admiration pour Claude de Forbin, Clément Cork avait changé de secteur et jeté son dévolu sur l'Adriatique. Il n'avait eu qu'à s'en féliciter.

Les navires vénitiens étaient toujours richement chargés d'épices, de soie, d'esclaves en provenance de la mer Égée. La république de Venise jouissant de la neutralité au milieu des conflits qui ravageaient l'Europe, ses convois étaient rarement gardés. Les dépouiller était facile pour des hommes déterminés. Cork l'était.

Il n'aimait pourtant pas tuer pour tuer. La course, la traque du gibier l'excitait, tout comme l'appât du gain, la surprise des cargaisons, mais pas la mort ni le sang versé. Il avait donc mis au point une tactique infaillible qui lui assurait des prises généreuses à peu de risques et de frais. Les Vénitiens, souvent couards, se rendaient la plupart du temps sans combattre. Il passait donc l'hiver et la période du carnaval à Venise en repérage, abandonnant son navire à Pantelleria, une petite île au large de Malte qui accueillait les pirates. Ce n'était qu'un rocher sur la mer, mais en démâtant on pouvait dissimuler un navire dans les grottes qui s'ouvraient dans le roc. De Pantelleria, il avait rallié Malte. De Malte, Venise par liaison régulière, laissant sur la petite île nourriture et eau potable aux hommes d'équipage désireux d'y rester. Il s'en trouvait toujours une dizaine. L'un d'entre eux avait même construit une taverne qui se remplissait, dès les beaux jours, de tous les pirates croisant dans le secteur, venus au mouillage près de l'île. On y échangeait et marchandait tabac, vin, alcool, nourriture, et tout le nécessaire à la vie en mer, du bouton de culotte aux voilures. En quelques mois, Cork s'était taillé une belle réputation.

À Venise, il avait très vite su tirer parti de ce qu'il avait appris de droite et de gauche. Découvrant que l'ambassadeur de France, Hennequin de Charmont, se livrait à de multiples trafics d'esclaves ou d'épices avec deux autres patriciens, il les avait harcelés, coulant leur fructueux commerce, avant de leur proposer un arrangement.

— Accordez-moi l'impunité, puisque vous en avez le pouvoir, et non seulement je vous laisserai en paix, mais j'escorterai vos convois pour éviter que d'autres pirates ne s'en emparent, avait-il déclaré à l'ambassadeur.

— Je pourrais tout aussi bien vous faire arrêter ! avait hurlé celui-ci, prêt déjà à le faire.

— C'est votre droit, s'était amusé Clément en grappillant du raisin muscat dans une coupe, installé comme chez lui dans le fauteuil préféré de l'ambassadeur. Mais ce serait une erreur. Outre les marchandises, j'ai dérobé des lettres vous compromettant. Si je ne retrouvais pas mes compagnons, certaines seraient envoyées au roi de France, d'autres au doge de Venise. Votre carrière, mon cher ambassadeur, en serait tout autant compromise que la mienne, ne croyez-vous pas ?

Hennequin de Charmont avait cédé et s'en félicitait.

Cork était un fieffé coquin, mais il mettait plus d'honneur à respecter ses engagements que nombre d'autres. La cible préférée de Clément Cork étant devenue son protecteur, il lui avait fallu repartir en quête. Le marquis de Baletti, richissime armateur vénitien, était tout naturellement venu s'inscrire en tête de sa liste. Il surveillait donc les affaires de celui-ci tandis que l'hiver rendait la mer grosse et malaisée pour le commerce maritime, repérant les convois les plus intéressants que le printemps ramenait. L'année précédente il s'en était réjoui, s'attendant à ce que les plaintes de M. de Baletti embarrassent pourtant Hennequin de Charmont.

Baletti n'en déposa aucune. On rapporta à Cork que sa victime, questionnée à propos de la perte de ses navires, avait répondu en souriant : « Que voulez-vous, il faut bien que tous vivent ! Si le monde était mieux fait, les riches moins riches, les pauvres moins pauvres, les pirates passeraient davantage de temps dans leurs foyers ! »

Clément Cork était un homme intelligent bien que peu instruit. La réaction du marquis de Baletti l'avait tout d'abord surpris, puis amusé de l'imaginer aussi benêt, pour finalement l'intriguer. Soit cet homme était immensément riche au point d'accepter de perdre avec élégance quand tant d'autres s'en lamentaient, soit il était fou et inconscient, soit, et c'était l'hypothèse qui l'attirait le plus, le marquis de Baletti n'était pas ce qu'il prétendait.

Dans tous les cas, cela méritait que Clément Cork s'y intéresse.

Ce qu'il avait découvert était au-delà du concevable et força tant son respect qu'il se tenait là ce jour, devant sa porte, cherchant sans la trouver une occasion de le rencontrer.

# 34.

— Poussez, madame ! Allons, encore un effort, poussez !

— Je voudrais vous y voir ! ahana Mary, couchée dans sa chambre, avec l'envie de pourfendre cette accoucheuse qui s'acharnait à des conseils stupides, plantée à son chevet et battant des bras comme un moulin à vent.

Comme si elle pouvait l'aider à mieux respirer, comme s'il suffisait d'éventer le visage suant de Mary pour apaiser sa douleur et sa colère ! Mary avait beau lui répéter que quelque chose d'anormal se produisait, cette incapable s'obstinait.

Épuisée, le bas-ventre écartelé, Mary finit par se dresser d'un bloc. D'une main ferme, elle lui crocheta le collier et ramena le visage de l'accoucheuse devant ses yeux cernés et furibonds. La gorge enserrée, la malheureuse roulait des yeux exorbités, incapable seulement de crier.

— Écoute-moi bien ! éructa Mary. Tu vas aller fourrailler dans mon ventre et en sortir l'enfant. Fais-toi aider si tu ne sais pas t'y prendre, mais par tous les diables et les saints réunis, si dans une heure je ne suis pas délivrée, je jure qu'en enfer je ne passerai pas la première, c'est bien compris ?

La soigneuse parvint à lâcher un « oui » haut perché.

Mary la relâcha et sa victime s'écroula sur le plancher, à genoux, larmoyante, toussant et se raclant la gorge pour reprendre le souffle qui lui avait manqué.

— Je ne le répéterai pas, menaça Mary pour la forcer à bouger.

L'accoucheuse s'écarta à quatre pattes du lit, puis se redressa au chambranle de la porte, se massant la glotte d'une main moite avant de disparaître sur le palier. Restée seule, Mary caressa son ventre malmené du plat de sa main.

— Tout doux, murmura-t-elle. Tout doux, ma fille, mon bébé, mon amour, ce ne sera plus long désormais.

— Comment sais-tu que c'est une fille ? se moqua Niklaus qui s'était précipité en voyant s'enfuir l'accoucheuse à toutes jambes alors qu'il se morfondait au bas des marches devant une chopine de bière.

— Je le sais, répondit Mary en grimaçant. C'est comme ça.

— Qu'est-ce qui se passe, mon amour ? demanda-t-il en s'asseyant à son chevet.

Mary avait ramené ses genoux à hauteur de ce ventre si dur et tendu qu'il lui semblait prêt à exploser. Seul le drap rabattu jusqu'à son nombril masquait à Niklaus la béance de ses chairs écartelées.

— Je l'ignore, mais ce n'est pas comme pour Junior, grinça-t-elle. Cette accoucheuse n'y connaît rien ! Elle refuse de regarder mon entrejambe, s'obstine à vouloir que j'expulse, m'assure que je ne suis pas dilatée, mais elle se trompe, enragea Mary.

Elle tourna vers son époux un regard désespéré.

— Elle ne passera pas, Niklaus. Si l'on n'intervient pas, elle et moi allons y rester.

— D'accord, décida Niklaus en dégageant le drap.

Il avait bien assez vu de blessures de guerre pour ne pas se formaliser d'un accouchement.

— C'est sûrement un siège. Ne t'agite plus et repose-toi, conseilla-t-il, livide. Aie confiance en moi. Je vais revenir très vite.

— Où vas-tu ? demanda Mary, que la douleur tenaillait jusqu'aux extrémités.

— Quérir la sorcière. Elle seule peut te délivrer. Courage, mon amour.

— Hâte-toi, dit-elle seulement en s'adossant contre les oreillers.

Niklaus dévala l'escalier le souffle court et se précipita en cuisine où Milia et Frida, les deux filles de salle, s'activaient à faire bouillir des linges et de l'eau.

— C'est grave, dit-il seulement. Veillez-la jusqu'à ce que je revienne.

— C'est un siège ? demanda Frida en blêmissant.

Niklaus hocha la tête. Toutes deux se signèrent d'un même élan en gémissant. Niklaus refusa de s'attarder à l'angoisse qui lui étreignit la poitrine.

— Je serai de retour dans une heure. Activez le feu dans la chambre et faites chauffer un chaudron d'eau. La sorcière en aura sûrement besoin. Occupez-vous de Junior. Je ne veux pas que Mary l'entende pleurer, c'est compris ?

Elles hochèrent la tête, conscientes du malheur qui frappait la demeure. Il y avait peu de chances que les accouchées par césarienne survivent.

Niklaus détacha son cheval dans l'écurie et lui flatta l'encolure :

— Je vais te demander l'impossible, vieux frère. Je ne veux pas la perdre, tu comprends, n'est-ce pas ?

Pour toute réponse, le cheval souffla des naseaux et gratta le sol. Niklaus le sella précipitamment et le tira dans la cour par la bride. À peine y fut-il juché qu'il le talonna. L'animal se cabra puis fila dans les dernières lueurs du couchant vers la forêt toute proche.

Ann Mary Olgersen naquit deux heures plus tard.

Elle était chétive et bleue, et respirait à peine. La sorcière s'en empara comme d'une poupée de chiffon, lui pinça les narines et lui souffla dans la bouche après avoir inspiré un peu de la vapeur que sa décoction de plantes dispensait en mijotant. Instantanément, le nourrisson retrouva des couleurs et se mit à crier. Milia la récupéra comme la sorcière la lui tendait en grognant, mimant ce qu'elle devait en faire. La vieille femme était muette de naissance, mais savait se faire comprendre. Milia enroula Ann Mary d'un linge et la garda contre elle dans l'espace réservé aux liseuses dans un coin de la cheminée, tout près du chaudron fumant et odorant.

Niklaus, au chevet de Mary, lui tamponnait les tempes fiévreuses sans interruption, trempant et retrempant son linge au chaudron dès qu'il le jugeait utile. Le simple fait de s'éloigner d'elle lui broyait le cœur. Il refusait l'idée qu'elle meure, préférant sauver Mary plutôt que l'enfant, mais on ne discutait pas avec la sorcière. Elle faisait mine de ne rien entendre.

Lorsqu'il était descendu de cheval devant sa cabane dans la clairière, elle était prête. On aurait dit qu'elle l'attendait. Elle portait une besace de cuir en bandoulière et s'était avancée jusqu'à l'animal, voûtée et sèche comme une de ces racines qu'elle utilisait. Beaucoup la craignaient, prétendant qu'elle savait le langage des morts et communiquait avec eux. Sa prescience les effrayait, mais on venait la quérir lorsque la médecine ne pouvait plus rien. Souvent avec succès. Quand on trouvait porte close, c'était pour signifier qu'il fallait laisser le mourant s'en aller. Niklaus connaissait toutes les histoires qui couraient à son sujet. La voir devant sa porte l'avait rassuré.

À présent, il ne savait plus trop.

À peine arrivée dans la chambre où Mary gémissait, la sorcière avait préparé sa potion. Tandis que celle-ci infusait, Niklaus avait lié les poignets de Mary aux montants de fer du lit et écartelé de même ses pieds aux dormants pour l'empêcher de bouger.

— Cuir ! avait exigé Mary.

Niklaus avait compris. Mary avait encore sa fierté. Elle ne voulait pas hurler. Il en avait récupéré un morceau dans l'étable, l'avait rincé au whisky et lui avait mis en bouche.

Le geste précis de la sorcière, tranchant le pubis de Mary à l'aide d'une lame effilée, avait été si rapide pourtant et la délivrance si grande qu'elle n'eut pas besoin de le mordre. Comme elle, Ann Mary, arrachée du ventre de sa mère, n'avait pas hurlé. Mary l'avait crue morte. Elle s'était sentie mourir à son tour. Jusqu'à ce que sa fille soit ranimée.

La sorcière revint vers elle, armée d'une louche emplie d'un liquide brûlant. Elle le fit couler dans la plaie. Mary, cette fois, se cabra et ses yeux se révulsèrent. Niklaus ne put s'empêcher d'imaginer le pire. Lui qui avait tant perdu de camarades au champ d'honneur, bravé la mort au point de miser sur ses chances, avait peur. Peur comme un enfant.

Il posa ses doigts tremblants sur la jugulaire, tandis qu'imperturbable la sorcière continuait à nettoyer de cette manière étrange le ventre de Mary. Niklaus se rassura : le pouls était lent et faible, mais il battait de façon régulière. Mary Read était seulement évanouie.

Lorsque le placenta fut enlevé, la vieille s'activa à recoudre et plaça enfin entre les cuisses de Mary une étrange et malodorante boule d'argile. Ensuite, elle lui traça un signe de croix sur le front et tranquillisa Niklaus d'une main posée sur la sienne et d'un sourire.

— Merci, lui dit-il. Merci.

Il pressa cette main sèche, ne trouvant aucune malice sur ce visage édenté, seulement le besoin de soulager et d'apaiser. Il se promit d'adoucir la vieillesse de celle-ci en lui faisant porter chaque jour assez de nourriture et de vin pour qu'elle puisse continuer sa mission en ce monde.

La sorcière sembla lire dans ses pensées, car un éclair de reconnaissance passa dans son regard. Elle s'écarta d'eux, récupéra Ann Mary entre les bras de Milia et la plaça au sein de sa mère. La petite s'activa aussitôt sur la pointe durcie où du lait s'écoulait déjà.

Un cataplasme de tourbe sur la plaie acheva le traitement et la vieille femme fit signe à Niklaus qu'il pouvait bander la blessure. Elle le regarda faire en croquant dans une pomme que Frida lui avait apportée, puis ramassa ses affaires et s'en retourna comme elle était venue, refusant l'argent qu'on lui tendit, acceptant plus sûrement le panier de victuailles qui l'attendait.

Frida attela la charrette et la reconduisit dans la forêt tandis qu'en l'auberge des Trois Fers à cheval une longue, très longue nuit commençait.

Mary passa jusqu'à l'aube du délire au sommeil.

Niklaus demeura là, agenouillé au bord du lit, la tête sur les draps souillés de transpiration, le nez dans ces parfums de sang et de chair brûlée, comme une nouvelle et dernière bataille à mener. Tour à tour, mû par un instinct dont il ignorait l'origine, il déplaçait Ann Mary du sein de sa mère à son côté, pour ne pas les séparer. Comme si ce contact pouvait les sauver toutes deux.

— C'est la dernière fois, Mary, jura-t-il. Nous n'aurons pas d'autre enfant. Je ne ferai plus rien jamais contre ta volonté. Quel qu'en soit le prix. Mais vis, mon amour. Vis ou je mourrai de te perdre.

Il finit par s'endormir à son tour, épuisé d'avoir trop prié.

C'est la main de Mary dans ses cheveux qui l'éveilla. Elle était encore pâle et avait les traits tirés, mais elle souriait. Son autre main faisait un berceau à l'enfant sur son cœur. Niklaus se pencha au-dessus d'elle et l'embrassa en bénissant la sorcière tout autant que le ciel d'avoir exaucé son souhait.

*

Mathieu Dumas, marquis de Baletti, caressa d'une main amoureuse l'ovale parfait du crâne de cristal, comme chaque nuit depuis vingt ans. Puis, selon un rituel devenu immuable, il s'installa face à lui dans la pièce à peine éclairée par la lueur tremblotante d'un chandelier. Le fauteuil l'avala et il plongea son regard sombre dans les orbites creuses du cristal. Malgré la faible lumière qui le baignait, celui-ci scintillait, captant le moindre éclat pour prendre vie. Cette fois encore, le marquis de Baletti se demanda quelle était cette âme prisonnière du crâne, d'où elle provenait et pourquoi. Il s'obstinait à chercher des réponses dans la logique et le rationalisme de son temps, sachant pourtant qu'il n'en trouverait aucune.

Il soupira.

Le courrier de son père adoptif tout autant que la visite d'Emma de Mortefontaine continuaient de le perturber. Ce n'était pas tant la beauté de cette femme qui le troublait, mais la certitude qu'elle détenait une partie de l'énigme. Cette énigme pour laquelle il aurait donné sa vie, sa fortune et son âme. Il brûlait d'impatience de comprendre enfin, et tout à la fois savait d'instinct qu'il ne fallait rien brusquer.

Le marquis de Baletti n'était plus l'apprenti de maître Dumas. Grâce aux étranges émanations spirituelles du crâne de cristal, il était parvenu à des découvertes miraculeuses. Mais pas uniquement. Chaque nuit, en s'endormant dans ce fauteuil, il rêvait à des lieux étranges, des cités comme il n'en avait jamais vu, des êtres auréolés de lumière, bouillonnants d'esprit et d'humanisme. Au matin, il s'éveillait empli d'une sérénité et d'une sagesse merveilleuses, et tout ce qu'il entreprenait s'avérait facile, judicieux et profitable. Chaque jour, il se sentait plus vaillant, plus efficace, plus instinctif. Chaque jour, il se sentait devenir meilleur.

Très vite, à cause de cela, il avait dû apprendre à composer et à tricher pour se fondre dans ce monde de faux-semblants. Il s'était donc habitué à porter un masque. Il vivait et se comportait comme un nanti, un Vénitien, conscient que ses actes secrets le feraient éliminer plus sûrement qu'aimer. Et nul ne savait, à l'exception des disciples qu'il se choisissait partout dans le monde, qui était en vérité cet homme fascinant par ses dons de conteur, de musicien et de poète.

Cela faisait maintenant trois semaines qu'il avait regagné Venise et ses salons. Trois semaines qu'il avait reçu Emma de Mortefontaine et qu'ils jouaient l'un à l'égard de l'autre un jeu de séduction. Le carnaval battait son plein dans sa débauche de luxure. Baletti la regardait de loin. Non qu'il n'aimât pas l'amour. Sa sensualité était aussi exacerbée qu'au moment de ses vingt ans. Il avait seulement perdu ses illusions. Les femmes qu'il avait rencontrées et dont il s'était épris avec la fougue de sa jeunesse l'avaient toutes trahi ou déçu. Il rêvait d'idéal. On lui avait servi de la frivolité.

Il avait fini par se rendre à la raison. Les femmes de ce temps aimaient tout ce qu'il exécrait. Depuis, il leur préférait les putains. Celles de l'ombre qui s'abandonnaient sans manière ni scrupules, et auxquelles il ne promettait rien sinon un sincère et étonnant respect.

Chaque soir, il devinait la présence d'Emma de Mortefontaine dans l'assistance de ces casinos où l'on ne se contentait plus de discuter de politique. On y parlait d'amour et, le vin aidant, l'anonymat aussi, on le faisait, lorsque les sens échauffés par le verbe, les dames de la noblesse s'offraient aux jeux sensuels que leur hôte orchestrait. Baletti, protégé comme les autres par sa *moretta*, se régalait les yeux quelques minutes puis s'éclipsait, refusant de laisser son désir devenir son maître. Il s'arrangeait toujours pour croiser en partant le regard amande d'Emma qu'il avait appris à reconnaître, l'assurant de son désir pour mieux l'en frustrer. Ils n'avaient plus échangé depuis leur rencontre que des banalités. Il n'était pourtant pas dupe. Emma était femme à obtenir ce qu'elle désirait. Il ne savait ni quand ni comment elle frapperait, mais il était certain, à terme, de parvenir à la briser.

Parce qu'elle était exactement le genre de femme qu'il pourrait posséder sans jamais l'aimer.

Peu à peu, le marquis de Baletti se laissa prendre par la sensation d'apaisement que lui procurait la proximité du crâne de cristal. L'image d'Emma de Mortefontaine fut progressivement balayée, emportée par d'autres, confuses et cependant douces.

Il s'endormit en souriant.

## 35.

Il s'éveilla au petit jour, avec l'étrange certitude d'être observé. Les chandelles étaient mortes. La pièce baignait de nouveau dans l'obscurité. La présence était cependant si forte qu'il porta machinalement la main à sa ceinture pour dégager le poignard qu'il y tenait toujours caché. Baletti n'était pas seulement un homme de salon et de politesse, il était aussi un redoutable bretteur, ayant reçu dans ce domaine la meilleure des éducations. Il avait appris à se défendre, même s'il n'aimait pas avoir à tuer.

— Tout doux, marquis ! s'exclama une voix inconnue. Je ne vous veux aucun mal, vous avez ma parole.

— Qui êtes-vous ? demanda Baletti en écartant sa main de sa ceinture pour montrer qu'il s'y fiait.

Il perçut le glissement d'un pas jusqu'à la tenture et une belle lumière entra dans la pièce, que l'intrus tamisa aussitôt, aveuglé par le rayonnement du crâne de cristal.

— Bigre, déclara-t-il en revenant vers Baletti, je commence à comprendre l'intérêt que l'on porte à vous nuire.

Baletti ne répondit pas. L'homme qui s'était ainsi invité dans sa demeure ne lui parut pas dangereux. Il aurait eu cent fois l'occasion de l'occire dans son sommeil et de repartir avec le crâne, comme il était apparemment entré. Sans éveiller le moindre de ses gardes.

— Je me nomme Clément Cork, déclara l'intrus, flatté de l'air détendu et curieux qu'affichait Baletti.

Il s'était donné du mal pour forcer la vigilance du personnel de l'hôtel particulier autant que celle du marquis, et se trouvait ravi de voir ses efforts ainsi récompensés.

— Clément Cork, répéta Baletti. N'êtes-vous pas ce pirate qui sut si bien agacer mes navires ?

— Si fait.

— Venez-vous me remercier de vous avoir épargné la potence ? plaisanta Baletti, intrigué par la démarche incongrue du capitaine.

— D'une certaine manière, monsieur.

D'autorité, il souleva un fauteuil, traduisant une belle vigueur malgré son apparence sèche. Cork était tout en muscles, souple comme un félin et agréable de figure. Baletti l'imagina sans peine tourner les sens des Vénitiennes de tout rang.

— Je vous écoute, monsieur Cork, continua Baletti tandis que son visiteur s'asseyait face à lui.

— Vous avez forcé mon respect. Mon respect et ma curiosité. J'ai eu envie de savoir ce que cachait votre magnanimité, persuadé qu'un trafic douteux pouvait fort bien en être à l'origine, un trafic que, ayant l'œil attiré sur vos convois par une plainte, les corsaires de la Sérénissime auraient pu découvrir. À Venise mieux qu'ailleurs rien n'est jamais ce qu'il paraît.

— En effet, s'amusa Baletti. J'imagine votre déception en ne découvrant rien.

— Ma déception, marquis ? sourit Cork. Mon étonnement plutôt et mon admiration surtout.

— Vraiment ? Et pourquoi donc ?

— Pour vos activités de l'ombre bien éloignées de celles que j'imaginais et qui, je l'avoue, tout pirate que je sois, m'ont touché.

Baletti planta son regard dans celui du capitaine Cork. Il n'y lut que sincérité. Ce dernier poursuivit :

— J'ai mis longtemps à comprendre la signification de vos armoiries voyantes au fronton de votre porte. J'ai d'abord penché pour de l'inconscience ou de l'orgueil. Une sorte de bravade à l'attention des voleurs, une manière de dire « venez vous faire prendre ! », alors j'ai observé encore et encore. Je suis tenace, vous savez, marquis.

— Je le constate.

— Lorsque Venise dort, guidées par le scintillement du cristal enchâssé par la pierre qu'un simple rayon de lune suffit à animer, des dizaines de barques se succèdent à votre ponton, silencieuses, anonymes. Vieillards, enfants, malades, miséreux y accostent et repartent nantis. Il en vient de partout. De l'Italie entière et même de la Sicile et de la mer Égée. Je me suis dissimulé au milieu d'eux pour savoir ce qu'ils venaient chercher et j'en fus bouleversé. Médicaments et nourriture, je l'aurais compris, mais ceci, marquis, qui êtes-vous donc pour le distribuer sans compter ?

Il tendit à Baletti une bourse ouverte sur de nombreux florins. Avec, une famille entière vivait décemment plusieurs années. Baletti ne fit pas le moindre geste pour s'en emparer. Puisque Cork savait, il n'avait aucune raison de nier, bien plutôt peut-être de l'initier, comme tant d'autres à présent.

— Je ne suis qu'un homme, capitaine Cork.

— Aucune fortune n'est intarissable.

— La mienne, si.

— Grâce à lui ? demanda Cork en désignant le crâne de cristal.

— Grâce au grand œuvre des alchimistes. Savez-vous ce que c'est ?

Cork secoua la tête.

— L'art de transformer le métal le plus grossier en or pur.

— Impossible, réfuta Cork.

— Vous en tenez pourtant la preuve, mon cher. Il en est de même pour cette liqueur qui vous a été remise.

— On m'a recommandé de la boire à raison de quelques gouttes par jour sur la langue, pas de la verser sur du plomb, railla Cork, troublé cependant par le sérieux de Baletti.

— C'est un élixir de santé. Il fait merveille et permet de lutter contre les épidémies, à condition de respecter certaines règles d'hygiène qu'on a dû aussi vous enseigner.

— J'en conviens. Si tout ceci est vrai, et je n'ai aucune raison de ne pas le croire puisque vous l'affirmez, alors vous pourriez devenir le maître de ce monde.

Baletti sourit pour chasser de lui une vague de tristesse. Combien de fois lui avait-on posé cette question ? des dizaines, des centaines ? Comme si seule cette ambition tenait le cœur des hommes.

— Seul Dieu est omnipotent, capitaine Cork, et je vous l'ai dit, je ne suis qu'un homme. Changer le monde est une tâche immense et un fardeau bien lourd à porter. Un seul être ne peut y suffire, pas davantage qu'une année. J'ai l'ambition de mes limites. Je ne rêve pas de conquérir, mais d'instruire et de protéger. Parce que chaque être sur cette terre a une place et un rôle à y jouer.

— Ce n'est pas un discours habituel, marquis. Il relève de l'utopie. Tout n'est que profit et intérêt, déclara Cork, impressionné.

— C'est là toute la portée de mon miracle, capitaine. J'ai foi en l'humanité. La preuve en est votre visite et cette conversation. Ne pensez-vous pas ?

Clément hocha la tête. Il s'attendait à être surpris, pas à se sentir aussi concerné. Il se félicita de son enquête et se trouva heureux soudain de ce qu'elle avait généré.

— Vous m'avez demandé tantôt si j'étais venu dans l'intention de payer ma dette envers votre magnanimité. Elle est plus grande encore désormais, et je serais fier de vous servir.

— Ne changez rien à vos activités, capitaine Cork. Il m'amuse que vous malmeniez ces figures intrigantes et poudrées qui se lamentent pour quelques soieries perdues en roulant leurs doigts graisseux dans des sauces onctueuses. Vous avez dédaigné mes cargaisons depuis quelque temps et le geste m'avait paru élégant de votre part. Je suis ravi de votre visite. Si vous voulez servir ma cause, j'en serais enchanté. Vous connaissez les caches des pirates. Vivres et médicaments seront utiles à leurs femmes et à leurs enfants. Vous pouvez en prendre autant que vous le souhaiterez à condition de me jurer de ne pas en faire commerce.

— Je serais de peu d'honneur si j'en profitais, se courrouça presque Cork.

— Ne vous vexez pas, mon jeune ami. Si j'avais véritablement douté de vous, je ne vous aurais rien dit de ma vérité. Considérez que votre dette est acquittée, voulez-vous ?

— Je ne le pourrai qu'après vous avoir mis en garde, objecta Cork.

— Contre quoi ?

— Demandez-moi plutôt contre qui.

Baletti hocha la tête, devinant déjà la réponse.

— Emma de Mortefontaine, qui vous a déjà rendu visite, je crois, a rapatrié plusieurs hommes sans scrupules de Trieste où se tiennent les navires de son escorte. Un dénommé George s'occupe de recruter sur place quelques petites frappes chargées de faire diversion auprès de vos gardes. Je pense que c'est ceci que la belle veut vous dérober.

— Quand ?

— Demain. À la nuit tombée.

— M'aideriez-vous à la prendre à son propre piège ?

— J'espérais que vous me le proposeriez. Je me suis déjà fait engager par ce George avec trois de mes hommes. Au cas où... ajouta-t-il.

— Eh bien, capitaine Cork, il semble que nous voilà associés.

Il se leva et lui tendit une main franche. Cork se redressa et la serra avec chaleur, un sourire éclairant la chaleur de ses traits.

*

Emma de Mortefontaine avait espéré que Baletti reviendrait sur sa décision, tant leurs silencieux échanges étaient enflammés. Il lui plaisait. Infiniment. Voilà pourquoi elle avait attendu avant de décider de son attaque, comptant sur la débauche du carnaval pour l'attirer en ses rets et devenir sa maîtresse. Elle eût pu le harceler, mais son tempérament orgueilleux s'y refusait. Elle voulait qu'il succombe et la supplie. Mais Baletti lui avait résisté.

« Cette nuit, se dit-elle, lorsqu'il sera à ma merci, je trouverai le moyen de le faire plier. Il m'aimera. Ensuite, je le tuerai. » Emma ne pouvait tolérer l'idée d'être vulnérable au charme d'un homme qui avait osé se jouer d'elle au point de la mépriser.

Le moment venu, Clément Cork et ses hommes obéirent aux ordres qu'ils avaient reçus, de même que les gardes du palais. La lune, voilée par d'épais nuages, semblait vouloir servir les plans machiavéliques d'Emma de Mortefontaine. Elle était ravie et excitée par cette expédition, bien différente de ses habituelles mondanités. Tandis que les hommes de Cork se chamaillaient sur le quai, devant les marches, pour faire diversion, Emma, George et trois autres accostaient au long d'un trottoir, si étroit qu'il permettait à peine le passage. Emma et ses acolytes durent s'adosser, plaqués contre le crépi de chaux coloré, pour ne pas tomber dans le canal, le bout des souliers dépassant du ciment. Ils atteignirent ainsi une fenêtre, dont le rebord se tenait à un mètre à peine au-dessus de la tête de George.

S'il avait pu se retourner sur la coursive, il aurait pu se hisser à la seule force de ses bras, mais il n'y fallait pas songer. George déroula précautionneusement la corde qu'il avait emportée et, bras tendus, accrocha le grappin au balcon ouvragé. Fort comme un bœuf, il s'aida de cette amarre pour s'asseoir sur la coursive, les pieds dans l'eau glaciale, buste et corde projetés vers l'avant, offrant ainsi un marchepied à ses complices. L'homme qui le suivait, petit et svelte, empoigna la corde comme la drisse d'un navire et grimpa sans difficulté en prenant appui sur les épaules de George. D'un coup sec de la pierre qu'il tenait en main, il brisa un carreau à hauteur de l'espagnolette et ouvrit la croisée sans peine.

Plus loin, à grand renfort de hurlements, de grognements ou de rires, la fausse altercation entre les hommes de Baletti et ceux de Cork se poursuivait, donnant à penser à Emma que son plan se déroulait comme prévu. Elle releva ses bras comme on le lui demandait et, à son tour, se retrouva hissée, puis déposée dans une des pièces sombres de la demeure du marquis.

Cela fait, George s'accrocha à la corde et se laissa enlever de même. Dans le palais, tout était calme et tranquille.

Clément, abandonnant ses camarades dès qu'il avait su Emma et George occupés à leur entreprise, s'était précipité dans la salle du crâne où quatre de ses hommes attendaient son signal, cachés derrière les tentures.

— Ils sont entrés, annonça-t-il simplement à Baletti qui s'y était installé, comme à l'accoutumée.

Ne voulant faire courir aucun risque à son personnel, le marquis l'avait écarté pour la soirée, ne conservant à ses côtés que les gardes.

Au moment où Emma et ses complices pénétrèrent dans la pièce, pistolet au poing, Baletti faisait mine de dormir dans son fauteuil. Il ne se faisait aucune illusion sur les intentions de la belle, mais, ne doutant pas de l'orgueil que procure le sentiment de victoire, il comptait bien utiliser ce travers pour entendre enfin les confidences qu'elle lui avait refusées. À la moindre alerte, Cork interviendrait. Baletti avait confiance en lui. Son instinct ne le trompait jamais.

Bien que parfaitement éveillé, il fit mine de sursauter et d'être surpris en découvrant Emma qui pointait son arme vers lui en souriant. La lueur tremblotante provenant des chandeliers dont elle avait pourvu ses hommes embrasait son visage. Elle n'en était que plus belle et plus redoutable.

— Vous ! s'exclama-t-il. J'aurais dû deviner que nos joutes ne vous suffiraient pas.

— En effet, mon cher marquis, s'amusa-t-elle, triomphante. Vous auriez dû me céder. J'obtiens toujours ce que je convoite. Par n'importe quel moyen.

Baletti fit mine d'être troublé et lui coula un regard brûlant.

— Malgré l'inconfort de ma posture, je dois admettre que vaincre vous va bien, madame. Si je ne savais pas que ce n'est pas moi que vous êtes venue prendre, j'aurais eu plaisir à accepter ma défaite, voire à y goûter.

Emma déglutit, et son souffle s'accéléra. Baletti n'affichait ni peur ni regrets, juste une gourmandise qui rejoignait la sienne.

— Il me faut pourtant vous tuer, marquis, prononça-t-elle, la voix rauque. Cet objet ne peut avoir qu'un seul maître.

Baletti haussa les épaules.

— Mourir de votre main sera un honneur, très chère. Il me procurera ce plaisir que tout Vénitien rêverait de connaître à vos côtés, malheureux tout comme moi de n'avoir pu vous posséder.

— Cela vous aurait été facile.

— J'en ai rêvé, murmura-t-il.

— Madame, la coupa George, agacé par cet échange, il ne faut pas traîner.

Mais Emma avait d'autres intentions.

Elle s'était demandé pourquoi le marquis de Baletti ne participait pas aux orgies vénitiennes du carnaval, elle découvrait enfin la réponse, et celle-ci lui plaisait autant qu'elle l'avait espéré. Baletti devait être un de ces êtres, hommes ou femmes, qui ont besoin d'être dominés. Décidément, songea-t-elle, il était exactement comme elle l'espérait.

— George, ordonna-t-elle, emmène tes hommes et fais le guet devant la porte.

— Ce n'est pas prudent, objecta celui-ci.

Le regard glacial d'Emma le renvoya à sa servitude. Il ravala sa jalousie et obéit sans rien ajouter. Emma conserva pourtant son arme pointée vers le cœur de Baletti, certaine qu'il s'excitait autant qu'elle de ce rapport de force.

— Nous voilà seuls, madame, et moi à votre merci.

— Que feriez-vous à ma place, marquis ?

— Je n'y suis pas, et ignore ce que vous savez du crâne pour pouvoir en juger.

— Cela a-t-il une importance ?

— Pour moi, oui. Je dors devant lui depuis vingt ans, brûlant de découvrir son origine. Vous m'avez avoué avoir vendu votre âme au diable, moi c'est à lui qu'elle appartient. Qui m'en révélera le secret fera de moi l'esclave le plus soumis et docile que cette terre ait porté. J'ai pensé que ce serait vous en découvrant le billet de mon père. Depuis que je vous ai vue, Emma, je n'ai cessé de l'espérer.

Le bas-ventre d'Emma s'embrasa. Elle se défendit pourtant de s'y soumettre.

— Vous me troublez infiniment, marquis, avoua-t-elle, mais je n'ai aucune confiance en votre prétendue loyauté.

Il eut un sourire navré. Désarmant.

— Alors, tuez-moi. Vite. Que je sois libéré à jamais de ce qu'il m'a appris, de ce que vous me refusez.

Emma vacilla. Peut-être après tout serait-il bon qu'elle prenne un associé. N'était-ce pas au fond ce qu'elle recherchait depuis la mort de Mary ? Un être capable de la faire frémir comme il le faisait ? Un être à sa dimension ? Le trésor ne l'intéressait pas, il n'était qu'un prétexte. Les secrets de Baletti et Baletti lui-même étaient bien plus précieux.

— Avez-vous véritablement découvert le grand œuvre ? demanda-t-elle.

— Oui, répondit-il sans hésiter, comprenant qu'elle flanchait. Mais il est complexe et ne se limite pas à une formule griffonnée sur un morceau de papier. Seule, vous n'y parviendriez pas. Il m'a fallu dix années pour le maîtriser.

— Est-ce le crâne qui vous l'a révélé ? insista-t-elle encore, le sentant sincère.

— Ainsi que beaucoup d'autres choses, je présume. Mais je ne saurais l'affirmer. Aucune voix divine n'en a jamais jailli et il n'a rien de surnaturel. Disons que j'ai besoin de sa présence. Elle m'apaise. À mon réveil, mes idées sont organisées et foisonnantes. D'où vient-il, Emma ? Si vous le savez, je vous en conjure, dites-le-moi. Vous me torturez à plaisir, gémit-il.

Elle abaissa son arme.

— Il provient de la cité maya de Santa Rita, au Yucatán, dans les Indes occidentales, mentit-elle. Il se trouvait à l'origine sur une stèle, à l'intérieur d'un temple. Il n'a en effet rien de sacré ou de divin, marquis. Il était seulement une des parties, la plus importante, d'une clé donnant accès à une salle secrète, aux parois étonnamment lisses et brillantes.

— Ainsi donc, il n'est pas complet, réagit Baletti, sans pourtant totalement s'en étonner.

— Deux yeux de jade enchâssant un éclat de cristal en leur centre en sont les parties manquantes, avoua Emma. Je possède un des yeux, ainsi qu'une aiguille de cristal ramassée sur place. La seule étrangeté que j'y ai constatée réside dans le scintillement des pièces, mises en présence l'une de l'autre.

— Que contient la salle secrète? demanda Baletti, avide de davantage de précisions.

La description de ses murs à elle seule le troublait. Ce n'était pas l'aspect courant de la roche, à moins qu'elle ne fût polie et de quartz. Or il savait que cette forme de silice cristallisée n'était pas répandue dans cette partie du monde. Comme tant d'autres lieux, le marquis de Baletti l'avait explorée. Quel intérêt aurait-on eu à la construction d'un tel sanctuaire? Qui surtout?

— En 1523, Hernán Cortés, le célèbre découvreur du Mexique, chargea son second, le sire Alonzo de Avila, de convoyer le trésor du dernier empereur aztèque, Moctezuma. Ce trésor était le plus fabuleux jamais découvert. Vaisselle et idoles d'or et d'argent, gemmes plus gros que des œufs d'autruche, étoffes précieuses, et j'en passe. Alonzo de Avila considéra qu'en dérober une partie, la plus importante d'ailleurs, ne ferait pas défaut à Charles Quint à qui était destiné ce trésor. Il en aurait bien assez pour continuer sa guerre avec son ennemi juré, le roi de France François Ier. Il s'entendit avec les commandants de bord des deux autres caravelles, qui l'escortaient, pour se taire et le partager. Lorsqu'ils en vinrent à se demander où le dissimuler, ne pouvant le transporter dans leurs soutes sans que leur trafic soit repéré à l'arrivée, l'un des trois se souvint de cette cache qu'il avait découverte à Lubaantun lorsqu'il avait été chargé par Cortés, quelques années auparavant, de s'approprier les richesses mayas. Alonzo de Avila, s'écartant des routes maritimes – il était parti de Veracruz –, gagna les côtes du Yucatán et fit débarquer le trésor de nuit, avec la complicité de quelques hommes d'équipage, noyant les autres dans l'alcool. Lorsqu'ils revinrent à bord, nul ne sut ce qu'ils avaient fait à terre. S'ils s'en doutaient, personne n'en eut la preuve. Le crâne et les yeux furent séparés, chacun sur un des navires, partagés entre les trois hommes, en gage de leur serment échangé. La malchance en étouffa à jamais le secret.

Baletti buvait les paroles d'Emma, sans parvenir malgré tout à y trouver son compte. Il se retint pourtant de l'interrompre. Enflammée par son récit, Emma était plus belle que jamais. Celle-ci poursuivait, fébrile :

— Les caravelles croisèrent la route d'un corsaire français, Jean Fleury, qui les pourchassa jusqu'à finir par les prendre. Deux des commandants, dont Avila, moururent sans rien révéler. Le troisième confia à un des marins qui les avait accompagnés, seul survivant de leur équipée, l'œil dont il avait hérité avant de quitter le Yucatán. Arrivé en France avec son incroyable prise, Fleury remit le trésor au roi, augmenté du crâne de cristal, considéré comme une de ses pièces. Fleury, n'imaginant pas que l'œil de jade pouvait s'y rattacher, conserva le bijou pour lui. Quant au second œil, le marin l'emporta, sans pouvoir jamais récupérer le trésor, se contentant d'en tracer l'emplacement sur une carte et d'en transmettre à ses descendants l'étonnant et merveilleux secret.

— Ainsi donc, c'est ce trésor que vous recherchez, lâcha Baletti, déçu définitivement.

Emma s'agenouilla devant lui, repoussa son arme d'un mouvement gracieux du poignet et entreprit de délacer son corsage, le corps brûlant de désir.

— C'était vrai, marquis, avant de découvrir vos étonnantes facultés et celles de ce crâne, quoi que vous en prétendiez. Désormais, j'en espère davantage. Ce que je veux, gémit-elle, c'est tenir le monde à mes pieds comme en cet instant je m'offre aux vôtres. Mais ne vous y trompez pas, marquis, si je vous laisse la vie sauve, vous ne serez jamais à mes côtés qu'un valet.

Baletti se pencha pourtant en avant pour cueillir ses lèvres, promenant un doigt sur son décolleté afin de mieux la sentir frémir.

— Où est le second œil ?

— Perdu, gémit-elle dans son souffle. Volé par une aventurière à mon défunt époux. Elle a péri dans le bombardement du port de Dunkerque et portait l'œil en pendentif.

— Avez-vous retrouvé son corps ? insista-t-il en butinant le lobe de son oreille, certain qu'elle lui livrerait à présent toutes les informations qu'il souhaitait.

— Non. Beaucoup sont morts sous les décombres. Les cadavres furent brûlés ou immergés.

— Ni le jade ni le cristal ne brûlent ou ne flottent. Les pillards sont nombreux sur les charniers.

Emma se recula et le dévisagea. C'était une hypothèse à laquelle elle n'avait pas songé.

Baletti embrasa le regard d'Emma du sien.

Cela suffit à Emma pour ressentir de nouveau l'envie d'une étreinte. Elle enroula ses bras autour de la nuque de Baletti.

— Vous allez me faire l'amour, marquis, susurra-t-elle, ensuite j'emporterai le crâne pour le mettre en présence de l'œil de jade et de l'aiguille, et vous m'attendrez, car vous ne pourrez plus m'oublier.

Baletti se recula, un sourire triomphant aux lèvres.

— Cela, ma chère amie, j'en doute fort, murmura-t-il.

Il claqua des doigts et, en un instant, Emma de Mortefontaine, livide, se retrouva cernée.

## 36.

Les relevailles de Mary avaient été longues et douloureuses, la laissant empâtée jusqu'à la fin de la période d'allaitement, la tenant éloignée des tâches pénibles. Depuis que la paix de Ryswick avait été signée à l'automne 1697, ils vivaient chichement. Niklaus s'inquiétait d'elle dès qu'il le pouvait, s'occupant de l'entretien de la bâtisse et des communs, du tirage de l'eau au puits, du bouchonnement des chevaux, de la basse-cour et des autres animaux. À l'occasion, il se transformait en maréchal-ferrant, en couvreur ou en menuisier. Elle n'avait jamais vu un homme se comporter avec autant de tendresse et d'attention auprès de ses enfants et de son épouse, malgré la diversité des travaux qu'il accomplissait.

Elle avait songé souvent à son trésor, mais raisonnablement s'était donné le temps nécessaire pour récupérer et regarder grandir ses enfants. S'accordant avec un sincère bonheur aux images qu'ils lui offraient. À leur contact, elle avait peu à peu retrouvé cette complicité qui l'avait liée à Cecily et s'était trouvée fière d'avoir su finalement dompter ses angoisses pour mieux en profiter.

Niklaus n'y était pas étranger, qui lui avait appris à s'aimer telle qu'elle était.

Ann Mary venait de fêter sa deuxième année et jouait avec Junior, presque quatre ans, et Toby, le jeune chiot de deux mois qu'on leur avait donné. Il était l'attraction de la maisonnée. Grâce à lui, Mary avait un peu de tranquillité.

Pour l'heure, à quatre pattes à même le sol près de la cheminée, imitant l'animal, les deux enfants s'amusaient à lui faire mordre une vieille guenille, tirant de toutes leurs forces sur l'autre bout pour lui faire lâcher prise. Les grognements joueurs du chiot les excitaient tant qu'ils riaient aux éclats, la lui prenant puis la lui rendant dans une ronde sans fin, qui commençait par un pas de course, et se terminait assis par terre.

Junior ressemblait de plus en plus à son père. Il était aussi espiègle et rieur que lui, et on lui donnait aisément deux années de plus tant il était massif. Ann avait la douceur des traits de Cecily, les cheveux plus foncés que ceux de sa mère mais les mêmes boucles soyeuses. Elle se montrait aussi intrépide et curieuse que Junior. L'un et l'autre étaient autant têtus que déterminés.

Non loin, amusé par leur manège, Niklaus, discutait avec un vétéran qui s'obstinait à leur rendre visite chaque soir devant une bière, refusant de quitter Breda, puisqu'il avait perdu toute famille et toute envie d'en refonder une.

Mary étouffa une grimace douloureuse. Elle était assise à une des tables, distraite des comptes par Junior qui ne cessait de les appeler, elle et Niklaus, pour juger de leur joute. Elle s'amusa un instant des efforts de sa fille qui tirait une langue démesurée, tortillant son derrière potelé pour rester victorieuse contre le chiot, avant de repiquer du nez dans son travail. À ce rythme, elle en aurait pour la nuit. Or c'était la seule des tâches dont elle avait la responsabilité qui l'ennuyait. Elle n'avait qu'une envie, celle de gagner la chambre dès que le vétéran serait parti, et de se blottir dans les bras de son époux.

Une nouvelle pointe se fit sentir qu'elle refusa de montrer de même. Elle ne se plaignait jamais de la douleur qui revenait comme un rhumatisme à son bassin. Elle savait que ses deux grossesses rapprochées et les conséquences de la seconde l'avaient meurtrie profondément et qu'il faudrait du temps encore pour l'en guérir totalement, même si les crises étaient de plus en plus espacées. Longtemps, leurs rapports charnels avec Niklaus s'en étaient trouvés perturbés. Pourtant, comme s'il avait pressenti ce qu'elle taisait, celui-ci n'avait jamais insisté si un rictus ennuyé ou douloureux froissait ses traits, ne lui faisant l'amour que lorsqu'elle le demandait, s'appliquant à son plaisir avec une douceur étonnante, se retirant d'elle avant de jouir, assurant qu'il préférait cela plutôt que de risquer de l'éprouver encore. Elle lui en savait gré et ne l'en aimait que davantage. Comblée chaque jour par leur complicité et par ces enfants qu'il lui avait faits.

En deux années, la vie à l'auberge elle aussi avait changé. Frida était partie la première, demandée en mariage par un soldat qui, amoureux d'elle, n'arrivait pas à se résigner. Elle l'avait suivi sur les côtes flamandes pour l'y épouser. Peu de temps après, il avait fallu congédier cuisinier et musiciens, par manque de clientèle. Ne demeura plus que Milia à leurs côtés. L'auberge des Trois Fers à cheval voyait son enseigne rouiller doucement.

Tout ce que le père de Niklaus avait prédit s'était réalisé peu à peu et Niklaus puisa dans ses réserves pour faire vivre l'auberge.

— Tu penses à ton trésor, n'est-ce pas ? chuchota Niklaus en promenant ses doigts sur les hanches de Mary.

Elles avaient désormais retrouvé leur fermeté, leur tonicité et leur galbe, et il aimait y prolonger les arabesques de ses doigts après l'amour. Dans la chambre à côté de la leur, les deux enfants dormaient paisiblement. Milia les avait couchés puis en avait fait autant. La porte de l'auberge bouclée et le vétéran parti, Mary et Niklaus étaient montés peu après. Junior ronflait, en écho à Toby enroulé en boule au pied de son lit, sur la courtepointe.

Mary s'étira. Niklaus se trompait.

— Je pense à tes parents, avoua-t-elle.

Le visage de son époux se rembrunit.

Huit mois après la naissance d'Ann, un incendie avait ravagé leur maison. On ignorait comment il avait pris. Le vent avait soufflé fort, cette nuit-là, et des branches d'arbre avaient frappé les habitations. On avait supposé qu'une lampe à huile, oubliée dans la salle d'étude du notaire, s'était renversée et embrasée.

Ce n'était qu'une hypothèse.

Le temps que les flammes réveillent les habitants, l'incendie avait ravagé la demeure et celle d'à côté, mitoyenne. Cinq personnes avaient péri. Quatre adultes et un nouveau-né.

Niklaus avait eu du mal à s'en remettre.

D'autant qu'il n'avait jamais réussi à faire vraiment la paix avec son père. Sa mère venait leur rendre visite en cachette, souffrant de cette clandestinité qui l'empêchait de profiter pleinement de ses petits-enfants. Mary avait tenté d'intercéder, mais rien n'y avait fait. Lucas Olgersen exigeait des excuses que le fils refusait de faire.

Ils étaient bien trop fiers l'un et l'autre. Fiers et bornés.

Niklaus délaissa la peau soyeuse de Mary pour s'allonger sur le dos, repliant ses coudes sous sa nuque. Ils demeurèrent un moment en silence, puis Mary poursuivit :

— J'ai souvent pensé à la mort, nous l'avons tant bravée qu'elle a longtemps été plus une compagne qu'une ennemie, et cependant je ne parviens pas à admettre l'injustice de celle-ci, Niklaus. Elle m'obsède souvent.

— Moi aussi, avoua-t-il.

Mary se retourna vers lui et nicha son nez dans la toison de son torse. Elle aimait le parfum de sa peau, elle aimait s'y perdre. Pas une seule fois elle n'avait regretté ce mariage, malgré ses doutes, ses appréhensions, malgré sa peur de ne pas arriver à se contenter d'une vie trop calme. Niklaus avait su faire de leur quotidien une fête. Elle sentait pourtant qu'elle en avait atteint les limites et que, comme elle, Niklaus commençait à s'en lasser. Ils étaient trop semblables. Ils appréciaient l'odeur de la poudre et du danger, celle du tabac et des étreintes enflammées, dans l'urgence et l'incertitude du lendemain. Celles-ci en avaient perdu l'intensité peu à peu, au fil des habitudes et du quotidien.

— Je ne m'imagine pas mourir dans ce lit, Niklaus, peu importe la manière. Je veux pouvoir regarder la mort en face et me battre contre elle pour la braver.

Il passa son bras musclé autour de ses épaules et les caressa.

— C'est aussi la réflexion que je me suis faite, admit-il. Quand tu as failli passer à la naissance d'Ann Mary, j'ai compris que tu n'étais pas faite pour la vieillesse et l'apathie.

Mary se redressa légèrement sur son coude et chercha son regard. Les chandelles flambaient, projetant ombre et lumière tour à tour. Niklaus avait l'œil triste, mais brûlant de passion.

— Je t'ai menti, Mary, avoua-t-il. J'ai cherché à t'enchaîner par peur de te perdre. J'aurais pu t'éviter ces enfants.

— Je le sais, dit-elle.

— Je pensais que tu ne te connaissais pas encore. Que tu n'avais vécu le combat que parce qu'il avait été un moyen de survivre, et que ton obsession d'un nom et d'une fortune se perdrait dès lors que tu aurais la charge d'une famille, dès lors que tu te sentirais en sécurité et occupée à la chérir et à la protéger. Je me trompais sur ton compte. Mais je me trompais sur le mien aussi. Ni toi ni moi ne sommes faits pour cette vie.

— Je l'ai aimée, Niklaus, assura-t-elle, autant que je t'aime. Je ne regrette rien, et surtout pas nos enfants.

Niklaus lui sourit et écarta une mèche rousse qui s'entêtait à venir balayer le nez de Mary. Il aimait le soyeux de ses cheveux, il ne se lassait pas de ses taches de rousseur sur le nez, ni du noisette de ses yeux et du rosé de ses lèvres. Il ne se lassait pas de son souffle, de ses gémissements au plus fort de leurs étreintes, de sa manière d'en réclamer encore en pressant plus fort ses doigts au creux de ses reins. Il ne se lassait pas de ce parfum qu'elle portait, ce parfum de sensualité et de maternité mêlées. De ces manières de femme où perçait encore souvent la rudesse de ses habitudes de soldat, de ses habits de garçon qu'elle adorait porter contre toute bienséance pour s'activer à la basse-cour ou à l'écurie à ses côtés, de son espièglerie lorsqu'ils bouchonnaient les chevaux ou trayaient leurs deux vaches, s'amusant à s'arroser de lait en penchant le pis de côté.

De sa façon de l'entraîner dans le foin d'un mouvement d'index assorti d'un regard coquin, tandis qu'au-dehors, sous la surveillance de Milia, les enfants chahutaient. Il aimait son rire, ses colères, ses entêtements aussi stupides que les siens pour des broutilles, leurs réconciliations, leur tendresse.

— Moi non plus, je ne regrette rien, assura-t-il. Mais je me suis leurré, Mary. Je croyais que c'était à cause de la gouaille de Gros Reinhart, tant opposée à la fadeur de mon père, que j'avais eu envie de ce métier et détesté celui de notaire. Je me trompais. Ce qui me plaisait dans ce projet, c'étaient l'animation, le mouvement, le rire des filles, les plaisanteries des soldats, les élans de camaraderie, les musiciens, l'odeur du tabac et du vin. Parfois aussi ces bagarres idiotes qui révélaient en nous l'instinct de survie. Je ne m'ennuie pas auprès de toi, Mary Olgersen, et nos enfants me comblent, mais, si tu le veux encore, je partirais bien à l'aventure avec toi, avec eux.

Mary se pencha au-dessus de ses lèvres et l'embrassa passionnément.

— J'avais fini par croire que tu ne me le demanderais jamais.

— M'aurais-tu quitté, s'inquiéta Niklaus, si je ne l'avais pas fait ?

Mary lui répondit sans hésiter :

— Non. Parce que je t'aime. Et aussi que je te connais bien mieux que quiconque. Je savais bien que tôt ou tard nous nous retrouverions comme autrefois, côte à côte au combat. Je l'aurais parié, ajouta-t-elle en clignant de l'œil.

Niklaus, d'un mouvement souple, la fit pivoter pour la coucher sur lui. Mary se mordit la lèvre inférieure. Elle aussi avait envie de lui encore. Elle se cabra pour l'enfourcher, en gémissant de plaisir.

*

Emma de Mortefontaine ne parvenait pas à chasser de sa mémoire l'affront que lui avait fait le marquis de Baletti. Aucun homme ne l'avait rabaissée ainsi, aucun ne s'était servi d'elle de cette manière. Elle le haïssait pour cela et, cependant, le simple fait de penser à ce regard dominateur et satisfait la laissait pantelante et furieuse contre elle-même.

Elle s'était prise à son propre jeu.

Ce chien, cet immonde, cet insupportable marquis l'avait jetée dans un enfer où même ses démons s'y ridiculisaient. Cela faisait presque un an qu'elle en crevait.

Il l'avait laissée repartir de chez lui, ce soir-là, sans le crâne, bien sûr, s'excusant du méchant tour qu'il lui avait joué en lui assurant qu'il serait ravi de s'associer avec elle pour retrouver ce trésor, non pour ce qu'il était, mais parce qu'il brûlait de ramener le crâne complété à l'endroit où il avait été découvert. Il lui avait même avoué qu'il lui laisserait prendre ce que le second de Cortés y avait caché. Lui cherchait autre chose, cette vérité qui l'obsédait.

— Ramenez-moi les deux yeux de jade, Emma, avait décidé Baletti. À n'importe quel prix. Ensuite, nous partirons ensemble.

À son oreille, il avait ajouté en aparté, l'œil plus brûlant que jamais :

— Je vous promets alors que je m'emploierai à transcender cette délicieuse fureur de frustration en plaisir raffiné.

Emma n'avait pu trouver les mots pour l'injurier, ni ceux pour se rebeller. Elle avait redressé la tête, le corps en flammes, et, ses hommes sur ses talons, s'en était allée, par la grande porte cette fois, les oreilles bourdonnantes du rire de Cork qui avait éclaté.

Elle aurait aimé pouvoir s'en prendre à George pour défouler son courroux, mais, prudent, celui-ci s'était retranché dans le silence, se contentant de répondre à son appel lorsque, ayant regagné son hôtel particulier, épuisée à l'aube de se retourner cent fois dans son lit sans pouvoir s'apaiser, Emma de Mortefontaine avait cédé à son impérieux besoin d'aimer. Elle avait chargé un des patriciens véreux de surveiller Baletti et de l'informer de ce qu'il faisait, refusant l'idée qu'il puisse partir au Yucatán sans elle. Troublé par sa beauté et ravi de la servir, M. Boldoni s'était empressé d'accepter.

Revenue en France, Emma avait confié à George le soin de reprendre contact avec l'Homme en noir qui, depuis cinq années à présent, vivait l'ordinaire des marins de *La Perle*. Elle s'était rendue à Dunkerque et y avait placé plusieurs hommes pour tenter de retrouver celui ou celle qui, après le bombardement, aurait dépouillé Mary Read de ses bijoux. Elle continuait de s'en vouloir de n'avoir pas songé à cette évidence, trop perturbée par la perte de son aimée.

Elle pensait avoir oublié Mary.

Le simple fait d'arpenter ces rues, de l'imaginer là, mourant idiotement sous le tir nourri des canons, lui fit mal. Sa blessure n'était pas cicatrisée. Elle ne s'en guérirait jamais totalement, elle le savait désormais.

Elle avait envisagé un instant que Baletti aurait pu remplacer Mary. Elle s'était trompée. Il affolait ses sens, mais elle ne pourrait jamais lui faire confiance ni l'aimer.

Elle avait quitté la ville de Dunkerque, reconstruite à présent, l'âme en peine, afin de s'embarquer pour Douvres où elle comptait récupérer l'œil de jade, la carte et l'aiguille.

À l'inverse de ses habitudes, elle s'était résolue à les laisser au coffre, sur les conseils de George, avant de se rendre à Venise.

— On ne sait jamais, madame. Malgré notre escorte, les dangers sont nombreux en mer. Si vous les perdiez, vous vous le reprocheriez plus que tout, lui avait-il dit.

Elle s'en félicitait chaque jour, depuis qu'elle s'était fait prendre par Baletti.

Elle était demeurée quelque temps à Douvres où George l'avait rejointe, lui assurant que l'Homme en noir était toujours prêt à les servir. Ensuite, cela avait été Londres pour vérifier ses comptes et s'enquérir du bon fonctionnement de ses affaires. Enfin, elle avait atteint le comté de Cork, son fidèle mercenaire à ses côtés, dans l'idée de se refaire une santé. Dix mois s'étaient écoulés. Et chacun des courriers que Baletti lui envoyait en réponse à ses missives était une brûlure de plus à son orgueil bafoué.

C'est pourquoi, à peine arrivée, elle se fit annoncer chez William Cormac. Elle ne l'avait pas vu depuis presque deux années, mais était certaine qu'il ne l'avait pas oubliée. Elle trouva cependant devant elle un homme au regard fuyant et visiblement embarrassé qui, au lieu de l'étreindre comme elle l'espérait, se contenta de demeurer derrière son bureau et de la prier de s'asseoir. Elle s'en offusqua aussitôt.

— Quel accueil, mon cher! Même à notre première rencontre je vous ai trouvé plus aimable. Seriez-vous souffrant, contagieux peut-être? se moqua-t-elle avec une pointe de cynisme.

Cormac déroba une fois encore son regard au sien pour répondre.

— Rien de cela, ma chère Emma, et je vous demande de me pardonner si je vous ai froissée.

— Il s'agit bien de cela! s'adoucit-elle. J'espérais seulement plus de chaleur. Vous m'avez manqué, William.

Cette fois, il releva la tête, incrédule.

— Vraiment? Vous m'avez pourtant laissé sans nouvelles. Plusieurs années durant. Ignorant mes lettres.

— J'avais à faire, répliqua Emma, comme si sa présence aujourd'hui suffisait à elle seule à effacer ce qu'on lui reprochait.

— L'absence ne fait rien aux sentiments, se justifia Cormac, retrouvant enfin un peu d'éloquence devant l'injuste suffisance de son ancienne maîtresse.

— Elle ne gâte pas les miens, assura Emma, et ce qui nous parut plaisant hier demeure de même aujourd'hui pour moi. À moins qu'il n'y ait une autre raison à votre froideur, ajouta-t-elle d'un ton pincé, remarquant sa grimace ennuyée.

— C'est le cas en effet, avoua-t-il, gêné. Je suis épris.

— Vous êtes épris... Et de qui donc, puisque ce n'est vraisemblablement plus de moi?

— La discrétion m'empêche de vous répondre, mais son amour me comble au plus haut point et, bien qu'elle soit une simple domestique, je n'aurais pas le cœur de la blesser en reprenant avec vous une relation éphémère. Malgré le plaisir que j'en aurais, milady.

— Je vois, grinça Emma.

Elle se leva, droite et digne, contenant sa rage derrière un sourire crispé.

— C'est votre dernier mot, William Cormac? demanda-t-elle encore.

— Croyez bien que je le regrette. Si vous m'aviez seulement nourri de quelques lettres, s'empêtra-t-il.

Emma le toisa de son mépris.

— L'amour, milord, est ou n'est pas. Puissiez-vous n'avoir jamais à déplorer votre choix.

— Vous me demeurerez chère, Emma, assura Cormac en la raccompagnant.

Son air soulagé à son départ prouva pourtant le contraire à Emma.

Cette fois, c'en était trop. Puisque Baletti était intouchable, c'était cet imbécile de William Cormac qui allait payer. Elle se renseigna sur la servante en question. Celle-ci s'appelait Marie Brenan, était charmante, jolie et suffisamment ingénue pour s'être laissé engrosser. C'était toutefois assez récent encore pour n'être pas visible. William Cormac envisageait de l'installer dans un petit meublé dès qu'elle aurait donné son congé, si l'enfant tenait. Emma savait qu'en Irlande l'adultère était considéré comme un crime et passible d'une peine de prison. Cormac ne lui avait pas caché ses craintes à ce sujet du temps de leur liaison.

Elle s'en frotta les mains avec délectation. Il allait regretter de l'avoir ainsi repoussée. Elle envoya un courrier en Caroline-du-Sud pour demander à son intendant d'acheter une autre plantation, au nom de William Cormac et de Marie Brenan, et de lui envoyer l'acte de propriété doublé d'une copie. Puis elle se mit à attendre en ruminant sa vengeance.

Chaque fois qu'elle jouissait entre les bras de George, les yeux fermés, c'étaient ceux de Baletti qui la hantaient.

# 37.

La journée avait été rude à l'auberge des Trois Fers à cheval. Depuis deux jours, elle ne désemplissait pas. Niklaus, Mary et Milia n'avaient jamais été aussi contents de s'activer au milieu des tables, trinquant à la régalade, servant les mets odorants qu'ils avaient pris plaisir à préparer eux-mêmes pour la circonstance.

Devant l'estrade où les musiciens jouaient de nouveau, une dizaine d'enfants, dont Junior et Ann, chahutaient en riant ou en couinant, singeant leurs parents ou vivant leurs propres histoires. Leur imagination ne connaissait pas de limites. Junior s'était même amusé à danser avec Toby, le dressant sur ses pattes arrière comme une cavalière sous le rire aigu de sa sœur. L'animal avait beau lui mordiller les doigts, il paraissait aussi ravi de ce jeu que le garçonnet. Tous avaient cœur à cette fête.

Et pour cause !

Hans Vanderluck avait lancé un ultime pari en quittant Breda, peu après le baptême de Junior. Celui de demeurer vieux garçon, certain qu'aucune jamais ne le prendrait dans ses filets. L'enjeu du pari n'était rien moins que la noce elle-même aux

Trois Fers à cheval en présence de tous les parieurs.

Aujourd'hui, 17 avril de l'année 1700, Hans Vanderluck levait son verre au ciel avant d'embrasser à pleine bouche la jolie Maud qu'il venait d'épouser, ravi d'avoir perdu, ce qui ne lui était encore jamais arrivé.

Mary et Niklaus n'avaient rien avoué de leur intention de vendre l'auberge et de quitter Breda. Ni l'un ni l'autre n'en eurent le cœur. Revoir leurs anciens camarades de promotion, la plupart en compagnie de leurs enfants et de leurs épouses, ressuscitait l'espace d'un moment les grandes heures de leur passé. Et une belle tranche de la vie de l'auberge. Ils n'avaient aucune envie de la gâcher. Souvent, ils échangeaient un regard complice et Mary sentait une vague de bonheur la submerger. D'avoir goûté de nouveau à cette ambiance de camaraderie renforçait leur décision à tous deux.

Chaque jour qui passait la confortait.

Depuis qu'ils en avaient pris conscience, ils s'étaient retrouvés. Comme aux premières nuits sous la tente, quand Mary étouffait son plaisir dans son poing fermé ou dans les baisers de Niklaus. Et curieusement ses douleurs récurrentes au bassin s'en étaient allées.

Le lendemain, Hans Vanderluck et son épouse furent les derniers à les quitter. Leur compagnon les étreignit avec tendresse, près de la charrette qui les attendait dans la cour. Au-dessus d'eux, un ciel sans nuages accueillait un soleil qui leur fit plisser des yeux.

— Nous vous laissons un chantier épouvantable, s'excusa Vanderluck.

Niklaus s'écarta de cette accolade fraternelle et répondit en plaisantant :

— J'enverrai chercher mon dû, n'aie crainte !

Vanderluck haussa les épaules, rieur.

— À la guerre comme à la guerre. J'ai perdu et tu as gagné.

— Non, mon frère, répliqua Niklaus, s'assurant que Maud, en conversation avec Mary, ne pouvait l'entendre. C'est le contraire.

Vanderluck, étonné, se laissa entraîner à l'écart.

— Qu'est-ce que tu veux dire ?

— Je vends, vieux frère, annonça Niklaus.

Vanderluck hocha la tête. Il n'en fut pas surpris. Il savait que, l'armée partie, l'auberge péricliterait. C'était une évidence pour tout le monde. Il se souvint du pari qu'ils avaient fait en secret au soir des noces de Mary et de Niklaus, et comprit soudain le sens caché des paroles de ce dernier.

— Tu n'as pas réussi à la dompter, s'amusa-t-il. J'en étais sûr. Il suffisait de la regarder pour comprendre que son cul était mieux taillé pour un pantalon que pour des jupons.

Niklaus sourit. Il avait toujours aimé le franc-parler de son compagnon d'armes. Celui-ci poursuivit, en lui tapotant l'épaule :

— De toi à moi, je te préfère en aventurier qu'en tavernier.

Niklaus comprit alors que Hans le connaissait mieux lui aussi qu'il ne se connaissait lui-même. Il lui tendit une main franche.

— Bonne chance avec Maud.

— J'en ai, assurément, affirma Vanderluck, ravi de raccrocher enfin d'une carrière de mercenaire.

Le père de Maud était banquier, à l'autre bout du pays, et lui avait proposé de devenir son associé. C'était ce dont il avait toujours rêvé.

— Prends soin d'elle, Niklaus, conseilla-t-il. Les prédateurs sont nombreux en ce monde. Si tu n'avais pas été mon ami, je te l'aurais prise sans hésiter.

— Je sais, lui dit Niklaus sans animosité. Mais pour ça il t'aurait fallu me tuer.

— Elle en vaut la peine.

À cet instant, Junior jaillit de l'auberge comme un boulet de canon, la petite main de sa sœur dans la sienne, délaissant sa mère, qui discutait toujours des projets de Maud avec elle, pour se précipiter vers les deux hommes.

Au cou d'Ann, le pendentif d'émeraude que Mary avait autrefois dérobé chez lady Read tressautait tant que la fillette l'enferma entre ses petits doigts potelés et crasseux. Il était son bien le plus précieux, depuis que sa mère le lui avait passé au cou pour son dernier anniversaire, s'attendrissant de voir l'enfant jouer avec et s'en émerveiller chaque fois qu'elle la prenait dans ses bras.

Les garnements se cachèrent entre les jambes des deux amis, en riant, pour échapper à la menace du doigt dressé de Milia, arrêtée sur le seuil, le tablier maculé de taches de cuisine. Elle s'exclama :

— Filous, attendez donc que je vous attrape !

Puis elle se dirigea d'autorité vers Mary pour lui faire son rapport. Vanderluck souleva son filleul dans ses bras, tandis que Niklaus répondait à l'appel des petites mains tendues de sa fille. Les enfants, désormais à l'abri du courroux de leur gouvernante, gloussaient toujours, les yeux brillants de leur farce.

— Qu'avez-vous donc fait encore ? s'enquit Niklaus.

Mais déjà il comprenait. Sa fille, la bouche et les mains barbouillées de chocolat, lui en écrasait sur les joues en lui disant :

— Chut, papa, c'est un secret !

Vanderluck se mit à rire, rapprochant d'eux les trois femmes qui déjà commentaient l'incident, plus amusées que contrites.

— Nous n'aurons que des miettes de dessert, déclara Mary, et vous un gros et méchant mal au ventre ! ajouta-t-elle en pointant simultanément ses deux index sur l'estomac des garnements, qui se recroquevillèrent en gesticulant et en riant contre la poitrine des hommes.

Pour toute excuse, Ann s'écarta de l'étreinte de son père et tendit ses bras souillés vers sa mère.

— Câlin, supplia-t-elle, l'œil charmeur.

Hans Vanderluck éclata de nouveau de rire, repris par ses comparses, tandis qu'en soupirant de bonheur Mary soulevait Ann dans ses bras pour se retrouver couverte de baisers chocolatés.

— Tu ne vas pas t'ennuyer, Niklaus Olgersen, ajouta Vanderluck en chatouillant Junior, qui se débattit en riant. Cette garçouille a le charme diabolique de sa mère et autant de suite dans les idées.

Mary lui décocha un regard faussement courroucé, empêtrée dans les élans affectueux de sa fille.

— Avant longtemps, prophétisa Niklaus, je suis certain que tu pourras partager ce privilège avec les tiens.

— Puisses-tu dire vrai, conclut Vanderluck en coulant une œillade amoureuse à son épouse.

Avec Maud, ils avaient bien l'intention de s'y employer.

— Grimpe-moi sur tes épaules, parrain ! exigea Junior.

— À vos ordres, mon colonel, obtempéra celui-ci en le juchant comme il le désirait.

Junior s'en gonfla le jabot. Vif, intelligent et charmeur, il ne perdait aucune occasion de s'amuser et d'entraîner sa sœur, aussi intrépide que lui malgré ses rondeurs encore prononcées de bébé. Avec ses deux ans, Ann parlait autant que Junior. Mary s'amusait à l'appeler la bavarde, ce qui la mettait en fureur. Quelques secondes seulement. Ann n'était pas de nature à bouder. Aussitôt, en zozotant, elle recommençait à babiller. L'un et l'autre pourtant savaient se taire et obéir lorsque leur père l'exigeait, et Junior en obtenait récompense en aidant celui-ci pour des tâches faciles comme ramasser des œufs dans le poulailler. Ce qui souvent, d'ailleurs, commençait par une partie de course au poulet, son chiot aboyant sans méchanceté à ses côtés. Il fallait à Mary un grand sérieux pour puiser en elle le courage de le gronder.

Quant à Ann, toujours dans ses jambes, elle cassait avec application dans les saladiers les œufs qu'apportait Junior, se penchant en tirant la langue au-dessus des préparations culinaires que Milia ou sa mère terminait. S'il arrivait cependant qu'elles détournent les yeux, c'était la bouche encore pleine et les doigts souillés qu'elles retrouvaient la fillette, ravie de tout goûter.

Mary ne comptait pas non plus toutes les fois où elle s'était effrayée de les voir grimper tous deux sur les branches basses du noyer; de la main tendue de Junior, qui, attrapant celle de sa sœur, l'encourageait à gagner le sommet; celles où elle les trouvait entre les jambes des chevaux en train de comploter ou d'enterrer au milieu de la porcherie un petit coffre empli de boutons dorés, de cailloux brillants et de menus objets chapardés, comme un trésor merveilleux à protéger.

Ces deux-là étaient nés pour l'aventure.

Ils avaient le tempérament pour cela, l'idée et une constitution étonnante qui les tenait écartés des maladies infantiles. Si Mary et Niklaus n'avaient pas été convaincus que leurs enfants pouvaient les suivre, ils auraient encore reculé leur projet. Pour leur donner raison, au lieu de se lamenter comme Milia, lorsque Niklaus avait annoncé son intention de vendre et de partir à l'aventure, ils s'étaient écriés en chœur, et les yeux brillants :

— Chic ! On va bien s'amuser !

— Il est temps de vous quitter. La route est longue jusqu'à notre prochaine étape, décida Maud, voyant bien que son époux avait du mal à se séparer de ses amis.

Elle-même, qui les avait appréciés dès le premier instant, en était attristée.

— Tu as raison, chérie, dit Vanderluck en déposant Junior à terre.

Leurs pas les avaient ramenés près de la charrette, garnie des présents et des victuailles qu'on leur avait offerts.

— J'ignore quand nous nous reverrons, reprit-il.

— Quand partirez-vous ?

— Dès que possible, décréta Mary. Le temps de trouver un acheteur et de régler toutes les formalités. J'espère avant l'hiver, sinon nous repousserons d'une saison.

Hans hocha la tête.

— Le temps qui passe n'enlève rien à l'amitié, Niklaus. Elle est comme l'honneur. On ne l'oublie jamais. Prenez soin de vous.

— Fais-en de même, vieux frère.

Niklaus attrapa Junior qui s'obstinait à retenir son parrain, accroché à sa cuisse. Par jeu davantage que par chagrin. Junior ne s'y éternisait jamais.

Ils demeurèrent là à agiter la main, puis Junior et Ann commencèrent à bouger, pressés de s'en retourner jouer. Milia exigea qu'ils se débarbouillent d'abord. Ils le lui accordèrent en soupirant lourdement.

— Toby pourrait bien s'en charger, lâcha Junior, aussitôt repris par sa sœur.

— Toby, il adoooooore le zocolat !

Comme pour approuver, le chiot se mit à japper.

— En route, mauvaise troupe, insista Milia. Et que je n'en entende pas un seul protester ou je jure que ce gâteau sera le dernier que vous mangerez.

Cela suffit pour les réconcilier.

Restés seuls dans la cour, Mary et Niklaus s'enlacèrent, les mains et les joues poisseuses du chocolat qu'Ann Mary leur avait tartiné à tous deux.

— Je crois qu'il nous faut en faire de même, mais j'ai une autre idée pour nous en débarrasser.

— Quelle idée ?

— Viens donc faire un tour dans l'écurie avec moi, je vais t'expliquer.

Mary l'y suivit sans hésiter. Ils grimpèrent tout en haut du plateau qui accueillait la réserve de paille et de foin et Niklaus ramena l'échelle à leurs pieds pour être sûr de ne pas être surpris par les enfants.

Mary détacha le ruban qui retenait ses cheveux et chercha un coin derrière les ballots pour s'y installer. Fugacement, tandis que Niklaus la rejoignait, le souvenir d'une autre étable s'immisça dans ses pensées. C'était dans un endroit semblable que Corneille l'avait aimée pour la première fois. Elle se mordit la lèvre. Elle n'avait pas osé dire à Niklaus l'initiative qu'elle avait tentée, certaine qu'il s'y serait opposé. La lettre à l'attention de Corneille, envoyée à Brest en courrier à faire suivre, était partie depuis huit jours. Elle lui racontait tout, sa vie, Niklaus, ses enfants, l'auberge et son obsession de ce trésor qu'elle avait autrefois voulu partager avec lui. Elle terminait en lui demandant son aide en tant qu'associé pour trouver un navire qui pût enfin les en approcher. À moins qu'il ne lui pardonne son silence et le mal que certainement, à cause de celui-ci, elle lui avait fait. Si elle recevait une réponse, il serait toujours temps d'en informer Niklaus et de le rassurer.

Ses sentiments pour Corneille n'avaient été qu'un feu de paille comparé au brasier qui coulait aujourd'hui dans ses veines.

Elle enlaça Niklaus et oublia aussitôt son initiative dans l'ardeur que mit son époux à l'aimer.

Ils furent interrompus pourtant par des voix qui se rapprochaient. La porte de l'écurie grinça. Junior et Ann Mary chuchotaient, cherchant leur cachette préférée.

Niklaus plaqua une main ferme sur la bouche de Mary qui se retenait déjà de gémir comme à l'accoutumée.

— Je te dis que je les ai entendus en parler, disait Junior à sa sœur.

Le ton était grave et les deux amants prêtèrent l'oreille.

— Et moi ze te dis que ça ne peut pas, affirmait Ann. De toute façon ze me cacerai dans la malle.

— Moi aussi.

Mary et Niklaus échangèrent un regard interrogateur. Qu'avaient donc imaginé encore ces deux-là ? Il y eut un long silence. Visiblement, les enfants réfléchissaient.

— Dis, Zunior, demanda Ann. Tu crois c'est quoi ce trésor ?

— Je sais pas, répondit celui-ci.

Niklaus et Mary rampèrent jusqu'au bord de la plate-forme, sans bruit. Comme à leur habitude, les deux enfants s'étaient assis au milieu des chevaux, à même leur litière. Il aurait suffi d'une seule ruade des animaux pour les fracasser. Le cœur de Mary se serra et elle faillit intervenir, mais Niklaus plaqua un doigt sur sa bouche et l'immobilisa d'une main sur son épaule. Il était serein, connaissant ses bêtes. Mary fut rassurée par sa quiétude.

— Je sais juste qu'il faut un bateau et beaucoup de temps pour aller le chercher. C'est maman qui l'a dit. C'est très dangereux, à cause des pirates.

— C'est quoi un pirate ? demanda Ann.

— C'est un méchant avec une jambe de bois, un bandeau sur l'œil et une épée grande comme ça. C'est Milia qui m'a raconté.

Mary se retint de pouffer devant le geste démesuré de Junior pour mimer. Ann écarquilla les yeux et étouffa un cri de frayeur derrière ses petites mains.

Ce garnement avait les yeux et les oreilles partout, songea sa mère. Niklaus et elle étaient pourtant persuadés que Junior dormait quand ils avaient abordé les détails de leur voyage.

— Tu crois que c'est à cause des pirates qu'y vont nous laisser ? demanda Ann.

— Oui, assura Junior, certain de son fait.

Mary se souvint alors avoir évoqué cette hypothèse avec Niklaus, avant de s'y refuser. Ils n'auraient pu se séparer d'eux. Junior, lui, s'en était visiblement inquiété. Il passa un bras protecteur autour des épaules de sa sœur.

— N'aie pas peur, assura-t-il. Je te protégerai.

Elle hocha la tête.

— Moi aussi ze veux trouver le trésor. Z'ai pas peur des pirates !

— Moi non plus, j'ai pas peur. Et puis j'ai pris ça dans la malle du premier.

Niklaus étouffa cette fois un juron. Junior avait dérobé un poignard dans ses reliques militaires.

— Avec ça, je tuerai tous les pirates qui voudront te faire du mal. Ce soir, on parlera à papa. On lui dira qu'on veut pas rester, qu'on est grands maintenant.

— Et si veulent pas quand même ? demanda Ann encore.

— On se cachera dans la malle. C'est une bonne idée.

Ann opina du chef.

— Tu jures, exigea-t-elle en lui présentant la salamandre d'émeraude au bout de son collier.

— Je jure, obtempéra Junior en tendant sa main comme un procureur avant de cracher sur le bijou suivant le rituel qu'ils avaient instauré.

Au même moment, la porte de l'écurie grinça et Junior replaça subrepticement le poignard sous sa veste. Milia les découvrit muets et déterminés.

— Décidément, soupira-t-elle, vous me ferez mourir d'inquiétude. Sortez d'ici !

Niklaus et Mary se reculèrent pour n'être pas surpris mais Milia, observatrice, remarqua aussitôt que l'échelle manquait. Elle se hâta d'entraîner les enfants.

— Je crois, déclara Niklaus en roulant sur le dos, attirant Mary à lui, que nous avons désormais des recrues de choix, mon amour.

— Hélas ! Il semble que nous ayons beaucoup de chance de les avoir faits.

— Tu envisages un petit frère ? se moqua Niklaus en la voyant glisser sur lui.

— N'y compte pas. Ou je te tuerais, mon maréchal des logis.

Il la retourna aussitôt pour la coucher sous lui, la pénétrant d'un coup de reins pour mieux la sentir se cabrer.

— Vraiment, madame Olgersen ? la nargua-t-il, l'œil enflammé.

Pour toute réponse, Mary, soumise, se laissa emporter.

# 38.

Emma de Mortefontaine reposa le courrier qu'elle venait d'ouvrir avec un plaisir non dissimulé. Il provenait de Charleston, en Caroline-du-Sud, et contenait l'acte de propriété d'une plantation au nom de William Cormac.

Elle tenait enfin sa vengeance.

Elle l'avait habilement préparée et pour ce faire s'était allié la complicité d'une autre domestique des Cormac qui n'appréciait guère de voir Marie Brenan profiter des faveurs de son maître et en récolter des avantages certains. La grossesse de cette dernière commençait à se deviner, mais l'épouse de Cormac, indifférente aux gens de maison, drapée dans une froideur bigote et rigoureuse, ne s'abaissait jamais à un seul regard sur eux.

Emma comprenait sans difficulté les raisons qui avaient poussé Cormac à l'épouser tout autant que celles qui l'en avaient détourné. Il n'avait commis qu'une erreur. Celle de lui préférer une autre, fût-elle servante ou princesse !

Emma avait prévu de faire dissimuler des couverts en argent sous le matelas de Marie Brenan pour qu'elle soit accusée de vol. Le même jour, elle ferait anonymement parvenir à l'épouse cocufiée la copie de l'acte, lui laissant à penser que son époux, en plus de la tromper et d'engrosser une servante, s'était servi du patrimoine matrimonial pour envisager une vie nouvelle. Emma savait que Mme Cormac ne pourrait le supporter, pas davantage que les siens. L'attorney si respecté de tous se verrait jugé, condamné et emprisonné avec sa catin.

Emma en jouissait d'avance.

Elle délaissa le restant de son courrier pour se précipiter à l'accomplissement de son odieux projet. Ce ne fut qu'au soir, ravie de ses manigances, qu'elle se pencha sur ses autres lettres. Elle les parcourut machinalement, encore sous l'excitation de sa machiavélique vengeance, se désintéressant de ses affaires dont on lui donnait des nouvelles. La dernière missive, pourtant, la troubla tant qu'elle dut s'asseoir, le souffle coupé.

*Voici, Madame, ce que j'ai intercepté. À vous de juger...*

L'Homme en noir, toujours vigilant, avait subtilisé ce courrier qui lui avait paru suspect. Emma devint si livide en le parcourant avidement que sa domestique irlandaise, venue l'avertir que le souper était servi, s'en inquiéta.

— Voulez-vous un verre de porto, Madame ?

Emma releva la tête, l'esprit bouillonnant et le cœur oscillant entre bonheur et colère. Non, elle ne voulait pas d'un porto ! Elle se leva d'un bond et, laissant choir les feuillets à terre, passa devant elle, médusée, en hurlant :

— George ! George ! Je l'ai retrouvée !

*

— Je veux venir, pleurnicha Ann au cou de son père.

— Non, répéta une fois encore Mary. Tu es trop petite et vous êtes trop indisciplinés tous les deux pour que je puisse vous surveiller.

— Moi, je la surveillerai ! assura Junior, qui n'avait aucune envie de se séparer de sa sœur.

— Ta mère a dit non, Junior.

Comme son frère, la petiote se mit à bouder. Niklaus lui gratta le menton et susurra :

— Qui va s'occuper de papa si mes femmes me quittent ?

— Milia, décida Ann, butée.

Cette dernière fronça le sourcil, amusée.

— Et qui fera la cuisine, et la lessive, et les corvées ? demanda-t-elle. Qui, surtout, ira chercher les œufs avec Toby ?

L'argument de Niklaus porta. Ann fut soudain fière de cette nouvelle responsabilité, d'autant plus que Mary avait aussi refusé d'emmener le chiot de Junior.

— Moi, décida-t-elle en retrouvant son sourire et en redressant le buste.

— Tope là, demoiselle, conclut Niklaus en lui tendant la paume de sa main.

Ann y fourra la sienne et Junior soupira en pensant qu'il fallait peu de chose aux filles pour changer d'idée. Mary le jucha en selle et il s'y maintint en redressant le buste, fier de son importance et du rôle dont on l'avait chargé, attendant qu'elle le rejoigne.

Depuis deux mois que l'information de la vente de l'auberge circulait dans Breda, celle-ci n'avait toujours pas trouvé de repreneur. Il fallait étendre la prospection. Mary avait décidé de parcourir un rayon de dix lieues pour le crier sur la place des marchés. Elle comptait aussi rencontrer quelques notaires des villes avoisinantes. Niklaus se refusait à partir sans avoir réglé cette affaire, sachant que toutes leurs économies se perdraient dans leur quête s'ils devaient trouver un navire, et payer sa protection et son équipage.

Les enfants avaient été mis dans la confidence pour le trésor le soir même où ils avaient surpris leur conversation dans l'écurie. Mary avait jugé cela plus prudent que de les laisser divaguer encore. Ils affichaient désormais un air permanent de conspirateurs, surtout en présence de Milia, changeant de sujet de conversation à son approche. Junior lui avait même lâché un laconique : « Un jour, quand tu seras grande, on te le dira ! » qui avait bien amusé les trois adultes. D'autant plus que Milia s'était finalement résolue à les suivre. Elle était trop attachée aux enfants.

« Qui s'occupera d'eux sur un navire ? Ils sont bien capables de tomber à l'eau, et vous aurez assez à faire vous-même », avait-elle dit, un soir, après dîner.

La vérité était que Milia n'avait rien connu d'autre que les Trois Fers à cheval depuis ses quatorze ans. Elle ne s'imaginait pas travailler ailleurs. Le métier de nourrice lui plaisait mieux que celui de putain, et ce trésor dont on lui consentait une partie était sans nul doute l'unique chance de sa vie de voir s'ouvrir un avenir meilleur. Seule la peur de l'inconnu l'avait fait hésiter. La confiance réciproque des époux, leurs faits d'armes communs et leur enthousiasme avaient eu raison finalement de ses angoisses. Elle avait seulement demandé à ce que cela reste une surprise pour les enfants. Milia s'amusait trop, tout comme leurs parents, de les voir s'inventer une importance à la hauteur de leurs aspirations. Malgré leur petit âge, ils étaient plus vifs et rusés que des renardeaux.

Mary s'apprêtait donc à sa tournée de quelques jours, une bourse rebondie attachée à sa ceinture pour payer leurs haltes de nuit et leur mangeaille. Elle avait repris une allure garçonne, certaine qu'elle attirerait moins la convoitise des maraudeurs. Cela lui permettait en outre de porter son sabre à la taille et un pistolet à la ceinture. Même si Junior, entre ses jambes, les dissimulait un peu, elle savait qu'on les devinait assez pour ne pas lui chercher querelle. C'était souvent suffisant si l'on se contentait d'emprunter les chemins fréquentés aux heures d'affluence.

Junior avait obtenu de conserver le poignard de son père et s'en trouvait fier. Il lui faisait l'effet d'une épée, et Niklaus lui avait confectionné un ceinturon sur lequel il avait pu accrocher le fourreau qu'il avait martelé. Désormais, où qu'il aille, de la cour des poules aux écuries, des communs aux chambres, de l'enceinte de l'auberge aux champs qui la cernaient jusqu'en lisière de forêt ou sur la grand-route de Breda, à pied ou monté sur l'âne qu'avait dressé Niklaus, où qu'il aille vraiment, Junior redressait les épaules, portait loin son regard conquérant et gardait une main sur le pommeau de sa précieuse arme.

Pour qu'il ne puisse se blesser, Niklaus lui avait enseigné son maniement et Mary dut avouer que l'enfançon s'avérait étonnamment doué. Plus encore qu'elle ne l'avait été. Le maître d'armes de lady Read aurait été émerveillé par un élève de cette trempe.

Mary avait le cœur et l'âme en paix.

Le silence de Corneille n'y était pas étranger. Il lui enlevait ce doute qui parfois venait la hanter. Il avait été un ami, un amant et un compagnon précieux. Trop de temps avait passé et, bien que sa conscience lui ait dicté cette lettre, elle se sentait soulagée de n'avoir pas à imposer à Niklaus la gêne de leurs retrouvailles. Son Flamand était bien trop jaloux pour accepter de la partager. Mary n'avait eu qu'à voir sa mine le jour où elle lui avait parlé de Corneille, n'omettant rien de leur ancienne complicité, soucieuse d'offrir à Niklaus, avec le gage d'une vie nouvelle, une honnêteté tant d'autres fois bafouée.

Ces deux-là n'auraient pu s'entendre.

Elle était donc en accord désormais avec elle-même. Elle avait fait ce qu'elle devait. Quelles que fussent les raisons pour lesquelles Corneille n'avait pas répondu trois mois après, elle pouvait enfin se laver de son souvenir comme elle s'était détournée depuis longtemps de Claude de Forbin.

Quant aux époux Read, détenteurs du second œil, de la carte ou peut-être même du trésor récupéré, ils seraient les premiers vers lesquels leur expédition se dirigerait.

La douceur et la tendresse de Niklaus avaient émoussé la haine qu'elle avait eue pour son oncle, et la méfiance qu'elle avait éprouvée pour Emma. Ils n'étaient désormais plus qu'un obstacle sur sa route entre la fortune et sa destinée.

Mary avait vieilli. Et cette sagesse rendait son envie de vivre et d'en jouir plus belle encore. Quoi qu'il advienne de leurs rêves, ils sauraient s'en donner les moyens sans mettre leurs enfants en danger.

Mary déposa un baiser sur la joue de sa fille et un autre sur les lèvres charnues de son époux.

— Tu me manques déjà, murmura-t-il.

— Je ne tarderai pas, assura-t-elle en les couvrant d'un œil tendre et serein.

— Allons, Junior, décida-t-elle en glissant son pied dans l'étrier.

L'enfant était occupé à expliquer à Toby qu'il ne pouvait pas monter et devait rester auprès d'Ann. Mary se retrouva en selle et ébranla son cheval pour ne pas s'attarder à un au revoir. Elle ne les avait jamais aimés.

Junior se retourna pour agiter sa main en direction de sa sœur qui lui répondit de même.

— Cesse de bouger, ordonna sa mère, ou tu vas finir par tomber.

— Oui, maman.

Leur équipage franchit la cour et s'engagea sur la grand-route. Mary se mit à siffloter, reprenant une chansonnette que Junior avait poussée d'un air de fausset. Pour lui déjà, le grand voyage venait de commencer.

*

Emma de Mortefontaine n'avait pas mis longtemps à choisir entre les sentiments contradictoires qui l'avaient étreinte en découvrant la lettre de Mary à Corneille. Il lui avait suffi de la relire, après le souper. Un sentiment de colère et de frustration avait jailli d'entre ces lignes. L'amour trop grand de Mary pour Niklaus lui fut insupportable.

Emma ne pouvait admettre que Mary ait pu se passionner pour un autre au point de s'oublier dans une vie de famille. Qu'elle ait pu sacrifier ce monde qu'Emma avait mis à ses pieds pour se satisfaire de médiocrité. Et qu'elle ne voie plus en elle aujourd'hui qu'une bourgeoise à délester.

— Jamais, avait-elle fulminé. Jamais je ne te pardonnerai ces heures passées à te pleurer! Jamais plus je ne te laisserai le droit d'être heureuse et comblée. Tu me haïras, Mary Read, tu me haïras, je le jure, autant que j'ai pu t'aimer !

Dès le lendemain, oubliant même ce pauvre William Cormac sur lequel toute la misère du monde soudain s'abattait, elle s'était embarquée pour les Flandres avec George.

Accompagnée de dix hommes, Emma de Mortefontaine parvint à Breda aux premières heures de la nuit, tandis qu'à une vingtaine de lieues de là, Mary et Junior s'endormaient dans le lit moelleux d'une auberge, ravis d'en avoir terminé, et de pouvoir s'en retourner au logis avant la fin du jour prochain.

# 39.

Tandis que, silencieusement, ses hommes investissaient les abords de l'auberge, servis par une nuit d'encre, la voiture d'Emma pénétra dans la cour et s'arrêta devant l'écurie.

Alerté par Toby, Niklaus sortit avec une lanterne et s'avança pour aider la silhouette vêtue de noir, le visage masqué d'une voilette jusqu'au-dessous du nez, à en descendre.

— Bienvenue aux Trois Fers à cheval, déclara-t-il, avenant.

Profitant de la discrétion de son voile, Emma de Mortefontaine détailla avec une curiosité haineuse le visage carré et séduisant de Niklaus Olgersen, qu'illuminait la lueur de la lanterne. Mary n'en avait fait qu'une évocation, mais l'amour qu'elle lui portait avait su le rendre si vivant qu'Emma l'aurait reconnu entre mille.

— Si vous voulez bien me suivre.

Emma lui emboîta le pas.

George avait pris soin de se renseigner à Breda, vérifiant ainsi les dires de Mary concernant la fréquentation de l'auberge. Emma savait pouvoir mener son projet à terme sans être inquiétée. Tout en s'attachant aux mouvements souples des épaules massives de l'aubergiste, elle devinait ceux de ses hommes, gagnant les positions que George leur avait attribuées.

Emma attendait avec délectation de pouvoir relever sa voilette et d'affronter la réaction de Mary. Elle devrait alors choisir. Emma serait sans pitié si elle refusait de la suivre avec l'œil de jade.

Niklaus introduisit Emma de Mortefontaine dans le logis, sans méfiance, se disant seulement que cette femme était bien silencieuse et certainement en grande peine pour se comporter ainsi. Respectueux de ses clients comme le lui avait autrefois enseigné Gros Reinhart, il ne brisa pas son mutisme, bien qu'il eût aimé causer. Mary, partie depuis trois jours, lui manquait terriblement et il aurait volontiers goûté un peu de compagnie amicale pour s'en distraire.

— Installez-vous où il vous plaira, indiqua-t-il en désignant la salle trop vide d'un ample mouvement circulaire de la main. La saison est calme et vous devrez vous contenter de notre ordinaire. Une soupe de lard et de pois cassés, deux cailles en croûte de sel, assorties de pommes au miel, et une tarte à la rhubarbe en dessert.

— Cela suffira, déclara Emma en choisissant une table qui lui permettait de surveiller l'intérieur tout entier.

Elle le trouva propre et coquet. Des bouquets champêtres odorants ornaient les tables.

Une fillette sortit en riant des cuisines et vint se frotter aux jambes de son père, comme une jeune chatte. Niklaus discutait avec un habitué planté à côté de la cuisine, déjà ivre. Niklaus en avait assez de ses réflexions de soûlot, mais c'était un vétéran et à ce titre il le respectait. L'homme était le seul à Breda qui leur soit resté fidèle. L'abus d'alcool abîmait tout. De l'intrépide soldat d'hier ne restait plus qu'une loque errante, titubant du soir au matin, se nourrissant de la générosité des autres. Il demeurait parfois des jours entiers aux Trois Fers à cheval. Niklaus tentait de le faire réagir en lui donnant de menus travaux à faire pour payer une note qu'il avait depuis longtemps cessé de réclamer. Mary avait réagi de même. Ils n'étaient pas à cela près !

Emma, le jugeant d'emblée peu dangereux, se concentra sur la fillette.

— Ze veux pas aller au lit, implorait-elle avec une moue séductrice. Ze veux aider Milia à servir la dame.

Niklaus l'enleva dans ses bras.

— Et tout renverser ? Tu es trop petite, mon ange.

— Ze ferai attention. S'il te plaît, insista-t-elle en joignant ses petites mains, battant des paupières.

Emma la trouva parfaitement attendrissante. Niklaus était visiblement sous le charme de ce petit despote féminin. Il argumenta encore pourtant.

— La dame ne veut pas être dérangée.

Emma jugea plaisant de le contrarier.

— Laissez, dit-elle. J'adore les enfants.

Niklaus tenta de forcer le regard sous la voilette, puis lâcha la fillette, qui se débattait pour descendre, un sourire victorieux aux lèvres.

— Si elle vous importune, n'hésitez pas à la renvoyer. Ann Mary adore s'imposer.

Emma hocha la tête tandis que l'enfant se précipitait vers elle et lui offrait une jolie révérence.

— N'embête pas la dame, chipie, déclara une voix féminine.

Emma s'attarda sur la fille qui s'avançait vers sa table, un franc sourire aux lèvres, pour y poser un plat en terre cuite.

— Papa a dit oui ! affirma Ann en mettant ses petits poings sur ses hanches. Pas vrai, papa ?

Niklaus adressa un signe de tête à Milia qui soupira. Son patron avait tort de lui passer tous ses caprices. Mary grognerait à son retour.

— Tu sais que maman n'aime pas, lâcha-t-elle pour culpabiliser l'enfant et la forcer à plus de modération.

— Oui, mais c'est papa qui commande, décréta Ann, assortissant cette tirade d'un regard incendiaire.

— Excusez-la. Sa mère est absente et la petite s'en languit.

— Vraiment ? tiqua Emma.

Cette nouvelle renversait le cours de ses projets.

— Quand revient-elle ? demanda-t-elle, acceptant la présence de l'enfant qui, d'autorité, avait entrepris de se coller contre elle pour narguer sa gouvernante.

Emma lui caressa les cheveux. Ils étaient plus foncés que ceux de Mary mais tout aussi bouclés. Elle y retrouva d'instinct le même plaisir.

— Nous l'ignorons, avoua Milia. Et c'est bien cela le plus difficile. Les enfants ont besoin de concret. Je vous souhaite un bon appétit. Ann Mary restera à sa place si vous l'y contraignez.

Emma n'en avait aucune envie. Elle ne pouvait demeurer indéfiniment ici avec ses hommes sans se faire remarquer. Elle devait en apprendre davantage sur le motif de cette absence. Ann Mary serait facile à interroger. Elle s'accorda les faveurs de l'enfant en la laissant jouer avec son éventail, ne touchant son souper, pourtant délicieux, que du bout des lèvres. Elle n'avait faim que de vengeance.

Ann escalada le banc et s'assit à ses côtés.

— Ça fait longtemps que ta maman est partie ? demanda Emma en baissant la voix pour ne pas attirer l'attention de Niklaus, occupé à traîner le vétéran jusqu'à l'escalier.

Ann Mary, se montrant flattée de l'intérêt de la dame, s'empressa très vite de répondre.

— Ça fait très, très longtemps. Et Junior aussi.

— Junior est ton grand frère, c'est ça ?

— Oui, répondit Ann en hochant la tête, s'éventant en faisant de comiques effets de poignet.

— Et où sont-ils partis ? demanda encore Emma.

La petite haussa les épaules.

— Très, très, très loin. C'est pour le trésor, tu sais, chuchota-t-elle en confidence à Emma, se rapprochant d'elle, fière d'en imposer.

— Un trésor ? répéta Emma.

Ann Mary plaqua un doigt sur ses lèvres.

— Chut ! C'est un secret.

— Alors, déclara Emma, si c'est un secret. Tu ne sais pas quand rentrera ta maman ?

— Non. Bientôt, a dit papa. Et papa a toujours raison.

Emma en savait désormais assez pour prendre sa décision. Elle adressa un signe de tête à l'un de ses hommes.

Niklaus s'avançait déjà sur le palier, prêt à redescendre après avoir couché le vétéran qui s'était effondré dans sa chambre. Le complice d'Emma se glissa au-dehors et d'un sifflement bref rameuta George et le reste de la troupe. Niklaus immobilisa son pas au milieu de l'escalier, pour tendre l'oreille. Il lui sembla avoir entendu siffler. Comme cela ne se reproduisit pas, il chassa la désagréable impression qu'il avait ressentie et ordonna au chiot qui, près de la dame et d'Ann, s'était mis à grogner :

— Sage, Toby !

Puis il s'avança vers elles, un sourire charmeur aux lèvres. Avant qu'il fût assez prêt pour riposter, Emma glissa un bras autour des épaules de la fillette pour la bloquer à ses côtés et, vive comme l'éclair, dégaina son pistolet et le lui posa sur la tempe, l'armant aussitôt.

Ann poussa un cri de surprise davantage que de peur, tandis qu'à deux pas Niklaus s'était immobilisé, cueilli par la rapidité du geste autant que par son incongruité.

C'est l'instant que choisirent George et ses hommes pour envahir la salle. Milia, qui s'avançait pour apporter les cailles, en lâcha le plat dont le contenu se répandit sur le sol, saisie d'effroi devant leurs mines patibulaires et leurs armes brandies.

— Une audace, une seule, Niklaus Olgersen, et c'en sera fini d'elle, déclara Emma d'une voix calme.

Inconsciente du danger, et surtout intriguée par tout ce mouvement, Ann se mit à gigoter pour se délivrer de la tenaille qu'elle jugeait désagréable. Niklaus, livide, s'en effraya aussitôt.

— Ne bouge pas, Ann, ordonna-t-il.

Pétrifiée par le timbre de son père, l'enfant se figea net, réalisant soudain que quelque chose de grave se produisait.

— Qui êtes-vous ? demanda Niklaus, rageur de s'être laissé berner.

Pour toute réponse, Emma fit un signe à ses hommes. Trois d'entre eux entraînèrent Milia dans l'escalier, lui promettant multiples réjouissances, quatre autres munis d'une corde s'avancèrent vers Niklaus. Emma de Mortefontaine venait de découvrir son visage, et la cruauté qu'il lut dans son regard tout autant que sa détermination l'empêchèrent de résister, malgré l'envie qui le tenaillait. Elle n'hésiterait pas un instant à mettre sa menace à exécution.

Il se laissa attacher à un pilier, le cœur et l'âme écartelés, espérant que ces gens avaient besoin d'une cache pour quelques heures ou quelques jours et qu'en repartant on les laisserait en paix.

— C'est fait, madame, déclara George.

Niklaus le sentit à la corde trop serrée qui abîmait ses poignets. Elle était solidement liée. Emma écarta le pistolet de l'enfant, qui se mit aussitôt en devoir de la cogner de ses petits poings en criant :

— Méchante, méchante !

Emma se pencha sur elle, l'attrapa par les épaules et, la fixant d'un œil terrible, susurra :

— Si tu veux revoir ta maman, petite peste, je te conseille de ne plus bouger !

Ann en fut si impressionnée qu'elle se recroquevilla et cessa de geindre, de grogner et même de respirer.

D'autant que Niklaus ordonna encore :

— Obéis, Ann ! Tiens-toi tranquille.

Ann le fixa et hocha la tête, le cœur battant la chamade, effrayée par le silence qui soudain était retombé, troublé seulement par les cris de Milia qui leur parvenaient par intermittence au milieu des râles des soudards.

Niklaus pensa au vétéran affalé sur son lit. Le salut ne viendrait pas de lui. Il était bien trop abîmé. Il n'avait d'autre choix que d'attendre et de se soumettre à cette femme dont la beauté égalait la cruauté.

Emma s'approcha de lui à le frôler et passa un doigt sur ses traits durcis.

— Mary a bon goût, je le reconnais, glissa-t-elle.

Niklaus eut le sentiment que tout son univers basculait. Il répéta, abasourdi :

— Bon sang, mais qui êtes-vous ?

Elle s'écarta de lui et extirpa de son sein la lettre que Mary avait écrite à Corneille. Elle la lui passa sous le nez.

— Comme si tu l'ignorais, cher, très cher Niklaus, toi qui étais prêt à suivre Mary pour me détrousser.

Niklaus pâlit, serrant les dents sur sa stupidité.

— Emma...

Il ricana, désabusé. Il n'aurait jamais dû se laisser attacher. Comprenant qu'il n'avait plus rien à perdre, il tenta de gagner du temps.

— Lequel est Tobias que je puisse enfin faire la connaissance de ma belle-famille ? demanda-t-il, se forçant à se calmer.

— Tobias ? Tu veux parler de mon cher mari. Oh ! je comprends, Mary l'ignorait bien sûr, tout occupée à s'amouracher de ta belle figure. Non, vois-tu, Niklaus, Tobias est mort. Je l'ai tué pour une seule et unique raison. Il a eu le tort de se mettre entre Mary et moi.

— Elle ne reviendra pas, tenta Niklaus, comprenant désormais le sort qui l'attendait.

Il pouvait encore sauver Mary, Junior et peut-être Ann. Quel imbécile, ragea-t-il contre lui-même. Jamais il ne s'était rendu sans combattre. Il s'en voulut amèrement d'avoir hésité. Mary, elle, ne l'aurait pas fait. Elle serait morte l'arme à la main s'il l'avait fallu, plutôt que de se résigner. Craignant pour Ann, il n'avait pas osé. Emma de Mortefontaine avait fort bien joué.

— Ma femme m'a quitté, affirma-t-il.

Emma le gifla à la volée, l'œil noir. Il ne broncha pas d'un pouce.

— Pour qui me prends-tu, Olgersen ? Mary, te laisser ? Abandonner sa fille ? Allons donc, éructa-t-elle. Elle crève d'amour pour toi, pour elle, tant que c'en est à vomir. Et pourtant tu ne lui suffisais pas, pas davantage que je ne lui ai suffi, puisqu'elle priait son ancien amant de se joindre à votre quête, ajouta-t-elle en lui balayant la lettre sous le nez.

Niklaus tiqua. Mary ne lui avait pas parlé de cette missive. Il en comprit aussitôt la raison. Il n'aurait pas accepté qu'elle l'écrive. Emma jubila de l'atteindre. Il s'empara de l'argument pour tenter de la fléchir :

— C'est à cause de lui que nous nous sommes disputés. Ann était trop petite pour entreprendre cette folie que Mary voulait. Elle m'a menacé de rejoindre Corneille avec Junior. Je ne l'ai pas crue. Elle ne reviendra pas, répéta-t-il. Elle est bien trop orgueilleuse pour cela.

Emma en fut un instant ébranlée. Elle connaissait assez Mary pour imaginer que ce fût vrai.

— Je ne vous veux aucun mal, continua Niklaus, le regard adouci en la voyant déstabilisée. Vous voulez Mary ? Je vous la laisse. Vous l'avez vu, je ne risquerai pas la vie de ma fille pour la retrouver. Laissez-nous en paix, Emma.

Celle-ci demeura un moment à le fixer en silence, jouissant de sa haine comme jamais elle ne l'avait fait. Elle s'avança vers lui, un sourire cruel aux lèvres.

— Tu te trompes, Niklaus. Elle reviendra. Elle reviendra parce que je sais lire entre les lignes. Mary t'aime plus que tout, je le sais. Et cela, je ne pourrai jamais, jamais, le lui pardonner.

Elle releva son pistolet et le plaqua entre les deux yeux du Flamand. Tout ce qu'il entendit fut le cri d'Ann Mary avant de s'affaisser.

*

Mary se dressa d'un bond dans son lit, le visage en sueur, et le cœur battant la chamade, incapable de se souvenir du cauchemar qui l'avait réveillée, et cependant si présent que le malaise persistait. Comme si une part d'elle-même venait de lui être arrachée.

À côté d'elle, Junior ronflait, les bras autour de la miniature de bois que l'acheteur de l'auberge trouvé la veille lui avait offerte pour sa sœur. C'était un cheval habilement sculpté dans un morceau de chêne.

Mary avait annoncé son prix et Junior avait ajouté, en tendant un doigt vers l'objet :

— Et aussi ça !

— Tope là ! avait accordé l'homme en riant.

Junior n'avait plus lâché son jouet depuis que l'acquéreur le lui avait donné.

Mary se leva discrètement pour aller boire. Sur une console près de la porte d'entrée de la chambre, un pichet d'eau fraîche attendait, à côté d'un gobelet d'étain. Elle le vida à deux reprises, espérant chasser d'elle ces frissons qui perduraient.

Elle se rapprocha de la fenêtre ouverte et écarta les rideaux. L'aube était proche et la pénombre cohabitait encore avec un mordoré en provenance du levant.

Le ciel était clair, la saison douce.

Une chouette hulula. Bientôt, les coqs répondraient.

Elle songea à Niklaus et à Ann. Le manque d'eux lui broya le ventre. Cela la fit sourire. « Tu es stupide ! se dit-elle. Leur absence te joue des tours, là est ton mal-être. Demain ! »

Recouvrant d'un coup sa sérénité, elle se recoucha, sans pouvoir se rendormir, s'occupant l'esprit avec l'organisation de leur déménagement qui désormais devenait concret.

C'est en pénétrant dans la cour de l'auberge que le malaise revint, brutalement. Au point de tuer sa voix qui chantait avec Junior, sa miniature coincée entre les genoux. Toby hurlait dans la maison.

Ce n'était pas inhabituel. Cela n'aurait pas dû l'alarmer.

Elle descendit pourtant de cheval et chargea Junior de le mener à l'écurie, réalisant soudain ce qui la troublait. Le silence. Le silence tout autour de Toby qui hurlait.

— Restes-y caché, ordonna-t-elle à Junior, retrouvant d'instinct ce réflexe de soldat aux aguets.

— Pourquoi ? demanda l'enfant, pressé de rejoindre sa sœur, s'étonnant déjà qu'elle ne se soit pas précipitée à sa rencontre.

— Fais ce que je te dis, insista Mary, assortissant son ordre d'un œil menaçant.

Gagné par son inquiétude, Junior dégaina son poignard, serra les dents et hocha la tête. Mary s'assura d'un regard alentour que tout semblait normal, les poules dans la basse-cour, les chevaux à l'écurie. La vie était partout, étouffée cependant par un calme qu'elle n'aima pas.

Elle pénétra dans la bâtisse par la porte entrouverte. L'odeur aigre du sang la saisit dès le vestibule, accélérant les battements de son cœur. Déjà elle savait. Elle eut pourtant le sentiment que son être tout entier se révulsait.

Elle se précipita vers cette image, insupportable, inconcevable, qui l'écartela. Vers ce corps tant aimé, attaché à un pilier, la tête renversée sur la poitrine. Son sabre qu'elle avait dégainé chuta à terre dans un bruit clinquant.

— Niklaus ! appela-t-elle comme si la vue de ce poignard qui épinglait une lettre sur son cœur ne pouvait pas suffire à sa vérité.

Elle lui releva la tête et hurla. Hurla de celle qui la narguait par le trou béant fiché entre les deux yeux vides de son époux.

— Maman ! cria Junior, qui venait d'entrer, désobéissant aux ordres qu'on lui avait donnés, fort d'un courage sans limites.

Il trouva sa mère agenouillée aux pieds de son père, serrant dans sa main la missive qu'elle venait d'arracher de la poitrine de Niklaus. Cette dernière signait son malheur, n'étant autre que le verso de la lettre envoyée à Corneille.

Junior courut jusqu'à eux, abandonnant courage et épée pour s'écrouler en pleurant à leurs côtés. Puis soudain, se souvenant de ce qui l'avait fait quitter son poste, il releva la tête.

— Ann ! Ann ! Où tu es ? se mit-il à vociférer, prêt déjà à partir à sa recherche.

Mary l'arrêta pour le serrer plus fort dans ses bras.

— C'est inutile, Junior, ils l'ont emmenée, dit-elle, sentant revenir en elle toute la colère que sa souffrance avait occultée.

Une odeur de vengeance se mêla à celle du sang caillé, une vengeance qui serait sans pitié.

— Qui, maman ? demanda Junior, affolé. Qui ?

Mary ne répondit pas, pressant plus fort dans son poing ce maudit billet.

*L'œil de jade contre ta fille*, y avait inscrit Emma avec le propre sang de Niklaus. *Ce 31 décembre, à l'hôtel de la Salamandre à Paris. Rue de l'Hirondelle. Sang contre sang, Mary. Désormais, tu sais le mal que cela fait !*

Oui, Mary savait.

Sa guerre venait de commencer.

# Une femme, un destin, un pays...

## *Le lit d'Aliénor*

Mireille Calmel

Aliénor a douze ans, et pourtant deux prétendants briguent déjà sa main. Son père, Guillaume d'Aquitaine, veut la donner en noce au fils de Geoffroy le Bel, le jeune Henri, héritier légitime du trône d'Angleterre. Mais le roi de France, qui œuvre pour l'unité de son pays, ne veut pas perdre l'Aquitaine et souhaite que la jeune femme épouse son fils. Au côté d'Aliénor, Loanna de Grimwald, descendante de Merlin l'Enchanteur, mettra tout en œuvre pour que les oracles du magicien s'accomplissent, et qu'Aliénor ne donne pas d'héritier à la couronne de France...

***t.1 - Pocket n° 11740***
***t.2 - Pocket n° 11741***

Imprimé en France par

CPI
BUSSIÈRE

à Saint-Amand-Montrond (Cher)
en mars 2014

POCKET – 12, avenue d'Italie – 75627 Paris Cedex 13

N° d'impression : 2006048
Dépôt légal : mai 2006
Suite du premier tirage : mars 2014
S15833/07